언어의 맛

행복으로 이끄는 언어 레시피

언어의 맛

행복으로 이끄는 언어 레시피

2021년 6월 10일 초판 인쇄
2021년 6월 15일 초판 발행

글 · 그림 | 김나영
교정교열 | 정난진
펴낸이 | 이찬규
펴낸곳 | 북코리아
등록번호 | 제03-01240호
주소 | 13209 경기도 성남시 중원구 사기막골로 45번길 14
        우림2차 A동 1007호
전화 | 02-704-7840
팩스 | 02-704-7848
이메일 | sunhaksa@korea.com
홈페이지 | www.북코리아.kr
ISBN | 978-89-6324-767-0 (03800)

값 17,000원

언어의 맛

행복으로 이끄는 언어 레시피

글 · 그림 **김나영**

북콘
릴아

서문

　말! 말! 말도 많은 세상, 온갖 언어가 넘쳐나는 세상에서 살아가는 우리는 진정 모두 행복할까. 우리가 하는 말들은 엽전 몇 푼짜리 언어일까. 천 냥 빚도 갚을 수 있을 만큼 유용한 말을 하고 있는 것일까. 굳이 값을 매기지는 않더라도, 적어도 세상과 우리 자신에게 이로움을 주는 말이 넘쳐나기를 바라는 것은 무리일까. 참으로 많은 의문이 생긴다. 사실 이전의 나는 나에게 말로써 상처를 준 수많은 사람을 마음에서 놓아주지 못한 채 그들을 무작정 원망하곤 했다. 그런데 세월이 지나서 내가 살아온 시간을 되돌아볼 때면, '내가 했던 무수한 말이 과연 꼭 필요한 말들이었을까', '나야말로 과연 누군가에게 힘이 되는 말을 하고 살기나 한 걸까', '내가 무심코 한 말 때문에 힘들었던 사람은 없었을까'. 그런 의문과 함께 회한이 밀려들곤 한다.

　어려서부터 언어에 관심이 많다 보니 결국 언어와 관련된 그 무엇인가를 추구하며 살게 되었지만, 언어가 타인과 함께하는 삶에서 참으로 중요하다고 느끼기 시작한 것은 사실 내게 서운함을 준 사람들의 화법을 지켜보면서부터였다. '당신은 참으로 나쁜 사람이군. 그렇게밖에 말하지 못하겠던가?'라고 속으로 수없이 따져 물었다. 그 사람의 심보가 못돼서 그렇다고만 생각했기 때문이다. 그러다가 언제부터인가 당시 나에게 존재했을 문제점과 그들이 그렇게 말할 수밖에 없었던 그 사람의 처지와 고뇌가 보이기 시작했다. 그때부터 적어도 나는 못되게 말하는 그들을 조금이라도 이해하고자 했고, 그들처럼 똑같이 못되게 말하지는 말자고 생각했다. 그러면서 언어 사용법에 많은 관심을 기울이게 되었고, 나아가 사회 전반의 모든 커뮤니케이션 환경 개선을 위해 좋은 언어 사용법 연구가 절실히 필요하다고 여겼다.

그런데 내가 그러했듯, 대부분의 사람은 서로가 행복해질 수 있는 화법을 배우지 못했다. 개인적 필요성에 의해 일부러 화법을 연구하거나 관련 도서를 읽는 소수의 사람을 제외하고는 언어 사용법을 제대로 배우기 어려웠다. 학교 교육에서 국어나 영어 등의 언어 영역을 배운다지만, 그야말로 언어적 지식 쌓기에 불과하고 그나마도 시험을 보기 위한 도구로 공부할 뿐이다. 정작 그 시절 친구들이나 부모와의 소통에서 생기는 어려움을 원만히 해소해주지도 못하는 그저 잡다한 언어 지식을 말이다. 더 큰 사회에 나가서 맞닥뜨리게 되는 불통의 순간을 경험하고 나서 그제야 부랴부랴 언어 사용 방법을 모색하게 되곤 한다. 화법 관련 안내서를 작정하고 탐독한다고 해도 우리의 일상에서 생기는 갈등 사례가 하도 다양하고 방대해서 그것을 모두 해소하기에는 역부족이다.

그렇기에 커뮤니케이션, 즉 의사소통을 위해 자신의 수양도 해야 하지만 타인의 성향이나 심성 그리고 상황을 동시에 공부해야 한다. 그런데 그나마 겨우 존재하는 소통 관련 교육에서는 보통 자신의 인격 수양에만 초점이 맞춰져 있다. 상대방에 대한 연구가 적었다고나 할까. 솔직히 말해서, 자신의 마음이 지옥인데 좋은 말이 나갈 리 만무하며 또 그 누구의 말인들 곱게 들리겠는가. 삶이 팍팍하고 힘들어서 분노가 치미는데, 무작정 좋게 말하라고 한다면, 그것은 그들에게 또 다른 모습의 강요이자 폭력일 수 있다. 그런 상황에 놓인 사람의 말이 나쁘게 나오고 거칠게 표현되다 보니 그 말을 듣는 사람에게도 상처가 될 수 있다. 그러한 사실까지는 미처 몰랐던 까닭에 스스로 피해의식에 사로잡힌 채 상처를 준 상대방을 원망하거나, 반대로 자신이 정작 상처를 주는 존재가 되기도 한다.

커뮤니케이션이 잘되기 위해 보통은 서로 잘 말해야 하는 게 맞다. 하지만 그것은 말하는 자에게만 책임 소재를 두는 것이다. 사실, 말을 좋게 해야 하는 화자(話者)뿐만 아니라 나쁘게 말을 들어도 담담하게 넘길 수 있는 청자(聽者)의 역할도 중요하다. 그들에게도 원활한 소통과 좋은 관계의 책임이 있을 수 있다는 것이다. 우리는 모두 화자임과 동시에 청자이기도 하다. 그러므로 말을 잘하는 것에 대한 교육뿐만 아니라 청자로서의 올바른 태도와 자신을 힘들게 하는 말에 대한 맷집을 키워주는 교육도 필요하다.

그런데 막말이 문제가 되는 요즈음의 세태를 보면서 막말을 던지는 이들의 횡포에 놀라기도 하지만, 반면에 어떤 말을 들어도 끄떡도 하지 않는 이들을 보며 다시 한번 놀랄 때가 있다. 특별히 교육받지 않았을 터인데, 그들은 소위 말해서 맷집이 참 대단한 것 같다. 많이 겪다 보니 청자로서의 내공이 저절로 쌓인 것일까. 현시대를 잘 살아가려면 그들처럼 어지간히 상처되는 말에도 절대 흔들리지 않는 비법을 배워둘 필요가 있다. 걸러서 잘 듣는 법이나 들어도 흔들리지 않는 법 모두 언어 사용법에 속한다.

언어 사용법을 익히기 전에 남의 마음 헤아리기나 내 마음 다스리기가 우선되어야 한다. 내 마음을 알고 상대방의 마음을 간파할 수 있어야 서로에게 좋은 말을 선택하여 사용할 수 있고 상대방의 말도 곡해해서 듣지 않을 수 있기 때문이다. 좋은 관계를 위해 언어 사용법을 익히고 자신의 마음과 상대방의 처지를 잘 헤아릴 줄 아는 사람은 커뮤니케이션도 잘하고 관계도 더욱 좋게 만들어간다. 나도, 너도, 그리고 모두가 마음 편하기를 바라기 때문이다.

소통을 위해 서로의 마음을 헤아리고 지혜롭게 말하는 방법을 익히도록 '커뮤니케이션'을 중·고교의 교과목으로 정하고 정식으로 교육하면 어떨까. 학교 교육에서도 언어의 전반적 이론을 배우기는 한다. 하지만 우리말 어법을 잘 알고 유창하게 말한다고 해서 모두가 소통을 잘한다고 할 수는 없기에 언어 본래의 목적인 커뮤니케이션의 완성을 위해 필요한 언어 사용 설명서는 정작 빠져 있다는 아쉬움이 있다.

그나마 대학에서 언어에 대한 다양하고 깊이 있는 학문적 연구가 이루어지기는 하지만, 수많은 학문적 연구 성과에 비해 현실에서는 언어 이론 자체가 소통에 직접적으로 도움을 주지는 못하고 있다. 언어는 공기와도 같아서 늘 우리의 삶에 필수적으로 존재한다. 다만 늘 사용하고 있으면서도 그것의 존재감을 인식하지 못할 뿐이다. 그래서 언어를 어떻게 사용하면 좋을지 생각하는 것에 대해 대부분 생소하게 여긴다. 그렇기 때문에 학문적으로만 접근하는 것은 일반인이 사용하는 언어의 세계에 완전하게 다가갈 수 없는 한계를 지닌다. 결국 언어에 대한 사유는 언어학자들만의 전유물이 되어버리고 만다.

그렇다면 언어학자들이라고 해서 과연 일상의 모든 관계에서의 소통도 훌륭하게 잘할까. 사실 전혀 그렇지 않을 수 있다. 예를 들어, 언어의 원리에 대해서는 다양하게 알고 있는 언어학자일지라도 자신의 가정에서는 정작 독선과 아집의 언어로 불목과 불통을 이끄는 가장일 수 있다. 혹은 최고의 대학에서 교수로 재직하며 언어학에 관련한 방대한 연구로 인정받는다고 해도 제자들에게 오히려 갑의 언어를 구사하고 언어폭력을 휘두르는 사람이었을 수 있다. 우리 모두 이성과 감성이 항상 조화로울 수만은 없는 존재라지만, 그렇다고 그러한 것을 합리화하거나 정당화할 수는 없음에도 말이다.

일반적으로 언어학은 주로 이론의 학문으로서 연구되는 경향이 짙다. 그래서 실제 생활 속에서 통용되는 언어학적 이론은 크게 발전하지 않았다. 오히려 일부 커뮤니케이션 강사와 저자들에 의해 미미하게나마 소통의 방법론이 제시되는 경향이 더 많았다. 삶의 주체인 사람들이 늘 구사하는 언어의 특성을 연구하거나 발전시키는 것도 물론 중요한 일이다. 하지만 정작 그 이론이 인간의 생활에서 일반적인 사람들 모두에게 그다지 쓸모가 없다면 언어학은 그저 못 먹는 과일 같은 이론에 불과할 뿐이다. 그래서 사람들은 언어란 '맛없는 그 어떤 것'이라는 생각을 많이 한다.

언어의 이론적 사실은 모를지라도 인간이 더욱 행복해지는 언어를 사용하는 방법을 연구하고 알려주는 언어학이 되었으면 좋겠다는 생각을 늘 해왔기에 이 책을 통해서나마 일정 정도 그러한 관점에서 언어 이야기를 해보고 싶었다. 이 책을 통해 언어가 우리에게 행복으로 향하게 하는 오솔길이 될 수 있고, 힐링을 주는 맛있는 요리와도 같으며, 성공을 꿈꾸게 하는 레시피(비법)가 될 수 있다는 것을 많은 이에게 전해주고 싶다. 그리고 이 책을 여는 서문 글에서는 특히 언제나 전폭적으로 믿어주며 지지해주는 남편 황병오님과 지속적인 믿음을 주시며 탈고를 기다려주신 북코리아 이찬규 대표님께 진심으로 감사드린다.

목차

서문　　　　　　　　　　　　　　　　　　　　**5**

1 달달한 맛　　　　　　　　　　　　　　　　　　**15**
말, 말, 말　　　　　　　　　　　　　　　　　　　17
말의 분량, 몇 그램(g)이면 될까　　　　　　　　　　19
진정으로 말을 잘한다는 것　　　　　　　　　　　　21
언어의 맛　　　　　　　　　　　　　　　　　　　24
언어를 바라보는 색다른 시각　　　　　　　　　　　36
맛깔스러운 말의 향연　　　　　　　　　　　　　　41
언어의 품격(왕의 언어 & 거지의 언어)　　　　　　　47
나의 언어 환경은 행복한 곳인가　　　　　　　　　51
각양각색, 언어 단상의 소묘　　　　　　　　　　　53
기왕이면 다홍치마(예쁘게 말하는 그녀)　　　　　　56

2 간간한 맛　　　　　　　　　　　　　　　　　　**61**
언어의 위력　　　　　　　　　　　　　　　　　　63
'마음'이 먼저다　　　　　　　　　　　　　　　　66
내가 말하고픈 '언어'란 무엇인가　　　　　　　　　69
언어의 궁극적인 목표는 소통이다　　　　　　　　　72
전화선 너머로 전달되는 마음과 마음　　　　　　　75
피스메이커　　　　　　　　　　　　　　　　　　77
막말 태클에 대한 호신술　　　　　　　　　　　　79
7 : 2 : 1의 규칙　　　　　　　　　　　　　　　87
'피그말리온' 효과　　　　　　　　　　　　　　　90
말보다 강한 포옹의 힘　　　　　　　　　　　　　95

3 고소한 맛   99

내 삶을 2℃ 더 따뜻하게 해주는 비법   101
삶이 편해야 말도 예쁘게 나온다??   106
유쾌한 이모티콘 언어   108
자다가도 떡을 얻어먹을 언어 사용법   112
변명이 꼭 그렇게 나쁜 것은 아니다   116
미소를 장착하여 말하면 반은 먹고 들어간다   118
언행일치에 대한 고백   121
호언장담의 묘미   124
질문화법(산파술)   126
절묘한 타이밍에 유머 언어로 양념하라   128

4 새콤한 맛   133

얼결에 눈앞에서 복을 차버리다   135
말을 해야 네 속을 알지~   137
사기꾼도 말은 잘한다   141
거짓된 언어는 본색을 드러낸다   142
'단호박' 거절 언어   147
'언중유골'과 '언중무골'   149
'허언증' 언어 심리   153
'입장 차이'라는 치명적 불편함   157
가족이라서, 친구라서 더욱 꼬이는 대화   159
"내 눈엔 제일 예쁘다"라는 말, 칭찬일까?   162

목차

5 **매운맛**   **165**

자신이 쏜 말의 독화살에 맞다   167
독설에 맞서도록 맷집 키우기   168
내 생의 언어 트라우마   173
'악플' 언어, 날카로운 비수가 되다   177
'악플러'에 대응하는 방법   180
헛된 약속을 하는 언어 습관   183
엄마가 뭘 알아!   185
모든 것이 못마땅한 '투덜이' 스머프   188
'너'의 능력을 인정하기가 정말 싫은 '나'   190
뚱한 사람은 장사를 하지 말라   193

6 **씁쓸한 맛**   **197**

더 큰 싸움을 만드는 언어의 오류   199
잘못된 언어 사용으로 망한 나라   201
약이 되는 말은 원래 그렇게 쓰기만 할까   202
'텍스트(text)의 오류'   205
이래도 응, 저래도 응 했더니 만만하게 본다   208
부부관계를 망치는 언어 사용   213
마음이 약할 때, 말의 임팩트가 더욱 크다   218
관계를 끝장내는 치명적인 말   221
비겁한 '순간 면피용' 언사의 후폭풍   224
'막말(망언) 상용자'의 말로(末路)   227

7 떫은맛   **231**

언어 무법자들이 판치는 세상   233
힘담을 즐기는 사람의 심리   235
진정한 친구라고 하면서…   242
감언이설   247
직장 리더의 '갑질'   249
"난 네가 10년 전에 한 일을 알고 있다!"   253
보이는 게 전부는 아니거늘   256
'내로남불' 뻔뻔함의 극치   258
안하무인   260
약자에게 강하고 강자에게 비굴한 언어 모드   265

8 구수한 맛   **269**

사투리 억양 때문에 생기는 오해   271
딱 자기 그릇만큼의 언어를 쓴다   275
'언어의 달변가' vs. '언어의 달인'   279
지피지기 백전불태(知彼知己 百戰不殆)   282
초보운전 스티커에서 묻어나는 언어의 품격   283
유튜브 언어 트렌드   286
펭수의 행복 바이러스 화법을 "칭찬해!"   290
멋진 말, 쿨한 화법   295
콘텐츠가 많으면 언어가 풍성해진다   298
힘 있는 언어술사가 되려면   303

목차

9 진한 맛   **309**

언어의 저장소인 무의식 세계   311

나의 무의식 언어 관리하기   313

말에도 기운이 서려 있다   316

끌어당김의 언어 사용   318

행운을 부르는 말의 에너지 작용   321

'마음의 심보'와 '언어의 심보'   323

중얼거림(독백), 뜻밖의 치유력   329

말에 대한 끊임없는 성찰   336

마음을 움직이는 '배려 언어'   339

맑은 영혼의 언어는 스스로 정화한다   341

10 걸쭉한 맛   **343**

말의 진의를 간파하라   345

침묵 언어의 보배로움   347

자랑과 PR의 차이   350

언어의 롤모델이 중요한 이유   352

모든 것이 언어가 될 수 있다   356

논리적 거짓보다 진솔한 어눌함이 낫다   357

끼어들기/가로채기/묻어가기/잘라내기   359

언어의 공유성과 맥락의 이해   365

성공적인 비즈니스 언어   366

내가 선택한 언어가 내 삶을 바꾼다   368

부록   **375**

01

달달한 맛

말, 말, 말 | 말의 분량, 몇 그램(g)이면 될까 | 진정으로 말을 잘한다는 것 | 언어의 맛 | 언어를 바라보는 색다른 시각 | 맛깔스러운 말의 향연 | 언어의 품격(왕의 언어 & 거지의 언어) | 나의 언어 환경은 행복한 곳인가 | 각양각색, 언어 단상의 소묘 | 기왕이면 다홍치마(예쁘게 말하는 그녀)

🍪 말, 말, 말

참으로 말도 많은 세상. 그런 만큼 각양각색 '언어의 맛'을 내는 세상이 매일 파노라마처럼 펼쳐진다. 그러나 우리는 종종 정말로 말이 무서운 세상과 만나기도 한다. 뉴스를 보면 어떤 사건에 특히 더 주목하게 될 때가 있다. 그 사건의 배경과 이면에 사람의 어떤 심리가 작용했는지를 살피는 것도 나름 흥미롭기 때문이다. 그런데 자세히 들여다보면 그 사건의 기저에는 서로의 감정을 건드린 잘못된 말이 원인일 때가 상당히 많다. 대부분 말한 사람의 심정, 전달방식, 뉘앙스, 듣는 사람의 심기 등이 조화롭게 상호작용하지 못해서 일어난 것이다. 어쩌면 막을 수도 있었을 일이 일어난 것 같아 뉴스를 보며 안타까운 심정이 되곤 했다.

수많은 말과 함께 우리의 삶은 그야말로 다채롭고 역동적으로 흘러간다. 그래서 말과 관련한 에피소드 역시 무한하다. 예컨대, 말 한마디 잘해서 하루아침에 성공하는 경우도 있고, 오래전 일임에도 일순간의 잘못된 말을 한 과거사 때문에 공직의 옷을 벗어야 하는 경우도 있다. 또한, SNS 소통 트렌드의 영향으로 댓글로든 메인 글로든 개인의 의견을 표출하기가 매우 쉬워진 만큼, 파헤치기 좋아하는 사람들은 작정하고 달려들어 누군가 말했던 과거의 작은 한마디 실언조차 너무나 쉽게 찾아내고 그 과오에 대해 가차 없이 질타한다. 심지어 그 사람의 과거 이력과 신상도 모두 알아내고 어떻게든 비난할 만한 꼬투리를 악착같이 찾는다. 이런 세상에서는 백옥같이 깨끗하거나 아니면 철면피로 살 수 있거나 해야 하는데, 둘 다 결코 쉬운 일은 아니다.

지식인을 자처하며 수많은 사람이 페이스북, 트위터, 인스타그램, 블로그 등에 올린 글들이 훗날 나름 큰 그림을 그리며 진척시키던 노력을 하루아침에 무너뜨리거나 발목을 잡는 것을 종종 보게 된다. 그래서 나 역시 솔직히 마음 한구석에 두려움이 없지 않았다. 오죽하면 "털어서 먼지 안 나는 사람 없다"라는 말이 위안이 될 정도였다. 예컨대, 맑은 영혼을 꿈꾸기에 쓸 수 있었던 과거의 글도 지금 이 순간 내 마음이 맑지 못하다면 어쩔 수 없이 거짓이 되고 만다. 그래서 혹시 위선으로 비치지나 않을까 우려되기도 했고, 뜻이 같지 않은 사람들이 갑자기 비난하자고 들면 어쩌나 전전긍긍하기도 했다. 이러한 생각들은 어딘가에 글을 써서 올리고 뜻을 펼쳐보려 하다가도 자꾸만 주저하게 만들곤 했다. 결국 어떤 이슈나 사건에 대해 누군가의 의견에 공감되는 일면이 있을 때, 그다지 강경하지 않은 어설픈 댓글 달기조차 매우 조심스럽게 여겨지는 지점에 이르기까지 했다. 공연히 먼 훗날이 염려되어 꺼려지기 때문이다. 그렇기에 공적으로 말하거나 글을 쓰고자 할 때면 상당한 용기가 필요하게 되었다.

어떤 사람들은 자신이 옳다고 여기는 소신을 피력하기 위해, 또는 정치적 · 학문적 이론을 관철시키기 위해서도 할 말이 참으로 많은 것 같다. 또 어떤 이들은 자신의 목적을 이루고자 열변을 토하기도 하고 또는 영업상의 목적 달성과 상품 완판을 위해 많은 말을 한다. 이렇듯 말은 우리의 삶과 불가분의 관계를 유지하고 있다. 말이 생성되는 곳의 유형은 모두 열거하기도 어려울 정도로 많다. 심지어 사기꾼들도 말이 청산유수일 가능성이 크다. 그래야 남을 속여먹을 수 있으니까. 고로 아무튼 이래저래 온 세상에 말이 넘쳐날 수밖에 없다.

이렇게 말이 많은 세상에 살다 보니 이 사람의 말을 들으면 이 말이 맞는 것 같고, 저 사람의 말을 들으면 저 말이 맞는 것 같다. 그래서 우리는 언제나 혼란스럽다. 말의 홍수 속에서 휩쓸리거나 침몰당하지 않으려면 수많은 말 중에 옥석을 가려낼 수 있어야 하며, 그러려면 예리한 안테나를 쫑긋 세워두고 있어야겠다. 도대체 어느 장단에 맞추어야 하는가. 말이 많아도 문제이고 말이 없어도 문제이니 말이다.

🍪 말의 분량, 몇 그램(g)이면 될까

　　말의 분량에서도 중용의 도를 지켜야 하는 것일까. 어느 정도의 양으로 말하는 것이 과연 적당한 것일까. 말의 양보다는 질이 중요하다는 게 분명히 맞을 것이다. 그러나 말에 품질 보증서가 있는 것도 아니라서 어떤 말의 품질이 우수한지 파악하는 데도 어느 만큼의 제약이 따른다. 짧지만 보배로운 말이 있는가 하면, 또 어떤 때는 길게 설명해야 그 말의 효용성이 커지기도 한다. 예를 들어, 말을 많이 하도록 용인된 자리에서, 또는 청자가 경청할 준비가 되어 있는 상황에서는 주어진 시간 안에서라면 얼마든지 마음껏 말해도 된다. 이를테면 뉴스나 토론, 강의나 홈쇼핑 등이 그러한 경우다. 엄청난 양의 말을 해도 상호 간에 용인된 자리에서 말하는 것이기에 사람들의 원성을 살 일이 거의 없다.

　　그렇게 각각의 상황에 따라 필요한 말의 양이 달라지므로 수다쟁이처럼 혼자 시끄럽게 떠들며 한 말 또 하고 또 하는 일만 없다면 말의 분량 자체는 크게 문제 되지 않는다. 사실 불필요한 말이나 남을 해롭게 하는 말만 아니라면 적당한 양의 말은 삶의 윤활유가 되기도 한다. 그러나 반대로 매우 적은 분량의 말로도 마음만 먹으면 남을 해칠 수 있다. 그런 관점에서 말의 분량은 양적인 측면 하나의 잣대로서가 아니라 말의 내용이 어떤 것인가의 측면에 의해서도 좌우될 수 있다. 따라서 어쩌면 말의 분량에 대한 논쟁 자체가 무의미한 것일 수도 있다.

　　그럼에도 말의 분량 조절을 잘 못해서 낭패를 볼 때도 있고, 또 그런 사람으로 인해 짜증스러워질 때도 있다. 사실 너무도 바빠진 현대 사회에서는 누군가의 이야기를 다 들어주기도 참 힘들고 지친다. 바쁘게 일하는 와중에 계속해서 징징대며 자기 말을 들어달라고 쫓아다닌다면 곧바로 따돌림당하기 딱 좋다. 그래서 "저 사람 참 말이 많다"라는 말을 듣지 않도록 신경 쓰고 모든 만남과 관계 속에서 적어도 괜한 미움을 사지는 않도록 해야겠다. 그러기 위해 언어의 양을 조절하며 양질의 내용을 적절히 잘 구사하도록 노력해야 할 것이다. 그것을 '옷 잘 입기'에 비유해서 생각해보자. 즉 옷을 제대로 잘 입는 사람은 옷의 컬러, 계절에 맞는 소재의 질감, 레이어드 등을 고려해서 부족하거나 과하지 않게 차려입고자 늘 고심한다. 또한 때와 장소, 상황을 잘 살펴서 입고자 한다. 그와 마찬가지로, 언어의 분량을 정할 때도 그러한 센스를 발휘하여 양질의 언어 사용이 될 수 있다면 참 좋을 것이다.

한편, 말이 많고 적음으로 누군가를 평가하다 보면 때로는 그 사람의 진정한 모습에 대해 오판하게 되기도 한다. 살펴보자면 이렇다. 사람의 마음과 성향이 워낙 다양하다 보니 말하는 패턴의 양상도 다양할 수밖에 없다. 말수가 적으면 진중해 보이고 신뢰감을 얻기도 쉽다. 하지만 그와는 반대로 말이 적은 사람 중에 음흉하게 나쁜 짓을 꾀하는 사람도 있다. 그렇기에 어떤 이가 말없이 내 앞에서 조용히 경청하고 있을지라도 어쩌면 그는 나를 조용히 평가하는 중이거나 걸고 넘어갈 꼬투리를 찾는 중일지도 모른다. 그러니 조용히 내 말을 경청하고 있다고 해서 반드시 내 편이라 믿지는 말자.

보통 말이 많은 사람이 철없고 가벼워 보일 수는 있다. 하지만 말 많은 사람이 때로는 허물없이 지내기 좋은 성격의 소유자일 수도 있다. 속이 훤히 들여다보여서 오히려 순박해 보이기도 한다. 생각 없이 말을 많이 하다 보면 자신도 모르게 소위 '염장 지르기'를 해서 상대방을 황망하고 당황스럽게 만들기도 하지만, 그래도 악의는 없는 사람일 가능성이 크다. 그래서 치밀하게 계산하며 성공 가도를 달리기에는 부족한 사람일지 모르지만.

결론적으로, 말의 양이 많고 적음은 언어 사용법의 옳고 그름을 따지는 잣대로 보기에는 다소 무리가 있다. 다시 말하면, 말을 잘한다거나 못 한다는 것이 평가될 때는 말의 양과 관계없이 그 말에 담겨 있는 심기와 어투 그리고 뉘앙스가 중요하게 작용하며, 어떤 콘텐츠를 말에 담는가도 매우 중요하다는 점을 고려해야 한다.

🍪 진정으로 말을 잘한다는 것

요즘엔 거의 누구나 말을 잘하는 것 같다. 아마도 이는 모두에게 배움의 기회가 많이 제공되고 여러 경로를 통해 다양한 정보를 얻음으로써 말하는 법과 표현할 콘텐츠를 더 많이 알게 되었기 때문일 것이다. 혹은 자유롭게 표현하는 것을 배운 세대가 많아져서이거나, 그와 반대로 무언가를 항변하고픈 억울함을 가진 사람이 많기 때문일 수도 있다. 아무튼, 억압되지 않고 자란 세대가 많아져서인지 모두 자신의 감정이나 의견을 잘도 표현한다. 그렇게 기본적으로 최소한의 교육이 이루어져 있고 세상의 모든 일에 대한 지식을 쉽게 얻을 수 있다 보니 모두 자신만의 지식 창고를 잘 구축해놓고 있다. 설령 배움의 기회를 잃었다고 해도 삶에서 직접 부딪치며 깨닫게 된 저마다의 철학이 어느 만큼씩은 축적되어 있다. 그래서 적재적소에 딱 맞는 말을 기막히게 잘 구사하는 사람도 많다. 다만, 자신이 터득한 지식과 관점을 통해 자유롭게 많은 말을 하지만, 삶에서 느끼는 모든 것이 자기만의 방식으로 이해되었고 그 가치관에 따라 얻어진 개인 철학이기에 뱉어내는 말들이 타인에게 유익할 수도 있고 혹은 그렇지 않을 수도 있다.

그런 만큼 말을 많이 하는 것과 말을 잘하는 것이 똑같이 평가될 수는 없을 것이다. 아나운서, 쇼호스트, 강사처럼 말을 많이 그리고 똑 소리 나게 한다고 해서 모두를 행복하게 해줄 정도로 말을 잘하는 것이라 할 수는 없다. 또한 "말이면 다 말인가"라는 어구처럼 입 밖으로 끄집어내었다고 해서 그 말이 모두 훌륭한 것은 아니다. 표현의 자유라는 관점에서는 개개인이 자신의 욕구대로 그 어떤 말도 할 수 있다. 하지만 그것으로 인해 다치는 사람도 있고 죽는 사람도 있을 수 있다는 게 문제다. 예컨대 한 단체에서 어떤 구성원이 유창하게 쏟아낸 말이 그 단체의 화합을 이루는 도구가 될 수도 있지만, 분란의 씨앗이 되기도 한다는 것이다.

종종 두서없이 말만 많은 경우가 있다. 필자도 살면서 그런 경험이 없지 않다. 논리정연하게 말하는 연습이 덜 되어서 그런 경우도 있었고, 성격이 급해서 속사포처럼 일단 토해내야겠다는 욕구가 발동해서 그런 경우도 있었다. 때로는 지나치게 상대방을 배려하는 바람에 왠지 더 구체적으로 상세하게 설명해야 할 것만 같은 강박증이 생겨서 그랬던 적도 있다. 그리고 어떤 때는 상대방이 일단 내 말을 잘 들어주는 것에 지나치게 기분이 업(up)되어 생각과 달리 입에 모터가 달린 듯 저 혼자 떠드는, 이른바 '떠버리'가 되기도 했다. 그런데 어쩌다 그런 대화를 하게 되면 꼭 후회가 몰려왔다. 어쩐지 내 속을 모두 한순간에 드러낸 것 같아 부끄러워지기도 했고, 내가 신나게 말하고 있는 동안 상대방에게 나를 관찰할 틈을 무방비 상태로 내어준 것 같아 떨떠름해지곤 했다. 이야기의 주도권을 잡고 대화를 마쳤으니 승리감이 먼저 들어야 하는데, 어째서 알 수 없는 패배감에 젖게 되는 건가 싶었다. 때로는 급격한 피로감이 밀려오기도 했다. 몇 번의 후회와 반성이 있고 나니, 저절로 조금씩 대화 자체를 피하게 되거나 점점 여러 명의 대화에서 굳이 나서고 싶지 않다는 생각을 하게 되기도 했다. 할 말이 늘 많은 사람은 나와 같은 경험을 더러 했을 거라고 짐작된다. 당장 자신의 언어 사용 방식에 대해 정확히 감지하지는 못하더라도 잠시 되돌아 생각해보면 어느 정도는 공감할 거라 여긴다. 적어도 자신의 일거수일투족에 관심이 많거나 감정 변화에 민감한 사람이라면 말이다.

논리정연하게 말하기 위해서는 많은 연습이 필요하며, 말을 잘하는 사람을 벤치마킹할 필요가 있다. 그런데 이것이 학교 교육에서는 다른 학과목에 비해 상대적으로 소홀하게 다루어지는 것 같다. 그저 또래의 친구들끼리 편하게 많은 말을 하며 스트레스를 해소하는 언어 사용 방식만 무럭무럭 자라나는 환경이다. 그마저 수다스러운 성격이 아니면 아예 입을 열게 되지도 않아서 평범한 말의 연습 기회조차 놓치곤 한다. 학급회의나 과외활동을 통해 공백을 채워보려 하지만 말하기 실력을 별도로 연마하기 위해 할애되는 시간은 상대적으로 매우 적다. 그 알량한 시간마저 고학년으로 갈수록 시험 대비 목적의 학업을 위해 아예 박탈당하고 만다. 물론 모든 학교가 그렇다는 것은 아니다. 다만 진정으로 말을 잘하는 연습의 장(場)이 될 것을 우선으로 삼는 학교가 상대적으로 적다고 언급하려는 것이다.

한편, 진정으로 '말을 잘한다'라는 것은 언어 사용 능력과 상당히 관련되어 있다. 언어 사용 능력은 크고 작은 사회 속에서 상대방과 피드백을 주고받으며 성장한다. 시행착오를 발견하고 수정하며 개선해갈 수 있다. 그런데 그런 것이 정작 대부분의 학습 수용 시기에서 배제되다 보면 지혜롭게 표현하는 것을 익히기 상당히 어려워진다. 그런 상황에 노출된 학생들은 어른이 되어서도 여전히 말이 두서가 없거나 막말을 하거나 불필요한 수많은 언어를 남발하는 상황을 맞게 되고 만다. 결국 상대방을 힘들게 하거나 그로 인한 피드백에서 본인도 후회와 상심, 또는 자책의 늪에 빠지곤 한다. 좀 더 비약하자면, 그나마 그렇게 후회나 자책의 반추조차 하지 않는 사람은 평생 그것을 개선하지 못한 채 쓸쓸히 삭막한 삶을 살아갈 것이다.

물론, 애초부터 대화의 흐름을 망치고 싶은 사람은 아무도 없을 것이다. 또한 어눌한 대화법으로 인해 관계를 망치고 싶은 사람은 더더욱 없을 것이다. 통제되지 않고 튀어나오는 수많은 언어를 스스로 제어하며 드라마에서처럼 멋지게, 광고의 카피처럼 호소력 있게, 그리고 때로는 어록에 남을 것 같은 의미 있는 말들만 잘해서 공감을 얻고 싶은 마음은 누구에게나 있을 것이다. '잘못 말하느니 안 하는 게 낫지', 혹은 '가만히 있으면 중간이라도 가지'라고 생각해서 아예 입을 닫는 것도 말을 잘하는 것은 분명히 아닐 것이다. "나는 원래 소심한 성격이라서 말을 잘 못해"라고 하는 사람들도 사실 그 내면을 들여다보면 결국 어느 정도의 분량으로 말해야 할지, 어떤 중요한 말을 우선적으로 골라서 해야 할지, 어떻게 상황에 딱 맞게 말해야 할지 모르기 때문에 더욱 움츠러들어서 그렇게 된다. 그것을 잘할 수 있을 만큼의 연습 기회가 남보다 부족했기 때문이다. 따라서 진정으로 말을 잘한다(능숙하게 한다)는 것은 이러한 모든 것이 잘 훈련되어 훌륭하게 컨트롤할 수 있는 상태를 이른다.

⬤ 언어의 맛

말을 맛있게 한다는 것은 무엇일까. 언어의 맛은 몇 가지일까. 우리가 보통 맛에 대해 말할 때처럼 언어에도 달달한 맛, 간간한 맛, 매운맛, 씁쓸한 맛, 새콤한 맛, 떫은맛, 느끼한 맛, 진하고 걸쭉한 맛이 있다. 엄밀히 말하면 이 모든 언어의 맛이 우리가 혀에서 화학적으로 인지하듯 직접적으로 느끼는 미각의 맛은 아니다. 그러나 모든 맛이 감각 혹은 느낌이라는 범주로 다루어진다는 측면에서 언어의 맛도 제각기 다른 느낌을 준다고 볼 수 있을 것이다. 이토록 새롭고 재미있는 관점으로 언어의 맛을 느껴본다는 것은 나에게는 마치 다양한 맛을 자랑하는 아이스크림 가게 앞에 서 있을 때처럼 흥미진진한 일이다.

___ 달달한 맛

갓 사랑에 빠진 연인 사이에서 나누는 말들이 두말할 나위 없이 세상에서 가장 달달한 말일 것이다. 주위의 다른 사람들의 닭살이 돋거나 말거나 아랑곳없이 사랑하는 연인은 언제나 달콤한 대화를 나눈다. 그리고 꿀처럼 달달한 어조로 자신들만 통하는 언어를 만들어간다. 그들이 사용하는 말은 셰익스피어의 소설에나 나올법한 그럴듯한 문구일 수도 있고, 그저 단순하고 짧은 의성어가 조합된 것일 수도 있다.

그런데 연인에게서는 그렇게 자연스러운 달콤한 언어가 왜 다른 관계에서는 닭살이 돋고 어색하기 짝이 없는 것일까. 그토록 다정한 톤의 1/10이라도 사용해서 다정다감하게 서로 대화를 나누고 소통한다면 참 좋을 텐데 말이다. 희한하게도 대부분 친숙해지고 나면 그 다정한 어투가 불필요하다고 여기는 것 같다. 시간이 지날수록 거칠고 투박한 언어가 난무하기 십상이다. 관계가 소원해져서 말이 그렇게 변하는 것일까. 아니면 말이 건조하고 투박해서 관계가 소원해지는 것일까. 필자는 후자라고 생각한다.

오랜 세월을 함께한 부부 사이에서도 말의 품격을 잃지 않고 서로를 배려하는 언어를 사용하면 남 보기에도 다정해 보이고 본인들 역시 실제로 행복한 삶을 살고 있을 가능성이 훨씬 크다. 가족 구성원 간에도 적절하게 달달한 언어는 설탕이 음식 맛을 조화롭게 하듯이 꼭 필요하다. 반려동물에게도 큰 사랑을 담아 꿀 떨어지게 말해주기를 어색해하지 않으면서 어째서 막상 사람 사이에서는 어색하게 여기는 것일까. 특별히 연인들의 언어처럼 미사여구가 많지 않더라도 모든 관계에서 달달한 언어를 사용하는 방법이 있다. 그 달달한 언어는 바로 진심을 담은 '칭찬'이다. 칭찬이야말로 관계를 조화롭게 해주는 꿀처럼 달달한 언어다.

─── 간간한 맛

입맛을 돋우며 음식의 맛을 완성시켜주는 소금처럼 간간한 맛을 내는 말들이 있다. 망망대해 같은 삶에서 등불처럼 빛을 내며 우리를 이끌어주는 명언들이 그런 언어의 맛에 속한다고 할 수 있다. 세상의 지혜를 담은 양서들의 좋은 글귀들 또한 그러한 맛의 언어들이다. 그리고 그에 버금가는 말로, 아픔을 지닌 사람들을 위로할 때 하게 되는 말들이 바로 간간한 언어들에 속한다.

그러나 지나치게 짠맛은 오히려 독이 될 수 있다. 항상 그렇게 진지한 언어만 듣고 산다면 어떤 음식에 물리게 되는 것처럼 진력이 날 수 있다. 약이 되라고 해주는 간간한 말이지만, 너무 짜면 자칫 배추나 무를 절일 때처럼 상대방을 오그라들게 할 수 있다. 그래서 같은 말이라도 위트와 유머로 유쾌하게 말하는 사람이 인기가 있는지도 모른다. 그것은 관계를 완성시키는 데 가장 맛깔스러운 간을 내주기 때문일 것이다.

그리고 정말 필요한 음식에만 소금을 넣어야 하듯이 모두에게 천편일률적으로 똑같이 강요하는 말을 사용하는 것은 실상 더 이상 간간한 맛이 아닐 수 있다. 모두에게 그 말이 요긴한 것은 아니기에 그렇다. 또한 좋은 말도 매일 들으면 그 맛의 진가를 모를 수 있다. 그러므로 분명히 소금처럼 없어선 안 될 것 같은 필수적인 말일지라도 대놓고 남발하지 말아야겠다.

─── 고소한 맛

여름의 별미로 고소한 맛이 나는 콩국수를 먹을 때마다 생각하게 된다. 콩국수처럼 고소한 맛이 나는 언어로는 무엇이 있을까, 하고. 선량한 누군가를 약 올리거나 괴롭히려다가 자기가 더 곤란해지는 상황을 보면, 우리는 보통 "그거 참 깨소금 맛이다"라며 고소해한다. 그런 걸 보면 언어 자체가 고소한 맛이 난다기보다는 통쾌하고 후련한 마음이 느껴지는 상황에서 사용되는 모든 말이 다 고소한 맛이 난다고 할 수 있겠다. 예컨대, 마음이 약하고 소심해서 혹은 대상이 직장 상사이거나 손윗사람이기에 대놓고 따질 수 없어서 모진 소리를 듣고만 있어야 할 때, 누군가가 대신 시원하게 말로 갚아주면 속으로 꽤나 고소하게 여겨진다. 그런 상황에서 쓰일 만한 말들을 되짚어보니 떠오르는 말이 있다. "너나 잘해!"라는 말. 이 말은 내가 할 때보다 옆에서 다른 이가 대신 해줄 때 더욱 고소한 맛이 나는 것 같다. 요즘 흔히 말하는 '사이다 발언'이라는 것이 말 그대로 속이 후련해지는 시원한 맛에 속하기도 하지만, 어쩌면 깨소금처럼 고소한 맛에 속하는 언어일 수도 있다.

___ 새콤한 맛

언어에도 새콤한 맛이 있을까. '새콤한 맛'이라는 단어의 느낌만으로도 입안에 군침이 돈다. 상상만으로도 침이 고이게 하고 입맛을 돋우는 새콤한 맛의 음식을 먹으면 처음엔 몸이 부르르 떨리며 그 신(새콤한) 맛에 전율하게 되지만, 이내 새콤함은 상큼함으로 변하고 독특한 뒷맛의 여운을 남겨준다. 새콤한 맛은 다른 맛과 조화를 이루며 음식을 더욱 맛나게 해준다. 이렇게 새콤한 음식을 먹을 때와 같은 느낌이 들게 하는 언어가 있다. 그 언어는 바로 새콤하게 톡 쏘는 맛이 있지만 동시에 다른 맛과 조화를 이루는 언어들일 것이다.

신맛은 은근히 정화작용을 많이 해주는 것 같다. 음식을 조리할 때도 신맛을 내주는 식초는 잡냄새를 없애준다. 입안을 시원하게 샤워해주는 그 맛이 다른 맛을 받아들일 준비를 하게 해주는 것도 같다. 혀와 입술을 순간 오므라들게 하며 일종의 수렴작용을 해주는 감식초는 다른 음식을 더욱 맛깔나게 해준다. 감식초처럼 말하는 사람은 어떤 모임에서든 항상 인기가 많은 유형의 사람이다. 신맛이 몸을 오그라들게 하듯이 처음엔 쑥스럽게도 하고 때로는 낯간지럽게 하기도 하지만, 새콤하고 아삭한 사과를 한 입 베어 물었을 때와 같이 새콤한 말을 들으면 모두 상쾌해지고 유쾌해진다.

신맛의 언어를 잘 구사하는 사람은 기본적으로 그 모임의 분위기를 맛깔스럽게 만드는 재주가 있다. 또한 그들은 기본적으로 다른 사람을 배려하는 마음이 있다. 그리고 본능적으로 조화로움을 항상 좋아한다. 맛집으로 소문난 분식집의 쫄면에 들어간 식초는 채소의 씁쓸한 맛을 중화시키고 매운맛, 달콤한 맛, 고소한 맛에 작용하여 조화로운 맛을 배가시켜준다. 그렇듯 그들은 치우치지 않는 어조로 유머와 재치 있는 언어를 구사한다. 어떤 모임에 이런 사람이 한 명이라도 있다면 그 사람의 역할로 그 단체는 순풍에 돛을 단 것처럼 순항할 가능성이 커진다. 음식에서는 식초와 같고 기계에서는 윤활유 같은 역할을 하는 것이 바로 신맛의 언어다. 그렇게 새콤하고 상큼한 언어를 사용할 수 있으려면 타고난 재능과 함께 훈련된 넓은 마음이 전제되어야 한다. 그래서 새콤한 언어 사용 능력은 비교적 소수의 사람에게서만 보이는 덕목이기도 하다. 그렇기에 모든 관계에서 상큼함을 더해줄 그러한 사람이 더욱더 많아지기를 기대해본다.

—— 매운맛

맵고 알싸한 맛이 나는 언어가 있다. 매운 청양고추를 한 입 베어 물면 혀가 얼얼해져서 아무 말도 하지 못하게 되고 그 열감으로 몸의 온도가 올라가기도 한다. 혹은 숨이 차올라서 제대로 호흡하기도 힘들어진다. 우리가 간혹 듣게 되는 어떤 말은 바로 이렇게 매운 고추를 먹었을 때처럼 말문이 막히게 하기도 하고, 분하고 억울해서 화기가 머리끝까지 치밀어 오르게 하기도 한다. 너무 매운 음식이 우리를 울게도 하는 것처럼 매운 말은 너무 억울해서 눈물 나게도 한다.

"너는 왜 항상 그 모양이냐?", "넌 그래서 안 되는 거야" 등의 말로 속을 후벼 파듯 아프게 말해야 직성이 풀리는 사람이 있다. 그런 사람의 말을 듣고 나면, 캡사이신을 먹은 것처럼 속이 얼얼하고 아프다. 때로는 매운 음식을 먹으면 오히려 속이 후련해진다는 사람도 있기는 하지만, 그래도 결국엔 속이 쓰리고 아프다. 그래서 매운 언어는 언제나 마음을 쓰라리게 한다. 사실 생리학적으로도 매운맛은 통증의 감각이라고 하지 않던가. 마찬가지로 말에서도 매운맛은 통증을 유발한다. 그러니 어느 날 누군가로부터 매운 말을 들었다면 위장약으로 속을 달래듯 마음을 달래주어야 한다. 속을 풀어줄 방법을 반드시 찾고 어떻게든 치유하라고 말해주고 싶다. 위장병이 생기듯 마음의 고질병이 생기지 않도록 말이다.

또한 그런 만큼 누군가의 속을 맵고 아프게 하지도 말자. 적어도 통증 유발자가 되지는 말자는 것이다. 그렇게 말하는 사람들의 속은 편할까 싶다. 실제로 지인 중에 모임에서 항상 모든 사람의 마음을 들쑤셔놓거나 상을 뒤집어엎으며 번번이 분위기를 망치고야 마는 사람이 있었다. 그는 말을 참 나쁘게 했다. 언어 사용법을 전혀 모르는 사람이었고 언제나 안하무인이었다. 결국 그 사람으로 인해 상처를 입은 사람들이 하나둘씩 그의 곁을 떠나갔다. 그런 일이 일어날 때마다 그의 아내는 항상 난감해했다. 그러면서 말하곤 했다. 그가 집에서도 언제나 그런 식이라서 아이들도 싫어하고 자신도 힘겨운 삶을 살아왔다고. 그런데 몇 년 후 안타깝게도 그가 위암이라는 소식을 듣게 되었다. 그때 어째서 사람들을 아프게 한 그 사람이 오히려 더 큰 병에 걸리게 되었을까, 하는 생각이 들었다. 벌을 받은 걸까. 당시에는 그러한 사실이 참으로 의아하게 여겨졌다. 물론 어쩌면 우연히 그렇게 된 것일 수도 있다. 그러나 적어도 다른 사람을 아프게 하는 사람은 자신도 마음이

든 몸이든 어딘가 반드시 아프게 될 것이라고 나는 믿는다. 아픈 말로 모두를 떠나보내고 그래서 미움과 원망을 받게 된 것을 후회하며 외로워하는 동안 마음의 병이 생길 것이고, 그 마음의 병이 몸의 다른 곳도 병들게 할 것이라 생각하기 때문이다. 자업자득의 결과라고 본다.

—— 씁쓸한 맛

우리의 마음과 정신에 요긴한 언어의 맛으로, 간간한 맛 못지않게 중요한 것이 있다면 그것은 바로 약처럼 쓴맛이 나는 언어일 것이다. 쓴맛의 언어는 무조건 나쁜 언어를 말하는 게 아니다. 상대방을 위해 당장은 서로 불편할 수 있음을 감수하고라도 어쩔 수 없이 용기 내어 해주는 말일 경우가 많다. 그래서 쓴맛의 언어는 말하는 사람에게도 그리 좋지는 않다. 쓰게 말해줄 수밖에 없다고 판단해서 일부러 마음을 다잡고 하는 경우가 대부분인데, 일단 자신의 마음이 무겁고 힘들기 때문이다. 또한 그 쓴맛의 강도에 따라 다르긴 하지만, 상대방을 불쾌하게 하는 말일 수 있으므로 말에 담긴 기운이 자신에게도 해로울 수 있다. 그러므로 진심으로 상대방을 위해 모든 것(심지어 관계가 소원해질 수 있음)을 각오하고 신중히 생각해서 말해야 한다. 매우 효과 빠른 쓰디쓴 약을 처방해야 할 상황이라 해도 쓴맛의 언어는 어쨌든 듣는 사람에게 당장은 아프고 힘든 말이기에 더욱 조심해서 사용해야 한다.

한편, 쓴 말을 듣게 된 사람도 당장은 자신의 생각을 모르고 하는 말 같고 반대에 부딪히는 느낌이나 거부되는 느낌 때문에 힘들겠지만 시간이 지나고 나면 그 말이 맞는 말이라고 생각될 것이다. 그러므로 누군가로부터 매우 쓴소리를 듣게 되더라도 알고 보면 훗날 자신에게 좋은 약이 될 수 있다고 생각해서 부디 상처받지 않기를 바란다. 나에게도 일찍이 누군가가 이러한 것을 알려주었더라면 내게 모질고 야속하게 말한 사람들을 그토록 오랫동안 원망하며 지내지 않았을 것 같다.

혹여나 누군가가 시기와 질투, 음해와 방해를 위해 일부러 못되게 할지라도 크게 상처받지는 말자. 그 말을 가볍게 무시해버리자. 그리고 그렇게 말하는 사람을 오히려 안쓰럽게 생각해주자. 그 사람은 언어의 맛을 낼 줄 모르는 사람이며, 그래서 자신이 오히려 무미건조한 삶을 살고 있는 것임을 알도록 하자. 그렇게 마음을 먹으면 오히려 그 사람보다 더 큰 마음이 된 것이기에 많이 서글프거나 억울한 마음이 들지 않는다. 못난 사람이 못나게 굴면 어차피 세상 사람도 그것을 다 알게 될 것이다. 그러한 성향의 사람은 다른 사람과의 관계에서도 대부분 똑같이 행동하기 마련이며, 세월이 지나면서 많은 사람으로부터 저절로 배척당하게 되어 있기 때문이다. 어쩌면 그런 게 바로 천벌이 아닐까 생각한다. 그러니 마음이 못돼서 쓴 말만 아프게 골라 습관처럼 사용하는 사람이라면 더 이상 그 사람의 말에 귀를 기울이지도 말고 흔들리지도 말자. 원활한 커뮤니케이션이 되려면 잘 말하는 것 못지않게 잘 듣는 것이 필요하며, 특히 말하는 상대방을 배려해서만이 아니라 자기 자신의 마음이 다치지 않기 위해서라도 필요하다. 거듭 말하건대, 말을 함부로 하지도 말아야 하지만, 말 때문에 힘들어하는 건 더욱 하지 말자.

── 떫은맛

와인을 마실 때면 단맛과 신맛이 적절히 섞여서 묘하게 맛이 좋다는 생각을 하게 된다. 하지만 종종 타닌 성분으로 인해 뒷맛이 떫거나 텁텁한 맛이 느껴질 때가 있다. 어떤 와인 전문가는 그 떫은맛조차 와인의 맛을 결정지어주는 하나의 필수 요소로 간주하기도 한다. 그러한 맛이 언어적으로 표현된다면 바로 떨떠름한 맛으로 비유될 수 있을 것이다. 왠지 처음 들었을 때는 그런대로 좋은 표현으로 들려서 기분이 상하지는 않는다.

그런데 시간이 지나면서 그 말을 곱씹다 보면 이상하게도 마음이 상하게 되는 언어가 있다. 보통 그렇게 되는 이유는 무엇일까. '언중유골'이라고, 온갖 듣기 좋은 단어를 사용해서 말하지만 그 안에 다른 의미나 의도를 담고 있기 때문이 아닐까. 가벼운 정도로라도 비아냥거리거나 비꼬듯이 말할 때 그렇게 될 가능성이 커진다. 또는 진심이 담겨 있지 않아서 분명히 좋은 언어를 사용했음에도 마음 깊이 파장을 일으켜주지 못하기 때문일 수도 있다. 허공에 공허하게 맴도는 메아리와도 같은 언어를 사용하는 것이라 할 수 있다. 떫은맛의 언어를 자주 사용하는 사람은 다른 이들로부터 점점 신뢰를 잃게 될 가능성이 있다.

세상의 수많은 정치꾼(나는 말만 반질하게 하는 정치 모사꾼과 국민을 말로 선동하는 정치인을 특별히 '정치꾼'이라고 표현하곤 한다)이 그런 경우가 많다. 또는 지나치게 현학적이어서 우리의 삶과 많은 연관성이 없는 그저 학문에 불과한 이론을 언제나 큰 소리로 외치는 일부 학자들도 떫은맛의 언어 사용자라고 여긴다. 또한 비상식적 견해로 사실을 왜곡하며 교묘히 언론플레이하는 사람의 말도 떫은맛이 나는 언어다. 특히 온갖 감언이설로 앞에서 잘하는 척하며 뒤로 나쁜 일을 도모하는 사람들이 진정 떫은 말의 대가라고 하고 싶다. 그렇게 뒤통수를 치거나 사기를 일삼는 사람들이 내뱉는 떫은맛의 언어들이 바로 자신에게 다시 피드백되어 인생의 진짜 떫은맛을 보게 되었으면 좋겠다는 생각을 해본다.

── 느끼한 맛

사용하는 언어에 기름기가 많으면, 그 말은 듣는 이에게 느끼하고 역한 기분이 들게 할 수 있다. 물과 기름이 섞일 수 없듯이 항상 기름지게 말하는 사람은 물처럼 흘러가는 사람들 사이에서 겉돌 수 있다. 다시 말하면 그런 사람들은 상황 판단을 잘하지 못하고 늘 엉뚱한 곳에서 자신의 열정과 애틋함을 수시로 표현한다. 그와는 반대로 지나치게 수줍어하거나 조심하는 성격이어도 그런 오해를 받게 될 수 있다. 기껏 생각해서 언어를 선택하고 제 딴엔 잘 표현한다고 하는데도 오히려 긴장해서인지 하필이면 상대방이 듣기 거북한 말만 골라서 하기도 한다. 생각해보라. 진지하게 중요한 의제를 논의 중인데 눈치 없이 달달하거나 새콤한 언어를 사용한다면 어떨지. 그 마음이 과하게 반영되면 겉돌기 쉽고, 오히려 느끼한 맛으로 변질될 수도 있다.

또한 떡 줄 사람은 생각도 하지 않는데 김칫국부터 마시는 사람처럼 들떠서 아직 마음도 열지 못한 상대방에게 무작정 들이대는 때에도 느끼한 언어를 사용할 가능성이 있다. 그래서 한 발 다가서면 상대방은 거의 반사적으로 한 발 뒤로 물러날 것이다. 심리학에서는 사람과 사람 사이에 사회적 거리가 있다고 한다. 서로의 친한 정도에 따라 편하게 느끼는 거리가 다르다는 것이다. 그렇다고 보면 역시 언어에는 심리가 깊이 관여됨을 부인할 수 없다. 그러한 심리작용을 고려해서 자신이 하는 말이 느끼한 맛의 언어가 되지 않으려면 상대방에 대한 세심한 관찰과 배려심이 있어야 하며, 늘 적절한 타이밍을 살피는 센스가 필요하다. 한편, 어휘 자체가 느끼하고 저속한 표현이 담긴 말이어서 느끼함을 유발하는 경우도 있다. 그런 말을 자주 써서 타인에게 늘 거부감을 주는 사람은 그야말로 답이 없다.

── 구수한 맛

들으면 언제나 기분이 좋아지는 말이 있다. 그것은 바로 구수한 맛의 언어다. 생각해보면 우리 삶에는 참으로 많은 언어가 구수한 맛을 지녔다. 내 기억에는 그중에서도 특히, 어린 시절 할머니가 들려주시던 옛 이야기가 구수한 맛이 났던 것 같다. 살면서 종종 군고구마가 익어가는 달콤한 향을 맡을 때마다 구수한 이야기를 들려주시던 할머니가 무척 그립다.

구수한 언어는 특히 듣는 사람은 물론이고 말하는 사람도 기분이 좋아져서 함께하는 자리의 분위기를 훈훈하게 만든다. 예를 들면, 자선을 베푸는 사람의 언어가 참 따뜻하고 구수하며 친절한 사람들의 언어 또한 구수한 맛과 향기를 많이 지니고 있다. 그래서 함께하기만 해도 모두 기분이 좋아진다. 그 밖에도 구수한 맛의 언어는 많이 찾아볼 수 있다. 설날 어른들이 들려주시는 덕담이 구수하고 시골 음식점 사장님이 들려주는 사투리가 구수하다. 또는 시트콤 드라마의 위트 있는 대사가 구수하고, 삶의 지혜를 들려주는 선각자들의 격려의 말이 구수하다. 그들이 들려주는 구수한 언어는 따뜻한 위로의 언어로 다가와 힘들 때마다 위안이 되곤 한다. 유난히 삶이 지치고 힘들 때는 그들의 명언이 가슴 깊이 아로새겨진다. 그런 다음 어디에서 나오는지 알 수 없는 새로운 희망이 솟아나기도 한다.

한편, 구수한 언어로 노래하지만 어쩐지 슬프고 애잔한 정서가 깃든 노랫가락을 들을 때 우리는 '구성지다'라고 표현한다. 그것을 거꾸로 말해보면 슬프고 애잔한 가락이지만 언어가 구수해서 구성진 가락이 될 수 있다. 그래서 그 구성진 노래를 들으며 삶의 무게로 넘어져도 우리는 다시 기운을 차린다. 그것이 언어가 지닌 강한 힘이기도 하며, 그런 언어가 훌륭한 음악과 만날 때는 더욱 강력한 시너지를 일으킨다.

── 진하고 걸쭉한 맛

언어에는 곰국처럼 진한 맛이나 막걸리처럼 걸쭉한 맛도 있는 것 같다. 그러한 맛의 언어를 잘 사용하는 사람은 보통 '진국'이라고 표현되고, 다른 유형의 사람보다 더 많은 신뢰를 얻으며 살아간다. 그들의 언어는 절대

가볍지 않고 깊이가 있으며 과격하거나 난폭하지도 않다. 그들의 언어는 언제나 잔잔하고 그윽하다. 잘 고아진 곰국은 먹으면서도 왠지 몸이 건강해질 것만 같다. 국물에 거짓 없이 사골의 진액이 모두 녹아 있는 것만 같아서 믿음이 가고 깊은 맛이 난다. 진한 맛을 내기 위해 반드시 그 언어가 유창할 필요도 없다. 그저 진솔한 마음을 담아 단 한마디를 말해도 정성을 기울이면 된다. 진심으로 상대방을 아끼고 위하는 마음을 담아서 표현하면 된다. 더구나 곰국에 많은 반찬이 필요치 않은 것처럼 많은 미사여구도 필요 없다. 오히려 때로는 침묵과도 같은 언어가 더 와 닿을 수도 있다. 유익하게 마음에 다가와 진하게 각인되는 그런 언어의 맛이 바로 진한 맛이다.

물이 많이 섞여서 묽은 막걸리처럼 맹숭맹숭하지 않은 걸쭉한 언어 또한 제법 맛깔스럽다. 이때는 약간의 걸쭉한 언어 재료로 좋은 술을 빚듯 잘 제조하는 능력을 지닌 사람이 유리할 수 있다. 그래서 이왕이면 걸쭉하게 비유를 들어가며 풍성하게(그러나 많은 기교나 거짓 없이) 잘 말하는 스토리텔러(이야기꾼)나 그런 기법을 적절히 사용하며 강의하는 사람이 그렇지 않은 사람보다 언제나 인기가 많다. 똑같은 말도 그 사람이 말하면 걸쭉하고 맛깔스럽기 때문이다. 그야말로 들어줄 맛이 난다. 그런 사람의 주위에 항상 많은 사람이 모여들게 되는 것도 바로 그러한 연유다.

🍪 언어를 바라보는 색다른 시각

── 언어의 색깔

종종 어떤 그림이나 조각 같은 예술작품을 보며 "원색적이다"라는 표현을 할 때가 있다. 그것은 사진이나 영화에서도 표현되곤 한다. 그런데 누군가가 어떤 말을 원색적으로 했다며 사회적으로 큰 이슈가 되기도 하는 것을 보면, 언어에도 분명히 색깔이라는 게 있는 것 같다. 또한 색감을 넣어 회화적으로 의사 표현을 하는 사람의 말을 들으면 더욱 생생하게 와 닿고 더욱 실감이 나기도 한다. 보통 시인은 형형색색의 색채 묘사 언어를 구사하며 아름다운 이미지를 잘 만들어내는 사람으로 알려져 있다. 하지만 굳이 시인이 아니더라도 우리 주변에는 이야기에 색채감을 더해가며 멋지게 말하는 사람들이 많다. 그들이 사용하는 색채감 있는 언어가 삶에서 어떤 이미지를 만들어내는지 호기심이 생겨난다. 언어를 '색깔'이라는 관점에서 들여다보는 것도 맛의 관점으로 파악해볼 때만큼이나 흥미로운 일인 것 같다.

빨간색

"당신은 '새빨간 거짓말'을 하고 있군"이라며 서로 옥신각신하는 상황을 쉽게 떠올려볼 수 있을 것이다. 그냥 거짓말도 아니고 '새빨간 거짓말'이라고 하는 이유가 무엇일까. 그것이 궁금해져서 한 포털의 국어사전을 검색해보았다. 온전히 거짓말을 한다는 뜻인데 하필이면 빨간색으로 표현하게 되었을까 생각하니, 그것의 유래 또한 궁금해진다. 사실 그것의 유래 자체보다는 새빨갛다고 말하는 순간 그 말이 정말 빨간색인 것처럼 인식된다는 점이 신기하고 그런 원리가 더욱 궁금하다. 언어는 그것이 발화되고 표현되는 순간 그 언어에 내포된 의미가 함께 연상되며 뇌에서 활성화 작용이 일어난다.

그래서 그런 사람이 사용하는 언어가 예를 들어 붉은 색조를 띠게 되면 그 언어가 주는 느낌 속에서 자연스레 빨간색의 이미지를 연상하게 되는 것 같다. 주로 붉은색을 직접적으로 묘사하는 어휘 자체로 붉은 색조를 연상하게 된다. 그런데 어떤 이에게서는 말을 할 때의 모습에서 연상되는 '붉음'이 드러나기도 한다. 이를테면, 열변을 토하거나 열정적으로 말하는 모습에서, 혹은 불같이 화를 내며 발끈하는 모습에서 붉은 이미지를 떠올리게 될 수도 있다는 것이다. 말을 할 때 동시에 표현되는 몸의 언어도 비언어적 언어로서 언어의 범주에 포함되므로 과도하게 흥분한 동작을 담아 말하는 사람의 언어 또한 붉은색이라고 할 수 있다.

한편, 언어 내용의 성적인 수위가 높아도 붉은색이 연상된다. 보통 '선정적'이라는 언어표현의 색이 모두 붉은 느낌을 많이 느끼게 한다. 사실, 노골적이고 적나라한 표현에서도 그 언어는 붉다고 할 수 있다. '적나라하다'라고 할 때의 '적(赤)'이 바로 한자로 '붉다'라는 뜻을 지니고 있다. '붉다'라는 의미의 어휘를 최대한 넣어서 선정적인 이야기를 열정적으로 적나라하게 말하거나, 새빨간 거짓말을 하는 사람을 보게 되면 어떤 느낌이 드는가. 그 언어는 단연코 붉은색의 기미가 가득 들어 있는 '붉은 언어'라고 할 수 있을 것이다.

노란색

언어의 색이라 함은 그 언어가 자아내는 분위기와 느낌을 색으로 비유하는 것을 의미할 것이다. 그런 관점에서 어떤 언어가 밝고 활력이 넘치며 생동감을 준다면 그 언어의 색깔은 아마도 노란색에 비유될 수 있을 것이다. 티 없이 맑은 아이들의 유쾌한 재잘거림이 노란색일 것이고, 소녀들의 명랑한 수다가 노란색일 것이다. 굳이 말에 노란색과 관련된 단어를 사용하지 않더라도 레몬처럼 상큼하고 봄날의 개나리처럼 산뜻한 어조의 말에서는 노란색의 이미지가 돋보일 것이다. 그래서 희망이 넘치는 노랫말에 들어 있는 언어에서는 노란색의 즐거운 기대감이 샘솟는다. 또한 아이를 칭찬해 주는 선생님의 따뜻한 격려의 말에서도 노란색의 이미지가 떠오른다.

파란색

'파랑'이라는 단어 자체뿐만 아니라 파란색 혹은 푸른색과 관련된 하늘, 바다, 파도 등의 단어가 들어간 말에서는 당연히 파란색이 연상된다. 역시 파란색에도 담겨 있는 의미에서 풍기는 많은 이미지가 있다. 행복을 상징하는 파랑새, 꿈과 사랑이 가득한 파란 나라, 바다와 같이 넓은 부모님의 은혜 등과 같은 표현이 바로 파란색의 언어들이다. 왠지 강건해 보이고 진솔해 보이는 사람의 언어가 어쩌면 파란색의 언어가 아닐까. 주관적인 판단에 따라 매우 가변적인 평가가 이루어지긴 하겠지만, 누군가를 위로하며 마음을 진정시키는 말에서는 푸른빛 청초함과 신뢰감이 느껴진다. 한편 날카로운 이성으로 냉철한 판단을 하는 사람의 언어 또한 푸른색 혹은 파란색 언어라고 할 수 있으며, 감성적 언어가 빨강에 속한다면 반대로 지성적 언어는 파랑에 속한다고 할 수 있다.

── 언어의 뉘앙스

날마다 사용하는 언어이기에 우리는 그것을 일일이 분석하거나 해부해보려 들지는 않는다. 사람은 누구나 대부분 그저 누군가의 말에 크고 작은 영향을 받거나 '일희일비'하며 살아간다. 그리고 그게 당연하기도 하며 어쩌면 더 마음 편하게 살 수 있는 길일 수도 있다. 그런데 그렇게 일상적으로 사용하는 우리의 언어는 제각기 다른 뉘앙스를 품고 있다. 때로는 그 차이가 크고 민감하게 다가올 때도 있지만, 때로는 매우 미묘한 차이여서 미처 알아채지 못할 때도 있다. 그러나 조금만 관심을 기울여보면 상대방의 언어에서 어느 정도의 뉘앙스 판별이 가능하다. 그리고 그렇게 해서 길러진 판별력 덕분에 자신도 타인에게 좋은 뉘앙스의 언어를 사용하려고 노력할 가능성이 커진다. 즉 누군가가 사용하는 언어에서 가식의 언어, 허영의 언어, 아 다르고 어 다른 말, 이왕이면 다홍치마인 말, 뽐내는 말, 책망의 말, 원망의 말, 예쁜 말, 험한 말, 나쁜 말, 시기하는 말, 절망적인 언어, 패배의 언어 등의 미세한 뉘앙스 차이를 구분하는 것이 가능하다. 자신이 하는 말에도 뉘앙스를 어떻게 담아내는가에 따라 모든 관계에서 소통의 질이 달라진다. 좋은 뉘앙스를 잘 알아채거나 담아내려면 언어에 대한 관심을 키우거나 훈련이 필요하긴 하다. 타고난 센스를 지니지 않았다면 말이다.

─ 언어의 온도

언어에도 온도가 있을까. 있다면 몇 도(℃)가 가장 적당한 온도일까. 뜨겁다고 해서, 혹은 차갑다고 해서 반드시 좋고 나쁨이 확연한 것은 아니다. 다시 말하자면, 뜨겁지만 데일 정도로 뜨겁다면 해로울 수 있고, 차갑지만 사태를 냉정하고 차분하게 가라앉힌다면 이로울 수 있다는 것이다. 이를테면, 너무 뜨거운 커피는 입안에 착 달라붙는 맛을 전해주지만 혀를 데게 할 수 있듯이 언어도 그렇다. 그래서 그저 따뜻함이 전달될 정도의 온도가 적정한 언어 온도일 것이다. 또 차갑고 냉랭한 온도의 말이 듣기엔 냉정한 것 같아도 이성적이고 합리적인 판단에 따른 언어라면 역설적이게도 누군가에게 힘을 주기도 한다. 어떤 언어는 시원하게 문제를 해결하여 속을 후련하게 해주기도 한다. 그런 정도의 시원한 온도를 지닌 언어를 잘 구사한다면 따뜻한 언어를 구사할 때만큼이나 좋을 수 있다.

언어의 온도라는 것이 사실 받아들이는 사람에 따라 이른바 '체감 온도'가 각각 상이할 수 있다. 그 이유는 언어에 진심과 배려심이 얼마나 내재되어 있는가의 차이 때문이다. 비교적 높은 온도의 언어에는 감사의 마음, 아끼는 마음, 사랑의 마음, 격려의 마음, 이해의 마음, 겸손의 마음이 들어 있다. 그 마음으로 달궈진 언어가 전하는 사람에게서 한 번 데워지고 전해받는 사람에게서 다시 한번 데워져서 온도가 더욱 상승하는 효과가 있다. 질투의 마음, 이기적인 마음, 냉소, 비정함, 무례함, 독설, 비난 등이 들어 있는 언어는 얼핏 보기에는 온도가 높을 것 같지만 실은 매우 낮은 온도를 지닌다. 보내는 사람의 이미 냉랭해진 심장을 거쳐 차가운 기류를 타고 흘러간 그 언어는 받는 사람의 마음을 싸늘하게 식혀버리기에 그 언어의 온도는 낮을 수밖에 없을 것이다.

── 언어 스타일

세상의 모든 글과 각종 매체에 담긴 콘텐츠에는 각각의 표현 스타일이 있다. 그렇듯 말에도 사람마다 다양한 자기만의 언어 스타일이 존재한다. 복잡한 감정을 지닌 인간의 내면을 표출하는 것이기에 저마다의 특성에 따라 표현이 다양할 수밖에 없다. 그래서 어떤 이는 설득의 귀재이기도 하고, 또 어떤 이는 자신의 의견을 자유롭게 피력하기를 좋아한다. 간결하게 말하기를 좋아하는 사람이 있는가 하면, 만연체로 늘려서 말하는 습관이 있는 사람도 있다. 또 어떤 이는 중언부언, 중복하거나 덧붙여 말하기를 좋아하는가 하면, 또 어떤 이는 함축적으로 말하기를 좋아한다. 그런가 하면, 어떤 이는 '네버 엔딩 스토리'를 무한 반복하는 화법을 쓰기도 하고, 새로운 내용이지만 말이 끝도 없이 흘러나와 대화나 연설이 마냥 늘어지기도 한다.

그 밖에도 잔소리하는 말투, 비난의 말투, 비꼬는 말투, 말하는 도중에 스스로 끊기, 상대방의 말을 잘라내고는 그것을 교묘히 자신의 말로 만들기, 중간에 말을 끊고 끼어들기 등의 다양한 언어 사용 스타일이 있는데, 그 중 한 가지 특징을 고수하는 사람도 있지만 여러 가지 스타일을 골고루 지닌 사람도 있다. 안 좋은 스타일을 고루 갖춘 사람일수록 아무래도 타인과의 관계에서 곤란해지기 쉽고 총체적 난국을 마주할 때가 많다.

그러나 경청하기, 배려하기, 기다려주기, 말로써 호응하기 등의 언어 스타일을 지닌 사람은 모든 관계를 원활하게 하는 능력자다. 따라서 많은 이의 사랑과 지지를 받을 가능성이 크다. 반면에 넌지시 말하는 스타일, 자신만 옳다는 독선적 화법, 유도심문, 구구절절 말하기, 돌려 말하기, 말끝 흐리기, 무조건 남 탓하기, 흉보면서 말하기 등의 언어 스타일을 지닌 사람도 있는데 이러한 경향의 사람은 다른 이의 미움을 받을 가능성이 다분하다.

이렇듯 각각의 성격이나 취향, 습관이 다르다 보니 언어 스타일도 참으로 다양하다. 그런데 사람들이 대부분 자신의 스타일을 명확히 인지하고 있지 못하여 언제나 말 때문에 문제가 생기곤 한다. 누구나 흔히 알만한 스타일을 겨우 몇 가지 헤아려보았을 뿐인데도, 열거해놓고 보니 과연 언어를 잘 사용한다는 것이 참으로 복잡하고 어려운 일이라는 생각이 절로 든다.

☕ 맛깔스러운 말의 향연

어휘와 문장표현 등을 상세하게 연구하는 언어학자가 말을 더욱 맛깔스럽게 구사할 수 있는 것일까. 아니면 또박또박 정돈된 목소리로 매끄럽게 뉴스를 진행하는 아나운서가 맛깔스러운 언어를 구사하는 것일까. 혹은 이야기를 흥미진진하게 만들고 전달하는 동네 미용실 단골 아주머니가 말맛이 나게 언어를 잘 구사하는 것일까. 사실, 모두 다 맞을 수도 있고 모두 다 아닐 수도 있다. 삶의 면면이 다채롭게 펼쳐지고 그 안에서 살아가는 사람들의 개인적 취향에 따라 말맛을 느끼는 성향이 다양하므로 그러하다. 그렇더라도 일반적으로 공감하는 맛깔스러운 언어가 분명히 있을 것이다.

예컨대, 음식이나 식재료의 특성을 설명할 때, 지역의 특성을 담아 설명하면 그 명칭이나 묘사가 더 맛깔스러워지기도 한다. 단지 말로만 표현하는데도 군침이 돈다. '태양빛을 먹고 자란 고추'라고 묘사하면 그 고추는 말만으로도 태양의 화끈한 맛을 담고 있는 것만 같다. 그리고 그 고추는 '태양초'라는 말맛이 있는 단어를 지니고 특별한 대접을 받게 된다. 말하자면 태양초로 만든 고추장이 진정 맛난 고추장일 것이라는 암시를 준다. 또한 청정 수역의 바다에서 자란 미역은 '청정'이라는 어휘 때문에 더없이 깨끗하게 가공되었을 것만 같다. 그만큼 어떤 단어를 선택하고 어떻게 묘사하는가에 따라 세상의 모든 것은 더욱 맛깔스러워지고 멋있어지며, 가치 있는 것으로 변한다.

특히 와인을 예로 들자면, 와인은 그 종류만 해도 셀 수도 없을 만큼 무수히 많고, 각 지역의 특색에 따라 맛과 색이 다르다 보니 와인을 표현하는 언어도 무척 많고 다양하다. 이를테면 와인의 맛을 표현하는 데 시각적·미각적·후각적·촉각적 언어가 모두 동원되고 있을 정도다. 심지어 와인을 의인화해서 인간의 감성을 표현하는 언어를 사용해 묘사하기도 한다. 평소에 언어적 감각이 있거나 다양한 어휘를 알고 있는 사람일수록 와인의 특성과 맛을 기발하게 묘사한다. 그리고 그 표현이 곧 그 와인의 상품 이미지 또는 브랜드가 되기도 한다.*

광고에서 사용되는 언어는 어떠한가. 광고의 특성은 매우 짧은 시간 안

---

* 풍성하고 다채로운 와인 언어를 음미하고자 한다면, 필자의 번역서 『와인 심포지엄』 읽기를 권한다.

에 그 상품의 특징과 장점을 부각해서 구매력을 이끌어낸다. 그렇기에 촌철살인의 언어구사력이 더욱 필요한 분야다. 마케팅, 소비자 심리, 타깃 연구 등과 같은 광고의 기본 원리는 접어두고라도 상품을 소개하는 데 다양한 언어 기법을 사용하고 있다는 것을 생각해보라. 상품을 단도직입적으로 있는 그대로 묘사하기도 하지만 때로는 감성적 소구를 활용하기도 한다. 사람의 마음을 터치하는 기법을 지향하며 언어 선택에 더욱 신중을 기한다. 그러한 일을 하는 사람을 특별히 '카피라이터'라고 한다. 단지 짧은 문구나 몇 개의 어휘만으로도 사람의 마음을 사로잡을 수 있다는 것이 참으로 매력적인 일이라 여겨진다. 그래서 한때는 카피라이터가 되기를 희망하며 국어나 국문학을 전공해야 한다고 여기던 시절도 있었다.

그러나 단지 어휘를 더 많이 알고 있다고 해서 훌륭한 카피라이터가 되는 것이 아니다. 상품을 더욱 구매력 있게 또는 호소력 있게 묘사하려면 시인처럼 함축적인 의미전달을 잘해야 하는 게 당연하지만, 그에 못지않게 인간의 삶과 마음을 헤아릴 줄 알아야 한다. 그런 다음 어떻게 말해야 사람들이 좋아할지도 알아야 한다. 그렇게 해서 결국 인간에게 가장 어필할 수 있는 언어를 골라 광고 카피를 만들어야 사람의 마음을 파고들 수 있다.

물론, 말로써 표현되는 것만이 언어는 아니다. 사실 내가 종종 언급하는 '비언어적 언어' 요소가 가장 많이 사용되는 곳이 바로 광고다. 감성적인 음악과 사운드, 특수효과의 묘미를 살린 다채로운 컬러와 배경, 상품을 광고하는 배우의 카리스마 있는 몸짓이나 표정도 모두 언어가 될 수 있다. 그 모든 것이 하나로 어우러져 사람의 마음을 터치하고 구매 의욕을 자극하는 것이라고 볼 때, 광고는 가장 지혜로운 커뮤니케이션인 셈이다. 광고를 만들 때 명석한 두뇌가 모여 의견을 더하고 고심해서 완성시키므로 어쩌면 그것은 자명한 결과다. 따라서 광고의 압축적이면서도 효과적인 언어 사용 기법은 배워둘 만하다. 하지만 한편으로는 너무나 압축적이어서 막상 현실의 소통에서는 광고 카피처럼 멋지게 말한다는 게 쉽지 않다. 어설프게 변죽만 울리고 정작 중요한 포인트를 전달하지 못하게 될 수도 있기 때문이다. 그래서 평소에 좀 더 연습이 필요하긴 하다. 그럼에도 적절한 타이밍에 잘만 사용한다면 무척 매력적인 커뮤니케이션을 할 수 있을 것이다. 오늘부터라도 TV 광고의 카피라이팅을 유심히 살펴보라. 맛깔스런 언어 몇 개쯤은 반드시 발견하게 될 것이다.

우리 주변에는 더욱 맛난 음식으로 완성시키는 '양념' 같은 언어를 구사하는 사람들이 있다. 그런 사람들은 특별히 훈련을 받거나 한 것이 아닌데도 천성적으로 잘하는 것 같다. 그저 맞장구쳐주며 절묘한 타이밍에 양념 언어를 살짝 곁들일 뿐이다. 그런데도 순간순간의 대화가 더욱 맛깔스럽게 변한다. 자세히 들여다보면, 사실 그들은 대단히 많은 양념 언어를 지닌 것도 아니고 그렇다고 특별한 양념을 비책처럼 몰래 숨기고 있는 것도 아니다. 그들이 하는 이른바 '양념 치기' 화법은 대화 중에 일종의 추임새를 넣거나 맞장구를 잘 치는 것이다. 또는 누군가가 말한 것에 살짝 옷을 입혀서 더욱 매력적인 표현이 되게 하는 능력이다. 그림에 화룡점정 역할을 하는 것이라고나 할까. 그런 그들의 화법은 대화에 감미료 역할을 톡톡히 해준다.

잘 경청하는 사람이 사용하는 양념 언어는 말하는 사람에게 날개를 달아주고 언어 구사를 신나게 해주는 힘이 있다. 그래서 화자가 더욱 자신감을 얻는다. 그러다 보면 그 사람이 주도하는 대화는 자연스럽게 활력을 얻게 되고 화자와 청자 간 친밀도가 매우 높아진다. 왜냐하면 대화가 더욱 맛있고 재미있게 이루어지기 때문이다. 그들의 언어는 많지도 않고 길지도 않다. 또한 특별히 멋스럽지 않을 때도 많다. 그런데도 묘하게 감칠맛이 난다. 말하는 사람의 언어 능력만 중요한 것이 아니라 주로 들어주기를 잘하는 사람의 대꾸 화법도 매우 중요함을 알게 해주는 예시다.

세상의 모든 수식어를 한 곳에 모아본다면 그야말로 광활한 우주의 별

만큼 많을 것이다. 다소 과장되게 말하긴 했지만, 그만큼 무수하다는 것을 강조하고 싶다. 본래 언어학에서 말하는 '수사학'은 문자 그대로 말을 수식하는 것, 다시 말해 말을 그럴싸하게 장식하는 수단이다. 특히 플라톤이 수사학을 '말의 수식'이라고 여겼다. 그에 반해 아리스토텔레스는 수사학을 논리학의 맥락에서 지적이고 논리적인 언어 기법을 통해 다른 사람을 설득하기 위한 학문적 연구 분야로 여겼다. 아리스토텔레스에 따르면, 설득에 성공하기 위해서는 세 단계를 거쳐야 한다고 한다. 그것은 '에토스(언어적·비언어적 언어를 모두 사용해서 호감도를 높이고 신뢰감을 구축하는 단계)' → '파토스(마음을 열고 상대방의 말을 받아들일 준비가 된 상태)' → '로고스(논리적으로 설득할 수 있는 단계)'로 요약해 볼 수 있다. 궁극적으로 타인에게 자신의 의견을 받아들이게 하려면 단순한 말의 수식만이 아니라 마음 상태가 중요하다는 것을 알 수 있게 해주고, 맛깔스러운 언어 사용 못지않게 논리적인 접근도 필요하다는 것을 알게 해주는 언어학적 방법론이다. 그러나 논리적 접근이라는 방법론적 부분은 접어두고, 지금 여기서 생각해보고자 하는 것은 바로 수많은 수식어구를 인식의 테이블에 소환해보고 맛깔스러운 수식어들의 향연을 벌여보자는 것이다. 또한 그것들의 존재가치를 느끼고 맛보고 체화해서 수시로 많이 활용할 수 있도록 하자는 것이다. 그러려면 언어의 재료들을 평소에 잘 정비해두는 것이 필요하다. 우리가 보통 알게 모르게 말을 꾸미기 위해 자주 사용하는 것은 문법적 용어로 말하자면 주로 형용사와 부사일 것이다. 당장 '멋진', '뛰어난', '아름다운', '유창하게', '근사하게', '멋스럽게' 등의 형용사와 부사를 떠올리며 열거해보라. 아마도 셀 수 없이 많다는 것을 새삼 깨달을 것이다. 그리고 이제부터 그 모든 수식어를 잘 사용하며 삶을 더 풍성하게 만들어가는 자신을 상상해보자.

지금은 고인이 되신 앙드레김 선생님의 특유의 어투가 생각난다. 디자인이나 모델에 대한 느낌을 표현하기 위해 습관처럼 사용하는 형용사들이 있었다. 원래는 영어 단어이지만 한국인의 발음으로 영어와 한국어가 혼합된 이른바 콩글리시 표현이었다. 처음엔 굳이 우리말 수식어로 표현해도 될 것을 영어도 아니고 한국어도 아닌 말로 묘사하는 데 약간의 불편한 마음을 가졌다. 그러나 후에 생각해보니 그렇게 해서라도 상대방에게 격찬의 표현을 하고자 했던 그 마음이 차라리 좋게 여겨지기도 했다. 어쩌면 적어도 듣는 사람 입장에서는 가볍게 말하는 "환상적이네요"보다는 안 되는 영어지만 정성을 담아서 "빤따스틱해요"라고 말하는 것이 더 진하게 뇌리에 새겨졌을지도 모르기에.

연애를 처음 시작할 때는 대부분 연인이 서로의 마음에 쏙 들고 싶어서 최대한 좋게 말하려고 한다. 함께 있는 동안 온갖 달콤한 속삭임의 언어들이 난무해도 하나도 거북해하지 않는 게 신기할 정도다. 적어도 진정으로 사랑하는 관계라면 말이다. 사랑하는 사람이 생기고 연애의 감정이 고조될수록 모두가 시인이 되고 수사학의 대가가 되는 것 같다. 사랑의 감정을 묘사하기 위해 세상의 모든 멋진 말이 동원되곤 한다. 게다가 상대방의 마음을 조금이라도 상하지 않게 하려고 늘 노심초사하며 말을 고르고, 말할 때도 좋은 톤을 유지하고자 애쓴다. 아이러니하게도 연인들이 사용하는 수식어들은 다른 어떤 수식어들보다 쉽고 단순하다. 때로는 유치하기까지 하다. 그런데도 담겨 있는 사랑의 뉘앙스로 인해 세상 어떤 말보다 행복을 주는 언어가 되곤 한다. 동서고금의 문학에서는 연인에게 전하는 연가가 상당히 시적이고 격조 높은 언어들을 포함하고 있기도 하다. 진심을 담고 있기만 하다면 쉽고 단순한 사랑의 언어를 따라갈 게 없다. 따라서 연인들에게 맛깔스런 언어란 사랑이 가득 담긴 이해와 배려의 언어이기만 하면 된다.

오래도록 변치 않는 사랑을 하는 연인의 기본적 공통사항은 바로 언어 사용이 달라지지 않고 초지일관 똑같다는 것이다. 그런데 너무도 편안해져서일까. 아니면 서로의 관계가 소원해지거나 권태로 인해 식상해져서일까.

일정 시간이 지나면 어느 순간부터 서로 조심하지 않고 막말을 하기 시작한다. 그때부터 두 사람의 관계에 실금이 가기 시작한다. 그러한 현상은 부부관계에서도 마찬가지다. 어쩌면 포장하고 가공한 인격의 본색이 드러나서 인지도 모르겠다. 고래를 춤추게 했다던 그 많은 칭찬이 더 이상 서로에게 무의미하게 느껴지는 관계가 되어버렸다면 중대한 변화를 모색해야 할 상황에 놓인 것이 분명하다. 그렇다고 영혼 없이 던지는 적절하지 않은 칭찬을 남발하자는 것은 아니다. 그렇다면 과연 고래도 춤추게 하는 칭찬은 어떤 말들일까. 나의 표현으로 다시 말해서 '호랑이도 웃게 만드는 좋은 말'은 어떤 것들일까. 나의 지론에 따르면 세상의 모든 칭찬은 일단 맛깔스러워야 한다는 것이다. 맛있게 받아먹을 수 있는 말이어야 칭찬으로 들린다. 그러므로 진정으로 좋은 관계를 원한다면 수없이 많은 맛깔스러운 언어를 배우고 익히고 활용할 줄 알아야겠다.

우리가 학교 과정에서 국어를 공부하지만 그것이 시험을 위해, 독해력을 키우기 위해, 작문을 잘하기 위해 배우는 것으로 끝나버리고 만다면 삶에서의 관계를 위해서는 그저 헛고생한 것이 아닐 수 없다. 그래서 영어 단어를 외우듯 좋은 의미를 담고 있는 형용사와 부사를 익히고 연습하는 학습시간이 교과과정에 더 많으면 좋겠다는 생각을 수없이 한다. 그것이 훗날 소통에 원활한 언어 인재로 교육하는 것이라 여기기 때문이다.

🍬 언어의 품격 (왕의 언어 & 거지의 언어)

우리는 보통 '품격(品格)'의 반대 뜻을 가진 어휘를 떠올릴 때, '천박(淺薄)'을 제일 먼저 떠올린다. '천박함'의 사전적 의미는 "학문이나 생각이 얕거나 말과 행동이 상스럽다"라는 뜻이다. 그러므로 품격이 없는 언어란 얕고 상스러운 언어라 할 수 있다. 그러한 예로는 어떤 말들이 있을까. 언어의 천박함은 반드시 배우지 못한 사람에게서만 나타나는 현상이 아니다. 오히려 배움이나 학식과는 상관없이 마음의 얕음 혹은 얄팍함에서 비롯되는 경우가 더욱 많다. 또한 마음이 넓지 못하면 말도 옹졸하게 발화되고, 사악한 마음에서는 사람을 해치는 데미지(damage) 언어가 쏟아져 나온다. 게다가 잇속만 따지는 마음에서는 돈만 밝히는 수전노의 인색한 말들이 난무하게 된다. 이러한 언어는 모두 품격이 없는 언어다. 잔꾀를 부리는 말이나 욕설이 섞인 말을 빈번하게 사용하는 사람일수록 그 말버릇 때문에 자신의 품격도 덩달아 떨어진다.

때로는 거칠고 센 억양의 말투 때문에 품격이 없어 보일 때도 있지만, 그 사람의 마음에 사심이나 악심이 없으면 오히려 구수한 말로 바뀌어 들린다. 그래서 역시 품격을 말할 때는 마음의 격이 얼마나 고상하게 잘 반영되어 있는가를 따져야 한다. 품격 있는 사람이 교양이 있을 가능성이 크기는 하지만, 교양이 있다고 해서 모두 품격 있는 언어를 쓰지는 않는다. 교양이 있는 척 말할 수는 있겠지만, 듣는 이는 진심을 알아챌 수 있다. 평소의 생각이나 말의 우물인 마음의 품격이 먼저 이루어져야 그 우물에서 품격 있는 물을 길어 올릴 수 있다.

그런데 아이러니하게도 마음이 꼭 먼저일 필요는 없다. 고상하고 품격 있는 언어를 사용하고자 하며 평소에 억양, 목소리의 톤이나 크기, 속도 등을 주의해서 말하려고 노력하다 보면 희한하게도 마음의 품격이 함께 높아지기도 한다. 그런고로 처음에는 다소 닭살이 돋을 것만 같은 어색한 느낌이 들더라도 자꾸만 품격 있는 화법을 쓰려고 노력하는 것이 중요하다. 말하는 방식을 평소에 잘 다듬으면 품격 있는 언어를 더 자연스럽게 구사하게 될 것이다. 예컨대 언어의 속도도 적당해야 품격 있게 느껴진다. 지나치게 빠르면 어딘지 불안하고 불편해 보이며, 반대로 너무 느리면 어눌하고 못 미덥다. 그러므로 품격 있는 언어에 능숙해지도록 하려면, 일신우일신(一新又一新) 매일 새롭게 연습할 필요가 있다.

덧붙여 말하자면, 품격 있는 언어는 부가적인 노력이 보태져야 한다는 점에서 외국어 습득과도 같다. 예를 들어, 영어 공부를 그토록 하고도 상대적으로 말을 능숙하게 잘하지 못하는 것은 필요한 만큼의 연습과 훈련이 뒤따르지 않았기 때문이다. 그러나 외국어가 아닌 자신의 모국어에 대해서는 어려서부터 대단히 수고를 들이지 않아도 저절로 습득되고, 따라서 얼결에 대부분 수월하게 말로 의사표현을 할 수 있다. 그러다 보니 아무런 연습이나 준비도 없이 그저 입에서 나오는 대로 뱉어낸다. 그러므로 외국어가 연습에 의해 체화되듯이 품격 있는 언어가 몸에 밸 때까지 연습해야 한다. 물론 완성 지점은 다를 수 있다. 화자와 청자의 상황에 따라서도 각각 관점의 차이가 있기 때문이다. 따라서 절대적으로 완성된 품격이라기보다는 보편적 기준에 부합하는 정도의 품격을 추구하면 될 것이다.

입에서 그냥 나오는 대로 말하는 사람은 말을 잘하는 사람이 아니다. 자신이 말하는 언어도 이미지메이킹을 해야 한다. 처음에는 자칫 가식적인 어투로 들릴 수 있어서 듣는 이에게 다소 어색함을 줄 수도 있지만, 지속적으로 그러한 훈련을 하고 그것이 체화된다면, 나중에는 자신이 본래 지니고 있던 모습처럼 자연스럽게 비칠 수 있을 것이다.

솔직히 인격을 수양한다는 사람이 마음만 수양하는 것일까. 당연히 그렇지 않을 것이다. 인격이 잘 수양되었음을 알게 해주는 것은 행동이기에 보통은 그것을 동시에 수양하고자 할 것이다. 수양하고자 하는 여러 행동 중에서도 언어 사용의 말품새가 인격의 완성도를 가장 잘 드러내주는 행위다. 그러므로 인격 수양을 한다는 것은 어쩌면 언어 수양을 한다는 것으로 귀결될 수 있다. 기껏 인격 수양을 하고는 천박하게 말한다면 그것이야말로 보는 이를 어리둥절하게 할 것이다. 그것은 마치 평소 기도하는 심정으로 점잖게 운전하다가도 깜짝 놀라게 하며 끼어드는 운전자에게 험한 말로 욕을 해서 곁에 있는 사람을 황당하게 하는 것과 같다.

진정 지혜로운 자라면 자신이 사용하는 언어를 품격 있게 함으로써 자신을 왕으로 만들 것이다. 자신을 왕과 왕비로 만들어주는 언어는 분명히 있으며, 그 언어를 품격 있게 사용함으로써 스스로에게 최고의 왕관을 씌워줄 수 있다. 마찬가지로 자신을 거지로 만들어버리는 천박한 언어도 분명히 있다. 그래서 그 사람의 곁에는 사람들이 모여들지 않는다. 거지여서가 아니라 듣기 불편하게 하기 때문이다. 이른바 '~인 체'하는 말을 하라는 것이 아니다. 마음속에 상대방(특히 자신보다 약한 처지에 있는 사람)을 배려하는 아름다움이 깃든 말이 품격 있는 언어다. 그리고 그것이 진정한 인격으로 완성시켜줄 것이다. 돈을 많이 가진 모 기업 오너(owner) 가족들이 하나같이 입에 썩은 걸레를 문 것 같이 말하는 모습에서 우리는 그들의 언어가 얼마나 품격이 없는지를 잘 알 수 있다.

또한 역설적으로, 개그맨처럼 웃기게 말한다고 해서 품격이 떨어지는 것도 결코 아니다. 오히려 자신을 낮출 줄 아는 사람만이 할 수 있는 위트야말로 최고의 품격 있는 화법 중의 하나다. 상대방을 파안대소하게 하고 흐뭇하게 해주기 때문이다. 오히려 품격이 떨어지는 말로는 그 누구도 결코 웃게 하지 못한다. 저속한 말만 아니라면 품격 있는 유머가 깃든 언어로 얼마든지 상대에게 어필할 수 있다.

🍪 나의 언어 환경은 행복한 곳인가

　　우리는 '좋은 환경에서 태어난 것도 복이다!' 혹은 '태어난 환경이 삶을 결정 짓는다'라고 굳게 믿는 세상에서 살고 있다. 예부터 환경이 별로인 곳에서 좀 괜찮다 싶은 성공한 삶을 살게 된 사람을 일컬어 "개천에서 용 났다"라고 말하곤 했다. 그 말은 어려운 환경에서는 행복하기도 성공하기도 그만큼 어렵다는 것을 방증하는 것이기도 하다. 그런데 보통 좋은 환경이라고 하면 물질적인 개념에 초점을 두고 말하는 경향이 크다. 그래서 생겨난 유행어가 바로 '금수저', '흙수저'라는 말이다. 그도 그럴 것이 부유한 경제 환경은 원하는 모든 것을 동원해서 행복의 가능성을 확대할 수 있고, 부의 대물림을 용이하게 해주기에 환경이 운명을 결정짓는 잣대로 여겨질 만도 하다.

　　그러나 부유하다고 반드시 행복했을까. 금띠 두르고 태어난 사람은 항상 모두의 예상대로 성공할 수 있었을까. 실상은 그렇지 않다. 겉으로는 좋아 보여도 막상 뚜껑을 열고 속을 들여다보면 가족 간에도 서로 상처를 내며 곪아 있는 경우가 의외로 많다. 모두 저마다 억울하고 불행하게 여겨지는 순간이 조금씩 있기도 하다. 어째서 부와 행복의 그래프가 정비례하지 않는 것일까. 거기에는 여러 가지 변수가 있겠지만, 그 이유 중에는 인생과 운명을 만드는 데 중요한 작용을 한 언어적 환경의 차이가 있다고 본다.

　　자본주의적 사고방식에 길든 대다수 사람은 인생의 행복이나 성패가 금전 유무에 따라 결정된다고 할 것이다. 또한 운명을 점치는 역학자들은 타고난 사주에 따라 인생이 결정되어 있다고 할 것이다. 모두 완전히 부정할 수만은 없다. 그러나 태어나 자란 가정의 경제적 환경 외에도 그들에게 펼쳐진 언어 환경이 얼마든지 삶을 바꿀 수 있다고 말하고 싶다. 언어 환경이 금전 유무에서 비롯되었거나 운명역학에 의해 어느 정도 예정되어 있는지도 모르지만, 그럼에도 자신을 둘러싼 언어 환경이 인생의 상당 부분을 흔들어놓기도 한다는 점을 간과할 수 없다.

궁핍할수록 언어 환경도 팍팍할 가능성이 더 클 수 있다. 하지만 선량한 부모의 선한 언어는 가난 속에서도 자녀를 각박하게 하지 않는다. 그런데 이와는 달리, 자녀의 삶을 더 낫게 해주려고 고된 노동을 한다지만, 그로 인해 지치고 힘들다며 자녀에게 분풀이하듯 뿜어대는 부모의 독설이 오히려 자녀의 삶을 황폐하게 할 수 있다.

가족 모두 고운 언어를 사용하고, 좋은 파장의 목소리 톤으로 말하며, 서로의 이야기에 귀를 기울여주고 있다면 원활하게 소통이 잘되는 언어 환경이라고 할 수 있다. 그것은 현재 그 가정의 행복도, 그리고 자녀의 미래 행복의 문도 활짝 열어주는 좋은 언어 환경이다. 또한 서로 신뢰와 이해를 바탕으로 한 말이 오가는 가정도 좋은 언어 환경이다. 완성된 인격을 지향하며 모두가 원만하게 대화를 나누고 있다면 그 가정은 더할 나위 없이 좋은 언어 환경이다. 그런 곳에서 자란다면 사회에 나가서도 자연히 원만한 대인 관계를 형성할 수 있게 된다.

간혹 사회에서 문제를 일으키는 사람 가운데에는 가족이나 교우 관계에서 듣게 된 모진 말 때문에 그렇게 되는 경우가 많다. 상처가 해소되지 못한 채 마음속으로 독을 품다 보니 잘못된 방식으로 표출되곤 한다. 물론 인격의 완성 여부와 관계없이 이미 가지고 있는 개개인의 속성과 성격이 모두 같을 수는 없기에 생각과 견해의 차이에서 오는 갈등을 배제할 수는 없다. 또한 옳고 그름을 떠나서 서로의 가치관이 다르게 형성되므로 의견 차이가 있을 수는 있다. 다만 그러한 모든 의견 차이를 극복하기 위해 서로 말을 가려서 해야 하고 이왕이면 좋게 예쁘게 말해야 하는데 그걸 잘 모를 때가 많다는 것이다. 그것을 익히고 연습할 수 있는 언어 환경이 주어지지 않아서 그런 것일 수 있다. 따라서 언어 환경은 결코 대수롭게 넘길 수 없는, 소통 능력 함양에 필수적 요소임을 천 번 만 번 강조해도 지나치지 않다. 결론적으로 말해서 소통이 잘되고 소통 훈련이 잘될 수 있는 환경이 행복 언어를 만들어주는 언어 환경이라 할 수 있다. 그렇다면, 당신이 지금 머물고 있는 곳은 과연 행복한 언어 환경인가.

🍪 각양각색, 언어 단상의 소묘

간혹 성격이 급하고 하고 싶은 말이 많은 경우, 자신의 말을 모두 쓸모 있게 여기다 보니 수도꼭지에서 물 흐르듯 끊임없이 말하는 사람이 있다. 상대방이 푹 빠져들 만큼 매력적이고 흥미진진하게 맛있는 언어가 줄줄 나오는 것이라면 더할 나위 없이 좋겠지만, 대부분 그냥 생각과 입이 따로국밥인 경우가 많다. 그런 사람은 순식간에 '수다쟁이'라는 별명을 얻게 될 가능성이 크다. 수다스러움에도 두 가지가 있다. 즉, 호들갑스럽게 상대방의 정신을 홀딱 빼며 수다를 떠는 것과 조곤조곤 조용히 할 말을 다하는데 곧 끝날 듯 말 듯 하면서 끝도 없이 이어지는 것이다. 나의 과거 어느 시점을 보는 것 같아서일까. 양쪽 모두 어느 정도 이해되기는 한다.

수다스러운 사람을 만나게 되면 그 자체의 드러나는 행위만을 놓고 속으로 비난하거나 제삼자에게 흉을 보는 사람도 있지만, 어쩌면 마음이 외로웠던 것은 아닐까 하는 생각이 뜬금없이 들기도 한다. 그리고 그들의 이야기를 들어주는 사람들 앞에서 자기를 좀 봐 달라고 애원하는 심리가 작용한 것일 수도 있다고 생각했다. 혹은 아는 것도 많고 그래서 많이 알려주고 싶은 마음이 크기에 그렇게 된 것일 수 있겠구나 싶기도 하다. 때로는 기억력이 부족해서 중간에 잊어버릴까 봐 자신에게만 중요한 이야기일지언정 온전히 다 전달하려는 의지로 멈추지 않고 말하는 것일 수도 있다. 또 어떤 사람은 지나치게 상대를 배려하는 마음을 지니고 있어서 서로 대면하고 있는 때에 조금의 침묵도 용인되지 않기 때문에 그럴 수도 있다. 고요한 정적이 흐르면 상대방이 무안하거나 불편할 것만 같아서 말이다.

한편 자아가 좀 더 강하거나 혹은 독선적이거나 지나치게 주도적인 사람은 상대방에 의해 자신의 말이 중단되는 것을 허용하지 않는 경향이 있다. 그들은 자기가 말하는데 끼어들며 말하는 것을 싫어해서 아예 더 크고 완강한 어조로 상대방이 끼어드는 것을 단칼에 잘라버리곤 한다.

성격상 무슨 일이건 자신이 시작한 일은 끝장을 봐야 직성이 풀리는 사람도 말이 많을 수 있다. 또는 너무도 꼼꼼한 성격이라서 몇 번이고 고지하고 확인하는 심리불안증세가 발동해서 그렇게 되는 경우도 있다. 그런 경우 자꾸만 했던 말을 중언부언 되새김질하는 경향이 있다. 그러면 상대방은 계속해서 반복적으로 반응해주다가 지치곤 한다.

과묵한 성격의 사람은 말이 많지 않아서 좋지만, 그것은 결국 말을 잘하지 못하는 것이 되니 말이 많아서 말실수하는 사람만큼이나 원활한 대화와 관계 발전을 저해한다. 결국 말을 많이 하거나 적게 하거나 간에, 어쨌든 양쪽 모두 일상의 관계 속에서 좋을 수도 있고 그렇지 않을 수도 있다.

드라마나 광고에서처럼 촌철살인의 똑 부러지는 몇 마디 말만 할 수 있다면 참 멋지고 좋을 것 같다. 그러나 현실에서는 부연설명을 해야 할 상황이 더 많이 병존한다. 그래서 그것이 그렇게 간단한 일만은 아니다. 어구의 길이가 길어서 말이 많게 여겨지는 경우도 있다. 그렇다고 그러한 만연체 스타일의 언어 사용 방식이 반드시 의미를 흐리게 만드는 것은 아닐 수도 있다. 같은 맥락에서, 매우 간결하다고 해서 좋은 것만도 아니다. 서로의 상호 인지가 없는 상황에서는 지나치게 함축된 표현은 오해를 부르기 딱 좋기 때문이다. 소위 '내 마음 알지?' 화법으로 일관한다면 "열 길 물속은 알아도 한 길 사람 속은 모른다"라는 말처럼 서로에 대해 무지한 관계가 지속될 뿐이다. '이심전심'도 한계가 있다. 그렇다면 말을 많이 하지 않으면서도 말을 잘하려면 어떻게 해야 하는 것일까.

요즘의 트렌드 중의 하나로, '○○의 온도, ○○의 맛, ○○의 품격, ○○의 색 …' 등의 언어 프레임에 넣어서 표현되는 프로그램, 드라마, 영화, 도서의 이름이 많은 것 같다. 트렌드란 말 그대로 대중에게 그 표현이 어느 정도 어필이 된다는 것일 게다. 때로는 식상하고 진부하게 여겨질 만큼 반복적으로 회자되는 그 일정한 틀이 사실 말이나 언어를 표현하는 데도 더없이 딱 어울린다. 또한 그것은 일시적으로 유행하다가 마는 허름한 프레임이 아니다. 어쩌면 오히려 그 어느 영역에서보다 더욱 필요한 곳이 언어(말)의 영역인지도 모른다. 그리고 그것은 언어가 존재하면서부터 이미 중요한 요소였을 것이다.

크고 작은 다양한 사회 속에서 언어를 통해 소통하고자 하는 한, 시대와 지역을 막론하고 언어의 맛, 언어의 색깔, 언어의 뉘앙스, 언어의 체감온도, 언어의 품격, 언어의 멋(스타일) 등에 대해 우리는 더 자주 생각하고 음미하고 활용하며 궁극적으로 행복한 언어 사용법을 모색해나가야 한다는 게 필자의 간절한 바람이기도 하다.

단 한마디의 말도 마음에 와 닿게 말하는 사람이 있다. 또한 그 말의 개별 어휘들도 그다지 고급스럽거나 현학적이지 않고 단순 명료할 따름이다. 그럼에도 말을 통해 어떤 울림을 전달했기 때문이거나, 아니면 그 말 속에 상대방에 대한 애정과 진심이 담겨 있어서 더욱 특별히 마음에 닿은 것은 아닐까 생각한다. 쉬운 표현으로 말한다고 해서 우습게 보일 리 만무하다. 오히려 그 대상에 딱 맞춤화(타기팅)되지 않은 말은 그저 허공에 울리는 메아리처럼 공허하게 겉돌 뿐이다. 만약 질풍노도의 청소년에게 현학적인 논리로 설득하려고 한다면 어떻게 될까. 또 당장 먹을 게 없어서 굶주린 사람에게 고상하고 부드러운 어조로 말한들 그들의 귀는 열리지 않을 것이다. 오히려 남은 힘을 다해 포효하며 달려들지도 모른다. 그러한 경우에 그렇게 말을 한 사람은 결코 잘 말한 게 아니다. 아무리 많은 말을 해도 전혀 마음에 와 닿지 않을 것이기 때문이다. 이쯤에서 나는 '말을 잘하는 것과 잘 말하는 것은 확실히 다르다'라는 견해에 도달하게 된다.

🍪 기왕이면 다홍치마(예쁘게 말하는 그녀)

말이 예쁘다는 건 어떤 것일까. 눈으로 볼 수 있는 것은 분명히 아닐진대, 과연 예쁘게 말한다는 것은 예쁘게 포장된 선물처럼 한껏 꾸며서 말한다는 것일까. 보기 좋은 떡이 맛이 있다는 게 항상 맞는 것일까. 정녕 예쁘게 말한다는 것이 속은 비어 있는 말을 겉으로 보기에 그럴싸하게 과장하라는 것만은 아닐 것이다.

예쁘게 잘 말하는 것은 좋은 성품 때문일 가능성이 크다. 우선은 마음 밭이 예뻐야 그곳에서 심어지고 길러진 언어의 꽃도 예쁘게 피어나는 것이기 때문이다. 혹은 거친 말이 주는 음향적 불편함이 태생적으로 싫어서 부드럽게 말하고자 하는 것인지도 모른다. 언제나 예쁘게 말하는 사람과 알고 지낸 적이 있다. 그녀는 같은 말이라도 기분이 좋아지는 말로 바꾸는 마법과도 같은 재능을 지니고 있었다. 더불어 그녀는 칭찬을 참 잘했다. 상대방이 듣기 딱 좋은 말을 용케도 찾아내어 기분이 좋아지도록 말하곤 했다. 그것을 가만히 지켜보며 그녀는 상대방을 배려하는 마음과 더불어 관찰력이 좋다는 결론을 내릴 수 있었다. 상대방의 숨은 아름다움을 찾아내어 격려할 줄 알았고, 상대방이 스스로 약점이라고 여기는 부분을 말하면 그것이 오히려 장점임을 깨닫게 해주는 언어마술사 같아 보였다. 때로는 피스메이커(peace maker)라고 할 만큼 분노한 사람의 마음도 순식간에 녹여버리는 말재주가 있었다. 진심을 담아 상대방 위주로 그 상황에 딱 맞는 말을 잘도 찾아냈다. 그래서 그녀가 속해 있는 크고 작은 단체에서는 결코 싸움이 생기질 않았다. 그녀의 역할이 알게 모르게 작용한 듯하다.

그렇다고 그녀가 자신의 의견을 주장하지 못하는 것도 아니었다. 어떤 상황에서는 신기하리만치 단호했고, 불필요한 상황에서는 아예 침묵을 유지하기도 했다. 처신이 조심스러운 자리에서는 당연히 말을 아낄 줄도 알았다. 언어의 화술과 능력도 타고나는 것일까. 그녀가 구사하는 어휘들이 때로는 어려운 논문에서나 볼 수 있는 것일 때도 있지만, 어떤 때는 웃음을 유발하는 개그맨의 유행어를 사용하거나 유치원 아이들이나 쓸법한 다소 유치한 어휘를 사용하기도 했다. 그리고 개그맨의 어투를 흉내 내듯 말해서 유쾌함을 자아내곤 했다. 그녀는 모든 상황과 모든 사람에게 맞는 어휘들을 순간순간의 판단력을 발휘하며 언어를 적절히 사용할 줄 아는 것 같았다. 게다가 그것이 거의 몸에 배어 있는 것처럼 보였다. 그러면서도 그녀는 결코 아첨하는 말을 하지 않았다. 누군가에게 모두를 위해 고쳐야 할 것이 있다고 판단되면 최대한 돌려서라도 말해주었고, 마음 상하지 않으면서도 자발적으로 고쳐보고자 하도록 이끄는 것을 자주 보았다. 내가 말을 예쁘게 하는 그녀의 모습에 관심을 가진 부분이 바로 이러한 점이었다.

할리우드 영화를 보면, 주인공이 절박한 순간이나 당황스러운 상황에서도 절묘하게 맞는 말을 한다 싶을 때가 많다. 은근하면서도 적절한 어휘를 사용하여 설득력 있게 말하는 상황을 여러 차례 발견한다. 그러나 실제 상황에서는 그렇게 갑작스럽게 접하는 상황에 딱 맞게 훌륭히 잘 말하는 사람이 많지는 않을 것 같다. 그런데 그녀는 그렇게 했다. 미리 대본을 준비라도 해둔 것처럼 매우 훌륭하게 해냈다. 그러한 상황에서조차 그녀는 역시나 같은 말도 더 예쁘게 했다. 그렇다고 과하게 느껴지지도 않았다. 상대방의 모습 그대로에서 묘사적으로 표현할 것들을 섬세하게 잘 찾아냈기 때문에 그 말을 듣는 사람이 정말 그렇구나 하는 생각이 들게 했다. 훌륭한 언어 감각을 지닌 그녀가 정말 부러웠다.

또한 그녀는 평소에 상대방을 바라보는 시선 자체가 항상 긍정적이어서 좋은 면을 먼저 보려 들었다. 그녀라고 해서 상대방의 단점이 안 보이지는 않았을 것이다. 다만 그녀는 장점을 칭찬하면서 그 칭찬에 의해 스스로 단점을 보도록 하는 화법을 구사할 줄 알았다. 그것이 타고난 것인지, 아니면 부단한 노력에 의한 것인지는 잘 모르겠지만, 성격이 까탈스러운 사람이 자기 성질을 못 이겨서 화를 내며 시비를 걸 때나 누군가를 비난할 때조차 그녀는 사안의 실체를 꿰뚫고 있었다. 그래서 상대방이 홧김에 막말하며 핵심에서 벗어날 때마다 유연하고 능숙하게 맥락을 다시 짚어주고 대화가 엉뚱한 방향으로 흘러가지 않도록 중심을 잡아준다. 그러는 가운데 상대방의 화난 마음을 이해한다는 의사 표현과 함께 화난 사람의 장점을 칭찬해줌으로써 좀 더 너그러운 상태가 된 상대방이 스스로 마음을 가라앉히도록 돕는다. 참으로 놀라운 기술이 아닐 수 없다. 그러한 화술이 진정 우리가 커뮤니케이션을 위해 수용하고 배워야 할 덕목이라는 생각이 들었다. 누군가는 그것을 설득력이라고 할 것이고, 또 누군가는 그것을 사랑 혹은 포용력이라고 할 것이다. 아니면 배려심이라고 할지도 모른다. 그것의 발로가 무엇이라도 좋다. 중요한 것은 그렇게 예쁘고 좋게 말하는 화술이 모두에게 있다면 세상의 다툼이 훨씬 적어질 거라는 점이다.

그와는 반대로, 말주변이 없다고 핑계 대며 그저 입에서 나오는 대로 말하는 사람이 있다. 불쑥 아무 말이나 던져놓고 뒷감당은 상대방에게 떠넘긴다. 그저 너그러운 배포로 알아서 이해하라며 너스레를 떨곤 한다. 이 얼마나 무책임한 행동인가. 사전예고도 없이 상대방이 감당하기 어려운 상황을 만들며 자기가 하고픈 말을 모두 뱉어내는 사람은 정말이지 너무나도 무책임하다. 자신이 얼마나 많이 다른 사람의 마음을 어수선하게 했는지 혹은 어이없게 만들었는지 정말로 모르는 걸까. 그런 식으로 타인을 괴롭히며 비겁하게 얻어진 우월감을 은근히 즐기는 것은 아닐까. 그것은 마치 평화로운 마을에 선전포고도 없이 침입해서 곳곳을 초토화시키는 것과 같다. 말주변이 없는 사람이라며 스스로 합리화하지만, 그럴수록 오히려 단 한마디를 해도 더욱 가려서 해야 하지 않을까. 우리는 늘 이런 사람들을 경계해야 하며 우리 자신도 아차 하는 순간 타인에게 그러고 있지는 않은지 수시로 점검할 필요가 있다. 그것부터가 행복을 위한 언어 사용의 기본 마음가짐임을 알아야 한다.

살다 보면 정말로 불가피하게 자기 입장을 전달해야 할 때도 있고, 때로는 상대방의 문제점에 대해 알려주어야 할 때가 분명히 있다. 또한 더 나은 관계로 나아가려면 불가피하게 갈등 상황에 맞닥뜨리게 될 수도 있다. 설령 그럴지라도 최대한 좋게 말할 수는 있지 않겠는가. 사실 그런 상황일수록 더욱 예쁜 말과 좋은 말을 골라서 쓸 수 있어야 한다. 좋은 의미를 내포한 단어를 사용하거나 우회적으로 말하는 방법도 있고, 같은 말이라도 억양이나 톤을 부드럽게 해서 화자의 말에 오히려 귀를 기울이게 하는 방법도 있다.

좋게 말하기 위해 돌려서 말하는 것은 어쩌면 좋은 관계를 위해 더욱 필요한 덕목이다. 이솝우화에서처럼 거센 바람보다 따뜻한 태양이 나그네의 외투를 벗게 한다. 악악대며 언성 높여 따지듯 다그치면 오히려 귀를 막고 고개를 돌리게 되어 있다. 상대방이 마음의 상처로 여기는 부분에 대해 가장 듣기 싫어하는 어휘들을 골라가며 그 상처를 후벼 파듯 말하는 사람은 자신이 얻고자 하는 것을 결코 하나도 얻지 못할 것이다.

자식을 야단치거나 배우자와 다툴 때, 막말을 험하게 하면서 강제로 자기 생각을 주입하려 하거나 강요할 수도 있다. 그렇게 하면 외견상 소기의 목적을 거둔 것처럼 보일 수는 있다. 그러나 마음속으로 상대방은 욕하고 있을 수도 있다. 그 순간에 신뢰감이나 존경심을 영원히 잃게 된다는 것을 제발 좀 알자. 설득력은 한없이 부족하면서도 어디를 가나 쌈닭처럼 분쟁과 갈등을 불러일으키는 사람이 바로 그러한 유형에 속한다.

기왕이면 다홍치마라고 좋은 게 좋은 거다. 어른이 아랫사람의 잘못을 나무랄 일이 있더라도 좋게 차근차근 말하면 더 잘 듣는다. 상대방을 위해 그렇게 말하고 있음을 도중에 간간이 확인시켜주면 금상첨화다. 자기 아들은 성깔이 못돼서 좋게 말하면 들은 척도 하지 않으니 거칠게 말할 수밖에 없다고 하는 사람도 있다. 자신도 모르게 그 이전부터 거칠게 말해 버릇했기 때문에 그렇게 귀를 막는 자식으로 만들었을 수도 있는데, 정작 본인은 그것을 모른다. 반항하며 거부하던 자녀가 당장은 귀를 기울이지 않더라도 지속적으로 좋게 말하고 마음을 어루만져주면 차갑게 빗장을 채웠던 마음을 열고 다가오게 되어 있다. 그러면서 점차로 어느 정도라도 귀를 기울이고 개선할 의지를 갖게 된다는 것을 부모는 알아야 한다. 사실 훌륭한 청소년 상담가나 문제가 있는 가정을 회복시켜주는 사람들이 상대적으로 그런 것을 더 잘한다. 그러므로 좋은 부모가 되고 싶다면 때로는 그들에게서 방법을 배우는 것도 좋을 것이다.

02

간간한
맛

언어의 위력 ǀ '마음'이 먼저다 ǀ 내가 말하고픈 '언어'란 무엇인가 ǀ 언어의 궁극적인 목표는 소통이다 ǀ 전화선 너머로 전달되는 마음과 마음 ǀ 피스메이커 ǀ 막말 태클에 대한 호신술 ǀ 7 : 2 : 1의 규칙 ǀ '피그말리온' 효과 ǀ 말보다 강한 포옹의 힘

◠ 언어의 위력

누군가에게 언어는 필요할 때 언제라도 마실 수 있어서 특별히 목이 마르지 않으면 그 가치를 인식하지 못하는 물처럼 그저 대수롭지 않은 콘텐츠에 불과할지 모른다. 그러나 또 다른 누군가에게는 마법과도 같은 그 무엇이며, 말랑말랑하면서도 막강한 파워를 지닌 특별한 것일 수도 있다. 그동안 수많은 언어학자가 규명하고 알아낸 언어의 속성들에 대해 말하려는 것이 아니다. 그렇다고 언어에 초자연적인 신비로움을 담아 설파하려는 것은 더더욱 아니다. 그러나 우리 인간의 역사 곳곳에서, 그리고 어느 시대를 막론하고 언어는 하나의 사회와 국가, 문명을 만들어내는 데 중대한 핵심 요소가 되어왔다는 사실에 주목하고 싶다. 지극히 사실적이며 현세적인 관점으로 언어를 바라보는데도 그 놀라운 힘을 부정할 수 없기 때문이다. 인류의 위대한 유·무형의 모든 업적과 성과는 풍부하고 다양한 언어, 언어 소통 기술, 언어적 상호 규약 등이 어우러져 만들어낸 결과물이다. 개인적으로는 그것을 '언어혁명'이라 명명해도 좋을 것으로 생각한다. 돌아보면 그것은 현재의 눈부신 IT 기술혁명 못지않게 획기적인 인간 삶의 핵심적 요소로 이미 오래전부터 자리매김하고 있었다.

그러한 나의 관점은 비단 국가나 문명 같은 거대한 규모를 바라보는 시각에 국한되지 않는다. 즉, 언어는 우리 개개인의 삶에 깊숙이 들어와 슬그머니 우리의 인생에 관여하며 영향을 미치고 있다는 것을 이야기하고 싶다. 말하자면 '언어혁명'이 우리의 내면에서도 일어나고 있다고 말하려는 것이다. 언어가 우리의 뇌에서 구체화되고 각인되며, 입으로 발화되거나 기록되는 순간부터 그 언어는 막강한 힘을 지니게 된다. 마음의 바람이나 소원이 구체어로 표출되면 그 소원은 자기암시가 되고 신념이 되어 정신작용을 더욱 강화한다. 그러고는 자석처럼 그 말의 결과나 성과들이 끌려와 달라붙는다. 이것이 바로 언어의 끌어당김 현상이다.

바라고 꿈꾸는 바를 말 혹은 글로써 구체화할수록 그것은 하나의 신념이 되고 이른바 확신의 언어로 작용하기 시작한다. 확신의 언어가 되면, 꿈을 이룰 힘이 더욱 상승한다. 강력한 확신은 더욱 강력한 의지를 불태우는 에너지가 되어준다. 또한 연쇄적으로 강력한 뇌의 파장을 일으켜줄 것이다. 소원할 때의 뇌파가 그것과 상응하는 우주 만물과 공명함으로써 마침내 우리에게 필요한 것들이 자석처럼 끌어당겨지고 희한하게도 자신의 소망이 이루어지는 것을 경험하게 될 것이다. 그것을 '기도'라고 말하는 사람도 있고, '운명'이라고 하는 사람도 있으며, 그저 '오비이락(烏飛梨落)'처럼 우연히 맞아떨어지게 된 것이라고 하는 사람도 있을 것이다. 혹은 실천과 노력이 만들어낸 사필귀정의 결과라고 말하는 사람도 있을 것이다.

그것이 무엇이건 간에 내가 말하고자 하는 것은 그 모든 것을 언어, 즉 말을 통해 구체적으로 명시화할수록 이루어질 가능성이 크다는 것이다. 아울러 언어가 그토록 파워풀하다는 것을 강조하고자 한다. 소원이 실현될 수 있게 하려면 파워풀한 언어를 설계해서 우리의 뇌에 각인시키고 의도적으로 반복 사용할 필요가 있다. 마치 주문을 외는 것처럼 말이다. 그러는 동안 같은 언어를 빈번하게 사용하는 이들과 저절로 합류하게 되고, 꿈을 이루는 데 도움이 될 사람들과 만나기도 한다. 그것은 다른 말로 하면, 같은 파장의 언어로 그리고 같은 파장의 뇌의 작용으로 꿈의 실현을 도모하는 사람들과 만날 수 있게 된다는 것이다. 그래서 한편으로 자신이 원하는 일에 몸담고 있는 사람을 스스로 찾아가게 되는 것도 바로 이러한 끌림 현상이 마찬가지로 작용하기 때문이라 할 수 있다.

또한 계속해서 강력한 확신의 언어를 반복하여 되새김질하면 그 언어가 저절로 실현의 작용을 시작한다. 그러면서 언어의 주체 또한 완성을 위해 필요한 행위를 하게 된다. 그러다 보면 어느덧 그렇게 말한 대로 되어 있는 자신을 발견하게 될 것이다. 주변에 남다른 확신의 언어로 의지를 확고히 하며 끊임없이 애쓰는 사람이 있다면 주의 깊게 지켜보라. 머지않아 뜻을 이룬 그가 늠름하게 우뚝 서 있는 것을 보게 될 것이다.

물론 확신의 언어라는 것이 반드시 입을 통해 나오는 것만 의미하지는 않는다. 글로 적어도 좋고 그림처럼 도식화해도 되며 자신만 아는 암호로 바꾸어도 좋다. 마음속으로만 생각한다고 해도 그 언어가 명확하고 구체적이고 또한 자기암시적이라면 강력한 언어 작용이 일어날 수 있다. 언어는 어떠한 방식으로도, 그리고 어떤 사람과도 그 파장이 같다면 서로 끌어당기게 되어 있다. 진정으로 성공하고 싶고 원하는 것을 성취하고 싶다면 이러한 작용을 적극적으로 활용해보라.

한편 언어에는 치유의 힘이 있지만 그와 동시에 파괴력도 있다. 그래서 언어는 생명을 살리기도 하지만 사람을 다치게도 한다. 좋은 말이 주는 파장과 나쁜 말이 주는 파장은 각각 그 영향력이 막강하다. 그래서 어떤 이의 삶은 늘 행복하고 스스로 치유하며 타인 또한 기쁘게 한다. 그러나 어떤 이는 삶이 늘 지옥이다. 자신의 무디고 단단한 말의 벽돌로 만든 독방에 스스로 격리시키고 마냥 외로워한다.

그런 사람은 사실 그렇게 할 수밖에 없었다고 변명하고 싶기도 할 것이다. 자신의 말이 혹독했던 이유가 경제적 형편이 안 좋아서 입으로 내뱉는 말까지 신경 쓸 수는 없었기 때문이라고 할 수도 있다. 또는 몸이 아프고 불편하니 말이라도 막 하고 봐야 그나마 고통을 견뎌낼 수 있었다고 할지도 모른다. 하지만 어려운 상황임에도 삶을 기쁘게 만드는 사람도 많다. 그들에게는 자기만의 어려움을 이겨내도록 해주는 언어의 지혜가 있기에 기쁜 삶을 만드는 것이 가능하다. 또한 삶을 사는 지혜, 남을 이해하는 배려, 따뜻한 사랑이 있기 때문이며 그런 마음이 그들의 언어에 깃들었기 때문이다. 더욱이 그들은 대부분 언제나 말을 좋게 하는 습관을 지니고 있음을 발견할 수 있다. 그들은 자칫 나쁜 위력을 발휘하게 될지도 모르는 자신의 언어가 좋은 파장과 선한 위력을 지니도록 언어 사용 리모컨을 재설정한다.

반대로 친구가 없거나 욕을 먹거나 배척당하는 사람을 보면, 대체로 말하는 어투가 좋지 않고 나쁘게 말하는 습성이 있다. 말하는 방법을 배우지 못해서일까. 아니면 알지만 심보가 꼬여 있어서 도무지 예쁘게 말하고 싶지 않은 것일까. 어째서 그들은 말에 항상 폭탄을 장착하는 것일까. 언어를 날카로운 칼이나 뾰족한 침으로 바꾸는 그야말로 쌈박한 능력이 있는 것 같다. 같은 말이라도 곱게 표현하기보다는 어찌하여 융단폭격을 가하듯 폭력적인 것일까. 때론 폭력적 언어 사용까지는 아니더라도 묘하게 상대방의 감정을 상하게 말하기도 한다. 그렇게 말하는 사람과 만나서 이야기를 나누다 보면 이내 마음이 불편해져서 얼른 도망치고 싶어진다. 그의 나쁜 말 기운에 분위기가 뜨악해지고 마음이 상하게 되기 일쑤다. 나쁜 기운이 서린 언어의 위력에 그만 짓눌려버리기도 한다. 그의 주변에서는 식물도 메말라버릴 것만 같다. 본인이 알건 모르건 주위를 초토화시키고 황폐하게 하는 그런 사람을 만나게 되면 일단은 무조건 피하는 게 상책이다. 그러나 한편으론 선한 언어의 위력을 몰라서 모든 이를 곁에서 떠나보내고야 마는 그 사람이 내심 안쓰럽기도 하다.

🍶 '마음'이 먼저다

언어의 마술사, 언어의 달인이 되는 데는 무엇보다 언어를 담은 마음의 텃밭이 먼저 가꾸어져야 한다. 그것은 누구나 아는 사실이지만 실행하기 어렵다 보니 수많은 성현에 의해 끊임없이 회자되는 이슈다. 많은 사람이 화법을 익히기 위해 별도의 비용을 들일 정도로 말을 잘하고자 하는 열망을 지니고 있다. 요즘엔 특히 화술과 화법에 대한 강의와 유튜브 영상을 많이 접할 수 있다. 대인관계 지향적인 사람이라면 누구나 논리적인 화법, 매력 있는 화술, 성공적인 의사소통 능력을 동경한다. 하지만 마음이 허하면 아무 말도 하고 싶지 않고, 아예 사람들과 함께하고 싶지 않은 순간도 있다. 그리고 마음이 이미 말을 필요로 하지 않을 때는 제아무리 능숙한 화술도 의미가 없다. 또한 마음에 화가 가득 들어 있을 때는 말이 순화되지 않은 채 표독스러운 억양이나 비아냥거리는 말로 튀어나올 수 있다. 그래서 안 하느니만 못한 결과를 초래한다. 결론적으로, 마음의 텃밭이 먼저 낙원처럼 평화롭고 부자의 곳간처럼 풍성해야 관대한 언어가 나오게 된다고 할 수 있다.

말을 할 때는 자세나 태도가 중요한 요소라고 누구나 언급할 것이다. 그러나 그런 자세와 태도는 반드시 좋은 마음 상태에서 비롯되어야 한다. 마음과 일맥상통한 자세여야 진정성 있게 전해진다. 마음이 겸손해야 겸손의 언어가 빚어진다. 여유로운 마음을 지니고 있어야 미소를 지으며 온화한 언어가 표출된다. 그래야 상대방도 편안함과 신뢰감을 느끼게 된다. 물론 내가 먼저 상대방을 신뢰하는 마음을 지니고 있어야 신뢰의 언어가 사용된다. 다르게 말하면, 불안정한 마음으로 조급함을 더해 채근하듯 말하는 것을 사람들은 불편해하고 싫어하게 된다는 것이다. 자신감이 없거나 무언가에 쫓기듯이 허둥대면 그만큼 신뢰감도 떨어진다. 겉으로 짐짓 여유로운 척할 수도 있겠지만, 이내 들켜버린다. 노련하게 감정을 위장하기란 보통 사람으로서는 결코 쉬운 일이 아니기 때문이다.

'진심으로', '마음을 다해' 등의 표현을 자주 사용하곤 하는데, 때로는 과연 내 마음이 진정 그런지 자문하며 머쓱해질 때도 있다. 솔직히 그런 마음이 아닌 상태로 그저 겉으로만 그 표현을 쓴다면 그것은 이미 진심이 아니라 여기기 때문이다. 거짓된 마음을 형식적으로 전하는 것이 되어버려서 간혹 진지한 관계를 유지하고자 할 때 역효과가 나기도 한다. 사람들은 본능적으로 다른 사람들의 마음에 요동치는 변화를 감지한다. 그래서 사실이 아닌 것을 말하는 것 같을 때도 민감하게 알아챈다. 그러므로 내 마음이 진심이 아닐 때는 그런 표현조차 아예 자제하는 게 낫다. 마음과 다르게 사용하는 언어들은 그 어떤 감동도 주기가 어렵기 때문이다. 사람들은 이처럼 미세하게 감지되는 마음 상태도 매우 쉽게 느낀다. 그렇기에 허전한 마음, 서운한 마음, 화난 마음, 자존감 약해진 마음과 같이 남에게 들키고 싶지 않은 마음을 지닌 상태일 때는 그 어떤 만남도 전화도 하지 않는 게 차라리 낫다. 이 역시 관계지향적인 사람에 한해서라면 말이다. 자기 주변의 모든 만남이 어떻게 흘러가건 그것에 무심한 사람이라면 상관없을 테니까.

개인적으로 마음 깊이 소중히 여기며 끝까지 함께하고픈 봉사 단체가 하나 있다. 바쁜 중에라도 시간을 내어 봉사하면 감사한 마음이 생기고 보람이 느껴진다. 게다가 봉사의 지향성이 내 삶의 지향과 일치해서 계속 그 봉사활동에 참여하고픈 마음이 있다. 그럼에도 시간적 · 정서적 · 금전적 이유로 마음의 여유가 없을 때는 봉사하러 가는 발길에 제동이 걸리며 일순간 주춤거리게 된다. 봉사하러 가서 혹여 온전하게 기쁨의 언어를 말하지 않게 될까 봐 우려되기 때문이다. 좀 더 엄밀하게 말하자면 그런 마음 자체를 보여주고 싶지 않다. 봉사 중에 마음을 감추려 억지로 미소를 지을 수는 있다 해도 봉사자로서 합당하지 않은 언어가 나도 모르게 불쑥 나오는 것까지 막을 자신이 없다. 마음의 준비가 충분히 되지 않으면 봉사 중에 하게 될 언어도 갖춰지지 않았다고 생각되기에 더욱 그러하다.

한편, 진심이 가득하지 않은 봉사와 희생은 위선적인 행위이며 마음 없는 희생은 공염불과 같다. 또한 말로만 하는 봉사와 희생은 안 하는 것만 못하다. 그것은 선행을 빙자해 자신을 포장하고 홍보하려는 것이며, 따라서 오히려 민폐를 끼치는 것이 될 수도 있다. 그런데 더 나아가서, 분명히 진심을 담아 봉사와 희생한 것은 맞는데, 어느 순간 그것을 치하하게 될 때가 있다. 나도 모르게 그렇게 되거나 그렇게 하는 사람을 볼 때마다 생각나는 말이 있다. 그것은 바로 "오른손으로 한 선행을 왼손이 모르게 하라"라는 성경 구절이다. 그런데 나는 그것을 살짝 다르게 표현해보고 싶다. "오른손이 한 선행을 나의 혀가 모르게 하라!"라고. 봉사와 선행을 하고 나서 그것을 과하게 치하하는 언어로 표현하게 되면, 그때부터 그 아름다운 선행의 가치가 퇴색되고 만다. 그야말로 입으로 말하는 공치사가 모든 공을 깎아버린 꼴이 된다. 그래서 우리는 이러한 공치사 언어 사용에 조심할 필요가 있다.

결론적으로, 언제 어느 곳에서 어떤 일을 하건 매 순간 우리는 언어 이전에 마음이 먼저임을 잊어서는 안 된다고 생각한다. 마음이 본질이라면 그 마음을 표현하는 언어는 단지 하나의 도구이며 수단일 뿐이기 때문이다.

⌒ 내가 말하고픈 '언어'란 무엇인가

언어의 사전적 의미를 그대로 인용해보면, "사상·감정을 나타내고 의사소통하기 위한 음성·문자 따위의 수단, 또는 그 음성이나 문자의 사회 관습적인 체계"(구글)다. 언어의 근원적 연구 측면에서 접근하자면, 언어란 상당히 거리감이 느껴지는 개념이다. 노암 촘스키를 비롯해 수많은 언어학자가 다양한 논리로 언어를 설명해왔다. 음성학, 음운론, 화용론, 의미론, 미니멀리즘, 기호학 등의 언어학적 연구가 무수히 이루어졌다. 이러한 언어에 대한 학문적 분석 영역은 분명히 연구할 가치가 있다. 그러나 언어의 실용적 관점에서 또는 실제 삶과의 관계 속에서 언어를 바라본다면, 그중에서도 소통, 즉 커뮤니케이션 도구로서의 언어적 측면을 살피는 것이 가장 중요하다. 사실 언어학자조차 실제의 삶에서 과연 언어를 잘 사용하고 있을지는 의문이다. 언어의 속성을 연구하지만, 막상 삶의 언어 사용에서도 달인일지는 알 수 없다. 게다가 그들이 연구한 언어의 속성과 원리에 따라 말로써 자신과 주변 사람들을 반드시 행복하게 해줄 거라고 기대하는 것도 무리다. 비록 언어학자라 할지라도 정작 제대로 된 언어 사용법을 모를 수 있기 때문이다.

철학적 의미에서 접근하면 언어는 더욱 심오해진다. 또한 언어를 과학적으로 접근하면 그 원리가 더더욱 정교하고 분석적이다. 나아가 언어가 문학적으로 다루어지면 그 의미는 매우 풍성하게 확장된다. 또는 언어가 미학적으로 다루어지면 언어 표현의 심미성이 배가된다. 나아가 심리학과 언어가 만나면 정신의학적 치료의 접근 도구가 되기도 한다. 언어는 이토록 다양한 방향성과 상호연계성을 지니며 어느 영역과도 신비롭게 융합되는 응용성과 확장성을 지니고 있다. 그렇기에 '언어란 이런 것이다'라며 하나의 범주에서 단편적으로 규정짓기가 상당히 어렵다. 그런 만큼 내게는 언어에 대한 이러한 모든 영역에서의 접근이 각각 가치 있고 매력적으로 다가오는 것도 사실이다.

거듭 말하지만, 이 책에서 그러한 언어의 조금은 난해하고도 복잡한 모든 기능과 목적 등을 거론하고자 하는 것이 아니다. 그리고 언어의 학문적 속성에 대해서는 가능하면 다루고 싶지 않다. 왜냐하면, 결국 언어는 우리의 삶과 직결되어 존재하는 것이므로 '소통'이라는 개념에서 그 특성을 들여다보고 싶기 때문이다. 즉, 좀 더 행복한 상호관계를 위해 언어를 잘 사용하는 것에 대해 말해보자는 것이다. 그리하여 삶에서 사용하는 언어가 행복한 세상을 만드는 데 일조하기를 바라고, 또한 언어 사용에 어려움이 있었거나 아픈 언어로 힘들었던 마음에 위로가 될 수 있기를 바란다.

소통의 시대에 언어의 중요성은 불치병을 치유하는 신약 연구개발 만큼이나 비중이 큰 영역으로 간주되어야 할 것이다. 그런데 희한하게도 언어를 학문적 혹은 이론적으로 접근하는 것 말고는 삶에서 그리 중요하게 다루고 있지 않은 것 같다. 말 때문에 일어난 사건사고가 있고 나서야 '그러게 말을 조심하지 그랬어' 정도로 회자되고는 그저 어쩔 수 없이 삶의 한 양상이라 여기며 언어 사용에 대한 고찰을 등한시한다. 그래도 간혹 말의 중요성을 다룬 책들이 인기를 얻으며 아직까지 많은 독자가 있다는 것은 그나마 다행스러운 일이다. 적어도 우리는 모두 좋은 말에 대한 목마름이 있다는 것을 방증하는 것일 테니 말이다.

사실 그 이전부터도 말이 중요하니 잘 말하자는 맥락의 서적들이나, 소통에 관해 단지 화술과 비즈니스 언어 스킬 측면에서 접근한 서적이 끊임없이 나오기는 했다. 대부분의 책이 결국엔 사람의 마음을 잘 이해하며 잘 말하려고 해야 좋은 관계를 형성할 수 있다는 것을 골자로 하고는 있다. 어느 면에서는 필자의 마음과 같은 출발점을 지니고 있다. 그러나 상당수의 책이 그렇게 잘 말할 수 있는 마음 상태가 아닌데도 무작정 잘 말하라고 강요하고 있다는 느낌을 지울 수 없다. 또한 아픈 말을 들었을 때의 대처법이나 맷집을 키울 수 있는 방법을 알려주는 책이 상대적으로 적다.

세상의 많고 많은 사람이 모두 우리에게 호의적일 수는 없기에 언젠가는 듣게 될지도 모를 모함과 독설, 그리고 잘못을 질책해주는 말이기는 하지만 너무 아픈 말에 대해 잘 소화하고 극복할 수 있는 단단함을 갖추어야 할 것이다. 어쩌면 다른 많은 사람도 바로 이러한 점 때문에 힘들어한 것은 아닐까. 영어 듣기 능력을 향상시키기 위해 별도의 많은 연습이 필요하듯 타인의 말을 안 아프게 듣는 연습을 할 수는 없을까. 마치 복서들이 맷집을 기르듯 마음의 단단함을 키우고, 독하게 말할 수밖에 없는 상대방의 아픔이나 숨겨진 그만의 열등감을 읽어내는 연습을 할 수는 없을까. 이러한 측면의 언어적 관점이 내게는 다른 어떤 언어학적 연구의 관점보다 더욱 큰 관심과 연구 의욕을 불러일으킨다.

☂ 언어의 궁극적인 목표는 소통이다

인간의 삶에 매우 가깝게 밀착되어 있는 언어, 그리고 우리의 삶 세세한 곳까지 파고들어 온갖 영향을 주며 생성 · 변천해온 언어의 세계는 심오하게 다가갈수록 경이롭다. 하나의 민족 혹은 국가에는 그 구성원들만의 언어가 반드시 존재한다. 언어가 없었다면 인류가 이토록 발전할 수 있었을지 의문이 생길 정도다. 크고 작은 사회에 언어가 존재했기에 사람들은 서로 소통할 수 있었고 위대한 업적도 이루어낼 수 있었다. 또한 반대로 역사를 살펴보면 서로의 견해와 이념의 차이로 서로 소통하지 못하여 전쟁과 파괴가 빈번히 발생하기도 했다. 그중에는 언어가 서로 달라서, 또는 소통이 원활하지 않아서 생긴 경우도 분명히 많을 것이다.

소통은 그만큼 우리가 살아가는 데 매우 중요한 요소다. 사람은 저마다 생각이 다르고 원하는 바도 달라서 소통이 더욱 중요하다. 또한 자신이 원하는 것을 얻기 위해 먼저 상대방을 잘 파악하고 상대방의 마음을 헤아리는 것은 소통의 기본 원리다. 비언어적 언어의 하나인 '광고' 마케팅에서도 먼저 소비자 심리와 그들의 니즈(needs)를 파악하는 것부터 선행되어야 하는 이유가 거기에 있다. 그리고 우리 한국인이 그토록 영어에 매달리는 이유 중의 하나도 그것이 전 세계의 대표적인 소통언어이기 때문이다. 결국 소통이란 서로의 마음을 헤아리는 것이며, 그것을 '언어'라는 매체를 통해 더욱 확실하게 구현할 수 있다. 그러므로 언어의 궁극적인 목표는 바로 '소통'이어야 한다.

다시 말하자면, 소통은 언어를 통해 마음을 교류하는 것이다. 따라서 소통언어가 원활하게 작용하려면 그 언어에 어떤 마음을 담아내야 하는가를 먼저 알 필요가 있다. 그런데 안타깝게도 많은 사람이 그것에 대해 알지 못한다. 마음을 담아 표현하는 것 정도는 안다고 해도 그 마음을 어떻게 언어로 치환해야 진정으로 원만한 소통이 되는지는 잘 모른다. 그러한 가운데 언젠가부터 말로써 마음을 전하는 방법을 연구할 필요성이 대두되기 시작했다. 많은 소통 강사가 대중의 호응을 받으며 인기를 얻고 있는 것이 그것을 시사한다. 유명한 소통 강사의 강의를 들어보면, 노골적으로 말이나 언어에 대해 설명하고 있지는 않다. 대부분의 소통 강사는 살면서 부딪히는 여러 갈등 속에서 어떻게 하면 잘 소통하고 자신에게 처한 문제를 잘 해결하는가에 대해 알려주고자 한다.

그런데 깊이 파고들면 모든 갈등에는 바로 잘못 사용하고 있는 언어의 씨앗이 존재했다. 그래서 그것을 해결하도록 제시해주는 조언에도 결국엔 순화된 언어 사용이라는 솔루션(solution)이 존재했다. 사실, 그 강의를 듣고자 하는 사람들은 소통의 언어를 배우고 싶어서라기보다는 그 강사 특유의 화법 속에서 마음의 위로나 공감을 얻고자 할 때가 더 많았다. 물론 꽤 오래전부터 화술에 관해 강의하는 강사도 상당히 많았고 서점가에서는 그러한 종류의 서적이 지금도 꾸준히 판매되고 있다. 그런데 대부분 화술이나 화법 강의에서는 소통이라는 것 자체보다는 그야말로 비즈니스 세계에서 필요한 기술로서의 화법에 더욱 중점을 두는 경향이 있다. 그래서 말로 인한 어려움이 있을 때는 마음에 크게 와 닿기 어려운 점이 있다. 이윤을 추구하거나 목적을 달성하기 위해 필요한 화법을 말해줄 뿐이기 때문이다.

인간은 다른 동물과 달리 언어로써 소통하고자 하는 욕구가 특히 강하다. 사실 동물은 소통을 위해 꼭 필요한 언어만 사용한다. 동물의 언어는 소리나 몸짓을 이용한 언어로 표현 체계도 비교적 단순하다. 따라서 동물은 지극히 필요한 분량의 소리와 몸짓 언어만으로도 인간에 비해 소통하는 데 어려움이 크지 않다. 그에 반해 인간은 무척 많은 소통언어를 지니고 있음에도 어째서 소통이 그토록 어렵고 심지어 분란이 자주 생기고야 마는 것일까. 지능이 높을수록 욕구나 바람이 더욱 커지기 때문일까. 어떤 이유이든 인간 사이의 관계에서는 서로 소통이 되지 않을 말이라면 차라리 말문을 닫는 것이 나을 때가 많다.

언어의 궁극적 목표가 소통이라는 사실을 모른 채 무수히 많은 말을 쏟아내는 사람들은 그저 각자의 말만 하기에 바쁘다. 사실 그래서 소통이 점점 어려워진다. 소통의 언어라는 뜻에는 상대방을 염두에 두고서 사용하는 언어라는 의미가 담겨 있다. 소통은 단순히 마주 보고 이야기하는 '대화'라는 의미를 뛰어넘는다. 서로 간에 막힘 없이 통한다는 의미의 소통이 원활하려면 분명히 특별한 언어적 전략이 요구된다. 상대방이 소통언어를 사용하지 않아서 자신이 불행감에 휩싸이기도 하지만, 마찬가지로 자신의 불통언어가 상대방을 불행하게 할 수도 있다는 것을 서로가 잘 알고 있다면 모든 사회적 갈등은 훨씬 줄어들 것이다.

상대방의 마음을 도외시한 채 '아몰라' 화법으로 일관한다면 타인뿐만 아니라 자기 자신도 행복하기는 어렵다. 물론 소통언어 구사와 함께 마음과 행동도 소통에 부응해야겠지만, 마음을 전하는 것도 언어이며 행동으로 이어지게 할 수 있는 결정적 매개체도 언어다. 그러므로 진정으로 타인과의 소통을 원한다면 자신의 언어가 소통언어인지 아닌지를 항상 살펴볼 필요가 있다.

☁ 전화선 너머로 전달되는 마음과 마음

　준비를 잘한다는 것은 어느 영역에서나 항상 중요한 덕목이다. 전화를 걸거나 받을 때 역시 최소한의 준비가 필요하다는 점에서 예외가 아니다. 예를 들어, 넋을 놓고 있다가 느닷없이 전화를 받게 될 때를 살펴보자. 전화 멘트가 직업인 사람들은 순발력 있게 응대하겠지만, 대부분은 얼결에 받다 보니 때로는 예상치 못한 말이 튀어나올 때가 있다. 그래도 받는 전화 상황에서는 그나마 낫다. 수동적인 자세로 자신의 의견을 크게 드러내지 않아도 되기 때문이다. 그러나 전화를 걸기 전에 준비할 것은 더욱 섬세하게 생각할 필요가 있다. 전화 협상을 통해 얻고자 하는 목적성이 수신자보다 발신자의 경우가 크기 마련이다. 그만큼 당당하면서도 효과적인 통화가 될 수 있도록 사전 준비가 필요하다. 어쨌든 양쪽 모두 마음이나 태도 등 모든 측면에서 준비를 잘해야 하는 것은 똑같이 중요하다.

　나 또한 보이지 않는 수화기 저 너머에 있기에 상대방이 내가 무엇을 하며 전화를 받는지 모른다고 생각한 때가 있었다. 사실 우리는 모두 민감한 안테나 혹은 고도의 센서를 지니고 있다는 것을 미처 알지 못했다. 되돌아 생각해보니, 누군가의 음성과 어조를 통해 그 사람의 상황을 충분히 짐작하곤 했음에도 그러한 것에 크게 관심이 없었던 것 같다. 우리는 상대방이 누워서 통화하는지 아니면 걷거나 달리면서 통화하는지도 잘 알아챈다. 심지어 좀 더 예민하다면 화장실에서 통화하는 것조차 느낌으로 알 수 있을 정도다. 그토록 고스란히 우리의 모습이 수화기의 음성 감지 센서(sensor)를 통해 전달되다 보니, 표정이 안 보이는데도 신기하게 우리의 생각과 마음 상태마저 그대로 전달되곤 한다. 그래서 우리는 실제로 대면하여 대화할 때처럼 저절로 전해져오는 어떤 느낌이 있기에 상대방의 상황이나 감정을 확인하는 멘트로 통화를 시작하기도 한다. 이를테면 어디가 아픈 건 아닌지,

자는데 깨운 건 아닌지, 업무로 바쁜 건 아닌지, 안 좋은 일이 있는 건 아닌지, 그리고 심지어 나에게 무슨 일인가로 화가 나 있는 건 아닌지와 같은.

전화선 너머로 상대방의 모습과 상황이 이토록 잘 감지되는 것처럼 진솔한 마음으로 임하는지 아닌지도 서로 잘 알 수 있다. 상대방을 배려하는 마음과 감지 안테나를 잘 열어둘수록 더욱 쉽게 파악된다. 시력이 덜 좋으면 청력이 발전할 가능성이 있는 것처럼 눈으로 보지 않고 듣는 것에 더 집중하게 되어서일까. 혹은 전화기가 귀에 가장 가깝게 닿아 있어서일까. 어떤 연유이건 전화기를 통해서도 서로의 마음이 그대로 전해지게 된다는 것이 때로는 경이롭기까지 하다. 그 예로, 전화상으로 학습을 관리해주는 한 교사가 진정 아끼는 마음을 전하고 응원해줌으로써 패배감에 젖은 학생에게 학습의욕을 이끌어내줄 수 있음을 최근에 경험했다고 전해왔다. 자괴감과 상실감으로 힘들었던 그동안의 마음을 헤아려주고 잘할 것이라고 믿어주면, 비록 얼굴도 모르고 누구인지도 몰라도 전화상의 통화만으로도 용기를 북돋울 수 있고 동기부여가 되게 할 수 있다는 것을 깨달았다. 이제부터 더 열심히 해보고 싶다고 말하며 새로운 용기를 내는 그 학생의 마음도 전해 받을 수 있었다고 한다. 그와는 반대로, 이제야 마음을 열고 공부를 해볼까 다짐한 학생에게 학부모의 뜻이라며 좀 더 학습하길 권할 때, 전화선 너머 들려오는 한숨 소리와 함께 기운 빠져하는 모습도 그대로 전해져 안타까웠다고 한다. "하기 싫어요"라고 굳이 말하지 않더라도 목소리의 톤과 억양에서 극도로 싫어하는 마음이 감지되었던 것이다.

같은 맥락에서 전화선 너머로 상대방이 거짓말하고 있다는 것도 잘 알 수 있다. 누군가가 거짓을 말하는지 아닌지를 면전에서 눈을 마주 보며 파악할 수 있다는 것은 이미 많은 사람이 알고 있을 것이다. 그런데 전화상으로도 그것이 파악될 수 있으니 행여라도 거짓을 말하지 않도록 주의해야겠다. 거짓된 통화가 감지되는 이유는 우선 말하는 내용이 사실에 위배되는 논리를 펼치기 때문이다. 그래서 예리하게 지혜를 발휘하면 알 수 있다. 목소리와 톤에서 거짓을 말할 때의 미세한 떨림이나 뉘앙스가 감지되어 알아채기도 한다. 그러므로 전화상에서도 항상 진솔하고자 해야 할 것이다. 상대방이 귀신같이 거짓을 알아챈다는 것을 명심하자. "진심은 통한다"라는 말을 자주 들어보았을 것이다. 나는 이 말에 더 보태어 "진심은 전화선을 타고도 서로 통한다"라고 말하고 싶다.

🔔 피스메이커

평화를 위해 중재자 역할을 잘하는 사람들은 자신이 중재한 양측이 관계가 더욱 돈독해지도록 말하는 지혜가 있다. 그들은 마음의 도량도 넓다. 그래서 분쟁하는 양쪽의 입장을 모두 잘 헤아려준다. 또한 자신의 넓은 그릇에서 녹여내고 걸러낸 후에 관계를 회복하는 데 도움이 될 만한 것만 선택하고 재가공해서 당사자들에게 전달한다. 그래서 마침내 서로가 화해하도록 이끈다. 더 이상의 싸움이나 분쟁이 이어지지 않게 하는 것이다. 그들은 이른바 '피스메이커(peace maker)'라고 할 수 있다. 즉, '평화의 메신저'다. 나도 어린 시절에는 평화의 메신저를 꿈꾼 적이 있었다. 그 마음이 남아서 청년 시기까지는 그래도 짐짓 평화의 도구이기를 자처할 때도 많았다. 그러나 좀 더 어른이 되면서 나의 마음 자체가 평화롭지 못하거나 지옥 같을 때가 있고부터는 감히 그런 일을 온전히 자처할 용기가 나지 않았다.

오늘날엔 저마다의 의견이 다르고 정치적 입장, 이데올로기, 학문적 견해 차이로 진영 간의 골이 깊어지는 시대적 양상을 보인다. 따라서 피스메이커가 더욱 많이 요구되는 세상이라 할 수 있다. 또한 그렇게 거창한 관점에서 말하지 않더라도 우리의 삶 곳곳에서 피스메이커는 중요한 역할을 하고 있다. 예컨대 매우 작은 단체에서조차 피스메이커가 단 한 사람이라도 있다면 그 단체와 구성원은 행운을 얻은 것이다. 왜냐하면 그 사람으로 인해 불목하던 관계도 평화로운 양상으로 발전하며, 그 단체에 항상 조화와 활력이 넘칠 것이기 때문이다.

피스메이커는 특유의 화법을 지닌 사람들이다. 무엇보다 기본적으로 긍정적인 언어를 사용하며, 상대방을 배려하여 말하고, 열심히 경청한다. 또한 서로에게 독이 되거나 아무런 득이 되지 않는 말들을 정확하고 순발력 있게 걸러낼 줄 안다. 또한 중재자로서 어떤 말을 해도 사람들이 그의 말에 일리가 있다고 여기게 할 만큼 이미 평소부터 지혜로운 언어 사용으로 신뢰를 얻고 있다. 그러면서도 결정적인 순간에 시의적절한 언어를 효과적으로 구사해서 그 단체나 모임을 단합시킨다. 그리고 가장 중요한 덕목을 지니고 있는데, 그것은 바로 구사하는 언어가 삶과 동떨어져 있지 않다는 점이다. 옳은 언어를 옳은 삶 속에서 사용하기에 말에는 힘이 있다. 이러한 사실을 알고부터는 감히 피스메이커가 된다는 생각을 더욱더 할 수 없게 되었다. 그럼에도 여전히 피스메이커를 동경하는 마음은 변함이 없다.

그런 한편, 자신은 화해의 메신저라고 스스로 믿으며 양쪽을 부지런히 오가지만, 이상하게도 싸움의 골이 깊어지거나 상황을 악화시키는 사람들이 있다. 이간질할 의도는 분명히 없었다고 하겠지만, 그들은 말을 옮기는 전달자로서의 기본 원칙을 몰라서 결과적으로는 항상 사태를 커지게 하고 만다. 심지어 어떤 사람은 다분히 의도적이어서 본인은 그렇지 않다고 말하면서도 마치 흥미진진한 게임을 즐기기라도 하듯 양쪽의 마음을 들쑤셔놓는다. 게다가 그런 사람들은 대부분 자신이 대단한 일을 하는 양 항상 신이 나 있다. 즉, 그들은 양쪽을 오가며 자기가 전달한 말, 사실은 자신이 보태어 새롭게 각색된 그 말들로 인해 양쪽이 감정의 굴곡을 겪는 모습에서 아슬아

슬한 스릴을 즐긴다. 그것이 얼마나 나쁜지를 모르고서 그런다면 매우 어리석은 것이고, 알고도 그런다면 아주 못된 심보를 지닌 것이다.

어떤 일이든 인이 배이고 중독되면 끊을 수 없다. 그렇듯 이간질하며 말을 옮기는 재미를 본 사람들 또한 그것을 끊기 어렵다. 아마도 하지 못하게 막으면 금연이나 금주를 할 때처럼 금단현상으로 못 견뎌할 것이다. 입이 근질근질하여 어쩔 줄 몰라 할 것이다. 오죽하면 그러한 모습이 수많은 드라마에서 갈등의 요소로서 빠지지 않는 단골 소재가 되고 있겠는가. 우선은 그런 사람의 모습을 보는 것도 재미를 불러일으키지만, 그로 인해 새로운 갈등과 사건이 비교적 손쉽게 만들어지므로 모양새를 다소 세련되게 처리해서라도 그것을 하나의 드라마 소재와 기법으로 왕왕 사용한다.

그런데 드라마에서와는 달리 그러한 일이 현실에서 일어난다면 불행한 일이 아닐 수 없다. 현실에서는 실수로라도 말을 잘못 전함으로써 분란이 일어난다. 불목과 싸움의 발단이 눈덩이처럼 커져서 때로는 가히 핵폭탄급의 분쟁이 일어나기도 한다. 그래서 악마가 있다면 평화를 깨기 위해 가장 잘 활용하는 방법이 바로 이것일지도 모르겠다. 결론적으로, 말을 아무 생각 없이 함부로 뱉어서 문제를 일으키는 사람도 이 사회에서 우려스런 존재지만, 교묘하게 이간질하려는 사람도 '사회의 악'이라고 단정적으로 말하고 싶다.

막말 태클에 대한 호신술

말로 염장을 지르거나 속을 뒤집는 사람을 만났을 때, 각각의 성격에 따라 그것을 받아들이는 양상이 다르다. 활달하고 대담한 성격을 지닌 사람은 일단 발끈 화부터 내거나, 시시비비를 따지거나, 일침을 가해 상대방을 제압한다. 그래서 그들은 마음의 병을 얻을 가능성이 작다. 그러나 그와는 반대로 소심한 성격을 지닌 사람은 누군가로부터 속 터지는 말을 듣고도 곧바로 대응하지 못하기 일쑤다. 그저 속으로 삭이며 꾹꾹 눌러서 마음 저 깊은 곳에 담아둔다. 그러다가 술 같은 다른 도구의 힘을 빌려서 엉뚱하게 터뜨리기도 하고, 해결하지 못한 채 쌓아두다가 끝내 몸의 병으로 발산시키기도 한다. 양쪽 모두 적당한 선을 유지한다면 그런대로 큰 어려움 없이 관계를 형성해갈 수 있다. 그러나 지나치게 강경하고 단호하게 되받아치는 사람도, 그리고 반대로 아무 말도 하지 못하고 스스로 앙금을 지닌 채 감내하려는 사람도 타인과의 관계에서 크고 작은 어려움에 직면할 수 있다.

살면서 말로 염장 지르는 사람과 만나지 않는다는 것이 쉽지는 않다. 그러나 그런 사람을 불가피하게 만나게 될지라도 대응하는 방법은 있다. 제대로 맞서지 못하고 항상 당하기만 한다고 생각된다면 다음의 대처 방법들을 잘 사용하지 못해서일 수 있다. 이제부터라도 과감하게 사용해보길 권한다.

── 듣는 순간에 즉시 답하라

마음이 새가슴인 사람들은 싫은 말이나 화나게 하는 말을 들어도 속수무책일 때가 많다. 심장이 콩닥거리고 정신이 혼미해져서 제대로 따져보지도 못하고 바로 수긍해버린다. 또는 평소 대범한 사람이라도 상황이 어찌어찌 어수선하게 돌아가는 바람에 제대로 해명할 타이밍을 놓치기도 한다. 그러다 보면 뒤돌아서서 혹은 집에 가서 조용히 홀로 시간을 보낼 때 느닷없이 화가 치밀곤 한다. '그때 이렇게 말할걸!', '왜 바보같이 아무 말도 하지 못했을까?'라고 생각하며 자신을 원망하기도 한다.

항상 제대로 맞장 뜨거나 응수할 수만은 없다. 그렇더라도 그나마 후회와 억울함을 최소화하려면 언제나 바로 그 순간에 되받아칠 수 있어야 한다. 그러려면 간단한 말이라도 평소에 사례별로 몇 가지 준비해두는 게 좋다. 보통은 다음에도 똑같이 당하지는 말자고 마음먹기 마련이다. 이전에 당한 경험을 통해 자신만의 방어 어구를 몇 개쯤은 만들 수 있다. 하지만 수많은 사례에 각각 맞춤화된 어구를 준비해놓으려면 한도 끝도 없다. 온 사방에서 날아오는 화살처럼 무수한 사례에 일일이 맞대응할 말을 준비한다는 것이 보통 사람으로서는 여간 어려운 일이 아니다. 그러므로 비교적 모든 상황에서 적용이 가능한, 그야말로 쓰임새가 좋은 다용도 어구 하나만 잘 지니고 있어도 좋다. 예를 들어, 비교적 부드럽게 염장 지르는 사람에게는 "오늘 어디서 안 좋은 일이 있었나요? 왜 나한테 화풀이하는 건지 모르겠네요~", "그건 당신 생각이고~!" 등으로 응수하면 된다. 그런데 다소 거칠게 염장 지르는 사람에게는 단호하면서도 오히려 정중하게 할 필요가 있다. 다른 일로 화가 나서 화풀이하며 염장을 지르게 되었든, 아니면 마음이 배배 꼬여서 약을 올리듯 염장을 지르게 되었든 그 사람의 심기가 평탄치 않다. 그래서 자칫 무작정 싸우자고 들지도 모르기 때문이다. 그러므로 "오늘은 함께 이야기할 상황이 아닌 것 같습니다", 혹은 "각자가 생각하는 가치관이 다른 거라고 봅니다만!" 정도로 되받아주고 나면 그래도 집에 돌아가 홀로 마음 끓이는 일을 조금이라도 줄일 수 있다. 그러니 가능하면 그 자리를 회피하려고만 하지 말고 언제나 굵고 짧게 그 순간의 불편함을 끝장내려고 해보자. 기선을 먼저 제압해버리고는 당당하게 따지는 것이다. 겁내면 지는 것이며 속수무책으로 당하게 된다는 것을 항상 생각하고서 말이다.

── 오히려 관대하게 활짝 웃어주라

"웃는 얼굴에 침 못 뱉는다"라는 말이 있다. 이제는 진부한 말처럼 느껴지기도 하지만, 그래도 여전히 틀린 말이 아니다. 못되게 성깔 부리다가도 받아주는 상대가 무한히 너그럽고 자비로운 미소를 지으며 응수하면 대부분 그만 맥이 풀려버리고 만다. 시비를 걸어도 상대방이 싸울 의사가 없으면 오히려 스스로 기가 꺾이기 마련이다. 그야말로 전투력이 상실된다. 심지어 부드러운 카리스마에 압도되어 자신도 모르게 무기력해지기도 한다. 그래서 염장 지르는 사람을 무찌르고자 할 때, 곧바로 응수해주는 것보다 미소 작전이 어쩌면 훨씬 위력적인 방법이 될 수 있다.

그런데 그렇게 상대를 압도할 만큼의 '너그럽게 활짝 미소 짓기'란 어지간한 내공이 있기 전에는 절대 쉽지 않은 일이다. 그것도 자신을 공격한 사람 앞에서는 더욱 그렇다. 자기 수양의 달인이거나 사람의 심리를 잘 헤아리는 상담가이거나 혹은 웬만한 일에는 흔들리지도 않을 만큼 태생적으로 무딘 감각의 소유자여야 가능할 것이다. 다르게 말하면, 상대방이 어떻게 공격하더라도 절대로 감정적으로 휘말리지 않을 정신력이 필요하다. 그러려면 평소에 흔들리지 않는 심리 상태를 길러놓아야 한다. 때로는 뼈아픈 경험이 가장 튼튼한 방어벽을 만들어주기도 하지만, 이왕이면 당하지 않고도 대처할 수 있도록 하는 게 더 지혜롭다. 평소에 잘 웃는 습관을 들여 방패를 만들어놓으면 갑작스런 독설의 화살을 막을 수 있다. 웃는 사람에게는 좀처럼 세게 덤비지 못하게 되어 있다고 이미 말했듯이, 상대방이 지속적으로 시비 거는 것을 포기해버릴 가능성도 커진다. 더욱이 미소로 무장한 사람은 애초에 공격자를 원천봉쇄할 수 있다. 아울러 더 고급지고 세련되게 응수하거나 호신술처럼 상대방의 힘을 역으로 이용한다면 그런 사람을 물리치는 데 금상첨화의 싸움기술이다. 단, 상대방이 비웃는다고 느끼지 않도록 주의해야 한다.

── 많은 사람 앞에서 공격받으면 부드럽게 돌려 차라

웃는 모습으로 좋은 분위기를 이끌며 말하는 도중에도 많은 사람 앞에서 공격해오는 사람이 있다. 제대로 알지도 못하고 무작정 염장을 지르는 것이거나, 질투심으로 시비를 거는 것이거나, 혹은 자신이 처한 상황이 못마땅해서 화풀이하는 것이거나, 결과적으로 당혹스럽기는 마찬가지다. '저 사람 뭐지?' 하며 똑같이 화를 내거나 맞서주고 싶기도 할 것이다. 하지만 그때까지 경청해주던 다른 사람들의 입장을 생각해서라도 그럴 순 없다. 그 상황을 살벌한 싸움의 격전지로 만들 수는 없지 않은가. 그것은 오히려 그들에게 실망이나 비난의 여지를 줄 뿐이다. 그러니 어찌하면 좋을까.

갑자기 대중 앞에서 비평이 아닌 비난과 공격을 받게 되면 누구라도 당혹감과 불쾌함으로 얼굴이 화끈거릴 것이다. 그래서 그가 원망스러워 그대로 맞받아치고 싶겠지만, 그렇더라도 일단은 꾹 참는 게 좋다. 둘이서만 있을 때 염장을 지르면 곧바로 응수하는 것이 좋다고 말한 바 있다. 하지만 놀란 마음으로 혹은 흥미로운 관심을 보이며 그 상황과 당사자들의 반응을 평가할 또 다른 사람들이 그 자리에 함께 있다면 얘기가 달라진다. 그런 상황에서는 호흡을 가다듬고 재빠르게 태세를 전환해야 한다. 즉, 대수롭지 않게 받아들이며 한껏 여유로운 표정을 짓는 것이다. 마음이 흔들리면 정신이 혼미해지고 판단력이 흐려질 수 있어서 공격자의 페이스에 휘말릴 수 있다. 그렇게 되면 더욱 난감한 상황이 되어버리고 만다.

그 짧은 한순간의 상황을 잘못 처리하면, 어이없는 공격을 당한 것도 당황스러운데 그것에 잘 대처하지 못하는 사람으로 보이거나 아니면 반대로 속 좁게 발끈하는 종자기그릇으로 인식될 수 있다. 연속으로 두 번 패하게 된다. 상대적으로 대인관계가 적은 사람들일수록 그러한 상황이 오면 그 자리에서 어쩔 줄 몰라 하며 크게 좌절하는 모습을 보이곤 한다. 보기에도 딱하고 연민이 느껴질 지경이다. 그러니 작정하고 일부러 공격한 사람에게는 무반응이 더 큰 공격임을 잊지 말자. 정색하고 근엄한 표정으로 극히 짧은 순간 응시하는 것도 좋을 것이다. 무심하고 시크하게 그의 눈을 2초간 바라보고 시선을 돌리는 것이다. 무어라 말할 것처럼 바라봐놓고 아무 말 없이 돌아서면 상대방이 오히려 당황스러워질 것이다. 많은 생각으로 머릿속이 복잡해질 것이기 때문이다.

── 의연함을 넘어 조금은 뻔뻔해지기

한편, 대중의 한가운데에서 허구한 날 반대진영의 공격을 받아온 정치인은 정의로움의 소유 여부를 떠나서 그런 상황에 요지부동의 마음을 지닌 것을 볼 수 있다. 아마도 그만큼 평소에 단련이 많이 되어서일 것이다. 사실 억울한 공격을 당해도 언제나 의연하게 대처하는 일부 정치인의 능력을 배워두는 것도 나쁘지 않다. 정의롭지 못해서 욕을 먹고도 뻔뻔스럽게 적반하장인 정치인도 많지만, 정당하고 옳음에도 반대를 위한 반대심리나 흠집을 내려는 의도의 공격을 당할 때 그들의 말을 가볍게 무시하거나, 오히려 유연하게 대응하며 정확한 팩트로 시원하게 되받아치는 정치인도 있다. 인기 따위에 연연하지 않고 자신의 평소 가치관에 확고한 신념을 가지고 있기에 가능한 일일 것이다. 그러므로 그들의 의연함을 배워두자는 것이다.

특히 정치 이슈 평론이나 토론에서 그러한 면모를 지닌 사람을 자주 보게 된다. 그들은 태권도의 돌려차기 혹은 이단옆차기 같은 돌직구를 날리곤 한다. 본인의 입지를 견고히 하면서도 시청자의 마음을 후련하게 해주는 정치인이나 TV 토론 패널을 보면, 당황하지 않고 평정심을 유지하며 똑 부러지게 할 말을 제대로 하는 능력을 발휘한다. 그것을 보면, 역시 외유내강 혹은 부드러운 카리스마는 어떠한 상황에서도 빛을 발하는 것 같다. 그들이 보여주는 부드러운 카리스마는 상대방의 터무니없는 공격도 농담으로 돌리며 현장을 부드럽게 만들어준다. 또한 그것은 엉터리 비난을 한 당사자가 오히려 역으로 부끄러운 존재가 되게 하는 대단한 능력이다. 조금도 흐트러지지 않고 예의를 지키며 상황을 유연하게 넘길 수 있는 그들의 능력은 가히 높이 살만한 덕목이다.

그러나 어찌 되었든 보통 사람들이 그렇게 하기란 쉽지 않은 일이며, 노련하게 잘 대응하려면 역시 여러 번의 경험을 통해 터득하거나 평소에 준비해놓는 수밖에 없다. 그래서 어지간해서는 감정적으로 휘말리거나 흔들리지 않는 강한 정신력을 길러놓는 것이 먼저다. 그런 다음 적절하게 응수하는 화법을 익혀두는 거다. 그와 더불어 나비처럼 유유히 날아서 벌처럼 예리하게 쏘는 기술을 터득하면 된다. 그러려면 민첩하고 정확하게 상대를 무력화시키는 언어들을 평소에 무의식의 저장고에 정비해놓아야 한다. 그러다가 실제 상황이 일어나면 당황하지 말고 갈고 닦은 언어 기술을 사용하는 것이다. 감정이 컨트롤되지 못한 채 화부터 내면 지는 것임을 명심하고, 유치하게 응대하기보다는 대인배의 면모를 발휘하도록 하자.

—— 태클 거는 '관종'에게는 무관심이 최고의 응대 기술

노이즈 마케팅도 용인되고 있는 요즘이라 그런지 자신의 퍼스널 브랜딩을 위해 타인에게 태클 걸기를 서슴지 않는 이른바 '관종(관심받기를 좋아하는 사람을 일컫는 신조어)'이 많아졌다. 그런 사람들은 여러 사람 앞에서 상대방을 근거도 없는 억지 논리로 넘어뜨리고자 호시탐탐 노린다. 다른 한쪽에서 비난을 받게 될지라도 그렇게 하는 게 자신의 존재감이 커진다고 여기기 때문이다. 아이러니하게도 그런 이들에게는 극히 무심하게 대하는 것이 답일 때가 많다. 그래서 개인적인 만남의 관계였다면 더 이상 만나지 않으면 된다. 또는 미리 대비하고 만남으로써 그의 태클에 휘말리지 않도록 하고, 가능하면 아예 말을 섞지 않는 것이 좋다. 또한 여럿이 모인 자리에서 그렇게 할 때도 아무런 반응을 하지 않으면 된다. 그런 부류의 사람들에게는 조금의 빌미라도 주면 옳다구나 하며 덥석 물고 늘어진다. 그러므로 그와 같은 '관종'에게는 단호하게 선을 긋자.

좀 더 적극적으로 시대의 중심에서 활동하는 이에게 해당하는 내용으로, 비교적 큰 대중 속에서 부딪히는 관계에서는 위에서 말한 것처럼 유연하게 대처하는 방법과 더불어 아예 대중의 보편적인 판단력을 믿고 일체 대응하지 않는 것이 더 나을 때가 많다. 그들이 특정 목적을 위해 (보통은 주로 정치적 목적으로) 교묘하게 염장을 지르고 그것에 대한 감정적 반응을 역으로 이용하고자 한 것일 수 있기 때문이다. 그들은 그냥 두어도 궁극에는 대중의 호된 질책을 받게 되어 있다. 적어도 보편적이고 합리적인 사고를 가진 대중에게는 반드시 그렇다. 게다가 그들은 그렇게 해서라도 관심을 받는 것이 주목받지 못하는 것보다 낫다고 여기므로 어차피 아랑곳하지 않는다. 그러니 일일이 맞서는 게 더 손해 날 때가 많다. 그럼에도 따끔하게 응수해주어야 한다고 판단된다면, 주위 사람의 동조를 먼저 획득하라. 즉, 그가 옳지 않음을 다른 사람들이 알도록 곧바로 공표하라는 것이다. 그러나 이것은 사실 '무관심'보다 노련함이 더 많이 요구된다. 그래서 고단수에게나 적합한 방법이긴 하다.

─── 상대방의 처지를 이해하고 관대하라

염장을 지르는 사람을 이겨내는 또 다른 방법이 있다. 즉, 적을 알고 응대함으로써 아무리 염장을 질러도 도무지 화가 나지 않게 할 수 있다. 상대방의 삶의 배경, 의도의 순수함, 악하지 않은 이면의 심성, 가치관의 부재, 능력 부족 등을 먼저 이해하고 나면 그다지 동요되지 않을 수 있다. 그런 마음 상태가 되면 저절로 여유로운 마음이 되어 상대방의 전의를 꺾기도 훨씬 쉬워진다. 대부분 사람들은 자신을 이해해주고 알아주는 사람과는 계속해서 속을 긁으며 싸우고 싶어 하지 않는다. 따라서 이러한 접근은 앞에서 말한 '미소로 응수하기'만큼이나 그를 무장해제 시키기에 딱 좋은 방법이다. 악의적 의도가 있는 게 아닌 한 자신을 이해해주며 요청하면 대개는 이야기를 들을 준비를 한다. 그때 액면 그대로의 상황을 묘사해서 그의 말이 터무니없거나 억지였음을 자연스럽게 깨닫게 해주자.

가능하면 상대방이 스스로 미안함을 느끼게 하는 결말로 유도하라. 여러 명 가운데 있었던 상황이라면 그를 따로 불러 잘 말해줄 필요가 있다. 때로는 자신조차 몰랐던 잘못된 말버릇을 스스로 깨닫게 해주어야 할 때도 있다. 말주변이 없어서, 혹은 눈치가 없어서 본심과 다르게 염장을 지르거나 상대방의 마음에 상처를 주는 사람도 있는데, 그런 사람은 언제나 자신이 속한 단체에서 분란이 생기게 한다. 물론 악의적인 마음이 없는데도 그런 상황을 자주 만든다. 그래서 늘 타박을 들어야 했기에 그 자신도 이미 자책하고 있는 경우가 많다. 그러므로 완전히 안 볼 게 아닌 한 그런 사람에게는 돌려서라도 잘 말해주는 게 좋다.

◠ 7 : 2 : 1의 규칙

그날은 참으로 오랜만에 대학교 은사님을 뵙기로 한 날이었다. 늘 뵙고 싶던 분이었기에 마음이 많이 들떠 있었다. 기대감으로 간밤에 잠을 많이 못 자서 아침부터 내내 정신이 명료하지 않았다. 바쁜 일정 중에 시간을 내주신 것이기에 내게 할애된 시간을 넘기지 말자고 단단히 마음먹었다. 결코 조금도 폐를 끼치고 싶지 않았기 때문이다. 드디어 은사님과 반갑게 만났고 마주 앉아 대화를 나누었다. 나의 근황을 물어봐주시는 것에 감사했고, 그래서 왠지 상세히 알려드려야 할 것만 같았다. 그런데 나의 이른바 '친절 모드 대화 심리'가 과하게 발동하기 시작했다. 관심 있는 눈빛과 추임새로 나의 일장 연설을 들어주시는 것에 힘입어 더욱 신이 나서 말했다. 하지만 시계를 연거푸 확인하시는 것을 보며, 그제야 내가 말을 길게 하고 있음을 깨달았다. 아차! 싶었다. 나름 얼른 전달하려고 빠르게 말한다는 게 상대방의 이야기가 들어올 틈을 만들어주지 않은 것이다. 결국 어느새 내 말만으로 그 소중한 짧은 만남의 시간을 모두 채워버리고 말았다. 그분의 다음 일정 때문에 서둘러 만남의 시간이 종료되었고, 서로 미안한 마음에 어색한 작별인사를 나누었다. 도중에 일어서야 해서 미안하다고 말씀하시는 은사님께 오히려 더 죄송스러웠다. 빈말로라도 다음에 또 만나자는 기약조차 없이 그 미팅은 끝나버렸다. 반대 방향의 지하철을 타고 가시는 뒷모습을 보며 깊은 후회가 밀려왔다. 뭔가 엉성하게 바느질된 옷을 후다닥 걸쳐 입은 것처럼, 혹은 덜 익은 시루떡을 씹고 있는 것처럼 그날 내내 찜찜한 기분이 들었다.

지금 생각해봐도 그때의 만남은 없으니 만도 못한 시간이었다. 분명히 무척이나 반갑게 만남이 시작되었지만, 결과적으로는 서로에게 유익하지 않은 셈이 되었다. 물론 모든 만남에서 이해득실을 추구할 수는 없다. 그러나 적어도 서로에게 유의미한 시간은 되어야 한다는 것이 만남에 관한 평소의 내 지론이다. 사실 나는 자주 만나는 편안한 관계에서는 그만큼 부담도 크게 느끼지 않는다. 하지만 오랜만의 만남이고 특히나 조심스러운 관계에서는 상대방의 시간을 조금도 헛되게 해서는 안 된다는 일종의 강박증에 사로잡히곤 했다. 그런데 그러한 강박증이 오히려 만남을 망칠 수 있다는 것을 그날 새롭게 알게 되었다.

나는 그때 이후로 하나의 규칙을 마련했다. 그리고 이젠 그 누구를 만나도 이 규칙을 스스로 지키려고 노력한다. 그것은 바로 '7 : 2 : 1'이라는 나만의 규칙이다. 이른바 대화 전체를 10이라고 보고, 그것을 '7(상대방의 말에 경청) : 2(상대방의 말에 대한 피드백) : 1(상대방의 말에 대한 나의 의견 피력)'로 나누기로 한 것이다. 그것은 나의 잘못된 언어 습관으로 인해 다른 만남과 관계를 망치는 것을 막는 데 확실히 도움을 주었다. 요즘도 종종 그날의 후회 막급했던 상황을 잊지 않기 위해 일부러도 상기시키려고 노력한다. 그리고 나의 장황한 말이 대화의 전체 시간을 점령해버리지 않도록 조심한다. 선천적으로 해명하기 좋아하고 조금만 진지한 상황이 되어도 친절히 설명해야 한다는 강박적 관념을 가지고 있다 보니 잠시만 방심해도 자꾸만 그런 상황으로 치닫곤 한다. 그때마다 속으로 외친다. '7 : 2 : 1!!!'이라는 나만의 규칙을.

　당시에는 그저 막연히 그분의 시간을 빼앗은 것만 오로지 죄송하게 느껴졌을 뿐이다. 그러나 근래에 다시 그때의 일을 떠올릴 때면, '그분이 나의 말을 들으며 어떤 생각을 했을까?' 하는 생각이 더욱 구체적으로 든다. '기껏 바쁜 중에 시간을 냈더니 저 할 말만 주야장천 하는구먼', '시간 낭비네그려', '내가 자네 일에 그렇게 관심이 많은 줄 아나?', '끊지 않고 들어주니 한도 끝도 없는 친구네' 하는 생각들을 아마도 하지 않으셨을까. 분명히 그러셨을 거라고 확신한다. 내가 입장을 바꾸어 생각해보면 바로 답이 나오기 때문이다. 즉, 나도 그런 상황에 맞닥뜨리면 똑같이 그렇게 생각했을 테니 말이다.

　누군가가 좋은 관계를 잘 유지하려고, 혹은 자신의 이미지 관리를 위해 이야기를 잘 들어준다고 해서 그것이 반드시 좋아서 그런 것만은 아니라는 것을 늘 염두에 두어야겠다. 혹시 당신도 대화의 주도권을 가지고 자기 말만 하는 것은 아닌지 생각해보라. 어느 날 갑자기 당신의 곁을 떠난 친구나 연인이 있다면, 그 이유가 의외로 그러한 언어 사용 습관 때문일지도 모른다. 관계가 끊기는 이유야 무수히 많겠지만, 양상이 조금씩 다르긴 해도 그것이 잘못 말한 언어나 언어 사용 습관 자체와 관련되었을 가능성이 크다. 그중에서도 '오래 말하기' 습관이 때로는 대놓고 막말하는 것 못지않게 상대에게 거부감이 들게 만든다. 아이러니하게도 세상의 모든 사람은 자신의 말을 잘 들어주길 바라면서도 상대방의 말을 오랫동안 듣는 것을 몹시 힘들어하기 때문이다.

🔔 '피그말리온' 효과

훌륭한 스승은 제자의 현재만 바라보지 않는다. 다시 말해 그가 가진 잠재력을 본다. 현재는 미흡해 보여도 어떻게 펼쳐질지 모를 제자의 인생을 응원하며 그가 지닌 잠재력을 칭찬한다. 그래서 없던 동기도 찾게 만들어준다. 보이는 대로 보는 게 아닌, 즉 이면을 바라보는 시각을 지닌 교사는 보배로운 입을 가진 사람일 가능성이 크다. 그런 시각에서 발화된 교사의 긍정적 칭찬의 말이 제자의 숨어 있던 능력을 끄집어내는 데 결정적 역할을 하기 때문이다. 그리고 그것은 훗날 제자가 세상에서 보배로운 일을 하게 만들기도 한다. 다소 비약을 좀 해본다면, 세상에는 현재의 부족한 부분을 보이는 대로 말해서(혹은 심하게 폄훼해서) 있던 능력도 기어이 없애버리는 파괴적 언어 사용 교사와 숨은 능력을 꺼내어 세상에 기여하도록 만들어주는 창조적 언어 사용 교사의 두 부류가 존재한다고 말하고 싶다. 제자에게 어떤 시각과 어떤 믿음을 가지고 어떻게 말하는지에 따라 교육적 결과의 차이는 매우 크다.

공부를 못하는 학생들은 이미 스스로 패배감에 젖어 있을 가능성이 크다. 착하고 기특한 마음을 간직한 여린 새싹과도 같은 아이들이 가슴에 패배의 상처를 하나씩 하나씩 새기며 살아간다고 생각하면 마음이 짠하다. 그 누가 뭐라 말하기도 전에 그들은 이미 스스로 호된 말로 꾸짖고 있는지도 모른다. 그런데 그런 학생들에게 돌팔매질하듯 여기저기서 야단이다. 부모도, 학교 선생님도, 그리고 주위에 뭘 모르고 막말하는 어른들도 모두 상처되는 말을 아무렇지 않게 한다. 그런 속에서 자아가 강한 아이들은 개선의 노력이나 극단의 일탈로 돌파하려 하지만, 그렇지 못한 아이들은 조용히 수긍하고 스스로 낙오자라고 여기며 점점 사기가 꺾이고 만다.

공부를 못 하게 된 데는 반드시 그들만의 이유가 있다. 공부를 잘하는 학생이나 어른들에게는 별것 아닌 일이라도 그들에게는 학습이라는 것 자체가 감당하거나 해결하기 어려운 커다란 장애물일 수 있다. 애초에 동기부여가 안 되어서일 수도 있고, 기초를 놓쳐서 모르는 게 많아졌을 수도 있으며, 학습방법을 모르니 점점 엄두가 나지 않게 되기도 하고, 그만큼 시간을 덜 써서 공부를 점점 못하게 된 것이 대부분의 이유다. 모르는 것이 해소가 안 될 때마다 정작 그들 자신이 더욱 좌절했을 것이다. 그들에게도 똑같이 자아가 있고 자존심 또한 존재한다. 그런데 그런 답답함을 하소연하기도 전에 주변 사람들로부터 점점 못난이 취급을 받게 되면 알게 모르게 영혼이 다치고 마음의 문도 닫힌다. 주변의 모든 사람이 의욕과 자신감을 잃은 그들에게 헤쳐 나갈 방법도 알려주지 않은 채 노골적으로 무시하며 그들의 가능성을 먼저 포기한다. 그리고 그것을 굳이 표현한다. 그들은 설움이 쌓여도 말로 다 표현하지 못한다. 어차피 어설프게나마 속상함을 표현하면 반항한다며 그마저 묵살당하기 때문이다. 그래서 스스로 실패자라고 명명한 채로 차라리 현실과 타협하며 적응해간다. 그렇게 표면적으로는 극복한 것 같아 보여도 마음에는 한이 맺힌다. 그런 학생들은 인생 중에 단 한 사람이어도 좋으니 가능한 한 빠른 시기에 자신을 믿어주는 사람을 만나야 한다. 아니, 엄밀히 말해서 믿음의 말을 해주는 사람, 즉, '믿음의 언어 사용자'가 필요하다는 것이다. 믿음의 언어를 통해 일정 정도의 시간이 흐르고 나면 그들에게서 반드시 피그말리온 효과*가 발현될 것이다.

그러나 전적으로 믿어준다고 해도 항상 좋은 결실을 맺는 것은 아니다. 많은 부모가 자식에게 강렬하게 혹은 막연하게라도 어떤 믿음을 가지고 있는 경우가 많다. 그럼에도 믿음대로 되지 않는 경우도 많다. 그것은 무엇을 뜻하는 걸까. 거기에는 믿어주는 마음뿐만 아니라 말로써 격려해주는 것이 반드시 함께 존재해야 한다. 마음에만 품고 겉으로 칭찬이나 격려를 해주지 않거나, 기대감을 표현하는 데 미숙해서 오히려 마음속의 믿음과 반대되는 말을 하는 경우에는 좋은 결과를 만들기 어렵다. 말이 씨가 된다고도 하고, 말대로 된다고도 한다. 그래서 말이 씨가 되어 좋은 열매로 맺어지게 하는 데도 지혜가 필요하다.

'자기 충족적 예언(Self-fulfill Prophecy)'이라는 사회심리학 개념에서도 알 수 있듯이, 누군가의 관심과 기대가 능률을 높이고 좋은 결과를 만들 수 있다. 존중과 기대를 받게 되면 기대에 부응하기 위해 더욱 노력하게 되고 마침내 기대한 바를 이루게 된다. 말이 씨가 되어 어떤 예언을 형성하게 되면 그 예언 자체가 결과를 만드는 강력한 힘으로 작용하기 때문인 것 같다. 예를 들어, 성적이 하위권인 학습자에게 유용한 학습 콘텐츠를 제공하며 조언해주고, 학습 동기를 부여해주어야 하는 '학습 컨설턴트'라고 가정해보자. 좋은 콘텐츠와 강의가 많을지라도 이미 학습에 어려움이 있고 자신감을 잃은 학생에게는 그저 그림의 떡이거나 남의 잔칫집에 차려진 '산해진미'일

---

* 그리스 신화 속 조각가 '피그말리온'에서 유래한 것으로, 어떤 대상에 대한 믿음과 기대와 예상이 실제로 일어나게 되는 것을 말한다. 심리학자 로버트 로젠탈과 교육자 레노어 제이콥슨의 초등학교 학생 전원을 대상으로 한 실험을 통해 제시된 교육 효과다. 지능시험 결과와 상관없이 선별한 20% 학생이 지능도 높고 학업 성취 가능성이 크다고 교사에게 설명하고, 8개월 후 다시 지능 검사를 실시하니 다른 학생들보다 높은 지능 결과가 나왔다. 학생들에 대한 교사의 믿음과 격려가 얼마나 중요한지를 보여준 결과였다.

수밖에 없다. 사실 그들은 무엇부터 해야 할지도 모르고 스스로 무능하다는 패배감으로 인해 아예 시작할 엄두도 못 내는 경우가 많다. 그것을 바라보는 부모는 단지 게을러서 안 하고 있다고만 여긴다. 그래서 답답한 마음을 토로하며 다그치기 일쑤다. 학교에서도, 부모에게서도 공부 못한다고 무시당하거나 안 한다고 심하게 채근당하는 일이 잦을수록 학생들은 공부에 대한 마음의 빗장을 더욱 굳게 채워버린다. 거기에다 대고 학습을 종용하는 학습 컨설턴트의 말이 먹힐 리 만무하다.

그러므로 학습 컨설팅 교사는 학업이나 여러 가지 상황에서 패배감에 젖어 있는 학생(혹은 청소년)에게 '믿음의 언어 화법'으로 먼저 다가갈 필요가 있다. 그 첫 단계로 학생의 처지와 속마음을 헤아려주며 거리감을 좁히고 스스로 마음을 열게 만드는 것이 우선되어야 한다. 그러기 위해 공부할 수 없었던 그 학생 나름의 입장, 상황, 근황을 먼저 이해해주는 대화로 시작한다. 그런 다음에는 공통의 관심사를 찾아서 이야기를 시작하고 들어주며 공감대를 형성하는 게 좋다. 그것을 토대로 그 학생만이 지닌 장점을 찾아 구체적으로 칭찬해주고 진심으로 격려하면 그 진심이 온전히 전달된다. 그렇게 해서 관리교사가 자신을 유일하게 이해해주고 믿어주는 진정한 친구라고 여기게 되면, 학생도 믿음을 갖고 관리교사의 컨설팅을 따르게 된다. 그래서 스스로 변하기 시작하는 모습을 보여주며 삶의 방향을 찾고 새롭게 꿈꾸기 시작한다. 그런 후에 그들에게 학습법을 서서히 알려주는 것이 바람직하다. 스스로 원하고 감당할 준비가 되었기에 자발적으로 시도해보려는 마음이 커지게 되기 때문이다.

교사에게 당장 눈에 보이는 성과를 종용하며 학생의 마음을 여는 데 필요한 시간을 주지 않는 게 학습 컨설팅 회사의 방침이라면, 참으로 큰 것을 놓치는 것이다. 학습할 마음부터 만들어주지 않으면 그 어떤 좋은 학습 콘텐츠도 무용지물임을 알아야 한다. 또한 진심이 담겨 있지 않고 형식적인 관리를 해주는 교사의 마인드는 학생도 알아차린다는 것을 알아야 한다. 그들이 마음을 열지 않으면 학습에도 결코 마음을 주지 않는다. 그리고 학생들이 해당 콘텐츠나 수강을 통해 공부하는 모습을 보지 못한다며 기다려주지 않는 부모도 진정한 비용 낭비가 어떤 것인지 모르는 것이다. 당장 가시적으로 그 학생의 내적 성장이 보이지 않는다고 해도 그 학생은 콩나물이 자라듯 성장하고 있는 것임을 교사와 부모가 모두 알아야 할 것이다.

자신이 조금만 움직여주어도 크게 기뻐하며 고마워해주는 관리교사에 의해 그 누구한테서도 받지 못했던 믿음을 얻고 나면 그다음에도 계속해서 그것에 부응하기 위해 학생들은 자발적으로 노력하게 된다. 그런 학생들에게 "○○야, 너 왜 공부 안 하니?", "시험이 코앞인데 이렇게 안 해도 되는 거니?", "너, 도대체 뭐가 되려고 그러니?"라며 따져 묻기부터 한다면 그야말로 그것은 그들에게 가장 나쁜 화법이 될 수 있다. 학생이 다른 사람에게서 이미 질리도록 듣던 말을 그렇게 똑같이 반복해서 듣게 된다면 어떻겠는가. 점점 학습 컨설팅을 기피하게 될 것이고, 심지어 전화 받는 것 자체를 피할 것이다. 전화가 기다려지게 만들고 아니고는 교사가 어떤 화법으로 다가가는가에 달려 있다.

걸려야 할 최소한의 노력과 시간이 흐르기만 한다면 반드시 잘하게 될 수 있음을 말해주고 또한 확실하게 믿어주면, 그들은 스스로 작은 것부터 수행할 수 있게 된다. 그렇게 해서 작은 성취감을 먼저 맛보게 하고 그것에 대해 크게 칭찬해주며 기뻐해주어 보라. 학업을 이미 잘 수행하고 있던 아이들과 달리, 그런 진심 어린 칭찬을 들어보지 못했기에 그 말에 크게 감동할 것이다. 직접 대면하지 않고 전화로 관리하는 상황에서조차 전화기 너머로 학생이 흐뭇해하는 마음이 전해지는 걸 느낄 수 있을 것이다. 이때 특히 최대한 말은 부드럽고 상냥하게 해주고, 오직 '너'하고만 통하는 말을 하고 있다고 느끼게 해주는 것이 중요하다. 자신이 특별히 존중받는다고 느낄 수 있도록 "지금은 '너'밖에 안 보여. '너'가 제일 중요해"라는 화법에서 그들의 마음이 비로소 움직이기 시작하기 때문이다. 자신이 하는 말이 그 학생의 인생도 바꿀 수 있다는 막중한 책임감으로 부디 진정성 있는 컨설턴트가 되길 바란다.

🛎️ 말보다 강한 포옹의 힘

세상에는 수없이 멋진 말, 달콤한 말, 아름다운 표현이 차고 넘친다. 그 멋지고 맛깔나고 아름다운 말이 있음에도 모두가 그것을 제대로 사용할 줄 아는 건 아니어서 안타까울 때가 있다. 세상의 모든 사람이 서로서로 이토록 좋은 말을 잘 사용한다면 갈등도 적을 것이고 행복도 배가 될 것이다. 그것을 알고는 있지만, 말로써 잘 녹여내는 재주가 없거나 언어에 관해 관찰하기를 부담스러워하는 사람이 의외로 많다. 하지만 입을 통해 표현하는 언어만이 의사소통의 도구는 아니다. 우리에게는 몸으로 말하는 이른바 '보디랭귀지(body language)'라는 또 다른 언어가 있다. 눈빛으로, 미소로, 그리고 몸동작으로 많은 감정을 표현할 수 있다. 이 얼마나 다행스러운 일인가. 그래서 배짱 하나만 두둑이 챙겨서 외국으로 무작정 나간 사람도 어떻게든 소통하며 살아갈 수 있다.

1년 전 즈음에 한 뉴스 매체에서 올린 유튜브 동영상을 보고 감동으로 눈시울이 붉어진 적이 있다. 영상 제목이 〈난동 부리는 취객, '포옹'으로 진정시킨 청년〉이었다. 내가 보기엔 무언가 억울함을 호소하는 모습으로 여겨졌지만, 술에 취한 사람이 목청을 높여서 말하니 무조건 '난동'이라고 단정짓는 것 같아서 마음이 좀 아팠다. 무언가로 속이 많이 상했고 그래서 술을 마신 것일 수 있었기에. 어쨌든 경찰들이 그 상황을 해결하고자 막무가내로 경찰서로 그를 데려가려 했다. 흐릿한 화면 속에서 외치는 취객의 목소리를 들으니 비교적 젊은이인 것 같았다. 서로 실랑이를 벌이던 중 옆쪽 벤치에 앉아 있던 한 청년이 조용히 일어났다. 취객에게 다가간 청년은 아무 말 없이 그저 살포시 그를 끌어안았다. 그러고는 등을 토닥토닥 해주었다. 분명히 서로 모르는 사이였던 것으로 보인다. 그런데 순간 기적처럼 그 젊은 취객은 목소리를 낮추고 청년의 품에 안겨 흐느끼기 시작했다. 경찰도 어쩌지 못하고 있던 성난 취객을 청년의 포옹이 잠재운 것이다. 내게도 청년의 포옹이 '네 마음 다 알아'라고 말해주고 있는 것처럼 보였다. 같은 연배의 아픔을 서로 포옹을 통해 공유하는 것 같았다.

어쩌면 가까이에 있던 친구도 몰라주었을 그의 마음이 생면부지 타인의 단 한 번 포옹에 안정되고 위로받는 모습을 보며 수많은 말보다 사랑과 이해를 담은 하나의 행동 언어가 더 나을 수 있다는 것을 다시 한번 깨달았다. 역시 언어의 진정성은 기교를 부린 멋진 말보다 그 속에 담긴 마음에 있었다. 언어는 마음을 전하는 도구에 불과하다. 그렇기에 역설적으로 언어가 중요한 것이기도 하지만 말이다. 사랑의 마음, 이해의 마음이 들어 있지 않다면 그 어떤 말들로도 사람의 마음을 움직일 수 없다는 것을 새삼 다시 느낄 수 있었다.

또한 한편으로는 우리 주변에서 종종 보게 되는 취객이 못마땅하고 싫다며 무작정 비난만 할 것이 아니라 그럴 수밖에 없었던 그의 마음을 헤아리며 따뜻하게 품어준다면 강압적으로 엄포를 놓을 때보다 더욱 유순해질 수 있다는 생각도 들었다. 그것은 꼭 취객이 아니더라도 어떤 일로든 순간적으로 성이 나 있는 사람에게도 통할 수 있을 것이다. 악질적인 난봉꾼이 아닌 이상, 순간적으로 화가 나 있는 대부분 사람은 누군가 제어되지 않는 자신의 화를 가라앉혀주길 내심 바라고 있을지도 모르기 때문이다. 보통은 화가 나 있는 사람이나 억울한 사람 혹은 상심해 있는 사람에게 수많은 말로써 통제하려 하거나 더욱 큰소리로 제압부터 하려 하니 큰 싸움으로 번지게 되는 것이 아닐까. 그러니 말로써 진정시키기 어려운 상황이라면 차라리 말을 아끼고 마음이 담긴 행동 언어로 다가가길 권한다. 마음이 완전히 가라앉고 난 후에야 비로소 따뜻한 말도 듣고자 하게 될 것이므로.

03 고소한 맛

내 삶을 2℃ 더 따뜻하게 해주는 비법 | 삶이 편해야 말도 예쁘게 나온다?? | 유쾌한 이모티콘 언어 | 자다가도 떡을 얻어먹을 언어 사용법 | 변명이 꼭 그렇게 나쁜 것은 아니다 | 미소를 장착하여 말하면 반은 먹고 들어간다 | 언행일치에 대한 고백 | 호언장담의 묘미 | 질문화법(산파술) | 절묘한 타이밍에 유머 언어로 양념하라

✒ 내 삶을 2℃ 더 따뜻하게 해주는 비법

우리의 삶은 한마디로 이렇다 저렇다 말할 수 없을 만큼 복잡다단하다. 삶에서 행복한 경험을 하게 될 때도 많지만, 의도치 않게 마음이 시리고 외로움을 느낄 때가 불현듯 찾아온다. 그때마다 우리는 무언가 그것을 극복할 방법을 찾곤 한다. 그래서 어떤 이는 여행을 떠나기도 하고 영화를 보거나 재미있는 오락거리를 찾기도 한다. 그리고 더 많은 사람과의 이런저런 만남을 통해 해소하려고도 한다. 그리고 그것이 정말 마음을 달래주기도 하는 게 사실이다. 그런데 만약 그 외로움과 시린 마음의 이유가 오히려 사람들과의 만남 자체에서 생긴 것이라면 어떨까. 그때에도 여전히 사람을 통해 해결해야 하는 걸까. 아니면 치유를 위해 아예 마음의 문을 닫고 사람과의 소통 자체를 기피해야 할까.

누구하고나 소통을 잘하며 타고난 능력으로 관계를 잘 구축해가는 사람도 있지만, 말로써 소통하는 것에 미숙해서 관계를 더욱 어그러지게 만드는 사람도 있다. 모든 불편하고 힘든 관계 속에는 여러 가지 요인이 작용하긴 하지만, 언제나 가장 큰 이유는 바로 원활하지 못한 소통 때문일 경우가 많다. 성격이나 배경 혹은 교육 정도에 따라 차이는 있지만, 상호 커뮤니케이션을 잘하는 방법을 일찍부터 배울 수 있었던 사람이 훨씬 원만한 관계를 만들어간다.

서로 일일이 말을 나누지 않더라도 소통 자체가 잠정적으로 가능하긴 하다. 그러나 말로써 자신의 의견과 감정을 제대로 표현하지 않으면 서로의 마음을 완전히 이해하기는 어렵다. 소통은 기본적으로 서로에 대한 이해를 바탕으로 이루어지는 것이기 때문이다. 그런데 그 말로써 표현한다는 것이 실은 매우 어렵다. 내 입으로 내 마음대로 혹은 입에서 나오는 대로 말을 뱉어내는 것에 사실상 무슨 제약이 있는 것도 아니어서 '말하기'라는 것이 무척 쉽고 간단하다고 대부분 생각한다. 그래서 행복한 소통을 위한 말하기를 특별히 애써 배우려 하지도 않는다. 어쩌면 영어 단어나 수학 공식보다 먼저 배우도록 해야 할 중요한 영역일 수 있음에도 가정과 직장 또는 또래 모임을 통해 저절로 익히면 되는 것이라고 가볍게 인식하는 것 같다.

소통이 안 되어서 힘들어진 관계 당사자들이 만약 서로의 감정에 깊은 상처를 남기지 않도록 말하는 법을 잘 알고 있었다면 조금이라도 나은 관계가 될 수 있지는 않았을까 생각한다. 물론 저마다 말 못 할 사정이 있어서 관계가 어렵게 되는 것은 어쩔 수 없다. 돈이 없는 가난한 가정에서는 서로의 채워지지 않는 욕구에 대한 불만을 토로하다 보면 으르렁대는 관계가 될 수 있다. 때로는 부모가 지닌 기대감에 비해 실망스럽게 하는 자식의 상대적 부족감이 불화의 원인이 되기도 한다. 혹은 배우자의 못된 소행이 관계를 깰 수밖에 없는 원인을 제공하는 것도 사실이다. 그러한 모든 어려운 상황이 아예 일어나지 않는다면 더할 나위 없이 좋겠지만, 서글프게도 우리의 삶이 그렇게 평탄하지만은 않다. 그러나 어쩌겠는가. 그러한 일이 어쩔 수 없이 발생할지라도 그나마 상처를 덜 주고 덜 받음으로써 서로의 마음이 굳게 닫히는 것만은 막아야 하지 않겠는가.

우리는 누군가에게 마음이 닫히거나 차갑게 얼어붙어 있을 때 정작 자신의 마음이 더욱 시리고 외로워지는 것을 경험하기도 한다. 더 좋게 말하고 상대방의 나쁜 말을 걸러내는 힘이 크게 길러진다면 우리의 마음은 상처로 차갑게 얼어버리지 않을뿐더러 오히려 상황을 조금은 더 호전시킬 수도 있다. 서로의 마음을 결코 다치지 않도록 배려하며 따뜻한 마음으로 만들어가는 관계는 당연히 훈훈한 관계로 이어질 것이기 때문이다. 또한 애초의 모든 싸움이나 다툼이 세 치의 혀에서 비롯될 때가 많다는 것을 모르는 사람이 많다. 그래서 항상 무방비 상태로 있다가 말로 인한 전쟁에 돌입하고 만다. 설령 알고 있다고 해도 구체적으로 어떻게 말을 잘 주고받아야 할지 모르기에 그것을 극복하거나 미연에 막을 방법을 찾지 못할 때가 많다.

그렇다면 서로의 마음과 관계를 원만하게 만들기 위해 언어를 잘 사용한다는 것은 과연 어떤 것일까. 눈빛이나 몸짓 언어도 언어에 포함된다. 하지만 우리가 흔히 좋은 관계를 만들기 위해 사용하는 언어에는 당연히 입으로 하는 '말'이라는 것이 가장 많이 포함되어 있다. 그리고 결정적으로 관계를 호전시키거나 치명타를 날리며 깨뜨리는 데도 '말'이 가장 큰 역할을 하는 것만은 분명하다. 그러므로 모든 사람이 행복을 체감할 수 있도록 말의 온도를 조금씩 더 높여주면 어떨까. 혹독한 전쟁터에서도 어느 한쪽이든 먼저 온기를 퍼뜨리면 도저히 종식되지 않을 것 같던 분위기가 화해 무드로 전환될 수 있다. 상상해보라. 추운 겨울 따뜻한 난롯가에 앉아 있노라면 잔잔한 행복감이 마음 가득 차오르는 것을. 그 훈훈함과 온기 속에 머물면서 기어이 싸움을 걸거나 치열하게 다투고 싶은 사람은 많지 않을 것이다. 오히려 그 행복한 마음이 더 오래 지속되길 바랄 것이다. 언어도 마찬가지다. 마음을 녹이는 따뜻한 언어를 사용한다면 언제든 그렇게 행복 온도가 상승하는 것을 경험할 수 있을 것이다.

나의 유튜브 채널에서도 다룬 바 있는 "행복 체감 온도 2℃ 더 높여주는 언어 사용"이라는 유튜브 에세이의 글을 그대로 인용하여 옮겨보고자 한다.*

"날씨가 본격적으로 추운 겨울입니다. 따뜻하게 잘 챙겨 입으셨는지요. 오늘 여러분과 나누어볼 이야기는 따뜻한 관계를 위한 훈훈한 언어 사용에 관한 것입니다. 저는 겨울이 오면 유독 훈훈한 것들에 목말라하는데요. 여러분은 어떠신가요? 돌아보니 우리를 훈훈하게 하는 것들이

―――――――――――――
*   https://youtu.be/vqRe_kQA8Ak

많은 것 같습니다.

예를 들어, 아이를 바라보는 엄마의 미소, 의로운 사람들의 아낌없는 자기희생, 어려운 이웃과의 나눔 현장, 열심히 일하는 사람의 땀방울, 반목하던 이들의 극적인 만남과 화해, 노부부의 정감 어린 데이트, 국밥집 할머니의 후한 인심, 칭찬 릴레이 이벤트(또는 TV 프로그램), 반려동물의 깜찍한 애교, 거리에 울리는 캐럴송(요즘엔 거의 듣기가 어려워졌지만요), 오색찬란한 크리스마스트리, 심지어 겨울밤 길에서 파는 구수한 군밤조차 마음을 따뜻하게 해줍니다. 사실 내 마음이 얼어붙었을 때는 보이지 않던 것들이 이제는 하나둘씩 보이기 시작합니다.

그런데 저는 특히 '훈훈한 말'로 주위 사람들을 더욱 훈훈하게 하는 이들을 보면 제 마음도 덩달아 따뜻해집니다. 한 예로, 오랫동안 대중의 신망을 받는 TV 진행자들을 보며 그들에게는 하나의 공통점이 있다는 것을 발견하게 됩니다. 그것은 바로 게스트나 시청자를 배려하고 존중하며 따뜻한 어조로 말한다는 것입니다. 언어에 따뜻함을 담으니 보는 이와 듣는 이가 따뜻함을 체감하는 거죠. 이렇게 언어의 체감 온도를 높여야 비로소 행복 체감 온도도 상승합니다.

언어의 체감 온도란 무엇일까요? 어떻게 하면 언어의 체감 온도를 더 높일 수 있을까요? 또, 어떻게 하면 타인에게 훈훈함을 전할 수 있을까요? 따뜻한 마음과 차가운 말이 과연 병존할 수 있을까요? 사실 '병존 불가', 즉 둘은 함께하기 어렵습니다. 그렇다면 따뜻한 마음과 따뜻한 말이 함께한다면 어떨까요? 언어의 체감 온도는 더욱 크게 상승할 것입니다.

한편 언어의 체감 온도는 화자(즉, 말하는 사람)의 체감 온도와 청자(즉, 듣는 사람)의 체감 온도로 나눌 수 있습니다. 둘 사이에 갭(gap)이 크거나 화자의 체감 온도가 더 클 때 간혹 불화나 불목의 문제가 생기기도 합니다. 그래서 그나마 서로의 온도 차이를 좁히고, 더 훈훈한 관계를 이어 가고 싶다면 청자 체감 온도에 초점을 두는 것이 좋습니다. 청자 중심의 언어가 따뜻한 관계를 만드는 데 더 좋기 때문입니다. 모든 싸움(또는 분란)은 화자 중심의 언어만이 존재하고 있을 때 일어나곤 합니다.

누군가로부터 따뜻한 말을 들을 때 못지않게, 내가 따뜻한 말을 할 때도 행복 체감 온도를 높일 수 있습니다. 타인을 따뜻하게 해주기 위해서는 자신을 먼저 따뜻하게 데울 필요가 있습니다. 저는 이것을 일컬어 '따뜻한 난로 효과' 혹은 '스토브(stove) 효과'라고 부릅니다. 난로는 주위를 데우기 전에 언제나 자신이 먼저 뜨거워집니다. 미움과 시기심과 원망하는 마음으로 나의 마음이 차갑게 얼어 있다면 결코 따뜻한 말이 나올 수 없겠지요. 그렇기에 나의 마음을 먼저 난로처럼 데우면 그 열기로 타인의 마음 또한 저절로 따뜻하게 만들 것입니다. 이미 난로가 되어 훈훈해진 자신은 물론이고, 더불어 따뜻하게 마음이 녹은 타인도 더 이상 누군가를 미워하거나 원망하지 않게 됩니다. 또한 시기하기보다는 따뜻한 마음으로 응원해줄 수 있게 됩니다. 언제나 차가운 쪽보다는 뜨거운 쪽이 더욱 여유로운 법입니다. 차갑고 옹졸한 사람에게는 따뜻하고 너그러운 사람의 마음이 봄날 햇살처럼 다가올 것입니다. 그리하여 꽁하게 얼어붙은 그 마음이 결국 서서히 녹게 될 것입니다. 여러분이 먼저 데워진 마음으로 이런 말들을 시도해보면 어떨까요?

음~ 그렇구나 / 네 마음 이해해 / 그 말이 일리가 있네 / 아~ 그럴 수도 있었겠네 / 사실 내 탓도 있어 / 역시 잘할 줄 알았어 / 너를 항상 믿어 / 그동안 힘들었지? / 우리 같이 해보자 / 고마워 그리고 미안해 / 소중한 내 친구~ / 나도 노력해볼게 / 언제라도 괜찮아 / 걱정 마! 다 잘될 거야… / 너를 이해해 / 네 말이 맞아 / 그런 방법도 좋겠구나 / 내 탓도 있어 / 역시 너답다(넌 최고야) / 너를 믿어 / 그 말이 상당히 마음에 와 닿아 / 그래 네 생각이 좋은 것 같아 / 그렇게 말해주니 고맙다 / 네가 먼저 해(가져) / 믿어줘서 고마워 / 모든 게 네 덕분이야 / 넌 언제나 내게 힘이 돼 / 네가 좋다면 언제라도 좋아 / 그렇게 해볼게 / 존경해요 / 그 일은 잘돼가니? / 그래도 괜찮아 / 난 괜찮아 / 그럴 수도 있지 / ~님(정성을 담은 호칭)

여러분 중에는 "따뜻한 난로가 되어야 한다는 것도 잘 알지만, 도무지 나의 마음이 데워지질 않아요"라고 하시는 분도 계시겠지요. 네, 맞아요. 분명히 쉬운 일은 아닐 것입니다. 그러나 용기를 내어 그 말들을 일단 해보십시오. 그러면 어느덧 따뜻해지고 있는 자신을 발견하게 될 것입니다."

🐾 삶이 편해야 말도 예쁘게 나온다??

말을 험하게 하는 사람의 삶은 자신이 선택한 언어 때문에 더욱 꼬이고 힘들어질 수 있다. 이것은 이 책의 기저를 이루는 핵심 키워드라고 해도 과언이 아니다. 그런데 이번엔 그 반대의 측면에서 바라보고자 한다. 우리는 흔히 말을 좀 더 예쁘게 하라고 자주 강요받는다. 그럴 때마다 이렇게 외치고 싶을 것이다. "너 같으면 이렇게 힘든데 말이 곱게 나갈 것 같으냐?"라고. 부정할 수 없는 사실이다. 삶이 험난하고 고단하니 말이 험악해지는 것을 필자라고 해서 경험하지 않았다고 할 수 없다.

마음이 따뜻하고 너그러워야 말이 곱게 나온다는 것은 너무나 명백한 사실이다. 그러나 마음이 너그럽고 평안하려면 먼저 삶의 여유로움이 전제되어야 한다. "곳간에서 인심 난다"라는 옛말이 있다. 가진 것이 풍족하고 하루하루의 삶에 찌들지 않을수록 교양 있고 우아한, 혹은 기품 있는 말을 하게 될 가능성이 큰 것만은 어쩔 수 없는 진실이다. 다시 말하자면, 내 신세가 평탄해야 마음이 여유롭고, 마음이 평탄해야 말이 곱게 나간다는 것이다. 그러니 좋게 말하고 싶어도 좋게 말이 나가기 어려운 삶을 살고 있다면 참으로 서글픈 현실이 아닐 수 없다. 누군들 본심으로는 곱게 말하고 싶지 않겠는가. 험악하게 말하며 살아갈 수밖에 없는 자신이 이미 먼저 지옥을 만나는데 자신인들 뭐가 그리 좋겠는가. 험악한 말이 그 순간에는 자신에게 위안이 되는 것 같아서 뱉어버리곤 하지만, 그때마다 크고 작은 후회의 감정을 느끼며 씁쓸한 마음이 되곤 할 것이다.

그렇다면 이렇게 신세가 편치 않고 심사가 뒤틀리는 일이 생길 때조차 고도의 인내심으로 감정을 드러내지 않은 채 그저 좋게 말하려 한다면 위선이 되는 걸까. 그것은 타인뿐 아니라 자기 자신조차 속이는 것이 될까. 우리의 인생이 짧다면 짧지만, 한순간의 감정대로 아무렇게나 살아버리기엔 절대 짧지 않은 여정이다. 그렇기에 그 순간의 불편한 마음을 그대로 드러내기만 한다면 인생 여정에서의 모든 관계에서 어려움이 생길 수밖에 없다. 그래서 어려운 관계가 되지 않도록 모두가 말을 좋게 걸러서 하려고 애쓴다.

그러나 이러한 언어 순화 과정을 제대로 익히지 못한 사람들은 계속해서 말을 나쁘게, 밉게, 험악하게 뱉으며 살아간다. 그런 사람은 자기 인생의 굴곡과는 상관없이 말이 거칠다. 넉넉한 환경 속에 살고 있어도 그러한 말버릇이 그대로 드러난다. 그러면서 자신의 감정에 충실한 것이라 말할 것이다. 맞다. 자신의 감정이 더 소중한 것이며 말로라도 스트레스를 해소하고 싶은 것은 누구나 마찬가지다. 그러나 문제는 자신이 편하자고 남을 힘들게 한다는 점이다. 누군가로부터 힘든 말을 듣게 될 때 자신을 지키기 위해 되받아치는 말을 하는 것과는 별개의 상황이다. 이 경우에는 자기의 감정만 소중하고 타인의 감정은 중요치 않게 여기는 이기적인 심보가 문제라는 것이다.

🏴 유쾌한 이모티콘 언어

점점 더 많은 사람이 이모티콘을 사용하게 되었으며, 그것을 통해 자신의 감정을 전하고자 하는 경향이 커지고 있다. 마음과 생각, 심지어 감정을 나누는 방식이 직접적인 만남에서 전화로, 전화에서 메일로, 메일에서 문자로, 문자에서 감정을 담은 이모티콘으로 바뀌었다. 매체의 발달 양상에 따라 감정 전달 방식도 함께 달라졌다. 물론 모든 것이 감정을 전달하는 방식으로 여전히 활용될 수는 있지만, 바빠진 현대 사회의 특성 때문인지 최대한 압축적이며 임팩트 있는 이모티콘 언어가 유행하고 있다. 아이러니하게도 매체가 더욱 고도의 기술을 지니게 된 데 반해 인간의 감정 표현은 더욱 간결한 방식을 선호한다.

최근에 사람들이 이모티콘으로 감정을 대신 표출하려는 경향이 더욱 커지고 있다는 기사를 인터넷 포털에서 읽은 적이 있다. 기사에 따르면, 한 대학생은 글로 표현하기 어려운 것을 대변해주는 이모티콘이 유용하게 여겨져서 그것들을 사서 모으는 취미가 있다고 했다. 또 어떤 직장인은 연인에게 '사랑해'라는 말보다 그 마음을 대신 전해주는 이모티콘 스티커 표현이 더 사용하기 쉽고 감정 표현을 더 잘할 수 있게 되는 것 같다고도 했다. 우습게도 그 기사를 읽고 있던 나 자신도 직전에 이모티콘으로 단체 톡에서 훈훈한 대화를 나누었다.

수요는 공급을 촉진한다. 이렇게 많은 사람이 점점 더 많이 사용하니 자연히 이모티콘도 다양하고 기발하게 만들어지며 명실공히 하나의 주요 커뮤니케이션 콘텐츠 영역으로 자리매김하고 있다. 그러면서 이렇게 감정 이모티콘 콘텐츠에 의존하는 양상에 대해《트렌드 코리아 2019》의 저자는 이러한 감정대리인에게 의존하는 것을 '감정 표현의 외주화'라고 말하고, 그것을 "감정을 다른 대상을 투영해서 대리로 전달하는 것"이라고 풀이했다. 그 말에 상당히 일리가 있다고는 생각한다. 그러나 이러한 견해 속에는 다소 우려가 깃든 부정적 입장이 꽤 크다는 생각 또한 들었다.

사람들은 기존의 것이 새로운 어떤 것에 의해 달라지는 과정에서 왠지 모를 두려움이나 부정적인 염려에 사로잡히는 경향이 있다. 그러한 것을 반영이라도 하듯 그 기사가 전하는 바에 따르면 현대인이 자신의 감정 표현을 점점 불편해하게 되었다고 말하며, 그것을 디지털 기기에 더욱 익숙해진 탓으로 돌렸다. 아울러 전문가들의 말을 빌려서 현대인이 감정대리인한테 의존해서 소통하려는 트렌드에 휩쓸리게 됨을 우려했다. 그래서 사람들은 점점 더 말하기 불편한 감정들을 표현하는 힘이 약해지고, 그러다 보면 자신의 감정을 다른 사람과 공유하거나 진정으로 소통하기가 더욱 어려워질 수 있다고 밝혔다.

위의 말이 틀린 것은 아니다. 그와 같은 우려는 맨 처음 TV가 등장했을 때와 스마트폰이 등장했을 때도 있었다. 그러나 새로운 디바이스나 매체가 사회 전반에 확산되면서 생기는 부정적 견해에 많은 우려를 표하다가도 다들 잘 적응하며 응용하고 활용해나간다. 그러고는 더욱 진보된 콘텐츠나 SNS 구현 방식을 만들어감으로써 모든 사회 구성원이 제각기 자신들의 이해방식대로 익숙해져간다. 그러므로 현대 사회에서 사람들이 감정 표현을 어렵게 여기게 된 것이 비단 그러한 감정대리 매개체에 의존해서만은 아니라는 것이다.

따라서 이미 다양한 요소와 원인에 의해 소통의 어려움을 느끼거나 바빠진 사회의 양상 속에서 그나마 상대방의 마음을 배려해서 빠르게 감정을 전달해주는 이모티콘의 역할에 나는 오히려 긍정적 견해를 가지고 있다. 장문의 메시지를 쓸 시간적 여유가 있거나 글을 쓰는 능력이 되는 사람은 어차피 이모티콘 문화가 만연해 있다고 해도 글로써 마음을 전하기를 좋아할 것이다. 역으로 생각하자면, 글쓰기를 어려워하거나 시간이 여유롭지 못한 사람들에게는 상대방의 문자에 무심하거나 무반응을 보여서 상대방에게 서운함을 유발하기보다는 그렇게라도 마음을 전하는 것이 소통이라는 큰 관점에서 보자면 훨씬 낫다고 여긴다.

　　아무런 감정 표시도 되어 있지 않은 건조한 문자에는 그 단순함으로 인해 받는 사람의 기분에 따라 오해하게 되는 부작용이 내재한다. 그러므로 어설픈 내용의 글 문자로 그렇게 오해 받으니 차라리 때로는 이모티콘이 더 나을 수도 있다. 언어적 맥락에서 보더라도 크게는 영화가, 그리고 좀 더 작게는 광고가 사람들의 마음을 담아내는 콘텐츠의 그릇 역할을 하듯이 이모티콘이 비록 말이나 문자보다 간단하고 압축적인 감정을 담아 전하는 것이긴 해도 그 또한 비언어적 언어의 하나로서 훌륭한 소통 도구가 된다고 할 수 있다.

　　사실, 감정을 제대로 전하지 못하게 되는 원인을 그렇게 표면적으로 드러나는 '이모티콘'이라는 작은 영역에서 찾을 게 아니라 가정이나 학교가 소통 방법을 가르치는 데 많은 할애를 하지 않는 데서 찾아야 할 것이다. 타인의 마음을 상하지 않게, 그러면서도 자신도 다치지 않게 서로 원만하게 소통하는 방법들을 익히고 평소에 연습시켜주는 것이 더욱 필요하니 말이다. 감정 상하게 하는 많은 말보다 침묵이 더 나은 것이기에 쓸데없이 주절거리는 장황한 말보다 이모티콘의 압축된 감정 표현이 때로는 상대방을 더 기쁘게 할 수 있고 훈훈한 마음도 서로 더 잘 나눌 수 있다. 그러므로 이모티콘을 통한 소통법이 결코 나쁘다고 할 수는 없을 것이다.

아울러, 이모티콘을 통한 커뮤니케이션을 다른 모든 것과 마찬가지로 현대의 삶에서 나타나는 하나의 문화 현상으로 보는 게 좋다. 모든 것이 그러했듯 이모티콘 문화의 트렌드도 언젠가는 조용히 사라지며 새로운 소통 방식에 바통을 넘겨줄 것이다. 혹은 다른 유형의 소통 방식과 융합하게 될 것이다. 그러므로 이런저런 걱정부터 하기보다는 그렇게라도 친절하게 서로의 마음을 전하는 것을 오히려 적극적으로 권장하는 게 더 나을 것 같다. 누군가로부터 익살스러운 표정을 짓고 있는 이모티콘을 받게 되면 그만큼 친근함도 느껴지고 그날은 그래도 외롭지 않게, 훈훈하게, 유쾌하게 하루를 보낸 경험이 있기에 이모티콘의 언어도 나름의 언어 사용법으로서 충분히 훌륭한 활용 가치가 있다고 여겨진다.

그 옛날 종이에 먹을 찍은 붓으로 정성스럽게 서신을 보냈던 것이나, 펜으로 예쁜 편지지에 빼곡한 글자로 손편지를 썼던 것이나 그 안에 담긴 마음은 똑같이 소중할 것이다. 또한 시대가 변해서 이메일로 더 빠르게 즉각적으로 확인할 수 있도록 전자우편을 보낸 것이나, 휴대폰과 이후 스마트폰의 등장으로 바쁜 현대의 삶에서 더욱 편리하게 문자로 메시지를 보낸 것이나 역시 그 마음의 경중을 비교하며 따질 수는 없을 것이다. 그렇듯 더 짧아진 이모티콘의 표현 방식을 사용했다고 할지라도 서로의 마음을 잘 전달하는 것이 소통에서 중요한 목적이라고 본다면 그것의 가치를 폄훼할 수만은 없다는 것이다. 무엇이든지 그것의 외형적 방식 못지않게 중요한 것은 그 안에 담긴 알맹이가 아니겠는가. 게다가 사실 나머지 모든 방식은 하나의 콘텐츠, 즉 내용을 담아내기 위한 그저 하나의 방편일 뿐일 테니 말이다.

자다가도 떡을 얻어먹을 언어 사용법

우리는 "말 한마디로 천 냥 빚도 갚는다"라는 속담을 식상하리만치 너무도 많이 들어왔다. 그럼에도 예나 지금이나 그 문구의 가치는 여전히 변함없이 빛을 발한다. 천 냥의 빚을 갚을 만하게 말한다는 것이 과연 어떤 것일까. 분명히 빚쟁이의 마음을 움직일 수 있는 말을 한다는 것일진대, 그렇다면 완고한 빚쟁이의 마음도 녹여서 움직일 만큼 일단은 말을 잘하고 봐야할 것 같기는 하다. 그런데 그것이 그리 쉽지 않다. 왜냐하면 그러기 위해서는 고도의 설득력과 화술이 필요할 뿐 아니라 말눈치(언어적 센스)도 있어야 하기 때문이다. 또한 상대방의 기분이 좋아지도록 칭찬도 진솔하게 할 줄 알아야 하고, 그러면서도 아첨하는 것으로 보이지 않아야 하며, 간절하게 호소하되 상대방에게 측은지심이 생겨나도록 마음을 건드려줄 수 있어야 하니 이래저래 여간 어려운 일이 아닐 수 없다. 더욱이 말투도 장황하지 않으면서 깊은 인상을 줄 수 있어야 할 것이며, 선뜻 빚을 탕감해주고 싶을 만큼 정감 있는 태도로 말해야 하니 말이다.

드라마나 영화에서 멋지게 담판을 짓는 네고시에이터(negotiator, 협상가)를 볼 때면, 참으로 대단한 능력자라고 여겨진다. 영화에서 만난 그 협상가들은 항상 기본적으로 윈윈(win-win)의 마인드로 접근한다. 그뿐만 아니라 상대방에 대한 치밀한 분석, 침착하고 냉정한 어투, 신뢰감 있는 목소리 톤, 당당하고 늠름한 기세를 고루 갖추고 있다. 그들은 모두 설득의 귀재다. 영화가 아닌 현실에서도 그러한 사람들이 과연 존재할까 싶을 정도다. 영화가 허구적인 사실을 바탕으로 가공되는 것이기는 하지만, 현실을 또한 상당히 반영하기도 하므로 그러한 능력자들은 우리 사회 곳곳에서 빛을 발하며 활약하고 있는 게 분명히 맞을 것이다.

주로 비즈니스 세계에서, 혹은 정치적 담판 상황에서 그렇게 말로써 이득을 얻고 목적을 이루고자 하는 사람들이 많다. 그런데 굳이 거창한 영역에서가 아니더라도, 이를테면 시장에서 장사하는 사람에서부터 콩나물 값을 흥정하는 주부에게서조차 협상 능력은 요긴한 사항이다. 그런 만큼 사회의 모든 곳에서 협상을 잘할 수 있도록 그것을 위해 도움을 자처하는 책들도 꾸준히 출간되어왔다. 그것은 어쩌면 우리의 삶에서 설득과 협상의 커뮤니케이션 스킬이 중요한 요소임을 말해주는 것이기도 하다.

전부터 알고 지내던 한 지인은 전문 협상가는 아니었지만, 상대방으로부터 원하는 바를 곧잘 얻어내는 사람이었다. 그는 일단 평소에도 늘 진솔한 편이었다. 거기에 상대방을 기분 좋게 만드는 재주가 있었다. 적절히 위트 있는 말로 상대를 무장해제 시키고는 차근차근 자신이 원하는 바를 천연덕스럽게 잘도 설명한다. 옆에서 가만히 듣고 있노라면 묘하게 설득력이 있어서 고개가 저절로 끄덕여지곤 했다. 힘차고 낭랑한 목소리를 가진 그는 당당하게 그리고 꾸준하게 기필코 자기 뜻을 관철시킨다. 일례로, 아파트에 새로 입주해서는 AS팀으로부터 다른 모든 세대보다 자신의 집수리가 더욱 신속하고 적극적으로 시행되도록 했다. 나에게는 부족한 그 능력을 배울 요량으로 종종 지켜보면서 그만의 특유한 화법이 있음을 알 수 있었다.

그는 AS팀 사무실에 씩씩하게 들어서서는 먼저 진심을 담아 인사한다. 그러고는 실무 담당 직원들에게 적극적이고 구체적인 칭찬을 건넨다. 속이 뻔히 보이는 아첨을 하려던 것이 아니었기에 오히려 당당하게 칭찬의 말을 할 수 있었다. 그런 칭찬에 그곳의 분위기도 순식간에 훈훈해진다. 그러고 나서 상대방의 애로사항을 먼저 묻거나 기꺼이 들어주고자 했다. 맞장구도 쳐주고 정감 있는 리액션도 진지하게 해준다. 또한 언제나 상대방의 직함을 정중히 불러주며 대화를 나누었다. 직함이 없는 평직원에게조차 '선생님', '기사님', '담당자님' 등의 호칭으로 반드시 존중의 표현을 해주었다. 그런 다음 자기 집의 AS 요구를 명료하게 전달했다. 납득될 수밖에 없도록 꼼꼼하고 치밀하게 설명했고, 심지어 솔루션까지 함께 머리를 맞대고 고민했다. 결코 구걸하는 어투도 아니었으며, 불평하며 싸우려 들기보다는 품격 있는 언어를 사용함으로써 늘 일이 잘 성사되도록 했다.

당시 AS팀이 해결할 게 많다 보니 제때 처리하지 못해서 아파트 입주민의 원성이 자자했다. 게다가 대다수의 입주민 간에는 소위 목소리 큰 사람이 이긴다는 생각이 팽배했던 것 같다. 그러다 보니 AS 센터는 언제나 시끄럽고 소란스러웠다. 그런데 오히려 큰 소리로 따져대던 사람보다 그의 집 AS가 공정성을 벗어나지 않는 범위에서 더 빠르고 원활하게 처리되곤 했다. 어려운 처지를 이해해주고 존중해주며 정중히 부탁하는 사람이 더 좋게 여겨지는 게 인지상정인가 보다. 따라서 그들도 그 사람한테는 뭐 하나라도 더 챙겨주고 싶었을 것이다. 결국 그 사람의 집이 가장 먼저 완벽하게 수리될 수 있었던 것도 어찌 보면 당연한 결과였다. 물건 살 때 바득바득 우기며 깎아달라는 사람에게는 오히려 덜 주고 싶지만, 반대로 조심조심 미안한 마음으로 부탁하는 사람에게는 더 깎아주고 더 많이 챙겨주고 싶은 게 보통 사람의 마음이기에.

한편 위에서 예시한 사람과는 반대로, 어떤 지인은 늘 얄밉게 말해서 미움을 사곤 한다. 상대방의 말을 수시로 싹둑 자르고는 대화를 자기 말로 온통 도배해버린다. 게다가 자기에게만 이로운 말을 하려 든다. 그렇게 자기 잇속을 너무 챙기는 것이 다 보이는 얌체 같은 언어 사용 방식 때문에 미움을 사게 되면 옆에서 어떻게 도와주어야 할지 답이 없었다. 그 사람은 모처럼 마음먹고 무언가를 주고 싶다가도 그 얄미운 말투 때문에 주기 싫어지게 만들었기 때문이다.

어떤 이는 타인의 장점을 더 잘 발견하는가 하면, 반대로 또 어떤 이는 타인의 단점만 유독 더 잘 발견한다. 다른 사람의 장점을 더 찾고자 하는 사람의 마음은 늘 여유롭고 너그럽다. 그러나 기어이 단점을 찾아내어 꼬집거나 할퀴고 마는 사람의 마음은 옹졸하고 미련스러울 때가 많다. 장점을 말해주거나 칭찬해주는 데 돈이 드는 것도 아니다. 오히려 자다가도 떡이 생기는 일이다. 좋게 말해주면 속으로 찔리는 마음이 있을 때조차 기분이 좋아지니 그 사람에게 뭐 하나라도 더 주고 싶어지기 때문이다. 그런데도 그러기가 참 어려운 건가 보다.

누군가가 나에게 진심을 담아서, 혹은 그냥 인사말로라도 칭찬하거나 좋게 말해줄 때마다 나는 고마운 마음을 전하며 이렇게 말하곤 한다. "어여삐 봐주시는 분의 마음이 더 예뻐서 그렇게 보이는 거랍니다"라고. 뭐 눈에는 뭐만 보인다고 흙탕물 속에 들어 있는 렌즈로 세상을 바라보니 온 세상이 흐릿하고 뿌옇게 보인다. 남을 잘 이해하고 용서를 잘하며 관용을 베풀 줄 아는 사람은 하늘처럼 높고 바다처럼 넓은 마음을 가지고 있다. 그런 마음을 가진 사람들은 오히려 상대방을 하늘처럼 높여줄 줄 알고 큰 바다처럼 품을 줄 안다. 그래서 상대방의 마음도 열리게 한다. 그런 마음을 가진 사람의 온유하고 너그러운 말을 듣고는 무언가 그에게 자꾸만 주고 싶어지는 것을 스스로도 경험해보았을 것이다. 마치 그와 똑같이 한없이 넓은 마음을 갖게 되기라도 한 것처럼 하나라도 더 주고 싶어지고, 그 무엇도 아깝지 않게 여겨지면서 말이다.

그러나 반대로 마음이 옹졸하고 심지어 자기 욕심만 챙기는 탐욕스러운 마음을 가진 사람은 말도 꼭 그 모양대로 한다. 희한하게도 그런 사람과 마주하면 똑같이 마음이 편협해지면서 아무것도 주기 싫어지고 그저 아깝게만 느껴질 것이다. 그렇다면 결국 "자다가도 맛난 것을 얻어먹는다"라는 말은 자고 있던 사람도 깨워서 더 먹이고 싶을 만큼 예쁘고 기특한 사람의 모습을 강조하는 것이며, 그런 사람이 되려면 행실뿐만 아니라 말품새도 기특해야 한다는 것이리라. 사람의 마음은 기본적으로 모두 유사해서 어떤 사람이 사용하는 언어 방식에 대해 느끼는 바도 일치하는 경향이 크다. 그러니 모두에게 미움을 덜 사고 뭐 하나라도 자꾸만 더 주고 싶은 사람이 되도록 자신의 언어습관을 잘 살펴보기 바란다.

🏷 변명이 꼭 그렇게 나쁜 것은 아니다

우리 사회에서 변명은 어쩐지 치졸하고 구차한 것으로 치부되며 무조건 안 좋다고 여기는 경향이 크다. 맞는 말이다. 변명의 사전적 정의에는 "어떤 잘못이나 실수에 대하여 구실을 대며 그 까닭을 말함"이라는 뜻이 담겨 있기 때문이다. 그러나 또 다른 정의로 "옳고 그름을 가려 사리를 밝힘"이라는 뜻을 담고 있다는 것은 많은 사람이 잘 모르는 것 같다. 사람들이 잘못을 덮고자 주로 변명하다 보니 그렇게 비치는 것도 어느 정도 이해는 된다. 그러나 진정으로 억울한 사람들도 있다. 그들이 피를 토할 만큼, 혹은 목숨을 내놓을 만큼 강하게 항변하는 것조차 단순히 변명하는 거라고 단정 지을 수는 없다. 또한 "변명 따위는 아예 하지도 마라"라며 그들의 입을 무작정 막을 수만도 없다. 그런 사람들에게 '변명'이란 '해명(까닭이나 내용을 풀어서 밝힘)'과도 같은 것이다.

정말로 잘못해놓고도 교묘히 빠져나가려는 술수로 뻔뻔스럽게 변명을 일삼는 것은 분명히 비난받아 마땅하겠지만, 그렇다고 덮어놓고 모든 변명을 무시하거나 외면하지는 말았으면 한다. 누군가 억울한 이의 변명과 해명을 들어준다면 그가 죽고 싶다고 생각하는 것을 막을 수 있을 것이며, 잘못된 편견으로 무고한 사람을 범죄자로 낙인찍는 오판도 막을 수 있을 것이다. 같은 맥락에서 뒤집어 말하면, 억울하게 비난받게 된 사람도 자신의 영혼이 깊은 상처를 받지 않도록 스스로 변호할 줄 알아야 한다. 그렇다고 언어의 기교를 부리라는 것이 아니다. 다만, 오해를 받아 억울한 모든 이에게 적극적인 해명과 논리적인 변명으로 자신을 지키라고 말하고 싶은 것이다. 언젠가 진심은 통하게 되어 있으니 '시간이 약이다'라며 가슴속에 묻어두기만 하면 자신의 영혼에 골병이 든다. 그래서야 되겠는가.

시간이 흘러 저절로 해명될 수도 있고 굳이 해명하려다 더욱 분란이 생길 수도 있다. 그래서 그저 감내하고자 하는 사람도 많다. 하지만 자신이 죽을 것처럼 힘이 들거든 때로는 변명도 생명을 구하는 약이 될 수 있으니 해명하여 말하기를 주저하지 말자. 마음이 다스려져 쉽게 인내할 수 있거나 나름의 긍정적 교훈을 얻게 된 것이 아니라면 말이다. 참는 것이 능사는 아니다. 사회적 관계에서의 습관적 합리화는 사람들로부터 미움을 산다. 그러나 자아를 지키기 위해 합리화도 때로는 필요한 심리학적 방어기제다. 다만, 그럴 때일수록 제대로 된 언어 사용법을 동원하는 지혜가 필요하다. 나름 노력했던 어떤 일에 대해 해명하려고 해도 무조건 변명으로 치부될 때 몹시 억울해지는 게 사실이다. 게다가 이성적으로 논리 정연하게 잘 설명하면 '자기합리화'를 한다고 면박당해 어이가 없기도 하다. 하지만 그런 부딪힘이 싫다고 해서 억울해도 항변하지 않는다면 그 또한 비겁한 것일 수 있다.

서로의 잘못을 비난하며 다툴 때, 보통 말문이 막히는 쪽일수록 말을 더 잘하는 상대방에게 무조건 목청부터 높인다. 그러고는 모든 것을 합리화(혹은 변명)한다며 빈정대듯 따진다. 그렇게 해서라도 상대방을 제압하고 싶기 때문이다. 그러나 변명하지 말라며 상대방의 말을 억누르는 것은 오히려 치사한 행위다. 또한 그렇게 해도 소용없는 일이다. 이유인즉, 해명 의지가 강한 사람일수록 다툼이나 논쟁을 더 좋은 방향으로 전환하고자 하는 의지를 지니고 있기 마련이다. 그들은 항상 자신이 옳다고 믿고 있는 것에 대해 할 말이 많다. 그래서 변명도 하게 되고 합리화도 하게 된다.

우리 사회에서는 특히, 자신보다 강자가 설명이나 해명을 하면 변명이나 합리화를 한다고 여기지 않는 편이지만, 자신보다 약자가 해명하고자 하면 억울해서 항변하는데도 변명하지 말라며 말 자체를 차단한다. 그런 걸 보면 참으로 고약한 심보를 지닌 사람들이 의외로 우리 사회에는 많은 것 같다. 실제로 말을 차단당할 수밖에 없는 약자는 화가 나고 억울해서 돌출된 행위로 해결하거나 잘못된 방식으로 해답을 구하려 들게 된다. 그래서 어쩌면 가출 청소년과 탈영하는 군인들의 돌출 행위에도 그러한 것이 내재해 있었던 것은 아니었을까. 그들에게 자신의 마음에 대해 변명할 기회를 주었더라면 그러한 일탈을 막을 수 있었을지도 모른다는 생각이 문득 든다. 새삼, 나는 이 순간 이 사회가 부디 약자들이 스스로 조금이라도 변호할 수 있도록 제발 변명의 기회를 주자고 간절히 호소하고 싶다.

✒ 미소를 장착하여 말하면 반은 먹고 들어간다

'미소'야말로 훌륭한 언어다. 언어라는 게 반드시 성대를 거치고 기호화된 음절이나 어휘 그리고 체계를 갖춘 문장의 표현이어야 하는 것은 아니다. 표정이나 몸짓도 하나의 언어다. 표정은 특히 의외의 많은 의미를 전달하기에 미세한 변화도 쉽게 파악된다. 그래서 약간의 찡그린 표정조차 상대방의 오해를 불러일으킬 수 있고, 마찬가지로 살짝 미소를 머금은 얼굴은 상대방에게 상당히 호의적인 반응을 이끌어낼 수 있다.

"웃는 얼굴에 침 못 뱉는다"라는 말도 있듯이 유순한 미소를 지으며 소통하고자 하면 안 풀릴 것 같던 일도 의외로 쉽게 해결되는 경우가 많다. 굳이 몇몇 심리학자가 말한 '감정 전염'* 이론에 근거하지 않는다 해도 우리는 경험으로 서로의 감정이 전달된다는 것을 잘 알고 있다. 즉 슬퍼하거나 눈물을 보이는 사람을 보면 저절로 함께 눈물짓게 되고, 슬픈 영화나 드라마를 보면 어느덧 배우를 따라 울고 있는 자신을 보게 된다. 마찬가지로 누군가 웃고 행복해하는 것을 보며 함께 훈훈한 마음이 되기도 하고, 누군가 먼저 미소를 지으며 좋은 마음으로 말하면 기분이 좋아져서 함께 미소를 짓게 되기도 한다.

미소를 지으면 얼굴 근육이 이완되는 것만큼이나 희한하게도 우리의 마음 또한 온화해진다. 그래서 자신도 모르게 여유롭고 너그러운 마음을 지니게 된다. 또한 미소는 당당하면서도 품격 있는 말투와 몸의 자세를 만들어준다. 그러고는 온화한 미소와 함께 고운 말을 하게 될 가능성을 높여준다. 자칫 조롱의 마음을 지닌 채 겉으로만 미소를 지으면 얼굴에서 곧바로 표시가 난다. 속된 말로 '썩소'를 날리는 것이 그대로 드러난다. 모사꾼이나 사기꾼처럼 노련하지 않은 대다수 사람은 표정에서 다 드러나 완벽히 속내를 감출 수 없다. 그러므로 이 또한 마음을 가꾸는 것이 선행되어야 한다. 그런 다음에 좋은 마음을 담아서 겸허한 미소, 의로운 미소, 의연한 미소, 당당한 미소를 머금고 말하는 연습을 해보자. 그리고 누군가에게 직접 실행해보자. 그렇게 하면, 사람들과의 매우 행복한 소통을 자주 경험하게 될 것이다.

유난히 피곤하고 지친 날에는 가까운 지인, 특히 가족에게 퉁명스러운 어조로 말이 나갈 때가 있다. 감정 때문만이 아니라 몹시 피곤하거나 목이 아파서 말이 친절하게 나가지 않을 때도 있다. 그런 날에는 다툼이 일어날 가능성이 있으니 조심해야 한다. 피곤하거나 아파서 그렇다고 미리 언질이

---

*   "'감정 전염(感情傳染, emotional contagion)' 또는 '정서 전염(情緒傳染)'이란 다른 사람의 표정, 말투, 목소리, 자세 등을 자동적이고 무의식적으로 모방하고 자신과 일치시키면서 감정적으로 동화되는 경향을 의미한다."(위키백과 인용)

라도 주지 않으면 상대방이 오해하기 딱 좋다. 그리고 아플 때의 목소리 톤이 전하는 기운이 탁해서 상대방을 불쾌하게 만들 수도 있다. 자연히 그런 날에는 얼굴에서도 미소가 사라진다. 무표정하게라도 있을 수 있다면 그나마 찡그리고 있는 것보다는 다행스러울 정도다. 왜냐하면 그 표정 그대로의 어투와 어감으로 말이 나가기 때문이다. 실제로 거울 앞에서 한번 실험해보면 알 수 있다. 그러므로 어려운 일이긴 하지만 힘들수록 애써 엷은 미소라도 지어보자. 그러면 적어도 퉁명스런 어조는 막을 수 있다.

보통 얼굴이 더 예뻐 보이기 위해 온갖 제품과 기술을 동원해 메이크업을 한다. 그런데 미소를 얼굴에 담아내는 것도 고도의 화장술 못지않게 훌륭한 메이크업 방법이라는 것을 알지 못하는 사람이 의외로 많다. 메이크업의 완성은 미소라고 생각하며 화장을 마치면 일부러라도 미소를 지어보라. 메이크업 후 거울 속에서 더욱 빛나는 자신과 만나게 될 것이다. 귀걸이 같은 장신구를 착용하면 2% 더 예뻐진다고 누군가 말했다. 미소도 또 하나의 멋진 액세서리다. 그러므로 미소라는 액세서리를 얼굴에 장착하면 훨씬 더 메이크업이 잘된 것 같은 느낌을 받을 것이다. 그래서 나 또한 힘든 일이 있거나 몸이 아플 때일수록 메이크업의 마지막 단계에서 애써 미소를 보태곤 한다. 그러고 나면 기분이 한결 좋아지는 것도 사실이지만, 그런 표정으로 누군가를 만나면 저절로 기분 좋은 말이 잘 나올 것 같다. 심지어 아프던 몸도 더 빨리 낫게 되는 것을 자주 경험한다.

미소는 그렇게 나의 기분도 좋게 만들 뿐 아니라 상대방의 기분도 좋게 만드는 마법과도 같은 것이다. 미소는 좋은 에너지를 극대화시켜준다. 아름답고 선한 미소를 지으며 나쁘고 악한 말을 시도해보라. 결코 자연스럽게 혹은 조화롭게 발화되지 않을 것이다. 선한 미소와 악한 말은 상극이어서 결코 함께 존재하지 못한다. 안 좋은 일이 있어도 미소로 무장하면 그 선한 에너지로 말을 독하게 하는 것 자체가 어려워진다. 미소를 지을 때의 얼굴 근육이 마음 근육까지 이완시켜 그런 것 같다. 일부러라도 미소를 지으면, 선하고 부드러운 마음으로 바뀌게 되어서 그런지 저절로 좋게 말하게 된다. 그러므로 말주변이 없어서 좋게 말하기 어려운 사람이라면 반대로 미소를 짓는 연습부터 하는 게 어떨까. 그리고 특히 누군가에게 부탁해야 할 때일수록 미소를 먼저 장착하고 다가가자. 그러면 상대방이 무장해제를 하게 되고, 그다음에 이루어지는 대화는 더욱 매끄럽게 진행될 가능성이 커질 것이다.

🏴 언행일치에 대한 고백

"팥으로 메주를 쑤어도 믿는다"라는 말은 이미 너무나 잘 알려진 속담이다. 누군가에게 매우 큰 신뢰를 가지고 있을 때 그가 말하는 것은 무엇이든 믿고 싶어지기 마련이다. 어떤 일에 대한 그 사람의 의견이나 판단이 항상 옳기에 그런 믿음이 생겨나는 것이다. 그런데 그렇게 항상 옳은 판단을 한다고 해도 언행이 일치하지 않는다면 과연 그에 대한 믿음이 오래 지속될 수 있을까.

한 치의 오차도 없이 언제나 언행일치의 삶을 살고 있을까 돌아보니, 그토록 지켜보려고 해왔음에도 완벽히 일치하지 않는 나 자신을 발견하게 된다. 고집스러울 만큼 변치 않는 소신을 간직한 채 내가 한 말들을 지키고 따르며 살고자 했기에 인생에서 비교적 큰일에 대해서는 나름 일치하는 삶을 살았다고 자부하기도 했다. 그러나 일찍부터 하고자 하는 바를 선포하고 나름의 노력을 기울여왔음에도 아직 미완의 상태에 있다. 그러니 내가 말한 대로의 삶을 살고 있지 않다는 측면에서 본다면 어쨌든 나의 삶은 분명히 언행일치의 삶이 아니다. 또한 비교적 세세하고 작은 일들에서는 더욱 그러하다. 어제는 옳게 여겨지던 것이 오늘은 옳지 않게 여겨지기도 하니 어제 나의 말을 들은 사람이 오늘 나를 본다면 결국 언행 불일치의 모습을 보는 것이 되고 만다. 이것은 그야말로 '언행일치 패러독스(Paradox)'가 아닌가. 많은 사람에게 언행일치란 이렇게 어려울 것이라며 애써 위로해보지만, 그래 봤자 이렇게 일종의 죄책감과도 같은 개운치 않은 마음에서 완전히 벗어나기 어렵다.

TV를 비롯한 각종 매스컴에서 평소에 자기가 늘 말하던 소신과 다르게 행동했다며 비난을 받는 사람들을 보면서, 과연 세상 사람 모두 자신이 말한 대로 완전히 잘 지키며 살았을까 생각하면 결코 그들에게 비난의 돌을 던질 수 없을 것 같다. 삶에서 티끌 하나 잘못됨이 없는 사람이 과연 있을까, 라며 나 자신을 합리화해보기도 하지만, 지난 인생의 어느 시점에서 선한 언행을 하며 살고자 하는 지금의 의지와 반하는 과오가 있지 않았을까 염려되고, 또한 지금 내가 말한 대로 지키지 못하는 미래를 살게 될까 봐 걱정되기도 한다. 세상의 비난에 귀를 닫고 살 요량이 아닌 한 '언행일치'는 평생 안고 가야 할 삶의 화두가 될 것이다.

그런데 가만히 따져보면 언행일치를 하지 못하는 것에 대한 비난이 애초부터 나쁜 행실을 하던 사람에게만 있는 것은 아니었다. 나쁘게 살고 있는 사람은 자기가 못되게 살 거라고 늘 말하고 다니며 자신이 말한 대로 산 것이기에 아이러니하지만 그 자신만 놓고 본다면 언행일치의 삶을 산 것이 맞다. 그렇기에 그러한 언행일치가 결코 칭찬을 듣지도 못하겠지만, 그렇다고 비난 또한 그리 크게 받지 않는다. 워낙에 기대치가 없어서일 것이다. 반면에, 좋은 이미지로 신뢰감을 두텁게 쌓아 올린 사람일수록 조금이라도 이전의 말과 달라진 행보를 보이면 사람들은 그에게 더 이상 너그럽지 않다. 결국 그에게서 가차 없이 돌아서고 만다. 어쩌면 그는 언행 불일치의 문제보다 믿음과 기대를 저버린 것으로 더욱 원성을 산 것인지도 모른다. 말하자면 그토록 신뢰받던 사람이 하루아침에 거짓말쟁이처럼 되어버렸기 때문이다.

저마다의 인생의 신조는 살면서 여러 번 바뀔 수 있다. 또한 그 신조라는 것도 개개인에 따라 다른 각도와 시선에 의해 판단되므로 평가의 정당성에 모호함을 배제할 수 없다. 가치관이 서로 다르기에 좋은 것도 나쁘게, 반대로 나쁜 것도 좋게 보일 수 있다. 그러므로 서로 다른 가치라는 견해에서는 이전의 말과 다른 양상의 행보를 보이면 말을 바꾸거나 말대로 지키지 않는 것으로 보인다. 게다가 말을 바꾸지는 않았음에도 어쩔 수 없는 외부 변수에 의해 진로가 약간만 달라져도 더 이상 그를 믿지 않게 된다. 정작 수시로 말이나 노선을 바꾸는 사람들은 이미 신뢰를 잃었기에 미워할 가치조차 없다고 느껴지게 하는데 말이다.

언행일치는 그토록 사실상 너무나 어려운 것이다. 그럼에도 여전히 우리의 삶에서 언행일치는 중요한 덕목이다. 그렇다면 오늘의 내 언행이 미래에 언젠가 달라진 상황에서 평가받을 때 그나마 덜 잘못한 것이 되려면 평소에 어떻게 말하며 살아야 할까. 달라진 가치관에 대해 미리 일일이 양해를 구하면 되는 것일까. 아니면 삶의 목표와 방식이 달라져서 유감이라며 솔직히 고백하고 사과하는 삶을 살아야 할까. 공인이건 일반인이건 간에 그러한 삶은 실로 피곤한 삶이 아닐 수 없을 것이다.

최선을 선택하라고 한다면, 많은 사람이 공통으로 지니는 '절대선'의 가치에 따라 움직일 수밖에 없을 것 같다. 그런데 그 절대적인 선의 가치도 시대와 상황에 따라 달라질 것을 생각하면 한편 갑갑하기도 하다. 그래도 사람은 누구나 마음속 깊이 절대선의 가치를 추구하고자 한다는 사실은 변하지 않을 거라 믿는다. 평생 완벽하게 단 한 번도 틀림없이 언행일치하겠다고 맹세하지는 못하겠다. 그렇다고 훗날의 비난이 두려워서 아니라고 여기면서도 그냥 따라가지는 않을 것이다. 적어도 순간마다 그 상황에서 최선이라고 믿는 가치관대로 단호하게 말하되 그 말과 항상 일치하도록 고군분투해야겠다. 그러고 보니, 말의 언행일치에 관한 이야기는 뜻하지 않게 나의 인생과 삶에 관한 고백이 되고 말았다.

✈ 호언장담의 묘미

보통은 호기롭고 자신 있게 말을 한다는 것이 호언장담의 뜻으로 알려져 있다. 그런데 때로는 말만 앞세우는 사람을 호언장담한다고 몰아세우며 마치 문제가 있다는 듯 표현함으로써 그 말을 부정적 의미로 사용할 때가 있는 것 같다. 물론, 호기롭게 말해보지만 결과적으로는 그 말의 덫에 걸릴 수도 있고, 제 꾀에 넘어가듯 자신의 말에 자기가 걸려 넘어지기도 하며, 헛말을 일삼는 사람에게는 재갈을 물리는 게 더 나은 상황도 존재한다. 그러다 보니 무조건 자신감 있게 말하는 것, 즉 호언장담의 의미 속에 부정적 뉘앙스가 가미되기도 한 것 같다.

최근 내게도 호언장담하며 성취하고자 한 일들이 꽤 있었다. 하지만 그 중의 어떤 일은 계획했던 것보다 상당히 지연되기도 했다. 그런 상황 속에서 스스로 이렇게 외치곤 한다. "헛된 말이 되지 않게 하려면 애초에 호언장담을 말던가, 호언장담했으면 그것을 입증할 만큼의 결과를 위해 피나게 노력하란 말야!"라고. 시간 부족, 계획상의 차질, 피로감, 그리고 심지어 게으름 등으로 인해 더 이상 그 일을 진전시키지 못하고 멈추거나 놓아버릴 경우, 그동안의 노력은 모두 사라지고 그저 말만 앞세운 허풍쟁이가 되어버리고 만다는 것을 절감하기 때문이다. 과정이 아름다우면 된다는 것이 더 이상 최고의 미덕으로 인정받지 못하는 세상이기에 더욱 그러하다. 그럼에도 나는 호언장담도 때로는 필요하다고 강력히 피력하고 싶다. 사실 많은 곳에서 조직을 이끄는 대부분의 훌륭한 리더는 호언장담의 묘미를 이미 발휘하고 있다. 또한 아이러니하게도 대중은 호기롭게 말하는 사람을 믿고 따르고자 한다. 적어도 자기 확신이 없다면 호언장담하기조차 어렵다고 여기기 때문이다.

누군가가 호언장담을 하면 그 당시에는 다소 허황된 것 같아 보일지라도 무조건 비난하기보다는 일단 믿어주고 격려하라. 그러면 그 사람은 자신의 마음을 알고 믿어준 사람에게 평생 고마운 마음을 간직할 것이다. 그리고 믿음과 기대에 부응하고자 더욱 분발할 것이다. 그러므로 반복적으로 지켜지지도 않거나 노력도 안 하면서 호언장담만 일삼는 게 아닌 한, 기를 꺾기보다는 가능하면 부추겨주고 응원해주는 게 좋다. 우선은 호언장담하면서라도 스스로 잘하고자 용기를 내보는 것일 수 있으니 말이다. 간혹 서로가 편하다는 이유로 부부 사이, 부모와 자녀 사이, 형제지간에는 믿음을 갖고 호언장담을 응원하기보다 단박에 기를 꺾어버리기 일쑤다. 그러나 잊지 말라. 호언장담하는 사람이 결국에는 성공도 하게 된다는 것을.

자존심 강한 사람에게는 호언장담이 특히 이로울 수도 있다. 즉, 자신의 열악한 상황과 모습을 드러내기 싫어서 호언장담하는 것인 만큼 스스로 공표한 것을 이루기 위해 고군분투할 것이기 때문이다. 그럼으로써 마침내 자신이 추구하며 항상 강조하던 것을 이룰 가능성도 더욱 커지는 게 사실이다. 그러므로 어떤 일에서 성공하고 싶다면, 스스로에게든, 타인에게든, 오히려 일부러라도 호언장담하는 화법을 자주 활용하길 권한다. 다만, 그러기 위해서는 자신의 말이 사실이 되도록 반드시 노력해야 한다는 전제가 따른다. 아울러, 호언장담이 이루어지기 전까지는 누구에게나 허풍스러운 말로 비칠 게 분명하므로 그럴 동안에 흔들림 없는 굳건한 마음을 유지하는 뚝심도 필요하다. 일정 정도의 성과가 가시화되지 않아 인정받지 못하는 순간이 있더라도 그 순간의 억울함은 뒤로하고 끝까지 인내하며 노력해보자. 그래서 마침내 이루어낼 수 있도록 의지를 불태워보라. 그러면 모든 성공한 사람에게서 일어난 성공 패턴이 자신에게도 똑같이 작동할 것이다. 보통 호언장담하는 사람은 그것에 대한 굳은 신념이 있기 마련이다. 그리고 굳은 신념을 가지고 끝까지 행동하는 사람이 결국 성공한다. 삼단논법의 원리대로 표현하자면, 고로 호언장담하는 사람이 마침내 성공하게 된다. 신념이 반영된 호언장담은 암시 효과가 커서 자주 말할수록 그 말대로 이루어질 가능성이 더욱 커지기 때문이다.

🏴 질문화법(산파술)

군이 소크라테스의 '산파술'이라는 문답법을 언급하며 철학적·교육적으로 접근하지 않더라도 대화에서 질문을 통해 상대방이 스스로 답하는 가운데 이야기의 흐름을 주도하게 해주면 뜻밖의 성공적인 소통을 이끌어낼 수 있다. 질문의 리액션을 통해 자신이 의도한 결론 쪽으로 상대방이 말하게 할 수 있어서 자기주장이 강한 사람과의 대화에서 질문화법은 특히 유용하다. 맞서서 논쟁하기보다는 존중하는 마음을 담아 차분하게 질문을 계속해주고 그것에 답하게 해보라. 주장이 강한 사람은 보통 자기 생각이 옳다고 인정받고 싶은 마음이 크다. 그래서 그의 주장에 조금이라도 이견을 보이면 격하게 방어 모드를 발동시키기 때문에 다 같이 목소리가 커질 수 있다. 그럴 때 경청하며 그의 말에서 생겨나는 질문과 정말 궁금해서 하는 질문을 골고루 섞어서 하게 되면, 상대방도 어느덧 편안한 마음이 되어 친절히 설명해준다. 하지만 완전히 무장해제를 하게 하려면 날카로운 질문은 오히려 도움이 되지 않는다. 이야기를 잘 펼치도록 적절한 질문으로 분위기를 조성하는 유능한 MC처럼 상대방이 편안한 마음으로 신나서 답할 수 있도록 질문하는 것이 질문화법의 주요 포인트다.

어떤 사람은 자기에게 말할 타이밍이 주어졌을 때 스스로 도취하여 무한정 길게 붙잡고 늘어진다. 심지어 본인 스스로도 그러한 사실을 모르는 경우가 많다. 그럴 때 그냥 말을 끊어서 말의 주도권을 회수하려 들면 분명히 감정이 상할 것이다. 그러므로 자연스럽게 대화를 마무리하기 위해 상대방이 간단히 답할 수 있는 질문을 한두 개 정도 더 해주며 화제를 돌리는 게 좋다. 새로운 질문에 또다시 그의 말이 장황해질 수도 있지만, 눈치가 있는 사람이라면 '아차, 혼자서 말이 많았구나' 하고 감지하게 된다. 그래서 대부분은 질문에 대답하는 동안 자신의 견해를 너무 오래 피력했나 싶은 마음에 상대방에게도 말할 기회를 주게 된다. 또한 한껏 너그러운 마음으로 상대방의 말을 더 집중해서 듣고자 한다. 한편, 어떤 것에 대해 제대로 알지 못한 채 목소리를 크게 하여 말만 많이 하는 경우가 있는데, 그러한 때도 질문화법이 요긴하게 활용될 수 있다. 이를테면, 그의 말을 잘 경청해주다가 해당 부분에서 질문에 답을 주도록 정중히 요구함으로써 자연스럽게 스스로의 무지함을 인식하도록 해주는 것이다. 그렇게 해서 스스로 '내 사고에도 결함이 있을 수 있겠구나'라고 생각할 여지를 줄 수 있다.

결론적으로 말하면, 질문으로 대화를 유도하는 사람은 상대방에 비해 몇 마디 안 하고서도 원하는 방향으로 대화의 귀결을 맺기가 더 쉽다. 그것이 질문화법의 최대 장점이다. 게다가 상대가 말하는 동안 그의 의중을 간파하기가 더 좋다는 점은 덤으로 얻을 수 있는 또 하나의 장점이다. 사실 나는 존경하던 김 교수님의 질문화법에서 이러한 것을 배웠다. 그분은 언제나 몇 마디 질문을 통해 나의 근황을 파악하시고 생각을 간파했으며 향후의 계획을 알아내셨다. 신이 나서 답을 하다 보면 내가 고민하며 자문을 구하려던 것에 대한 해답을 어느덧 나 스스로 하고 있음을 발견하게 될 때도 많았다. 그 영향으로 다른 사람에게 질문화법을 어설프게 시도한 적도 있었다. 게다가 주야장천 묻기만 하고 답을 들으려 하지 않거나 내가 묻고 내가 답하면서 혼자서 대화의 주도권을 잡으려 한 적도 있다. 마치 노래방에서 마이크를 독식하는 사람처럼 미운털 박히게 할 정도의 시행착오가 아니었나 싶다. 의도한 것이라기보다는 미숙해서 벌어진 해프닝이었다. 그래도 그 무렵 적어도 나는 무늬만 질문화법인 언어를 구사하는 사람이 되지는 않고자 했다. 제대로 된 내용도 없으면서 "그건 이렇지 않습니까?", "이건 저렇지 않습니까?" 등의 표현을 습관처럼 사용하며 질문을 가장해 코맹맹이 소리로 비꼬며 말하는 일부 여성 정치인의 모습을 닮고 싶지 않았기 때문이다. 우리 주변에도 잘못된 질문화법으로 묘하게 불쾌감을 주는 사람이 쉽게 발견된다. 상대방을 고의로 난처하게 하려고 작정한 사람도 있겠지만, 대부분 화법의 미숙함 때문에 그런 경우도 많다. 이들은 분명히 경청의 자세도 갖추었고 호의적인 태도로 임함에도 대화의 흐름을 깨거나 기분을 상하게 하는 질문을 툭툭 던져서 구태여 미움을 산다. 그들의 모습을 볼 때면, '혹시 나도 그러고 있진 않을까' 하며 순간 되돌아보게 된다.

📨 절묘한 타이밍에 유머 언어로 양념하라

모든 일에는 중요한 타이밍이 있다. 특히 말하기에서도 절묘한 타이밍을 노려야 할 때가 많다. 일단, 상대방이 듣고자 하지 않을 때, 즉 아무것도 듣고 싶은 마음이 아닐 때는 그 어떤 좋은 말도 그저 시끄럽게 떠드는 헛소리 혹은 소음으로밖에 들리지 않을 것이다. 또한 그 상황과 맥락에 적절한 말을 보태는 게 아니면 기껏 타이밍을 생각해서 끼어들었다고 해도 서로 겉도는 대화가 되어버리고 만다. 그렇다면 결국 타이밍이 좋지 않았던 것이 명백하다. 또는 여럿이서 이야기를 나누는 중에는 나름 타이밍을 잡아 합류해도 어느새 그다음 화제로 넘어가 버려서 하려던 말이 현재 진행되고 있는 대화의 포인트와 안 맞게 되는 경우도 생긴다. 또 그런가 하면, 대화를 주도하거나 화제를 바꿔볼 요량으로 다소 무리하게 끼어들어 말을 섞어보지만, 자신의 말에 아무도 귀 기울이지 않고 있다는 것을 안 순간, "나, 누구랑 얘기하는 거니?"라는 코믹 대사로 멋쩍은 상황을 은근슬쩍 넘겨야 할 일이 생기기도 한다.

그런데 그렇게 절묘한 타이밍이라는 것이 유머 언어를 사용하고자 할 때는 더욱더 필요하다. 먼저 유머 화법이라 하면, 웃긴 말투와 목소리로 우스꽝스럽게 말하는 것만이 아니라 사용하는 언어 내용에 유머 코드를 담아서 말하는 것을 포함한다. 이 중에서 나는 후자 쪽에 관한 이야기를 하려고 한다. 무성 코미디 영화나 슬랩스틱 코미디가 아닌 이상, 유머를 만드는 주재료는 대부분 언어로 이루어진다. 언어의 속성을 활용해 웃음을 유발하는 '아재개그' 코미디가 한때 유행한 적이 있다. 관객은 '썰렁하다', '어이없다' 하면서도 예측할 수 없는 방향으로 튀는 그 말들 때문에 유쾌하게 웃을 수 있었다. 거기에 스토리까지 얹어지면 더없이 재미있어진다. 그러한 종류의 유머는 언어의 소리에 초점을 둔 유머로, 들리는 대로 제멋대로 판단함으로써 웃음을 자아내는 원리를 지닌다. 다시 말하자면, 그것은 동음이의어를 활용해서 만든 일종의 '언어유희'에 속한다. 따라서 언어적 센스가 있는 사람일수록 빠르게 이해하며 웃을 수 있는 일종의 하이(high) 개그 유머에 속한다. 그래서 차후에 그것을 언어학적 관점에서 다루거나 연구해보는 것도 꽤 흥미로울 것 같다.

그런데 그러한 유머는 말로써 웃음을 유발해야 하는 만큼 고도로 계산

된 타이밍에 해당 개그를 딱딱 맞춰주지 않으면 그다지 재미있지 않다. 그와 반대로 절묘하게 잘 맞추며 유머 언어를 사용할 때는 분위기를 훨씬 재미있게 만들고 보는 이를 유쾌하게 해준다. 그것은 우리의 삶에서도 마찬가지다. 그렇게 타이밍 잘 맞춘 유머가 일상의 대화에 양념처럼 곁들여지면 모든 관계가 훨씬 더 매끄러울 수 있다. 꼭 아재개그의 형태가 아니더라도 유머러스한 말을 적절한 순간에 섞어주면 대화가 맛깔스러워질 수 있다. 평소에 자신이 덜 유머러스한 사람이라고 생각한다면, 개그나 코미디 어투를 따라 해보거나 순간의 위트와 재미있는 애드리브[ad lib: 라틴어 'Ad libitum'에서 나온 말로, '하고 싶은 대로(at one's pleasure, 자유자재로)'라는 뜻] 센스를 길러보도록 하자. 처음엔 어색하기도 하고 괜스레 신경 쓸 일이 늘어나 번잡하다고 여겨질지 모르지만, 세상에 웃음을 주는 사람을 싫어하는 사람은 거의 없다는 점을 생각하면 결코 무의미한 일이 아니다. 좋은 관계를 소망하는 사람이라면 상대방에게 즐거움을 주고 자신도 사랑받을 수 있게 해주는 것을 구태여 마다하지는 말자. 시간과 노력을 기울일 가치가 분명히 있다는 것을 스스로도 발견하게 될 것이다.

하지만 과유불급이라고 좋은 것도 지나치면 오히려 역효과가 난다. 즉, 유머 언어를 너무 많이 사용하면 진중하지 못한 사람으로 여겨지거나 가벼워 보일 수도 있다. 말 그대로 양념처럼 아주 살짝만 가미해야 한다. 양념이 아무리 맛있어도 주재료의 맛을 누를 정도로 사용하면 안 되지 않겠는가. 게다가 유머 언어의 사용은 상황과 타이밍, 그리고 상대방을 봐가면서 해야 할 것이다. 만약 적절한 타이밍을 놓쳤다 싶으면 차라리 아예 하지 않는 게 더 낫다. 맥락 없이 유머 언어를 사용하면 오히려 대화의 맥을 끊을 뿐 하나도 재미있지 않다. 게다가 나만 재미있는 것을 말한다고 해서 그것이 유머 화법이 되는 게 아니다. 그러므로 또다시 주어지는 절묘한 기회를 기다렸다가 적절한 순간에 빵 터지게 해서 모두가 박장대소하도록 해야 효과가 크다.

요즘엔 '예능감'이라고 표현되기도 하는 것으로, 모두에게 웃음을 자아내는 바로 그 멋진 '유머 감각'을 계속 유지하는 방법이 있다. 먼저 현재 유행하는 웃음 코드를 확인하기 위해 트렌드를 주도하고 반영하는 인기 언어유희 코미디 프로를 종종 보는 것이다. 유머가 담긴 책을 읽는 것도 좋기는 하지만, 나 혼자만 그저 즐겁게 웃고 말게 될 가능성이 있다. 언어의 전달에서 글자로 되어 있는 내용 전달보다는 말과 행동을 동시에 사용하여 전달하는 것이 훨씬 역동적이고 상호 확장성이 크기 때문이다. 그래서 내게는 사람을 웃게 만드는 말과 모습 그대로를 담아 포복절도하게 해주는 TV나 유튜브의 유머 콘텐츠가 더 생생한 임팩트를 준다. 상황과 배경이 상호적으로 잘 어우러져 설정된 콘텐츠 속에서 절묘한 호흡으로 웃긴 대화를 이어가는 코미디를 보며 스트레스를 날리듯 한바탕 웃기도 하지만, 재미있는 스토리에 대한 웃음 코드와 아이디어를 얻기도 한다. 특히 유머 속에 존재하는 언어유희의 기발함에 감탄할 때도 있다. 그래서 때로는 다소 유치하다고 여겨질 수도 있는 유머 콘텐츠를 통해 그렇게 나의 유머 감각을 정비하곤 한다.

언어 외적인 의사소통 방법도 다양하지만, 절묘한 타이밍에 언어 기반의 유머를 곁들여 의사소통하면 관계를 더욱 훈훈하게 할 수 있다. 또한 적재적소에 사용되는 유머는 대화에 활력을 주며 유연한 사고를 갖게 함으로써 많은 분야의 협상에서 융통성을 발휘하게 해준다. 그야말로 유머는 음식을 더욱 맛나게 해주는 양념과도 같다. 그러므로 현대사회에서 소통을 잘하고 더 행복해지고 싶다면 현대인의 웃음 코드와 분위기를 파악해둘 필요가 있다. 예컨대, 개그맨의 유행어를 그대로 흉내 내는 것까지는 하지 않더라도(어설프게 잘못 사용하면 실없고 가벼워 보일 수도 있으므로) 적어도 어떤 타이밍에서 웃음이 유발되는지 정도를 파악해두면 그러한 유머 센스가 무의식에 저장되어 있다가 필요한 순간에 요긴하게 사용될 것이다. 인간에 대한 이해가 크고, 각본을 짜는 기술이 탁월하며, 관객의 웃음 포인트를 잘 파악하고 있는 개그맨의 각고의 노력 끝에 만들어진 유머 콘텐츠이기에 그 안에는 현실의 삶에서도 응용한 유머 언어가 하나 이상 반드시 존재한다.

더불어 시간적 적절성의 의미인 '타이밍' 못지않게 세대를 아우르는 '공감'의 웃음 코드가 무엇인지도 늘 생각하면 좋을 것 같다. '인지상정'이라는 말처럼 사람 사이에는 서로 통하는 감정이 분명히 있다. 공감대를 형성해주는 유머 언어는 감칠맛 나는 웃음을 유발한다. 맛난 음식과 함께하는 모임의 성과 못지않게 웃음 속에서 이루어지는 모임의 성과가 큰 이유도 거기에 있다. 웃음은 힐링의 명약이라는 사실이 많이 알려져 있지만, 사실 관계와 소통에서도 보석처럼 귀하고 값지다. 그렇기에 웃음을 자아내는 유머화법을 시기적절하게 잘 구사할 수 있다면 최고의 언어 사용자가 될 수 있을 것이다.

□4
새콤한
맛

얼결에 눈앞에서 복을 차버리다 | 말을 해야 네 속을 알지~ | 사기꾼도 말은 잘한다 | 거짓된 언어는 본색을 드러낸다 | '단호박' 거절 언어 | '언중유골'과 '언중무골' | '허언증' 언어 심리 | '입장차이'라는 치명적 불편함 | 가족이라서, 친구라서 더욱 꼬이는 대화 | "내 눈엔 제일 예쁘다"라는 말, 칭찬일까?

✿ 얼결에 눈앞에서 복을 차버리다

새봄 새 학기를 맞으며 화기애애하게 카페에서 담소를 나누던 날의 일이다. 여느 때처럼 나의 지인 P는 대학원 시절 교수님과 몇 사람의 원우가 함께한 자리에서 향후 모두에게 발전적인 계획안을 모색하며 다방면에 걸쳐 토의했다. 그런데 그중에서도 특히 그녀가 그 일을 하게 되었으면 좋겠다고 내심 바라던 일이 있었다. 교수가 그 프로젝트를 그녀에게 우선 제안했는데, 그녀는 너무도 기쁜 나머지 '오, 예!!' 하고 소리칠 뻔했다. 간절히 바라던 마음이 행여 들키기라도 할까 염려되었는지, 아니면 나름 겸손한 모드로 응하고 싶었는지 모르겠는데, 아무튼 그 순간 그녀의 본마음과 반하는 말이 먼저 입 밖으로 불쑥 튀어나왔다. "앗! 제가 그 일을 잘할 수 있을까요?"라고. 사실, 그녀는 누구보다 그 일을 잘할 수 있다는 자신감이 있었지만, 얼결에 그렇게 말하고 만 것이다. 그러자 교수는 의외의 표정을 지었다. 그녀가 그 일에 자신이 없어서 거절의 의사표시를 한 것인가 생각했다. 결국 교수는 "박 선생님이 부담된다면 이번엔 최 선생님이 해보는 것으로 하죠"라며 방향을 틀어버렸다. 그녀의 동료가 기다렸다는 듯이 그 말을 낚아채며 기쁨의 인사로 응수했다. 아차 싶었고 바로 눈앞에서 다 잡은 고기를 놓쳤다는 생각에 속이 많이 상했다. 그때만큼 자신을 원망했던 때가 또 있을까. 그녀는 내게 그 프로젝트를 놓친 게 너무도 분하고 아깝다며 아쉬움과 억울함을 성토했다. 그것은 그녀의 경력을 위해 매우 중요한 일이었으며 다시없는 기회였기 때문이다. "애초에 행운과 기회가 그 사람에게 있었던 것일 거야"라며 위로해주었지만, 그녀는 두고두고 그 상황을 떠올리며 후회막급의 심정이 되곤 했다. 그때 그녀가 차라리 다른 말을 어설프게 하기보다는 그저 "네, 그렇게 하겠습니다"라고 했더라면 기회를 놓치지는 않았을 텐데. 늘 지혜롭던 그녀가 그 순간에 왜 그리도 치밀하지 못했는지 참으로 안타깝게 여겨졌다. 그때부터 나는 생각했다. 언제나 치밀한 언어 사용의 태세를 갖추고 살아가며, 적어도 그녀처럼 눈앞에 다가온 행운을 허무하게 놓치지는 말아야겠다고.

사실 나 역시 그녀처럼 생각 없이 선뜻 급하게 대답하려는 경향을 보일 때가 많았다. 나에게 그러한 현상이 생기는 이유 중 하나는 상대방을 기다리게 하면 안 될 것 같다는 이상한 강박증이 있기 때문이다. 누군가의 제안에 너무 급히 서둘러 답할 필요가 없다는 것을 늘 스스로에게 각인시키는데도 조금의 서먹함도 허용할 수 없다는 듯 거의 반사적으로 답하려고 할 때가 많다. 굳이 좋게 봐주자면 타인을 불편하게 하고 싶지 않다는 이타심 때문이라고 할 수 있다. 그러나 내 코가 석자인 상황에서라면 그것은 어쩌면 쓸데없는 오지랖인지도 모른다. 신중한 성격의 사람일수록 심사숙고까지는 아니더라도 한 템포 쉬었다가 답하는 경향이 있다. 그러므로 그런 면에서 본다면 그동안 나는 신중하지 못했던 것이 맞다. 그래서 그녀가 겪은 일련의 상황을 보며, 남모르게 자체적으로 소위 '반응행동 정정 작업'을 시작했다. 하지만 생각만큼 쉽지는 않았다. 평소의 언어 사용 스타일이 하루아침에 고쳐지는 게 아니기 때문이다.

어쨌든 그녀의 안타까운 이야기는 나에게 언어 사용에 대한 또 하나의 지혜를 주었고, 그때부터 적어도 그전보다는 신중하게 대답하려는 노력이라도 하게 되었다. 그래서 다만 1초나 2초 정도의 시간이라도 멈추었다가 답하려고 애쓰곤 한다. 그러나 사실 너무 오래 답을 안 해도 상대방이 거절의 뜻으로 판단할까 염려되어 아직도 전전긍긍하게 된다. 그래서 그 이상의 보류 타임을 내어주지는 못하고 있다. 여전히 적절한 대답 타이밍을 살피느라 신경이 곤두설 때도 있지만, 그래도 그렇게 연습한 덕분에 매우 후회될 상황은 그나마 피하게 된 것 같다. 결론적으로 그녀의 에피소드는 효과적인 언어 사용을 위해 어투와 말의 내용 못지않게 대답할 타이밍과 입장 표명에 대한 순간 판단력 또한 중요하다는 교훈을 주었다.

❀ 말을 해야 네 속을 알지~

생각만으로도 상대방을 움직이고 원하는 바를 이룰 수 있다고 한다. 그러나 염력이나 텔레파시 소유자가 아닌 한 말로써 확연하게 드러낼수록 자신의 감정을 알리기 쉬우며, 역으로 상대방의 의중을 알아채기도 수월하다. 완고한 마음을 가진 사람은 고마움을 잘 느끼지 못하는 경향이 있다. 사실 느낄 줄은 알지만 표현할 줄 모르거나 안 하는 것일 수도 있다. 고맙다고 말하는 게 두려운가 싶을 정도다. 진심으로 고마운 마음을 표현하면 더 큰 신뢰를 얻을 수 있다는 것을 모른다. 이심전심이라며 말하지 않아도 다 알 거라고 생각하는 사람도 있다. 하지만 모두 그렇게 고도의 센스를 지니고 있지는 않다. 오죽하면 "열 길 물속은 알아도 한 길 사람 속은 모른다"라는 속담이 있을까. 도대체 아무런 표현도 하지 않는데 어찌 알겠는가.

마찬가지로 미안한 마음을 표현하는 것을 죽도록 꺼리는 사람도 있다. 미안하다고 먼저 말하면 자존심이 무너진다고 생각한다. 사실 자신이 잘못한 것이라면 더욱더 마땅히 미안함을 전해야 한다. 심지어 자신이 더 크게 잘못한 게 아니더라도 관계 회복을 위해 미안하다는 말을 하는 것이 훨씬 좋다. 또한 진심으로 미안함을 잘 전하면 꽁꽁 닫혀 있던 상대방의 마음을 활짝 열 수 있고 얼어 있는 마음도 눈 녹듯 녹일 수 있다. 이 모든 것을 쑥스러워서 하지 못하겠다는 사람도 있다. 애초에 그런 마음조차 느끼지 못하는 냉혈한도 아닌데 성격상의 문제로 표현에 어려움을 느낀다. 그러나 가장 큰 이유는 적절히 마음을 표현하는 방법을 모르는 데 있다. 표현되는 모든 언어는 많은 경험 혹은 각별한 연습으로 자연스럽게 발화되는 것이다. 그것이 익숙하지 않은 상태에서 말하려니 쑥스럽고 어렵다. 그래서 요즘 그런 사람에게 도움이 되는 이모티콘 문자가 그토록 활성화된 것인지도 모르겠다. 물론 그마저도 낯간지러운 일이라고 꺼린다면 어쩔 수 없는 노릇이지만.

간혹 안타깝게도 어떤 사람들은 정작 해주어야 할 좋은 속마음은 쑥스럽다며 숨기려 들고, 오히려 해로운 말은 어째서인지 기어이 하고야 만다. 대부분 그것의 파장이 어떨지 알지 못한다. 그래서 의외의 문제에 봉착하기도 한다. 예컨대 부모가 속으로는 자식에게 믿음과 사랑의 마음을 지녔음에도 쑥스럽다고 말로 하지 않고 살다가 어느 날 갑자기 마음에 안 드는 어떤 일에 괜히 화가 나서 홧김에 해로운 말을 하게 될 때가 있다. 홧김에 뱉은 것이며 진심이 아니었다 해도 발화된 그 말에서는 '말의 힘'이 작용한다. 그래서 원치 않는 방향으로 관계가 틀어지게 된다. 혹은 그 말 그대로 이루어지게 됨으로써 정말 해로운 결과가 빚어질 수도 있다.

한때, 과묵한 아버지상이 좋게 평가되기도 했다. 하지만 그러한 경우, 자식은 아버지의 속마음을 알기 어렵다. 결국 자식은 오해와 원망 속에 서서히 아버지로부터 멀어진다. '남자는, 특히 아버지는 과묵해야 한다!'라는 것이 이제 더 이상 미덕은 아니다. 물론 합당하지 않게 야단치거나 구박하는 것보다는 차라리 아무 말도 하지 않는 것이 낫지만 말이다. 자식을 사랑하지 않는 부모가 있을까만, 사랑의 마음을 제대로 전하지 못하거나 아예 표현하지 못해서 마침내 남보다 못한 사이를 만드는 부모가 되는 일은 적어도 없어야겠다.

또 한편으로, 자식도 마찬가지로 어른으로 성장하는 과정에서 속마음을 말하지 않으려는 경향을 보인다. 어쩔 수 없이 나타나는 사춘기의 징후이기에 말하고 싶지 않은 마음이야 이해해줄 수 있을 것이다. 대부분 부모는 그러한 것에 관대한 마음을 지녔다. 하지만 아무리 바다처럼 넓은 마음을 지닌 게 부모라 해도 부모에게 말하지 않는 자식의 마음을 모두 훤히 아는 초능력자는 아니다. 그러니 부모가 걱정할까 봐 자식이 자신의 속내를 무조건 감추는 것도 절대 바람직하지 않다. 가능하면 서로의 속내를 모르는 기간은 극히 짧을수록 좋다. 그 어떤 친밀한 관계라 해도 서로의 마음을 모른 채 골이 깊어지면 오해가 눈덩이처럼 커질 수 있기 때문이다.

아무리 가까운 연인이나 부부 사이라도 마찬가지다. 서로가 바라는 것을 제대로 말하지 않은 채 상대가 알아주길 기다리기만 한다면 결코 원하는 것을 얻기 어렵다. 일단 부딪히기 싫어서 속으로만 담아두다가 폭발하거나 서운함을 증폭시켜서 이상한 방법으로 앙갚음하기도 하는데, 그것은 정말로 어리석은 짓이다. 말해주지 않는데 도대체 어떻게 알겠는가. 사랑한다면 마음을 일일이 말하지 않아도 알아야 하는 게 아니냐며 따진다면 그야말로 이기적 발상이 아닐 수 없다. 제발 영화와 드라마에서나 가능할 것 같은 헛된 기대를 하지 말라.

제아무리 높은 지위에 있거나, 심지어 대접받는 위치에 있는 성직자라 해도 속마음을 차근차근 친절하고 자상하게 알려줄 수 있어야 한다. 그렇지 않고 권위의식에 젖어 군림하려고만 한다면 결코 진정한 존경을 받기 어렵다. 오래전 일이기는 하지만 나의 기억 속에서도 잊히지 않는 사건이 하나 있다. 언제나 골난 표정으로 신도들을 무섭게 째려보며 자신에게 아첨하는 사람에게만 호의적이던 한 성직자가 있었다. 어느 날 어떤 행사 관련 서류를 전해 받고자 집무실을 방문했다. 그는 모든 신도에게 그랬듯 역시나 내게도 독하고 매서운 표정으로 대했다. 주눅이 들어 조심스레 여쭈니 아무 말도 없이 그저 턱 끝으로 서류가 있는 곳을 가리켰다. 그러나 서류는 보이질 않았다. 어디 있는지 찾기가 어려워 쩔쩔매고 있는데, 그것도 안 보이냐고 타박하듯 말하고는 한심하다는 듯이 노려보았다. 그러고는 혀를 끌끌 찼다. 모멸감 때문에 뱀이 온몸을 에워싸는 것처럼 불쾌했다. 알고 보니, 서류

위에 많은 책이 있었고 서류는 그 아래쪽의 자신만 보이는 위치에 놓여 있었다. 말로 설명해주지도 않고 상대방보고 무조건 알아내라는 방식의 태도에 나 역시 몹시 언짢아졌다. 아무리 서로 사이가 좋고 무엇이든 통하는 사이였다 해도 납득하기 어려울 정도의 상황이, 하물며 그다지 친근하지도 않은 관계에서 펼쳐지니 참으로 당황스러웠다. 그 이후로 그를 보게 될 때마다 똑같이 꽁한 마음이 되어 진심이 우러나는 인사를 할 수 없었다. 이제는 많은 세월이 흘렀고 지금은 그가 어디에 있는지조차 알지 못한다. 또한 그에 대해 하등 궁금하지도 않다. 다만, 당시에 나에게만 그랬던 것이 아니었으며 사람을 무시하는 그의 태도에 많은 이가 상처를 받았기에 그의 주변에 진심으로 그를 따르는 사람이 거의 없었다는 기억만은 아직도 또렷이 남아있다.

그런데 문득, 그것이 그의 본심이었을까 궁금해진다. 그런 행동을 한 원인이 워낙에 꼬인 성품 때문이었을 수도 있고, 권위적인 위치에서 오는 오만 때문이었을 수도 있다. 혹은 하필 그 당시에만 특별히 뭔가에 심술이 난 것일 수도 있다. 그리고 어쩌면 속마음은 그렇게 싸늘하지 않았을지 모른다는 생각도 든다. 하지만 분명한 것은 그의 속마음에서는 '내가 일일이 설명 안 해도 모두 다 내 생각과 원의를 알고 있겠지(혹은 알고 있어야 해)'라는 생각이 지배적이었던 것 같다. 그러나 슬프게도 말로 표현하지 않는 것은 그 누구도 그것을 정확히 헤아리기 어렵다. 상상해보건대, 그가 아직도 그 모습 그대로 살고 있다면, 자신의 속마음을 몰라주는 사람들이 야속하다고 한탄하며 외롭게 여생을 보내고 있을 것만 같다.

✿ 사기꾼도 말은 잘한다

　주위를 조금만 둘러봐도 청산유수로 말을 잘하는 사람이 참으로 많다. 사실 달변가가 말을 기차게 잘한다는 점에서만 평가되는 것이라면 사기꾼도 달변가에 속한다. 그래서 우리는 언제나 우리를 기만하는 달변가를 안테나를 쫑긋 세우고 잘 식별해야 한다. 이러한 부류의 언어 사용자는 단순히 말만 현란하게 잘하는 것이 아니다. 주로 사람의 혼을 쏙 빼는 화법을 쓰기 때문에 자신이 속고 있는지도 모른 채 사기를 당하고 만다. 그들은 또한 먹잇감의 대상이 포착되면 그 사람만이 가진 허점을 용케도 알아내고는 그 허점을 교묘하게 파고드는 화법을 구사한다. 욕심이 많은 사람은 바로 그 욕심이 허점이 되고, 허영심이 많은 사람은 바로 그 허영심이 허점이 된다. 자만심과 나약함, 미움과 시기심, 불안함과 우울함조차 그들이 파고들기 쉬운 허점이 될 수 있다. 사기꾼은 주로 그렇게 마음이 허한 사람을 겨냥해서 사기와 기망을 일삼는다. 그런 마음 상태에 놓인 사람들은 보통 판단력이 흐려진다. 게다가 바쁘고 분주한 상황에서는 더욱 판단력이 취약해진다. 그래서 달변가들의 말에 너무도 쉽게 현혹된다.

　평소에 그런 것에 철벽방어를 하리라 마음먹고 있었다 해도 방어벽을 뚫고 들어오는 그들에게 속수무책으로 당한다. 나중에 정신 차리고 생각해 보면 허무맹랑한 말이며 거짓과 속임수가 곳곳에서 발견되는데도 일순간 뭔가에 홀린 사람처럼 사기를 당한다. 그래서 사기꾼에게 당하고 나면 참으로 어리석게 느끼며 자책한다. 그런데 아이러니하게도 얼마의 시간이 흘러도 또다시 당하곤 한다. 망각하기 때문이기도 하겠지만, 마음이 여전히 허약한 상태여서 그런 것일 수도 있다. 사실 그런 상황에서는 사기꾼이 대단히 달변가가 아니라 해도 쉽게 넘어간다. 심지어는 마치 도깨비 방망이 휘두른 듯 하루아침에 건물이 뚝딱 들어선다고 해도 그 말이 그럴싸하다고 여기며 실체도 없는 허상에 투자하기도 한다.

한편 거짓 정보, 거짓 선동, 거짓 서적들로 온 국민을 상대로 사기를 치는 간 큰 사기꾼들은 더욱 지능적이고 치밀하다. 그러나 그들 역시 소리 언어와 문자 언어를 사용해서 사람을 속이며 사기를 치는 것임에 분명하다. 그들 때문에 순기능을 하는 언어작용의 속성이 변질되기도 한다. 심지어 그 상황과 현장의 묘한 분위기에 압도되어 불합리함을 알고도 속는다. 그렇게 사람을 기망하는 대표적인 언어 사기꾼으로는 사이비 종교의 교주, 보이스 피싱 사기꾼, 결혼 사기꾼, 부동산 투자 사기꾼, 노인 기망 강매업자, 가짜 지식인 등이 있다. 말로 나라도 세울 수 있을 것처럼 장담하는 그들이 작정하고 덤비면 방심하고 있다가 덜컥 걸려들고 만다.

요즘엔 온갖 사기꾼의 양상을 뉴스 보도나 유튜브를 통해 인지할 수 있어서 그 피해를 사전에 막을 수 있을 거라고 대부분 생각한다. 그러나 모든 사기가 거의 언어가 매개인지라 달변가의 말을 들으며 불합리한 부분을 간파할 능력이 있어야 잘 피할 수 있다. 그렇다고 세상의 모든 달변가가 사기꾼은 아닐 테니 선입견을 가지고 무작정 차단할 수만도 없는 노릇이다. 현재로서는 그들의 말에서 불합리한 언사를 찾아내는 센스를 키울 수밖에 달리 방도가 없는 것 같다. 타인의 언어에서 옳고 그름을 판단하는 안테나를 모두가 지니길 바란다.

🍊 거짓된 언어는 본색을 드러낸다

당당함과 뻔뻔함의 차이는 무엇일까. 당당함은 진실을 기반으로 하고 뻔뻔함은 거짓에 기반을 둔 것이 아닐까. '교언영색'하는 사람들은 항상 거짓을 기반으로 살아간다. 그들은 순간순간 모면하려 애쓰면서 자신의 삶을 거짓 언어로 채워갈 것이다. 혹시라도 그렇게 살며 자신조차 속이고 있다면 참으로 불행한 삶이 아닐 수 없다. 왜냐하면 그 허술한 얼개로 직조된 삶의 스토리는 언제든 무너지거나 흩어질 것이기 때문이다. 거짓 언어로 한껏 포장해도 자신의 허상이 언젠가는 적나라하게 실체를 드러내고야 말 것이다. 거짓 언어로 쌓아 올린 성은 '사상누각'이며 거짓된 공연으로 세상 모든 관객의 이목을 영원히 끌 수는 없다. 거짓 언어는 기어이 본색을 드러내는 속성을 지녔기 때문이다.

누군가가 사용한 언어가 거짓된 언어였음을 그 순간 바로 알아챌 수도 있지만, 오랜 시간이 지나고 나서야 알게 되는 경우도 많다. 그러나 어떻든 간에 거짓 언어로 누군가를 모함해서 도탄에 빠지게 하면, 그렇게 한 자들도 결국에는 스스로 파멸에 이른다. "세 살 버릇 여든까지 간다"라는 속담을 증명이라도 하려는 듯 거짓말을 습관적으로 밥 먹듯이 하는 사람들은 그말의 나비효과나 파급력에 대해서는 일절 생각하지 않는다. 그것이 부메랑이 되어 자신을 치게 될 거라는 것을 꿈에도 생각하지 않는다. 그러나 다행히도 대부분 사람들은 그런 것을 두려워하며 경계한다. 그래서 우리는 매의 눈으로 그들의 거짓을 찾아내고 그것을 만천하에 알리고자 하는 심리로 똘똘 뭉치기도 한다.

거짓을 말하는 것이 종교적 관점에서 죄악시되어서든, 거짓말하는 자체가 불편해서든, 혹은 거짓말의 결과가 좋지 않음을 인지해서든, 거짓말하는 것을 꺼리는 사람이 대다수다. 그렇게 자신이 거짓말하지 않으며 살고있다 보니 그 시선 그대로 세상을 바라보고자 한다. 즉, 세상에는 자신처럼 진실만을 말하는 사람들로 채워졌을 거라고 믿는다. 그러다가 어느 순간 깨닫게 된다. 세상의 곳곳에 거짓 언어가 난무하며 거짓 언어로 이권을 쟁취하고 거짓 언어로 무장한 자들이 작당하여 무고한 사람을 죽이는 일도 있다는 것을. 결국 그것을 깨닫게 되고 나면 거짓을 일삼는 사람들을 말로라도 어떻게든 응징하고자 하는 마음이 솟구친다. 이러한 거짓에 대한 사고의 메커니즘이 우리 대부분에게서 거의 동일하게 나타난다.

의도하지 않았지만 결과적으로는 거짓을 말한 것처럼 되었을 때, 그 내막을 진술하게 해명하거나 인정하고 사과하면, 사람들은 그 진정성을 보고 쿨하게 용서하기도 한다. 털어서 먼지 안 나는 사람은 아무도 없기 때문이다. 또한 가까이에 있는 사람들이 일시적으로 모두를 위해 하얀 거짓 언어를 썼다가도 이내 사실을 실토하는 경우엔 서로 어느 정도 용인해주기도 한다. 이것은 의도가 이타적인 곳에서 시작하다 보니 그 거짓말로 인해 피해자가 생기지 않았기 때문이다. 한편, 자존심이나 허영심 때문에 자신의 양심이 허용하는 선에서 거짓 언어를 사용하는 사람들도 있다. 그들은 말 그대로 양심이 허락하지 않는 범위에 이르면 대부분 실토한다. 그러나 희대의 사기꾼들처럼 거짓을 말하는 것이 습관이 되어 마침내 자신이 설정한 거짓 현실이 실제라는 최면에 걸리게 되면 더 이상 양심에 찔리지도 않는다. 그래서 그들은 점점 더 큰 거짓을 말하게 되고 그때부터는 주변 사람들이 하나둘씩 그 거짓 언어에 해를 입기에 마침내 그들은 거짓말쟁이로 영구적 낙인이 찍힌다.

사람은 본능적으로 자신을 지키려는 욕구가 크다. 그래서 일부 연예인은 진실을 밝히면 세상 사람들이 더 이상 자신을 아끼지 않게 될까 봐 두려워 거짓을 말할 때가 있다. 그러한 연유로 우리 주변에서도 거짓 언어가 알게 모르게 자행되고 있는 예를 수없이 찾을 수 있다. 예를 들면, 어렵게 찾은 반려자라 생각해서 어떻게든 붙잡고 싶은 마음에 하게 되는 연인 간의 거짓 언어, 물건을 오늘 안에 팔아야만 자신의 먹거리를 마련할 수 있다는 절실함에 하는 장사꾼의 거짓 언어, 멸망이 곧 다가온다는 신념에 구원을 목표로 선교했지만 그날 그 시간에 멸망하지 않아서 결국 속인 것이 되어버린 일부 교회의 거짓 언어, 공부를 열심히 하면 훗날 반드시 부자로 잘살게 될 거라며 이끄는 교육자의 거짓 언어 등이 있다. 이와 같이 사용자 편의주의로 합리화된 거짓 언어는 사실 인류가 언어를 사용하기 시작한 이래로 변함없이 있어왔다.

그런데 문제는 타인을 해치려는 악의적인 거짓 언어 또한 계속해서 자행되어왔다는 데 있다. 역사 속 크고 작은 모든 사건의 이면에는 거짓 언어가 자리하고 있는 경우가 많다. 그 옛날 후궁들의 암투에 사용된 거짓 언어, 왕을 속이고 세상을 차지하려는 간신의 혀에서 만들어지는 거짓 언어, 일본에 나라를 팔아넘기려는 자들의 거짓 밀서에서부터 선거에 당선되고 나면 까맣게 잊고 마는 정치인들의 거짓 공약, 국민을 속이려는 위정자들의 언론 플레이, 일부 사악한 언론의 거짓 기사, 기득권을 지키려고 거짓 스토리를 만들어 기소하는 검찰의 거짓 기소장에 이르기까지 그야말로 세상이 온통 거짓으로 넘쳐난다는 것을 알고 나면 크게 낙심될 것이다. 정말이지 거짓 언어가 없으면 그 어떤 역사도 이루어지지 않았을 것만 같을 정도다.

그런데 이렇게 역사적 관점에서 바라보니, 시간이 흘러 어느 시점이 되면 그러한 거짓 언어의 정체가 드러나고 거짓을 자행한 자들의 말로는 결국 좋지 않거나 크게 심판을 받은 것을 알 수 있다. 당시에는 절대 들통 날 것 같지 않은 거짓 언어도 때가 되면 반드시 밝혀지게 되어 있다. 국내에서 최근까지 무소불위의 권력을 휘두르며 거짓 기소를 일삼던 일부 검사들의 행위도 하나씩 하나씩 진실을 파헤치는 사람들에 의해 드러나고 있다. 그 권력에 기생하여 거짓 기사를 일삼던 언론의 행태도 이젠 정의로운 판단을 할 줄 알게 된 많은 국민에게 외면받기 시작했다. 무지하거나 관심이 없는 이들을 제외한 대다수 국민이 이제는 더 이상 속지 않는다. 거짓 놀음 혹은 거짓 광대놀이가 막을 내려야 결국 언어가 순기능을 하게 될 것이다. 정의로운 언어가 사회 곳곳에서 꽃처럼 피어날 때, 비로소 우리는 언어가 주는 진정한 즐거움과 행복을 느낄 수 있다.

한편으로, 민중의 소리가 대부분 진실의 언어일 가능성이 큰 이유가 있다. 왜냐하면 진실은 다수의 언어 속에서 물결치며 번져나가기 때문이다. 그러나 다수의 언어라고 해서 반드시 진실한 언어인 것은 또 아니다. 어떤 이유로든 많은 수의 구독자를 가진 가짜 뉴스 유튜버들이 버젓이 판치는 것을 보면 말이다. 그럴수록 거짓 언어를 파악하는 감각을 지니는 것이 중요하다. 이제는 더 이상 거짓에 속는 무지몽매한 국민이 되는 것은 마다해야 하지 않겠는가.

거짓 언어에 천부적 소질을 가진 사람이라고 해도 완전한 거짓을 말하기는 어렵다. 어둠이 빛을 이길 수 없듯이 거짓이 진실을 이길 수 없다는 것은 모두 알 것이다. 거짓이 진실을 이길 수 없고 결국에는 드러날 수밖에 없는 이유는 바로 거짓 언어가 지닌 부당한 논리성 또는 부조리 때문이다. 거짓은 아무리 치밀하게 직조하려고 해도 맞아떨어지지 못하는 부분이 있게 마련이다. 그래서 대바늘 뜨개질할 때 작은 한 코라도 놓치게 되면 실이 풀리기 시작하고 마침내 입체적 형상을 잃고 그저 한 줄의 실오라기가 되어버리고 마는 원리와 같다.

살면서 단 한 번도 거짓 언어를 쓰지 않은 사람은 없을 것이다. 그래서 세상에는 항상 자잘한 거짓 언어가 난무할 수밖에 없다. 하지만 남을 해치려는 의도의 거짓말과 사기를 치려는 거짓말을 양심의 가책도 없이 자행하는 사람이 넘쳐난다면 그 거짓 언어만큼의 어둠이 세상을 덮을 것이다. 거짓 언어 남용자는 끝내는 멸망하게 되어 있으니 어차피 진정한 행복을 누릴 수도 없다. 인과응보의 원리대로 그들은 저절로 벌을 받게 될 것이기에 그들의 불행에 대해서는 일고의 가치도 없다. 그러나 그 거짓으로 인해 무고한 사람들이 행복을 잃거나 다치지 않기를 바라는 마음은 더없이 간절하다. 그것을 피하기 위해 거짓 언어를 파악하는 방법은 오로지 거짓 언어를 투영하는 자신에게 달려 있다. 자신만 거짓 없이 살아가는 것 같아서 때로는 억울하기도 하겠지만, 결국엔 자신이 지닌 진실이라는 거울에 투영해야만 거짓을 제대로 바라볼 수 있다.

✸ '단호박' 거절 언어

살면서 행하기 어려운 것 중의 하나가 바로 '거절'이다. 언제부터인가 단호하게 거절하는 사람을 가리켜 '단호박'이라고 일컫기 시작했다. 거절하는 입장이나 거절을 당하는 입장이나 둘 다 마음이 편하지 않은 게 사실이다. 거절하면 상대방이 상처받을까 염려되고, 거절당하는 사람은 무안하고 민망해지기 때문이다. 거절을 잘 못해서 싫지만 따라야 하는 것도 있고, 인생을 자신의 의지에 반해서 이리저리 휩쓸려 살게 되기도 한다. 그것이 많은 이의 공통된 과제임을 방증이라도 하듯 한때 거절하는 법에 관한 책이 유행하기도 했다. 대부분 책에서는 자신의 행복을 위해 당당히 거절하라고 주장했다. 그러나 부탁하는 상대방이 늘 안 좋은 일을 강요하는 것만도 아니고, 부탁하는 입장에서 매우 조심하며 용기 내어 말하게 되는 때도 많다. 그렇기에 언제나 너무 단호하게 거절하면 안 그래도 졸아든 마음으로 조심히 말하는 그 사람의 마음에 한이 맺힐 수도 있다. 그다음의 관계 유지도 중요하다는 관점에서 볼 때, 생각만 해도 아찔한 결과가 빚어질 것이 자명하다. 거절당한 사람이 혹여 앙심이라도 품게 된다면 거절한 사람이 위험한 상황에 처하게 될 수도 있기 때문이다. 이것은 터무니없는 비약이 아니라 실제로 가능한 일이다. 많은 원한 관계에 의한 범죄 중에도 그러한 이유가 근간을 이루는 경우가 많다.

그러므로 가부 간의 답을 주는 데는 단호하게 하는 것이 맞지만, 그렇더라도 최대한 부드러운 거절, 정중한 거절, 온화한 거절, 배려하는 거절, 이해가 되는 거절, 무안하지 않은 거절을 하는 것이 중요하다. 아울러 단호박 거절도 얼마든지 따뜻할 수 있을 것이다. 그렇다면 결론은 역시 화법이 관건이다. 이것은 다시 말하자면 어떻게 언어를 사용해야 서로 상처를 주고받지 않는가를 고민해본다는 것이며, 이러한 고민은 궁극에는 어떻게 하면 모두가 행복한 언어를 사용할 수 있는가에 귀결된다.

사실, 언제나 단호하게 거절하는 것만이 능사일까. 예를 들어 비즈니스에서 그 시점에서는 단호박 거절이 잘한 것이라 여겨졌는데, 시간이 흐른 후 거절했던 그 제안이 의외로 화수분 단지였다면 어떨까. 또는 단호하게 거절해버린 프로젝트가 정작 귀한 보석이었다면 어떨까. 사실 수많은 크고 작은 거래에서 단호박 언어는 양날의 검처럼 사용된다. 따라서 단호박 결정과 그에 따른 거절의 의사 표현도 너무 빠르게 답하기보다는 일단은 유보해둘 필요가 있을 때도 많다.

현대에는 갑과 을의 입장을 동시에 지니고 사는 사람이 많다. 삶의 양상이 다양하다 보니 각각의 상황에 따라 어느 때엔 갑이 되었다가도 또 어느 때엔 을이 되기도 한다. 그러나 주로 갑으로 살아가는 사람도 있고 언제나 을로 살아가는 사람도 있다. 주로 을의 입장에서는 거절하기보다는 거절을 당하는 삶을 살아야 할 가능성이 더 크다. 게다가 갑이 하게 되는 거절의 양상과 을이 할 수밖에 없는 거절은 근본적으로 그 성격이 다를 때가 많다. 즉, 갑에게 거절을 당하게 되는 을의 요청은 을에게는 주로 삶의 원초적 해결과 관련된 것일 때가 많다. 그래서 을이 더욱 절실한 입장에서 요청하게 될 가능성이 크므로 을의 마음에 처절한 앙금이 남지 않도록 배려하는 차원에서 오히려 갑이 더 신중해야 한다.

을이 스스로 특별히 비굴한 마음이 되거나 위축되어서도 안 되겠지만,

갑의 입장에서도 단칼에 무 자르듯 너무 단호하게 거절하기보다는 좀 더 온화한 화법으로 거절해주길 바란다. 그것은 서로 원한 짓고 살지 않는 또 하나의 지혜가 될 수 있다. 간혹 어떤 이는 단호박 거절을 하는 것이 꽤 자랑스러운 듯 떠벌이곤 한다. 그렇게 말하면 자신이 화끈한 성격의 소유자로서 타인에게 멋지게 보일 것이라는 생각을 하는 것 같다. 그는 단칼 혹은 단호박 거절이 무슨 대단한 능력이라도 되는 양 말하며 너무도 당당히 거절한다. 상대방의 가슴에 비수를 꽂는 행동인지도 모른 채 말이다. 나중을 위해 단단하게 거절해두어야 할 수밖에 없더라도 제발 어조만이라도 부드럽게 거절하자.

✹ '언중유골'과 '언중무골'

누군가가 우회적으로 돌려서 말은 하지만 그 속에 깊이 담긴 어떤 것이 심중을 파고들어와 마음을 흔들어놓을 때가 있다. 사람들은 흔히 그것을 '언중유골' 혹은 '말에 뼈가 있다'라고 말하곤 한다. 요즘의 젊은이들은 언중유골의 의미심장한 말을 일컬어 '뼈 때리는 말'이라고 표현하기도 한다. 생각해보면 언중유골이라는 말은 좋은 임팩트를 주는 언어를 의미하기보다는, 정곡을 찌르는 의미심장한 말을 듣게 될 때를 빗대어 부정적 의미의 표현으로 더 자주 쓰이는 것 같다. 그러다 보니, 어떤 말을 들으면 뼈아프게 느껴질 만한 입장에 놓인 사람에게 더 와 닿는 표현이라 할 수 있다. 그래서 어떨 때엔 언중유골로 다소 강경하게 말해야 한다고 여겨지는 상황에 직면할 때조차 한 번 더 생각하게 된다. 요즘 말로 언어로 뼈를 맞은 그 사람이 예상외로 크게 아파하게 될까 염려되기 때문이다. 아니, 좀 더 정확히 말하자면 아프다 못해 앙심을 품을 수도 있다는 우려 때문이라고 하는 게 맞을 것 같다.

평소에 어지간히 답답하게 하거나 난처한 상황에 빠지게 하던 사람에게 벼르고 벼르다가 한 번쯤 단단히 마음먹고 언중유골 화법을 쓰면 묘하게 통쾌한 마음이 들기도 할 것이다. 그런데 반대로 누군가로부터 언중유골의 말을 듣게 되면 매우 불쾌한 마음이 드는 것을 경험해보았을 것이다. 때로는 그것으로 인해 받는 임팩트가 직접적 혹은 노골적으로 비난을 들었을 때 못지 않게 커서 그 충격의 파장이 똑같이 작용하기도 한다. 사실, 강조하고자 하는 말을 담아두되 유연하게 돌려서 말하기는 하지만 언중유골 화법은 그것에 담겨 있는 뉘앙스가 마음을 먼저 강타하기에 저절로 심중에 새기게 된다.

언중유골 화법은 특히 누군가 옳지 않거나 제대로 처신하지 못하고 있을 때 하고 싶은 비난이나 책망을 간접적으로 말하는 방식이기도 하다. 그리고 살다 보면 불가피하게 그렇게 말해줘야겠다고 판단되는 상황에 부딪힐 때도 분명히 있다. 그런데 큰맘 먹고 그렇게 말했을 때, 비교적 예민한 촉을 지닌 사람은 다소 불쾌한 마음이 되기는 할지언정 수용만 잘하게 된다면 좋은 결과로 귀결된다. 그러나 그렇게 뼈 있게 말해주어도 둔감하게 못 알아듣는 사람도 있다. 그런 경우에는 에둘러 말해서라도 개선되길 희망했으나 무의미한 결과가 되고 만다. 결국 그 사람에게는 차라리 단도직입적으로 말해주는 게 더 낫다는 결론에 도달하기도 한다. 즉, 언중유골 화법도 통하는 사람에게나 해야 한다는 것이다.

단도직입적으로 말해주는 게 더 나았을 에피소드가 있다. 아직 세상을 많이 살지 않아서 그런지 웃어른들의 깊은 심중을 제대로 파악하지 못하는 한 청년이 있었다. 그는 아직은 영세한 한 개인 업체에서 아르바이트 업무를 하면서 그 회사 대표와 인연을 쌓게 되었다. 처음에 대표는 아르바이트 직원이 충실히 임해주는 것이 고마워서 서운치 않게 알바 급여를 챙겨주었고 그 청년도 다른 알바보다 덜 어려운 일을 하고도 수익이 높아 좋아했다. 그런데 얼마의 시간이 지나면서 청년은 대표와의 약속을 깨는 일이 잦아지기 시작했다. 대표가 돌이켜 생각해보니, 그가 대부분 약속을 어기는 때는 비용 제시를 구체적으로 미처 하지 못했던 경우였다. 물론 대표는 청년이 일을 잘 수행하고 나면 마땅히 임금을 지급하려고 생각하고 있었다. 그러나 청년은 공짜로 자기의 시간을 조금이라도 쓰게 될까 봐 미리 경계했다. 그렇게 해서 인간관계를 오로지 수익의 마인드로만 계산하던 청년과 신뢰의 관계 형성을 통해 점차 더 많은 이득을 챙겨주고자 한 대표 사이에 생각의 갭이 생기기 시작했다. 그래도 대표는 어른답게 그 관계를 소중히 여기며 훗날 많은 보상을 해주고자 했기에 "살아보니 돈을 먼저 따지지 않고 먼저 마음을 다하면, 오히려 큰 것이 올 수 있더군" 하고 의미심장하게 여러 차례 말해주었다. 청년이 그 말을 헤아려, 진심을 담은 행위가 오히려 값진 보상을 얻을 수 있다는 세상 이치를 알게 해주고 싶었다. 그러나 몇 차례 다시 말해주어도 청년은 끝내 알아듣지 못했다. 대표는 최대한 서운하지 않게 하려고 지나가듯이 혹은 가벼운 어조로 돌려서 말해주었는데, 그러다 보니 청년은 그 말에 들어 있는 깊은 뜻을 알아채지 못한 것이다. 그래서 여전히 눈앞에 보이는 돈만 따졌다. 그렇게 될수록 대표(그 대표를 비롯한 대부분의 신중한 사업주들)가 더 큰(그리고 더 많은 수익이 보장되는) 일을 맡기기 전에 다시 한번 생각하게 된다는 것을 그는 결코 몰랐다. 마침내 어느 날 대표는 그의 의중을 제대로 알아보고자 했다. 그래서 진심으로 사심 없이 응원해주기를 바라는 큰 행사를 앞두고(적어도 그동안의 관계로 보아 기꺼이 해줄법한 일이었기에) 일부러 비용을 먼저 밝히지 않고 참여해주기를 청했다. 어떤 특별한 일을 하는 것이 아니라 그저 청중으로 와서 응원해주기를 기대했다. 그럼에도 와준다면 고마운 마음을 담아 식사와 차비를 두둑하게 챙겨주고자 했다. 그러나 수개월 전부터 말로는 참여하겠다고 하더니 결국 당일에 이런저런 지출 비용을 거론했다. 그곳에 가려면 돈이 없어서 못 갈 것 같다고 말하며 참여할 수 없다는 의사를 전했다. 그때 대표는 확실하게 알았다. '아, 이 친구는 인간관계보다 돈만 먼저 따지는 사람이군. 이제 더 이상 진심을 줄 필요가 없겠다'라고 결론지었다. 마음을 주었던 것에 대한 배신감에 씁쓸함을 느끼며 다른 사람에게 일을 돕길 청했다. 물론 그 사람은 그날 평소의 두 배에 달하는 아르바이트 임금을 받을 수 있었다. 그 대표가 그보다 이전에 그 청년이 약속을 어길 때마다 좀 더 확실하게 혹은 따끔하게 말해주고 깨닫게 해주었더라면 어땠을까. 단도직입적으로 "돈이 안 될 것 같은 일에는 약속을 어겨도 되는 건가?"라고 말이다. 물론 그랬더라도 결과는 둘 중 하나였을 것이다. 청년이 그 말의 진의를 알고 신뢰 관계를 지속하거나, 아니면 애초에 그 말에 마음이 상해서 그 대표를 더 일찍 떠나게 되었거나 간에 말이다.

한편, 언중유골과는 대조적인 상황도 있다. 예컨대, 꽤 진지하게 이러쿵저러쿵 말을 많이 하기는 하는데, 한참 듣다 보면 도대체 무슨 말을 하려는 건지 모르겠고 그 상황과 아무런 맥락이 없는 말을 하는 사람도 있다. 적절치 않은 타이밍에 '갑툭튀' 하듯 나서서 말을 하지만 '갑분싸'로 분위기만 이상하게 만드는 사람도 있다. 또는 늘 말에 이렇다 할 알맹이도 없이 그저 변죽만 울리는 화법을 구사하는 사람도 있고, 스스로도 핵심을 간파하지 못한 채 에둘러 말하다가 그마저 끝맺음을 하지 못하는 사람도 있다. 나는 이렇게 말에 값어치나 알맹이가 없는 것을 일컬어 '언중무골'이라고 표현하고 싶다.

우리의 일상에서 만나는 평범한 사람들이 그렇게 하는 것은 그나마 괜찮아 보인다. 즉, 크게 곤란한 상황을 만들지만 않는다면 언중무골 화법을 구사한다 해도 그런대로 보아줄 만하다. 그러나 대의를 품고 국민을 위해 일하겠다는 정치인들이 그런다면 참으로 우둔하고 답답해 보인다. 국민보다 더 아는 게 없어서 계속 헛다리짚으며 늘 뒷북치는 말이나 하는 정치인에게 국민의 한 사람으로서 더 이상 신뢰하며 정치를 맡기고 싶지 않다. 글을 읽는 이 순간에 떠오르는 정치인이 있는가. 있다면 누구인가. 혹시 그런 사람을 지지하고 있다면 감히 지지 철회를 바란다. 어쩌면 언중유골의 의미심장한 화법은 정치인들에게 더욱 필요한 것이 아닐까 생각한다. 징징대고 투덜대는, 그야말로 아이같이 유치한 발언을 일삼는 정치인의 허접한 언중무골 이야기를 바쁜 삶을 살고 있는 우리가 도대체 왜 들어주고 있어야 하는가.

보통의 평범한 지적 능력을 지닌 대다수의 사람은 누군가의 말을 들으면서 말에 뼈가 있음도 잘 알아채지만, 그런 잠재된 훌륭한 언어 센스로 누군가의 말에서 생각이 없거나 무식함의 소치로 인한 속 빈 강정 같은 허무맹랑함도 잘 알아챈다. 그러므로 언중유골 화법을 남용하지 않되 꼭 필요한 상황에서는 적절히 잘 사용하기를 권한다. 아울러 자신의 어리석음이 드러나게 하고 싶지 않다면 실속도 없는 언중무골 화법으로 어설프게 말하기보다는 차라리 침묵하기를 권한다.

✺ '허언증' 언어 심리

어느 날 문득, '혹시 나에게도 허언증이 있지는 않을까', 혹은 '나의 어떤 행동들이 다른 사람에게는 허언증 환자로 보이게 만들지 않았을까'라는 생각을 해본 적이 있다. 그 무렵 TV 연예인 중에 유독 그녀가 말하면 대중이 그녀를 허언증 환자로 단정하거나 부정적 반응을 보이는 것을 보면서 허언증에 대한 호기심이 생겼기 때문이다.

예전엔 자신이 특별한 신의 능력을 가졌다고 주장하거나, 외계인이라며 이상한 망상적 의성어를 떠들고 다니거나, 국정원 직원이라고 속이며 주변 지인들에게 사기를 치거나, 해외 유명대학을 거짓 졸업 후 가짜로 만든 삶을 살고 있는 사람들만이 허언증을 지닌 것이라 생각했다. 그렇기에, 어쩌면 정말로 그녀가 허언증 환자였는지도 모르지만, 나의 소견으로는 무난해 보였던 그녀의 어떤 행동들이 대중에게 허언증으로 비친 것일까 진심으로 궁금해졌다. '허언증'이라는 용어의 좀 더 정확한 사전적 의미를 찾아보니, 의학용어로서 "엉뚱한 공상을 현실이라고 믿으며 헛된 말을 하는 정신병 증상"(네이버 지식백과)이라고 되어 있다. 하지만 허언증에 관해 언급하는 몇몇 블로그에서는 최근의 대중적 트렌드를 반영한 듯 그 의미가 다소 확장 혹은 변형되어 있었다. 의도적인 사기꾼의 거짓말과 달리, 지나친 인정욕구에 의해 죄책감 없이 거짓말을 반복하는 증상을 허언증으로 보며, 그것을 일종의 '관심병'이라고 요즘 유행하는 어휘로 대체하여 표현하기도 했다.

그런데 허풍이나 위세를 떠는 것과 허언증은 어떤 차이가 있는 걸까. 아마도 허언증은 그 거짓말을 스스로도 믿게 된다는 점에서 허세나 허풍과 다를 것이다. 또한 그러한 점 때문에 허언증이 특히 병적인 기질로 인식되고 있는 것 같다. 사실 자기 확신에 의한 '공언'과 자기 연민에 의한 '허언'에는 분명히 차이가 있다. 그럼에도 요즘의 대중은 자기 자랑을 조금 과하게 하거나 현실에 비해 꽤 높은 이상을 추구하는 사람도 무조건 허언증이 있다고 보려는 것 같다. 그러다 보니 때로는 사실에 근거해서 현재 하고 있는 일을 설명한 것인데도 여러 가지 일을 모두 잘하려 하는 자체를 좋게 보지 않으려 한다. 심지어 그 사람에 대해 모든 것을 자랑하는 '관종'이라고 규정하고는 대놓고 싫은 내색을 하는 이들도 있다.

그러한 일례로 대학원 시절 원우였던 한 사람이 생각난다. 그는 문화에 관심도 많고 예술적 재능을 다양하게 지녔던 사람이기에 대학원 진학 전까지의 이력이 참으로 다양했다. 그런데 몇몇 사람에 의해 시작되긴 했지만,

결국엔 많은 사람에 의해 그가 허언증 있는 사람처럼 규정되었다. 다양한 삶을 사느라 고충이 컸을 그였음에도 상대적으로 많은 것을 경험해보지 않은 사람들에게는 그가 불가능한 삶을 산 것처럼 보였을 수 있다. 그래서 그들은 그를 허언증 환자로 단정하고 거리를 두었던 것 같다. 나 또한 그를 만나기 전까지 사람들의 말에 의해 어느 정도의 편견을 지니고 있었음을 인정한다. 그러나 그와 이야기를 나누고 난 후에는 나를 비롯한 많은 사람이 상당히 큰 오해를 하고 있다는 것을 알게 되었다. 그가 살아온 삶의 방식이나 과정이 나의 삶의 과정과도 일면 비슷하다는 생각 때문인지 그의 말에 공감과 이해가 생겨났다. 그는 오랜 세월에 걸쳐 다방면에서 노력했지만 잘 풀려서, 혹은 너무 안 풀려서 어쩔 수 없이 다양한 이력을 갖게 될 수밖에 없었을 뿐 결코 거짓된 삶을 살지 않았던 것이다. 그 이후로는 많은 일을 도모하며 고군분투하는 사람들의 의지 표명과 과정 설명이 아무리 거창하게 펼쳐진다 해도 그 모든 것을 무조건 허언으로 보려 하지는 않기로 했다. 결과적으로 커다란 판단 오류가 될 수 있다는 것을 알게 되었기 때문이다.

그로부터 여러 해가 지났는데, 문득 나 자신을 돌아보니 어느 시점에서 나 또한 그의 상황과 비슷해져 있었다. 그래서 갑자기 두려운 마음이 들었다. 나도 모르게 내 주변 사람들에게 나는 어쩌면 허언증 환자가 되어 있을지도 모른다는 생각이 들었기 때문이다. 계획을 치밀하게 세워 진행하고 있기에 그 당시의 시점에서 충분히 향후 예측되는 성과에 대해 누군가와 이야기하게 될 때가 있는 게 사실이다. 하지만 여러 가지 이유로 인해 일의 진척이 더딜 때가 있고, 생각보다 미흡한 결과를 얻을 때도 있다. 그러다 보니 어쩌면 혹시 나도 결과적으로는 허언증 환자처럼 되어 있지는 않을까 염려하게 되었다. 결과적으로는 말만 앞세운 것이 되어버렸으니 말이다. 적어도 완전한 성과를 이루지도 못한 여러 가지 일에 관해 이야기하는 것 자체를 허언이라고 한다면, 성과 없는 상황과 이유에 대해 해명하고 싶어 답답해도 그저 유구무언이 될 수밖에 없다. 해명하는 것조차 어쨌든 결과적으로는 허언증까지는 아니어도 적어도 허풍쟁이로 만들 것이기 때문이다.

대중이 몇몇 공인을 허언증 환자로 단정 짓기까지는 내가 모르는 그무엇이 있을 수도 있기에 그것에 대해 시비를 따져 논하고 싶지는 않다. 허언증이라며 무조건 단정 짓는 것이 잘못된 관행이라고 여기는 것은 분명히 맞지만, 이 책에서 허언증에 관해 이야기해보고자 하는 이유는 자칫 허언증 환자가 되어버리지 않도록 말을 아껴야겠다는 언어 사용의 측면을 살펴보자는 데 있다. 아주 어려서부터 모든 일은 과정이 중요하고 그 과정에서 최선을 다하는 것이 미덕이라고 배워왔지만, 커서 보니 전혀 그렇지 않을 때가 더 많았다. 그래서 그 어떤 일도 실제로 증명되지 않으면 허언증 환자가 되어버릴 수 있으므로 가시적 결과가 생기기 전까지는 속으로 꾹 참고 도(道) 닦는 마음으로 준비하는 게 더 좋다는 결론이 도출되었다. 그런 고로 어느 정도 성과가 있는 입증 가능한 것만 말하고 나머지에 관해서는 당장 어필하고 싶더라도 보류하는 언어적 습관을 지녀야겠다.

솔직히 인간은 누구나 인정받기를 원하며, 인정받지 못하면 속상하기 마련이다. 그렇기에 야망이나 이상을 크게 갖는 것도 나쁘다고 할 수 없다. 그것이 더욱 노력하게 하는 원동력이 될 수 있기 때문이다. 다만 그런 것을 위해 거짓에 근거해서 어필하고자 할 때 문제가 있는 것이며 그것이 진짜 허언증이다. 그러니 거짓이 아님에도 뜻을 펼치는 과정에서 본의 아니게 허언증 환자로 낙인찍힌다면 상당히 억울할 수 있다. 그래도 어쩌겠는가. 억울하지 않도록 하려면 허언이 아님을 바로 자신의 삶에서 증명하는 길밖에 없다. 누구라도 정말로 허언증이 있다면 그것을 고치려 노력해야겠지만, 적어도 허언증이라는 오해를 막기 위해서라도 그렇게 하는 것이 좋을 것 같다.

한편, 공약을 지키지 않고 자신이 대단하다고 믿으며 국민을 끊임없이 농락하는 일부 정치인과 거짓을 말하는 언론인들도 따지고 보면 진정한 허언증 환자들이 아닐까 싶다. 과거에는 그렇게 늘 호언장담하며 선동하는 능력이 그들이 가져야 할 덕목처럼 여겨지던 시절도 있었다. 그러나 관종형 이슈몰이 선동자이자 결과적으로 허언증 환자 같은 그들의 행태가 의식 있는 국민에게 이제는 더 이상 통하지 않게 되었다. 일부 그런 마음과 태도에서 여전히 벗어나지 못한 어리석은 자들이여, 이제는 더 이상 허언증 환자가 되지 않도록 자성하길 촉구한다.

🍊 '입장 차이'라는 치명적 불편함

같은 말인데도 서로의 입장에 따라 완전히 다른 뉘앙스를 지닐 때가 있다. 어감에서 아무런 오해의 소지가 있게 하지 않아도 그렇다. 그것은 말하는 사람과 듣는 사람의 입장 차이 때문에 생기는 현상이며, 서로 다투게 만드는 요소로 빈번하게 작용한다. 그래서 전혀 그런 뜻으로 말한 게 아닌데 서운해하거나 화를 내는 상대방을 보며 당황한 적이 있을 것이다. 말하는 사람의 표현에서 묘하게 빈정대는 뉘앙스의 어조가 담겨 있어서 그런 일이 생기기도 하지만, 자격지심 때문에 자신의 생각대로 곡해하고는 괜스레 먼저 분노함으로써 생기는 경우도 있다.

그러한 예로 내게 상담을 청했던 어떤 신혼부부의 일화가 떠오른다. "며칠 있으면 벌써 월급날이네~"라고 아내가 말했다. 아내는 남편이 한 달 동안 고생해준 것에 고마운 마음을 전하고자 했다고 했다. 그리고 그렇게 월급 받는 재미로라도 견뎌주길 바라며 응원해주고 싶었다고 했다. 그런데 남편은 들어올 돈에만 눈독 들인다며 아내에게 발끈 화를 냈고, 그것이 아내를 당황스럽게 했다. 급기야 별것도 아닌 것으로 둘은 크게 다투게 되었다고 하소연했다. 서로 각자 입장에서 이야기하고 또한 받아들이고 하다 보니 결국 그렇게 되고 만 것이다.

또한 예전에 친목을 도모하며 종종 참석하던 모임에서 들은 에피소드가 하나 있다. A가 이전에 B의 딸에게 했던 말에 딸의 상처가 너무도 컸다며 그다음 모임 자리에서 급작스럽게 B가 모임 탈퇴 선언을 하게 되었다. 하필 A는 말주변이 적은 편이어서 본의 아니게 상대방의 심기를 건드리곤 하는 사람이었고, 또 하필 B와 그녀의 딸은 문제가 된 대화의 내용에 유독 자격지심을 느끼고 있어서 사건이 크게 확대된 것 같았다. 예컨대 교통사고에서 둘 중 한쪽이라도 방어운전을 하면 피할 수 있지만, 양쪽 모두 부주의할 때는 여지없이 사고가 일어난다. 그와 마찬가지로 대화에서의 충돌도 쌍방과실일 때 일어나는 경우가 많다. 훗날 양쪽의 이야기를 각각 들어보니, A는 나름 B의 딸의 앞날이 걱정되어 "졸업도 안 하고 지금 하는 일만 하다가 나중에 어쩔 거냐?"라고 말했다고 한다. 그런데 B의 딸은 그 말이 자신을 걱정해주는 말로 들리지 않았다고 했다. 그녀는 A의 말을 "대학을 열심히 다니지도 않고 결국 졸업도 하지 못한데다가 헛일을 하고 있네"라고 들었다. 현장에서 직접 본 게 아니므로 그 불협화음의 원인이 정확히 어느 쪽에 더 있었는지는 알 수 없다. 부모의 심정으로 염려하여 묻고자 했다지만 결국 감정을 상하게 말하는 A의 말투 때문일지, 아니면 모든 게 책망이나 비난처럼 들릴 만큼 자존감이 낮아진 B 쪽의 자격지심 때문일지 말이다. 그런데 분명한 사실은 양쪽의 이야기를 들은 나는 그들 양쪽의 입장이 각각 너무도 이해된다는 점이다.

화법을 잘 몰라서 오해하게 말하는 사람과 자격지심이나 이미 그 내용에 관해 마음이 다친 경험이 있는 사람 사이에서는 항상 서로 간에 오해가 생기기 쉬우며, 또한 그것을 푸는 데도 어려움이 있다. 서로의 입장을 계속 고수할 것이기 때문이다. 그런데 한편으로 흥미로운 점은 그것을 바라보는 제3자도 각자의 입장과 처지가 다르다는 것이다. 모두 자신의 입장과 경험과 생각에 투영되는 대로 상황을 판단하고자 했다. 그것을 보며 '입장 차이'라는 불편한 진실과 마주하는 것 같았다. 사실 세상 사람들은 모두 저마다 다른 입장에 놓여 있다. 서로 간의 보편적인 입장에 타협하는 것일 뿐이다. 어찌 되었든, 언제나 관계에 치명적 결함과 균열을 만드는 바로 그 '입장 차이'라는 것이 관계를 더욱 불편하게 하는 일등 공신으로 새삼스럽게 다가온다. 하지만 그런 만큼 역으로 그러한 입장 차이라는 관계상의 불편한 진실을 늘 고려하고 서로의 입장을 잘 헤아린다면 그로 인해 오히려 좋은 관계가 유지될 수 있지 않을까 생각한다.

🍊 가족이라서, 친구라서 더욱 꼬이는 대화

두 노인이 길에서 만나서 이렇게 대화를 나눈다. "자네 경로당 가나?" "아니, 나 경로당 간다네" "으응, 난 또 경로당 가는 줄 알았지" 이건 어떤 상황인 걸까. 맞다. 연로하신 노인들이 잘 들리지 않다 보니, 생각대로 혹은 들리는 대로 리액션을 하는 상황이다. 그래도 이것은 그나마 상대방의 말에 경청하고 반응해주는 모습이라 훈훈하게 여겨진다. 실제로 지인 중에 일찌감치 난청이 찾아온 부부가 대화하는 모습을 본 적이 있다. 서로 맥락 없이 성큼성큼 대화가 진행되었다. 계속해서 부부는 서로 다른 말로 응대하니 그야말로 딴소리 대잔치였다. 그런데 신기하게도 그 부부는 그런대로 소통이 되고 있었다. 무엇보다 서로에게 귀를 쫑긋 세운 채 끊임없이 되묻거나 설명해주고자 했다. 게다가 척하면 착! 하고 이해하는 능력이 둘 다 강화되어 있었다. 서로 정확히 듣지 못한다는 생각에 생활하는 내내 서로에게 더욱 초점을 맞추고 있었기 때문이다.

　그런데 청력상의 어려움이 없음에도 이렇게 건너뛰며 딴소리 대화가 이루어지는 경우가 있다. 그건 바로 친하다고 성의 없이 듣는 태도에서 비롯된다. 특히 가족이나 친구 사이에서 자주 있는 일이다. 다른 사회적 관계에서는 좋든 싫든 경청하는 모습을 보이고자 노력하지만, 친한 사이에서는 열심히 안 들어도 이해하겠거니 하며 굳이 애써 귀를 기울이지는 않는다. 자기 말만 하고 상대방의 말은 자신의 말에 대한 리액션임에도 대충 듣는다. 그러고는 딴소리를 한다. 게다가 잘 들었다 할지라도 그 말에 대해 아무런 반응도 하지 않고 자신이 하고픈 그다음 말로 곧바로 앞질러가기도 한다. 그러다 보니, 들었다는 혹은 알겠다는 약간의 표시조차 해주지 않는 상대방에게 "내 말 들었어?", "방금 뭐라고 했는지 알아?" 하고 끊임없이 물어야 하기도 한다. 결국에는 소통이 안 된다며 서로가 서로에게 답답함을 호소한다. 듣고 있는 줄 알고 한참 설명했는데 안 듣고 있어서 다시 말해야 할 때 참으로 어이없게 느껴지던 경험이 아마도 한 번쯤은 있었을 것이다. 심지어 얼굴을 보며 이야기를 나누고 있는 중이었는데도 마주 보면서도 머리로는 다른 생각을 하고 있는지 아무런 대꾸도 하지 않거나 딴소리로 대꾸할 때, 자신의 존재 자체가 무시되는 것 같아서 기분이 상한 적도 있었을 것이다.

　나의 기분이 상한다면 상대방의 기분도 상할 수 있음을 항상 생각해야 하는데 그게 참 안 될 때가 많다. 너무도 친근하다는 마음 때문에, 그리고 모든 것이 이해될 거라는 생각 때문에 이러한 것이 반복된다면 아무리 가족(혹은 친한 친구) 관계라 해도 둘 중 무시당한다고 여기는 쪽에서 점점 말문을 닫게 될 수 있다. 사실 그런 이유로 가까운 관계임에도 소통의 문이 슬그머니 닫히게 된다. 반드시 크게 다투고 났을 때만 소통이 단절되는 것은 아니다. 하지만 잘 듣고 대꾸도 잘한다고 해서 아무런 문제가 없는 것일까. 특히 가족 간에 기껏 들어주고는 꼭 핀잔하거나 윽박지르거나 부정적인 토를 달아서 기어이 마음을 긁어야 속이 시원한 사람들이 있다. 보통 그런 사람들은 가족과 얘기할 때 자신의 언어 스타일을 잘 몰라서 그럴 가능성이 크다. 다른 방법에서만 가족의 의무를 다했다고 만족하지 말고 한번쯤 자신이 사용하는 언어를 돌아보면 좋겠다.

가족(또는 친구) 사이에서 말하는 패턴 때문에 소통이 꼬이는 경우가 또 한 가지 있다. 그것은 바로 서로를 너무 아끼고 안쓰럽게 보기 때문에 생기는 것인데, 안타깝게도 사랑과 관심과 염려가 오히려 소통을 막을 수 있게 되는 것인지라 딱히 어느 쪽을 탓하기도 어렵다. 그렇기에 강력히 비난하거나 해명을 위해 성토하기보다는 그저 서로 잘 이해하며 오해의 산을 넘도록 지혜를 발휘하는 게 더 낫다. 예를 들어, 아끼는 자식이나 동생이 어떤 일을 도모하고자 할 때, 조금이라도 연장자인 입장에서는 늘 염려되기 마련이다. 지극한 사랑의 마음이 있어서 소중한 사람이 어려운 처지에 놓이거나 잘못되는 것을 두고 볼 수 없기 때문이다. 그래서 일단 무작정 믿어주며 "어디 한번 열심히 해봐"라고 말하기보다는 "그게 잘될까?" 하며 걱정하는 마음을 먼저 앞세우곤 한다. 그러다 보니 완전하게 공감해주지 못할 때가 많다. 그러나 가족의 염려하는 말들이 때로는 자신의 능력을 불신하는 것으로 들릴 수 있다. 그래서 다른 사람들이 그렇게 했을 때보다 더 크게 서운함을 느낀다. 적어도 가족으로부터만큼은 무조건적인 지지를 받고 싶기 때문이다. 그런 까닭에 자신의 생각, 능력, 그리고 가능성을 몰라주는 것 같은 가족에게는 그것을 증명하고자 흥분부터 하거나 목청 높여 성토하게 되기도 한다. 그러니 자연히 가족 간의 대화가 불편해질 수밖에 없다.

진정한 애정의 관계임에도 대화가 꼬이게 된다는 것이 참으로 아이러니하다. 그러나 사실 이러한 상황에서도 당연히 해답은 있다. 먼저, 조언하는 입장에서는 물가에 내놓은 아이처럼 노심초사하는 마음과 함께 솔직히 못 미더운 마음도 생기겠지만 자신의 염려가 오히려 때로는 기우일 경우가 많다는 것을 알 필요가 있다. 일단 뜻을 펼치고자 하는 사람은 이미 오래전부터 준비해온 것일 수도 있고 본인 못지않게 고민의 시간을 가졌으며, 무엇보다 몸소 실행하고 있는 만큼 어려움을 헤쳐 나가는 것도 능히 할 수 있음을 믿어줄 필요가 있다. 굳이 자신의 두려움이 반영된 염려와 걱정의 말을 해주기보다는 응원과 격려를 두 배로 해주는 게 훨씬 더 소중한 그들을 위하는 것임을 기억하자. 그리고 조언을 받는 입장에서는 듣기에 서운하고 때론 화가 날지라도 그 말에 나를 아끼는 마음이 있어서 그렇다는 것을 되새겨보면 서운함이나 분노가 사라질 수 있다. 애정을 바탕에 두고서 대화하고 있다는 것만 끊임없이 각자의 마음에 상기시킨다면 서로의 마음을 오해하여 대화가 꼬이는 일이 줄어들 것이다.

🍊 "내 눈엔 제일 예쁘다"라는 말, 칭찬일까?

칭찬으로 한 말인데도 해놓고 나서 '아차' 싶을 때가 있다. 예를 들면, "내 눈엔 제일 예쁘다"라고 말한 내 진심에는 누가 뭐래도 '내가 보기엔 네가 젤 예쁘다'라는 뜻이 담겨 있었다. 그런데도 말하고 보니 후회가 되었다. 굳이 '내 눈엔'이라는 말을 할 필요까지는 없지 않았을까, 라는. 사실은 제일 예쁘다고 조금은 과장되게 말해서라도 상대방을 기쁘게 하려고 했다. 그런데 혹시라도 상대방이 진심으로 받아들이지 않을까 싶었다. 그래서 얼른 돌려서 말한다는 것이 얼결에 그만 '내 눈엔'이라는 말로 튀어나오게 되었다. 말하고 나서 곧바로 알아챈 것인데, 그 말에는 묘하게 부정적 의미가 전제되어 있었다. 즉, '내 눈엔'이라는 말에 '다른 사람 눈에는 아니지만'이라는 의미가 이미 일부 포함되어 있다는 것이다. 물론 듣기에 따라 그 말은 '누가 뭐래도 나는 너를 지지해'라는 의미로 여전히 좋게 받아들여질 수도 있다. 뭘 그런 것까지 신경 쓰냐고 할지도 모른다. 하지만 말에 좋은 마음을 가득 담아서 상대를 기쁘게 하려던 마음이 컸을 때는, 그리고 예민한 상대에게는 그러한 미묘한 차이도 문제가 될 수 있다. 그런데 이미 구멍 난 옷을 천을 덧대어 자꾸만 기워도 결국 누더기 옷이 되어버리듯이 말도 잘못 튀어나오면 그것을 정정하려다 오히려 이렇게 더욱 난감해질 때가 있다. 그래서 어쨌든 그날은 머릿속이 잠시 복잡했다. '내 눈에도'라고 할 걸 그랬나 싶기도 했고, 그래도 '내 눈에만'이라고 하지 않은 것만도 천만다행이지 싶기도 했다.

이처럼 말하고 나서 후회가 덜 되게 하려면 말을 입 밖으로 내보낼 때 항상 신경 써야 할 것 같다. 그 자체가 스트레스라며 거부하는 사람도 있겠지만, 말에서는 작은 토씨 하나로도 오해를 일으키거나 안 하느니만 못한 결과를 만들 수 있기에 거듭 조심할 필요가 있다. 말에서 작은 뉘앙스 차이로 서로에게 무안한 상황이나 우스꽝스러운 상황이 될 수 있다는 것의 예로, 어린 시절 보았던 TV 코미디 프로그램의 내용이 생각난다. 집들이에 초대된 손님들에게 "차린 것도 없는데 와주셔서 감사합니다"라고 인사하니, 헤어지면서 라임이라도 맞추어 답한다는 게 그만 "먹은 것도 없는데 배가 부르네요"라고 말하는 장면이었다. 어린 시절 그것을 보면서 희한하게 꼬여버린 서로 간의 인사 상황이 재미있어 박장대소했다. 분명히 일부러 비아냥거리고자 한 것도 아니었고, 말장난 혹은 언어유희를 알고 그렇게 말한 것은 더더욱 아니었다. 나름 마음을 담아 배가 부르다고 인사하고 싶었던 것인데, 결과적으로 먹은 것도 없다고 말한 것이 되어버린 것이다. 코믹한 상황으로 묘사되어 웃을 수 있었지만, 실제 상황에서였다면 그것은 확실히 결함이 있는 대화이며 서로 민망해지는 상황을 피할 수 없을 것이다.

언어와 화법의 측면에서 돌아보니, 그러한 결함은 중요한 사안이다. 특히 말주변이 없는 사람은 상대방을 기쁘게 해주려는 마음이 있었음에도 엉뚱하게 표현하게 되는 상황을 맞을 때가 있다. 그래서 어쩌다 용기 내어 잘 말하려 해도 에러(error)가 나기 쉽다. 결국 안 해도 될 말까지 하게 되어 빈축을 사기도 한다. 당사자도 그런 일을 빈번하게 겪다 보면 말에 대한 자신감을 점점 더 잃게 될 수 있다. 물론 말을 잘한다는 사람도 자칫 방심하면 그렇게 되는 것을 피할 수 없지만 말이다. 갑자기 떡볶이와 튀김이 먹고 싶어 이웃 K와 함께 아파트 장터에 열린 분식코너에 갔을 때의 이야기다. 평소에도 K는 말주변이 없어서 기껏 말을 하는 것마다 사람의 감정을 묘하게 건드리는 경향이 있었는데, 정작 K 자신은 그 사실을 잘 모르고 있었다. 주문을 하는데 주인이 친절하게 말했다. 안쪽 테이블에 앉아 편하게 드시라고. 그 순간 K는 재빠르게 웃으며 대답했다. "아니에요, 안쪽에서 먹으면 옷에 기름 냄새가 배서 별로일 것 같아요!"라고. 물론 액면 그대로 솔직하게 말한 K의 대답이 크게 잘못되었다고 할 수는 없다. 하지만 튀김집에서 기름 냄새가 나는 것은 어쩔 수 없는 일인데다가 여름 더위 속에서 온종일 튀김 냄새를 맡으며 일하고 있던 주인 부부를 배려하지 않고 말한 것 같아 왠지 미안하게 느껴졌다. 거절해도 그냥 "괜찮아요, 고맙습니다"라고만 했어도 좋지 않았을까 싶었다. 사실 나 역시 K처럼 그렇게 눈치 없이 혹은 생각 없이 말을 던져놓고 후회했던 적이 전혀 없지 않았기에 K를 보며 반성하기도 했다. 종종 나에게 타산지석이 되어주는 K의 그런 모습을 볼 때마다 이런 생각이 들곤 했다. 보통, 악의적이지는 않은데 말로 인해 문제가 생기는 경우는 대부분 말주변이 없어서다. 그런데 그 말주변이 없다는 것은 말을 유창하게 잘하지 못한다는 것만이 아니라 전체적으로 상황이나 맥락 파악을 제대로 하지 못한다는 것이며 배려할 마음의 여유를 순간적으로 갖지 못하는 것을 의미하는 것 같다, 라는.

05 매운맛

자신이 쏜 말의 독화살에 맞다 | 독설에 맞서도록 맷집 키우기 | 내 생의 언어 트라우마 | '악플' 언어, 날카로운 비수가 되다 | '악플러'에 대응하는 방법 | 헛된 약속을 하는 언어 습관 | 엄마가 뭘 알아! | 모든 것이 못마땅한 '투덜이' 스머프 | '너'의 능력을 인정하기가 정말 싫은 '나' | 뚱한 사람은 장사를 하지 말라

자신이 쏜 말의 독화살에 맞다

자주 언급했던 바로서, 말에는 확실히 부메랑 효과가 있다. 부메랑을 던졌을 때처럼 자기가 한 말이 한참을 돌고 돌아 자신의 등을 치기도 하지만, 빠르게 회전해서 직격탄처럼 곧바로 자기 가슴을 먼저 타격할 수도 있다. 일례로, 예전에 알던 사람 중에 좋게 말하면 어디가 덧나기라도 하는지, 언제나 표독스럽게 말하는 사람이 있었다. 그는 항상 노려보는 눈빛으로 사람을 주눅 들게 하곤 했다. 늘 상대방을 째려보는 눈으로 가만히 주시하다가 기어이 독설을 쏟아내곤 했다. 잘못한 것도 없는데 그 사람 앞에 서면 누구나 그 앙다문 입과 차가운 눈빛에 주춤하거나 움찔하는 것 같았다. 나에게도 예외는 아니었다. 그런데 그때 내가 가진 느낌은 두려움이나 공포라기보다는 원인을 알 수 없는 불쾌감이었다. 나중에도 나는 그를 최악의 화자(話者)로서 예로 들며 두고두고 회자하곤 했다. 솔직히 당시에는 마치 악령을 쫓는 퇴마 영화나 드라마에서 특수효과와 분장으로 악의 기운을 감돌게 하는 캐릭터를 보는 것 같았다. 그에게 악하고 독한 기운이 서려 있는 것만 같아서 음습하고 불쾌한 감정이 들기도 했다.

그를 볼 때마다 늘 궁금하게 여겼다. 그는 왜 그렇게 항상 불쾌감을 자아내는 말을 해서 주변 모든 사람의 원성을 사는지. 그리고 마침내 자신의 곁을 떠나게 하고야 마는지. 그의 말은 그저 성격이 급하고 목소리가 크긴 해도 본심은 맑은 사람이 욱하며 화를 낼 때 내뱉는 말과는 분명히 달랐다. 매 순간 사람을 밀어내는 희한하게 역겨운 그의 독설을 들을 때마다 기분이 아주 나빠졌다. 그의 말이 절대 합당하지 않음을 이성적으로 분별하고 있음에도 그 말의 화살을 받은 나의 영혼은 순식간에 검게 물들어 버리는 것 같았다. 급기야 곧 쓰러져 죽을 것만 같았다. 그렇게 말하는 습관이 단순히 화법을 모르기 때문만은 아니라고 생각했다. 그는 얼굴에서도 심술궂은 심보가 그대로 드러나는 사람이다. 그에게는 모든 사람이 못마땅했다. 또한 누군가의 실수에 대해서는 조금도 아량을 베풀지 않았다. 그래서 자신에게 노골적으로 아부하는 소수의 사람을 빼고는 그의 곁에 결국 아무도 남아 있지 않게 되었다. 그래놓고는 언제나 외롭다고 말했다.

독설, 특히 독기를 품고 표독한 얼굴로 쏘아붙이는 말은 이른바 독화살이 되어 언제나 사람의 심장을 찌른다. 그는 정말 몰랐던 것일까. 독설 역시 부메랑이 되어 자신에게 돌아간다는 것을. 늘 독설을 일삼는 사람은 잠정적으로 누군가 남모르게 원한의 칼을 갈게 만든다. 말로써 남의 심장에 못을 박는 사람은 불교에서 말하듯 어쩌면 말로써 업을 짓는 것인지도 모른다. 업보라는 것이 정말 있다면 그는 다음 생에 태어나 그 업보를 모두 치러야 할 것 같다. 그 업보가 당대뿐만 아니라 자손에게도 대물림된다는 것을 알게 된다면, 그제야 그것을 멈추려나. 정말 희한한 것은 그런 그가 항상 어딘가 이유 없이 아프다고 투덜거린다는 것이다. 나는 그것을 보며, 그렇게 못된 성미로 타인과 스스로를 괴롭힌 셈이니 본인의 마음도 불편했을 것이라 생각했다. 그러고는 결론지었다. 무엇보다 자신이 쏜 말의 독화살이 자기의 입과 가장 가까이에 있는 본인 귀에 먼저 도달하기에 그 안 좋은 기운과 소리의 파장에 의해 몸 어딘가가 아플 수밖에 없다고, 그리고 그것은 너무나 당연한 일이라고.

🖌 독설에 맞서도록 맷집 키우기

이 세상은 희한하게도 잘 말하는 게 매우 중요하다고 강조한다. 그래서 그런지 화법에 관한 많은 책도 주로 말하는 기술에 대해 다루고 있다. 그러한 책이 인기도 꽤 있는 편이다. 그것은 아마도 상대방을 배려하며 잘 말해야 관계가 좋게 유지되고 그에 따라 행복한 대화의 결과가 도출될 것이라는 생각 때문인 것 같다. 맞다. 사실 그것은 커뮤니케이션에서 매우 중요하다. 그러나 다시 한번 잘 생각해보라. 대부분의 싸움이 잘 말하지 못해서이기도 하지만, 그에 못지않게 잘 듣는 방법을 몰라서이기도 하다는 것을.

세상은 자기중심적인 사람을 싫어하는 경향이 있다. 자기중심적인 사람이 자기만의 이익을 위해 타인의 고통을 등한시하는 성향이 있다고 보기에 그런 것 같다. 그러나 때로는 자기중심적일 필요가 있다. 타인의 독설에서 살아남으려면 자기중심적 해석과 판단이 필요하기 때문이다. 솔직히 말해서 내가 죽고 없는 세상이 무슨 의미가 있겠는가.

누군가에게 모진 말을 듣고 힘겨워하는 사람에게 기껏 위로한답시고 하는 말은 "네가 그냥 참아"이다. 그럴 때 사람은 오히려 화가 나거나 억울해질 수 있다. '왜 이유 없이 당한 사람이 무조건 참아야 하는가'라는 생각 때문이다. 그럴 때, 누군가는 이렇게 위로한다. "그가 말을 싸가지 없게 했네. 그 인간은 원래 말투가 못돼서 누구한테나 그러더군. 생각할 가치도 없는 말 때문에 에너지 소비하는 것도 아깝다. 무시하고 잊어버리자"라고. 필자는 독설을 듣고 쓰러져 죽을 지경일 때, 누군가로부터 이런 말을 듣고 나면 희한하게도 위로가 되곤 했다. 이렇게 말하면 나의 인성이 그르다고 비난할지도 모르겠다. 그럼에도 감당하기 힘든 말도 더욱 센 말로 지혜롭게 들어 넘기는 법을 아는 것이 평화로운 관계를 위해 그리고 자신의 심적인 건강을 위해 궁극적으로 더욱 좋다고 생각한다.

유난히 화를 발끈발끈 잘 내는 사람은 기질, 건강상의 문제, 분노 조절 능력 상실 같은 여러 가지 원인에 의해 그러는 경향이 있다. 그런 유형의 사람은 상대방이 아무리 좋게 말해도 스스로 화를 억누르기 어려워한다. 혹시라도 그런 성향의 사람이라면 몸과 마음을 치유할 시간이 필요할지 모른다.

건강검진을 받듯이 몸과 마음을 꼼꼼히 살필 필요가 있다. 분명히 어딘가 고장 난 것일 수 있으니 말이다. 상대방의 평범한 말에서조차 노여운 마음이 들거나, 상처를 받거나, 괜히 화가 난다면 그 원인 중에 자신의 탓도 있음을 깨닫고 적절한 치유 방법을 찾아야 한다. 내 신세가 편치 않으면 결코 좋은 말이 나갈 수 없기 때문이다.

그런데 반대의 입장에서, 그런 사람으로부터 어떤 말을 듣고 마음이 상할 때 당장에는 화가 나서 맞장 뜨고 싶겠지만 부화뇌동하기보다는 조용히 마음속에 이렇게 외쳐보라. '저 사람이 뭔가 안 좋은 일이 있었나 보군. 몸이 어딘가 아픈가 보네. 마그네슘이 부족한가. 당이 떨어졌나 보네. 자기 입에서 나온 험악한 저 욕설이 자신을 죽게 할 것이니 불쌍하군. 본심이 아닐 거야. 시간이 지나면 후회할 거야. 우울증세가 발동했나'라고. 이러한 생각을 함으로써 마음을 상하게 하는 상대방의 말에 일일이 맞서기보다 아예 분노할 가치조차 느끼지 않는 연습을 할 필요가 있다. 또는 마치 영화나 드라마를 보는 것처럼 전지적 관찰 시점으로 그를 바라보는 것도 독설에 대한 맷집을 키우는 좋은 방법이다. '왜 저래', '나한테 하는 말이 아니겠지' 하며 무심한 듯 시크하게 그 상황을 받아들여 보라. 그러면 생각보다 크게 상처받지 않을 수 있다. 나에게 말하는 것이 아니라 마치 저 혼자 독백하는 것처럼 여겨지기 때문이다. 그 독설에 담겨있는 하나하나의 말들 속에 불쾌감을 자아내는 파장이 크게 자리할수록 그 말을 무시한다는 것이 그리 쉽지는 않겠지만 말이다.

좀 더 적극적이고 생산적인 대처 방식은 아이러니하게도 오히려 오기와 독기로 그 독설에 맞서는 것이다. 능력을 무시당하거나, 억울함을 당하거나, 혹은 아킬레스건을 건드리는 비난에 비참한 생각이 들거든 '어디 두고 봐. 반드시 내가 증명하고야 말 거다!'라고 다짐해보라. 그런 다음 그것을 자신이 더욱 성장하는 원동력으로 삼아 적극적으로 사용하는 것이다. 그리고 얼마의 시간이 지나서 그가 틀렸음을 증명해 보이며 보란 듯이 우뚝 서자. 말하자면 생산적인 복수를 하는 것이다. 상상만으로도 짜릿하지 않은가. 그렇게 하는 게 당장의 맞장이나 다툼보다 어쩌면 훨씬 지혜로울 수 있다. 게다가 그렇게 해서 정작 자신이 잘되고 나면 모진 말이나 독설로 힘들게 했던 그가 희한하게도 용서가 되어버리는 것을 경험하게 될 것이다. 그때는 이미 내적으로나 외적으로나 자신이 더욱 너그럽고 큰 사람으로 성장해버렸기 때문이다. 사실 절치부심(切齒腐心), 즉 '이를 갈며 자신을 갈고 닦는다'라는 다짐이 이런 방식으로 활용된다면 더없이 바람직하다. 아무도 다치지 않을뿐더러 결과적으로는 자신이 발전하게 될 수 있으니 말이다.

독설을 퍼부으며 갑질하는 사람은 알고 보면 의외로 열등감이나 현실 파악 능력의 결함이 있을 수 있다. 따라서 나에게 험악하게 말하는 사람을 만나면 그에게 심각한 인격 장애가 있다고 생각하고 마음을 편하게 갖자. 혹은 말주변이 형편없이 나빠서 그러는 것이라 생각하고 안쓰럽게 여겨주는 것도 나쁘지 않다. 그러니 무작정 상처부터 받고 패잔병처럼 무너지지 말자. 죽을 것처럼 힘들어하기보다 다부지게 마음먹는 게 낫다.

나의 마음이 심약하고 자격지심이 있을 때 상대의 비난이 가슴을 크게 휘젓는다. 넓은 바다에는 잉크 한 방울쯤 떨어진다 해도 아무렇지 않다. 그와 마찬가지로 마음의 바다가 크면 동요의 파장이 미미하다. 그러므로 어렵게 느껴지는 도전 상황을 만나도 '그러려니' 하는 마음으로 태연하게 응수하는 것이 좋다. 방어운전만 잘해도 큰 사고는 막을 수 있다. 그렇듯이 한쪽이 말을 잘하지 못해서 문제의 원인을 제공한다 해도 받아들이는 쪽의 마음이 흔들리지 않으면 다치지 않을 수 있다.

역설적으로, 때로는 당당함을 넘어 뻔뻔함이 자신을 지켜줄 때가 있다. 모두 그렇지는 않지만, 사람의 심리에는 약해 보이는 존재에게 더욱 못되게 하는 마음이 잠재하는 것 같다. 그래서 상처를 주는 사람은 계속해서 같은 짓을 반복한다. 그런데 아이러니하게도 당하는 사람은 계속 당하기만 하고 양보하고 희생하는 마음으로 참아 넘긴다. 나에게 사람을 평가하는 것이 허용된다면, 당하기만 하는 사람 탓이 더 크다고 말하고 싶다. 자신에게 함부로 하도록 여지를 주는 것도 잘하는 것이 아니기 때문이다. 그렇기에 다소 뻔뻔해 보이더라도 독설에 대한 맷집을 키우고 당당하게 맞서는 배짱을 기를 필요가 있다.

요컨대, 결코 더 이상은 무심코 던진 돌에 맞아 우는 개구리가 되지 말자. 고의로 바위를 던지는 데는 더더욱 강하고 지혜롭게 응수해야 한다. 그 돌을 던진 사람에게 다시 튕겨져 돌아가도록 잘 방어하라. 자기가 던진 돌을 스스로 부메랑으로 감당하게 하라. 그래서 다시는 그러지 못하게 하라. 그렇게 할 수 있는 사람은 그 누구도 아닌 바로 당신뿐임을 명심하라.

나아가, 익명의 SNS 댓글에도 멍들 필요가 전혀 없다. 때로는 모르는 게 약이니 그까짓 거 애초에 못 들은 셈 치자. 분하고 억울하겠지만 당장은 절치부심으로 분노를 내리누르고, 올바르고 제대로 된 방법으로 증명할 계획을 세우는 게 낫다. 시간이 흘러 비난 대신 월등한 성공으로 갚아주자. 현명한 앙갚음으로 상처 난 자신의 영혼을 구하는 동시에 상대가 더 많이 배아프게 만들어주자. 그래도 계속 괴롭히는 사람은 아예 잊어버리거나 용서하는 게 신상에 편하다. 아니 가볍게 무시해주자. 용서나 관용은 더 크고 너그러운 쪽에서 여유롭게 베풀 수 있는 것이다. 그러니 보란 듯이 무시해주자. 익명으로 괴롭히는 못된 심보를 지닌 그들은 말하기의 기본 매너가 없는 사람들이다. 그런 사람들에게 굳이 일일이 대응할 필요가 있을까. (물론, 잘못한 게 없는데 욕을 먹게 되는 경우를 전제로 하는 말이다.) 그러나 억울한 마음이 들거나 좋게라도 풀고 끝내야 직성이 풀리는 사람이라면, 마음을 강하게 먹고 후회가 남지 않을 만큼의 언어적 응대를 해주는 게 좋다. 다만, 더 말해봐야 통할 것 같지도 않은 사람으로 여겨진다면, 역시 무조건 피하는 것이 상책이다.

자칫 더 휘말릴 수 있기 때문이다.

　사람은 저마다 다른 가치관을 지니고 있다. 알고 있는 지혜의 크기도 모두 다르다. 그래서 딱 자신이 아는 만큼의 크기로 세상을 바라보게 되어 있다. 그러다 보니 자신의 생각에 따라 상대방을 억울하고 답답하게 하거나 엉뚱하게도 독설을 뱉는 사람들이 있다. 그들이 잘못 알고 있는 것을 바로잡아주려다 보면 어디부터 다시 말해주어야 할지 한숨부터 절로 나기도 한다. 나에 대한 생각의 방식을 설득하다가 지쳐버리느니 상대방의 그릇 크기를 인정해버리자. 이때도 아예 일일이 맞서 싸울 가치조차 느끼지 말자. 그들은 아무리 설명해주어도 자신의 가치관대로 판단할 것이며, 스스로의 평가 기준과 방식을 절대 바꾸려 하지 않을 것이다.

🔦 내 생의 언어 트라우마

　어린 시절, 내가 유독 말이 많아지는 경우가 언제인가 생각해보니 무언가 억울함을 느낄 때였던 것 같다. 어떤 일에 대해 제대로 인정받지 못한다고 여겨질 때면 나도 모르게 '증명 욕구'라는 것이 발동하곤 했다. 나도 그것을 잘할 수 있는데 못한다고 평가되면 자존심이 상하면서 왠지 억울한 생각이 들었다. 그러다 보니 세세한 것까지 모두 말하며 그 알량한 나의 능력을 명명백백 증명하고자 했다. 때로는 그것이 자칫 도를 넘기도 해서 오히려 나의 능력을 자랑하는 것처럼 되어버리곤 했다. 결국 그것이 당시 내 곁에 친구가 머물지 못하게 하는 것이었다는 것을 한참 커서야 알게 되었다. 그것이 말로 인한 나의 첫 번째 어려움이었다.

　그렇게 내게 찾아온 언어 트라우마는 또 있었다. 어릴 땐 왜 그리도 결백에 집착했는지 모르지만, 내가 잘못한 게 아니라고 생각하는데 누군가 나를 질책하거나 비난하면 그것이 억울해서 울음보가 터지곤 했다. 속이 상해 흐느끼면서도 종알종알 해명하는 말이 멈추지 않고 터져 나오는 것에 스스로도 어리둥절해했다. 그런 성향을 지녔기에 '합리화'라는 용어의 뜻조차 정확히 모르던 중학 시절, 내가 행한 일에 대해 합리화하려 들지 말라는 말을 들었을 때 무척 참담했다. 나는 그 친구의 말의 뉘앙스에서 그것이 비난의 말임을 알 수 있었다. 그땐 꽤나 당황스러웠고, 그래서 합리화가 무조건 나쁜 것이라 여기게 되었다. 나를 싫어해서 내게 상처를 주려던 그 친구의 말이 그때는 어째서인지 모두 옳다고 생각되었기에 스스로 더욱 상처를 받을 수밖에 없었던 것 같다.

그렇게 내 모습 그대로를 봐주지 않고 더 부족하거나 잘못했다고 인정한다 싶으면 어김없이 항변하려 들었던 그 행동이, 이제 와서 생각하니 덜 성장한 시기의 빈약한 자존감 때문이었다. 그것은 또 다른 형태의 열등감의 표출이 아니었을까 싶기도 하다. 그때는 좀 더 어렸고 자아도 덜 성장한 때여서 그랬을 테지만, 솔직히 지금도 누군가가 깊숙이 숨겨져 있는 나의 열등감을 건들면 억울함을 항변하려고 할지도 모른다. 부끄럽지만 부인할 수 없는 사실이다. 그러면서 이런 생각을 해보았다. 어떤 사람은 이렇게 나처럼 자존심이 상해서, 또 어떤 사람은 남모르게 열등감을 감추고 싶어서, 그리고 또 어떤 사람은 자존감이 지나치게 크거나 허영심 때문에 어쨌거나 이렇다 저렇다 말이 많아지는 것이겠구나, 라는.

크고 작은 모임이나 단체에서 모두를 편하게 하려고 우스꽝스러운 농담도 섞어가며 상대방에게 맞추어 대화하고자 했다. 그렇게 해서 분위기가 화기애애하고 재미있어지면 우선 내 마음이 편했기 때문이다. 그런데 간혹 그런 나를 우습게 여기며 함부로 대하는 사람이 있었다. 그럴 때마다 아차 싶었다. 좀 더 품격 있게 말할걸 그랬나, 아니면 진중한 분위기를 고수할걸 그랬나, 하며 온갖 생각이 머릿속을 맴돌았다. 물론 재미있는 대화를 지향하기는 했지만, 그렇다고 저속한 표현을 사용하지는 않았다. 그저 순간순간의 개그적인 애드립 정도를 사용했다. 그래서 함께 유쾌한 분위기를 즐길 수 있었던 것까지는 좋았다. 그런데 그 사람들은 보이는 대로만 상대방을 평가하는 경향이 있는 것 같았다. 나의 다른 모습은 전혀 모르는 단계에서 나의 일면만 파악함으로써 아무렇게나 대해도 된다고 만만히 여기게 되었던 것 같다. 그것은 그들의 잘못도 아니며, 그렇다고 나의 잘못도 아니었다. 그것은 바로 언어가 지닌 불안정성 때문이었다. 언어에는 상호맥락성과 다중의미 함축성에 의한 오류와 오해가 언제나 잠정적으로 존재하기 때문이었다.

그러한 것에 대한 최근의 일화가 있다. 어느 날 그(나를 함부로 여기며 무례한 행위를 했던)를 포함한 몇몇 사람 앞에서 강의하게 되었을 때, 이전에 농담이나 하며 자신과 대화를 나누던 내가 강의하니 심기가 불편했는지 그는 사람들 앞에서 비판을 빙자한 비난을 쏟아냈다. 그는 사실 그 이전의 미팅에서 겨우 딱 두 번 만났을 뿐이다. 서로 오랫동안 알고 지낸 사이도 아니었으니 깊은 신뢰감이 형성되지 않았을 수도 있다. 그래서 당연히 내가 어떤 일을 추구하며 살아왔는지, 그리고 무엇을 왜 말하고 싶었는지도 알지 못한다. 하지만 나의 강의 내용이나 스타일이 설령 자신의 마음에 들지 않을지라도 그러한 방식의 의견 표출은 서로 간에 지켜야 할 기본적인 예의를 벗어난 행위임이 분명했다. 다른 이들을 생각해서 그 상황을 부드럽게 넘기긴 했지만, 그의 무례함을 그냥 지나칠 수 없었다. 나 역시 사람인지라 처음엔 매우 불쾌했다. 함부로 말하거나 모멸감을 준 그 사람이 무척 원망스러웠다.

그런데 조금 더 시간이 흐르고 나니, 그다음엔 예전에 비해 그런 순간을 잘 견디는 나 자신의 모습이 느껴졌다. 어느 정도 맷집이 생긴 것 같아 역설적이게도 묘한 승리감에 내심 흐뭇하기도 했다. 그러고는 좀 더 냉정하게 객관적으로 그를 바라보게 되었다. 그러자 곧 그 사람의 유독 곤두서 있는 이면의 감정이 보였다. 그리고 어렴풋이나마 그의 힘든 현재 상황이 감지되었다. 후에 그가 '이혼'이라는 어려운 현실에 처해 있음을 전해 들었다. 그를 괘씸하고 원망스럽게 느끼던 나의 마음 한 곳에, 어느새 그 사람을 이해하고 싶은 마음이 거짓말처럼 자리하기 시작했다. 괘씸하기 그지없던 그의 말과 행위로 인해 예전의 나였다면 참담하게 무너져 괴로워했을지도 모르는데, 그의 처지와 상황성이라는 맥락에서 바라보니 그가 던진 말의 오류를 견뎌줄 만했다는 사실이 새삼스러웠다. 그 사건은 언어 사용과 소통에 관심이 큰 나에게 언어 트라우마 극복 과정에 대한 또 하나의 새로운 관점을 형성해주었다.

또 다른 경험을 한 적도 있다. 어떤 단체에서 몇몇 사람의 모함으로 힘든 일을 겪고는 사람들과 거리를 두며 지내던 시절이 있었다. 그래서 직장 동료에게도 꼭 해야 할 말만 살짝 하고는 그다지 많은 말을 하지 않았다. 그런데 오히려 그러한 나의 모습을 보이는 대로 혹은 자신의 평소 관점대로 평가하고는 왜 그렇게 우아한 척, 고상한 모드로 말하느냐고 어이없는 불평을 하는 것이었다. 나는 그저 타인과의 크고 작은 부딪침이 싫었고 조용히 지내고 싶었기에 조심했을 뿐인데, 받아들이는 사람에 따라서는 그렇게 비칠 수도 있었다는 것이 당시에는 참으로 당황스럽고 억울하기도 했다.

그 밖에도 내가 살면서 경험한 '말'과 관련된 크고 작은 트라우마가 결과적으로 언어에 관심을 두게 하기도 했지만, 반대로 '말'이라는 그 맛나고도 의미심장한 명제 앞에서 수시로 주춤거리게 만들기도 했다. 아직도 나는 그 '말'이라는 것을 온전히 내 것으로 만들지도 못했고, 완전히 제압하지도 못한 채 그것에 끌려다니고 있다. 그러나 그런 와중에도 내게 생긴 좋은 것 한 가지가 있다. 바로, 세상에 있는 '말'의 트라우마를 가진 또 다른 사람들에 대한 관조가 생긴 것이다. 말 때문에 상처받아 힘들어하고, 말로써 관계를 망쳐서 괴로워하며, 심지어 말더듬으로 인해 엉망진창이 된 삶으로 어려워하는 모습들이 내게는 더욱 잘 포착되는 것 같다.

✒️ '악플' 언어, 날카로운 비수가 되다

요즘은 연예인은 물론이고 어찌어찌하여 조금이라도 유명해지고 나면, 대중의 선망과 좋은 관심 못지않게 비난을 감수해야 할 상황도 많이 생긴다. 대중은 그들에게 조금의 실수도 용납하고 싶지 않은 듯하다. 마땅히 비난받을 만한 행위를 했다면 피할 도리도 없고 겸허히 받아들여야 하는 게 당연하다고 본다. 그러나 안타까운 일은 이유 없이 악의적인 비난에 시달려야 할 때도 있다는 것이다. 자살이 정당화 혹은 미화되어서도 안 되지만, 자살로까지 몰고 갈 정도의 악플이 없었다면 일부 연예인의 우울증으로 인한 자살을 막을 수도 있지 않았을까. 그것은 평범한 일반인의 경우에도 마찬가지이기에 마음 아픈 일이다.

그렇다면 악의적인 댓글을 달거나 무조건 비난부터 하고 보는 심리는 도대체 어디서 비롯되는 것일까. 나는 언어 사용법에 관해 연구하는 마음을 늘 지녀왔지만, 그러면서 한 가지 확실하게 깨달은 것이 있다면, 그것은 바로 사람의 심보가 언어 사용에 상당히 작용한다는 점이다. 즉, 심성이 먼저 잘 갖추어져 있어야 언어가 좋게 사용될 수 있다는 것이다. 어떠한 이유로라도 마음이 꼬여 있다면 제아무리 멋들어진 화술을 익힐지라도 결국 옳지 않은 방식으로 표출되고 만다. 복잡하고 검은 속마음과 다르게 겉으로 미려한 화술을 발휘하는 사람은 그야말로 고도의 전략가이거나 교활한 사기꾼이다. 말로써 타인을 기만하는 것이다. 물론 그렇게 하는 것이 기분대로 아무렇게나 말해서 누군가를 죽게 하는 것보다는 나을 때도 있다. 그래서 언어라는 것 자체가 아이러니한 것이기도 하다.

누군가를 비난하거나 흠을 잡고 흉을 보게 되기까지는 일단 그 상대가 왠지 밉고 싫어지는 과정을 거친다. 또는 그럴만한 사건이 존재한다. 평소에 조금씩 미운 짓을 했거나, 자신에게 유독 서운하게 했거나, 믿었는데 크게 실망스러운 일을 하게 되면 그 사람이 급격히 싫어진다. 주로 가까운 사이에서는 미움의 감정이 생기면 대놓고 일종의 시위를 하게 된다. 그래서 진심과는 다르게 화난 음성이나 볼멘소리를 하게 되기도 한다. 그로 인해 더 큰 갈등을 만들기도 하지만, 그런 만큼 서로 화해를 통해 갈등 해소나 관계 개선의 여지가 있다. 그러나 연예인처럼 자신과 직접적으로 닿을 수 없는 곳에 있는 사람에게는 싫거나 미운 감정을 댓글로 풀고자 한다. 그런데 안타깝게도 이러한 관계에서는 서로 맞장을 떠서라도 갈등을 해소할 기회조차 없다. 맞싸움에서 손해가 클 수 있는 쪽이 그저 일방적으로 당할 수밖에 없다. 여기에서 바로 비극이 발생한다.

그런데 밉다는 것과 싫다는 것은 사실 미묘한 차이가 있다. 상대를 거부하거나 적대시한다는 점에서는 같다. 밉다는 감정에는 나에게 나쁘게 해서 서운하고 야속하다는 의미가 담겨 있다. 그래서 거기에는 미운 짓을 한 당사자의 잘못도 어느 정도 있을 가능성이 있다. 그러나 싫다는 감정은 크게 이유가 없거나 그의 어떤 점이 자신의 가치관이나 관점에서 이해가 안 되어 생기는 경우가 많다. 또는 나와 같은 편이 아니라는 이유만으로 그저 그 사람이 싫을 수도 있다. 그런데 무엇보다 거기에는 시기와 질투가 더 많이 작용하는 것 같다. 인정하기는 싫지만 나보다 잘나 보여서 그냥 싫은 것이다. 나보다 잘나가는 것 같아서, 나보다 더 인정받는 것 같아서, 나보다 먼저 성공한 것 같아서, 나보다 능력자인 것 같아서 무작정 싫은 감정이 솟아난다. 내가 지니지 못한 것을 그가 가지고 있을 때 사촌이 땅을 샀을 때처럼 배가 아프다. 그러한 시기와 질투의 감정으로 인해 안티가 되고 악플을 달게 된다. 그래서 인기 있는 사람이 항상 더욱 겸손해야 한다. 잘났다고 으스대거나 떠벌이면 속으로 얄미운 감정을 키우게 할 수 있다. 스스로 자신을 어필하는 것이 필요한 현대를 살아가며 어디까지가 겸손한 태도일지는 별도로 다루어져야 할 만큼 어려운 일이기는 하지만 말이다.

결국, 연예인이나 대중의 시선을 받는 사람에게 자신을 지킬 방어체제를 스스로 구축하라고 말해주고 싶다. 모르는 대중으로부터 어떤 잘못으로 인한 '미움'이 아니라 무작정 '싫음'에 의해 악플을 당하는 경우, 잘 견딜 수 있는 심리적 대처 방법을 알아둘 필요가 있다. 그것은 그리 어렵지 않다. 본인이 잘못한 게 없는데도 그렇게 된 것이라면 대수롭지 않게 무시하면 된다. 담대하게 마음먹고 그 어떤 말도 대수롭지 않게 여길 수 있도록 항상 마음의 준비를 해두면 된다. 억울함을 당했을 때 어른들이 늘 들려주던 "진실은 통하게 되어 있다"라는 말을 생각하며 스스로를 믿어주도록 하자. 그런 다음 '시간이 해결해준다'라는 말을 생각하며 일정 시간을 견디면 본인의 잘못이 아닌 한 억울함이 풀릴 기회가 찾아온다. 대중의 의견을 소중히 여길 줄 알고 겸허히 자신을 돌아보기도 해야 하지만, 대중의 생각은 기본적으로 언제나 변화무쌍하고 가변적임을 잊지 말도록 하자. 그렇게 생각하며 마음을 다스려야 우울증이나 대인기피증을 피할 수 있다.

악플이 사회적으로 심각한 문제가 되면서 악플 방지 캠페인 광고 덕에 악플이라는 댓글 언어의 문제점이 조금씩 개선되는 듯 보이기도 한다. 그러나 특정 연예인에 대한 악플이 여전히 자행되고, 그로 인해 급기야 극단적인 선택을 하는 일이 반복적으로 일어나고 있다. 이러한 것을 그저 유명 셀러브리티가 감당해야 할 현시대의 사회적 현상이라고만 단정할 수 있을까. 물론 악플을 받을 만한 비호감 행동을 제공한 당사자의 탓이라고 말하는 사람도 없지 않다. 꼭 연예인이나 유명인사가 아니더라도 내 주변의 누군가가 지속적으로 밉상 행위를 반복하면 왠지 모르게 비위가 거슬리고 얄밉게 여겨지는 게 우리 인간의 마음이고 보니 그러한 행위를 하는 사람에 대한 시선이 고울 수만은 없다. 또한 곱게 보라고 강요할 수도 없다. 그러나 연예인은 그들의 행위에 문제가 있고 없고를 떠나서 일단 악플의 양적인 규모부터가 일반인과 다르다. 인기와 관심을 받는 크기가 큰 만큼 그것과 비례해서 미움이나 악플의 크기가 감당하기 어려울 만큼 커진다. 그래서 맷집이 단단하지 않은 사람들은 우울증이나 대인기피증 그리고 공황장애 등을 겪고 심하면 삶을 그만 놓아버리고 만다.

더욱 큰 문제는 객관적으로 보아 크게 잘못한 게 없는데도 억울하게 악플에 시달리는 경우도 있다는 사실이다. 이를테면 누군가의 악의적 선동에 의해, 혹은 언론의 잘못된 보도로 대중의 뭇매를 맞게 되는 것이 그러한 경우다. 누군가 욕을 한다고 해도 자신이 알게 되지 않는 한 살아가는 데 별 어려움이 없다. 하지만 이제는 인터넷, SNS, 유튜브 등에서 댓글로 바로바로 악플을 대놓고 들어야 하니 어지간한 정신력으로는 견디기 어려운 세상이다. 그래서 많은 사람이 세상 사람들에게 알려지게 될수록 언제나 그 부분을 제일 두려워한다. 순수하고 맑은 심성이 변함없이 소중하게 권고될 덕목이긴 하지만, 그럼에도 더 이상 심약한 정신력을 갖고 살지 말아야 한다고 은연중에 강요받고 있다.

🖌 '악플러'에 대응하는 방법

모두가 악플 다는 것을 즐기는 것은 결코 아니지만, 욕설은 아니더라도 완곡한 어조로 비난의 글을 쓰는 이들이 아직도 많다. 그것을 당하는 사람이 겪는 데미지는 생각보다 크다. 게다가 가짜로 모함하는 것임에도 거기에 부화뇌동한 많은 사람이 한꺼번에 달려들면, 당사자는 강풍으로 휘몰아치는 토네이도에 휩싸인 듯 속수무책일 수밖에 없다.

악플러들은 자신의 마음이 이미 열등감이나 자존감 상실로 여유롭지 못한 상태이기에 악플로 고통 받을 사람의 마음 따위는 아랑곳하지 않는 경우가 많다. 싫든 좋든 관심이 있으니 댓글이라도 다는 것일 텐데 말이다. 성공 가도를 달리고 있거나 자신만의 내실을 쌓으며 바쁘게 살아가는 삶에 만족감이 큰 사람들은 타인의 삶과 행동에 그다지 관심을 두지 않는다. 악플로 고통 받고 있다면 바로 이러한 사실을 알아채는 게 매우 중요하다. 악플 다는 사람이 괘씸하겠지만, 역지사지하는 마음으로 오히려 그를 측은히 여기자. 그렇게 하는 것이 자신이 상처를 덜 받는다. 물론 잘못한 게 있는 사람은 그것을 스스로에 대한 반성의 계기로 삼고 개선하고자 노력해야 한다. 그러나 너무 크게 상심하여 모든 걸 내려놓지는 말라는 것이다. 강건하게 버티며 극단적인 선택의 유혹이 찾아들 틈을 절대 주지 말자.

때로는 적극적으로 해명하는 것이 옳을 때도 있지만, 때로는 흙탕물이 잔잔해질 때까지 조용히 기다리는 게 나을 수도 있다. 최선의 공격으로 방어해야 할 때도 있지만, 침묵과 기다림이 더 합당한 방어일 수도 있다. 연예인이 되기를 꿈꾸는 청소년들이 많은 요즘이다. 어리거나 젊은 그들이 각고의 노력 끝에 겨우 꿈을 이루지만, 꽃으로 활짝 피기도 전에 악플로 무너져 버리는 사례를 보며, 그들이 연예계에 입문할 때부터 악플을 대하는 지혜를 배워야 한다고 생각한다. 악플과 독설에 맷집이 없을수록 비관적으로 판단할 가능성이 크기 때문이다.

정작 서로 물어뜯고 면전에서 치욕적인 언사를 당해도 끄떡하지 않는 정치인들의 최강 멘탈이 옳고 그름을 떠나서 참으로 대단하다고 생각한 적도 있다. 그들도 처음부터 그렇게 강하지는 않았을 것 같다. 그 세계에서 살아남는 방법을 미리 터득한 것이거나, 수차례 당하다 보니 맷집이 단단해져서일 수도 있다. 그것도 아니면 원래부터 철면피 인성을 지녔기에 가능한 것일 수도 있다. 혹은 비리와 잘못에 대해 마땅히 귀를 기울이고 반성해야 함에도 아예 귀를 닫아버려 들리지 않아서 그런지도 모른다. 어떻든 간에 극과 극으로 대비되는 이 두 사회적 그룹을 비교해보며 새삼 번번함(혹은 뻔뻔함)도 정신과적인 치료 방법으로 일면 효과적이라 생각했다. 적어도 대중의 한가운데로 들어가 우뚝 서기를 바란다면 말이다. 어쩌면 이것이 진정 악플에 맞장 뜨는 가장 좋은 방법 중 하나일지도 모르겠다.

사실 악플을 받게 되는 당사자가 어느 만큼의 빌미를 주었을 수도 있지만, 기본적으로 악플러가 마음이 허해서 악플 다는 심리가 생기는 것인 만큼 그런 사람의 말에는 기꺼이 무덤덤할 필요가 있다. 스스로 반성하지 말자는 것은 아니다. 다만, 악플 받는 처지에 놓인 사람도, 그리고 악플을 달며 영혼이 메말라가는 사람도 서로 안쓰럽게 여길 필요가 있다. 세상에 완전한 사람이 과연 몇이나 될까. 우리는 모두 완벽하지 못한 존재다. 그러니 누가 누구를 단죄할 수 있단 말인가. 그런 뜻에서 스스로 다독이며 악플을 달지도 말고, 악플러의 말에 과도하게 신경 쓰지도 말아야겠다. 아무리 치명적이라 해도 마음먹기에 따라 다르게 받아들일 수 있다. 게다가 현대 사회는 모든 사람이 저마다 독특한 취향을 가지고 있기에 특정 대상에 대한 호불호는 갈리게 마련이다. 고로 세상의 모든 사람이 나를 좋아할 수는 없다는 것을 명백한 사실로 인정하고 마음 편히 받아들이자.

어차피, 습관적으로 악플을 다는 사람의 말로(末路)도 그리 썩 좋지는 않다. 악플러는 스스로 형성한 꼬여 있는 마인드 때문에 자신의 인생도 꼬이게 되는 경우가 많다. 그러므로 악플러에게 피해의식을 가지기보다는 강력한 상쇄 언어로 차단하고 원천 봉쇄해야 한다. 무고한 사람에게 해를 준 악플러는 세상의 보편적 판단과 평가에 의해 결국엔 자동으로 응징을 받게 되어 있다. 그러니 악플 때문에 더 이상 자신을 괴롭히기보다는 악플 극복을 위한 마인드컨트롤 언어를 스스로에게 자주 해주도록 하자. 면전에서 대놓고 하는 노골적인 욕보다 심리를 파고드는 악플이 더 아픈 이유는 그 말에 자기도 모르게 무의식적으로 너무 그대로 공감해버리기 때문이라는 것 또한 잊지 말자.

> "내뱉은 말은 상대방의 가슴속에 수십 년 동안 화살처럼 꽂혀 있다."
>
> – 롱펠로

헛된 약속을 하는 언어 습관

대학 신입생 시절, 나를 포함한 열 명의 친구가 '열 셀 동안'이라는 이름의 모임을 만들고는 늘 함께 몰려다녔다. 유쾌하게 담소를 나누는 것도, 수업을 듣고 식사를 하는 것도 늘 함께하고자 했다. 그때는 그렇게 하는 것이 꽤나 즐거웠다. 그런데 삼삼오오 모여 다니기는 수월한 편이지만 우리처럼 열 명의 친구가 한꺼번에 모두 모이기란 쉬운 일이 아니었다. 언제나 한두 명씩은 다른 곳에 흩어져 있는 상황이 빈번했다. 사실 그래서 모임의 이름도 그렇게 지어진 것이다. 모두가 한 번에 다 모여질 날을 기대하면서 말이다.

그런데 그중 유독 공백을 자주 보이는 친구가 있었다. 그 친구는 모임에서 함께하는 때가 드물었다. 어쩌다 함께하기는 하지만 그녀는 나름 존재감이 컸다. 그녀는 말도 참 잘했던 것으로 기억되는데, 빠르게 속사포를 날리듯 말했지만 정갈하고 노련한 말솜씨로 분위기를 띄웠고 대부분의 대화를 주도했다. 당시 그녀의 꿈이 아나운서였는데, 청산유수로 말을 잘하는 그녀를 보며 훗날 말로 하는 직업을 분명히 갖게 될 거라 믿었다. 그래서 내심 그녀를 동경하기도 했고 항상 재미있는 그녀가 기다려졌다. 모임의 다른 친구들도 간간이 등장하는 그녀와 그렇게 간헐적 만남의 시간을 보내고는 늘 아쉬운 마음으로 헤어졌다.

그녀가 어쩌다 모임을 함께할 때면, 호기롭게 다음에 만날 시각과 장소까지 자신이 먼저 정해주고는 그날 꼭 나오겠다고 맹세했다. 하지만 꼭 만날 것을 강조하고 손가락까지 걸며 약속해놓고는 정작 당일엔 어김없이 불참했다. 처음에 몇 번은 갑자기 못 올 만한 사정이 생겨서 그랬거니 했다. 그런데 반복적인 그녀의 모습에서 알게 되었다. 그녀는 그저 헤어지기 아쉬운 마음에 인사치레로 가볍게 헛된 약속을 했던 것임을. 친구들 사이에서 그녀는 점점 신뢰를 잃었고, 나중에는 그녀의 말을 잘 믿지 않게 되었다. 다음번에도 당연히 안 올 테지, 하며 으레 그러려니 했다. 결국 더 이상 아무도 그녀를 기다리지 않게 되었다. 그러면서 그녀 또한 점점 우리의 모임에서 멀어져갔다.

그 후 많은 세월이 흘렀다. 그런데 어느 날 문득, 나 또한 그녀와 닮아 있는 모습을 깨닫고 황망하기 그지없었다. 누군가를 길에서 오랜만에 만나게 되면, 그 반가운 마음을 더 여운 있게 전하고 싶었다. 그러다 보니 "다음에 만나서 우리 식사라도 하자"라는 말을 너무도 쉽게 남발하고 있었다. 생각해보니 그런 게 바로 '빈말'이었던 것이다. 그나마 정확한 날짜를 못 박아 말하지는 않았으니 괜찮은 것일까. 그렇게 말하는 것이 습관처럼 되어가고 있음을 깨닫고는 그 공허하기 짝이 없는 '빈말'이 소중하게 여기던 사람들과의 관계에 어떤 안 좋은 영향을 미친 것은 아닐까 새삼 걱정스러워졌다.

기분 좋은 훗날의 기약을 위해 그렇게 말하는 것이 물론 당시엔 진심이지만, 여러 가지 사정상 결국 지키지도 못할 헛된 약속을 하는 것 같아서 그러한 나의 행동이 마음에 안 들었다. 물론 빈말이라도 어쩌다 한 번씩은 친밀함을 확인시켜주거나 관계를 단단하게 해주는 고착제 역할을 한다. 그

러나 그것이 부지불식간에 반복되고 습관이 되어 그들이 나의 말을 점점 믿
지 않게 될지도 모른다 생각하니 아차! 싶었다. 모든 관계에서 서로에 대한
신뢰의 댐이 아주 작고 사소해 보이는 것으로 인해 무너질 수도 있기 때문
이다.

비밀을 지키지 못하고 떠벌이는 사람만큼이나 빈말을 자주 하는 사람
도 입이 매우 가벼운 인간 유형이다. 이런 생각을 하다 보면 참으로 언어 사
용이 어려운 일임을 실감하기도 한다. 말하자면, 어떨 때는 밝고 유쾌하게
가벼운 기약도 하며 말하는 것이 더 좋을 수 있지만 또 어떨 때는 그런 가벼
운 화법이 오히려 관계에 해가 되기도 하니 말이다. 그 중간의 어디쯤에서
언어적 중용을 유지하기란 참으로 어려운 일이다. 아직도 습관이 남아서 얼
결에 "다음에 만나서 밥 한 끼 먹자"라는 말이 입 밖으로 튀어나오면, 어쩔
수 없이 그 말이 헛되지 않게 하려고 안간힘을 쓰게 된다. 그래서 때로는 일
정상 예정에 없던 시간을 일부러 만들어야 하기에 그때마다 후회하곤 한다.
좀 더 신중히 말할걸, 하고.

🔦 엄마가 뭘 알아!

부모와 자녀 사이에서, 혹은 친구 사이의 다툼에서 흔히 들을 수 있는
말이 있다. 그것은 바로 "나에 대해 뭘 알아!"라는 말이다. 평소 서로에 대해
잘 알려주지도 않고 알려고도 하지 않았기에 생기는 현상이다. 사실 살면서
자신에 대해 알려주고 싶지도 않거나 상대방에 대해 그다지 알고 싶지 않을
수도 있다. 그럴 필요성조차 못 느낄 수도 있다. 그런데 문제는 알지도 못하
면서 자기 멋대로 판단하고 다 아는 것처럼 말하며 속을 긁게 된다는 데 있

다. 위에서도 여러 번 언급한 주제와 일맥상통하는 것이긴 한데, 겉으로 보이는 모습만 보고 판단하거나 자신이 살아온 인생에서 만들어진 편협한 시각으로 바라보기에 그렇게 된다. 경험했던 방식과 견해가 결코 모두 옳은 건 아니거늘 때로는 자신의 가치관이 투영된 선입견을 품을 때가 있다. 이것은 관계에서 자주 불화를 만드는 원인이 되며, 명백히 자기중심적 판단에 의한 오류라고 할 수 있다. 이러한 성향을 지닌 사람은 항상 자기만 옳고 상대방이 틀렸다고 여긴다. 심지어 상대방을 낱낱이 알고 있다고 생각하며 상대방의 이전 생각이나 행동의 결과까지 자기 마음대로 비난한다.

사실, 무슨 이유인가로 해서 이미 미워하는 마음을 품었거나 모든 상황을 부정적으로 보고자 하는 사람한테는 아무리 좋은 것을 보여주려 해도 소용이 없다. 뒤틀린 마음으로 무조건 비난부터 하고 본다. 예를 들어, 어떤 이가 좋은 어투로 밝게 말해주고자 하면 너무 가벼워 보인다고 책망한다. 반대로 말없이 조용히 있으면 왜 그렇게 뚱해 있냐고 비난한다. 조금 친절히 설명해주고자 하면 장황하게 말한다고 면박을 주는가 하면, 또 반대로 간단하게 말하고 넘어가면 무성의하다고 타박한다. 그 어느 중간 지점을 잘 찾아서 조화롭게 이야기하려고 하면 기회주의자 또는 소신이 없는 사람으로 치부하려 든다. 정작 자기 자신도 한없이 부족하면서 조금의 부끄러움도 없이 그렇게 말한다.

그러한 경우의 일례를 들어 보자. 어느 날 공부를 하려고 이제 막 책상 앞에 앉은 자녀에게 갑자기 엄마가 야단을 친다. "너는 왜 맨날 공부도 안 하고 놀 궁리만 하는 거니?"라고. 그러면 자녀는 갑자기 공부하기도 싫어지고 마음도 몰라주는 엄마가 야속하다며 따져 말한다. 그러면 엄마는 더욱 화가 나서 어디서 말대꾸하냐고 호통을 친다. 그 순간 주눅이 들어 아무 말 못하고 서 있다. 그런데 또 엄마는 무시당했다고 느끼며 이렇게 말한다. "어른이 야단치는데 소죽은 귀신처럼 꿈쩍도 안 하는 건 어디서 배운 거야!!"라고.

그래서 억울해진 자녀가 울기라도 하면, 뭘 잘했다고 우느냐고 한다. 그래서 이 악물고 울음을 참으면, 울지도 않는 독종이라고 혀를 차며 말한다. 도대체 이 엄마는 왜 그러는 걸까. 욕구불만이나 화를 그런 식으로 푸는 걸까. 그렇게 무조건 자기 뜻대로 하려 들며 상대방은 언제나 틀리고 자신은 언제나 옳다고 여기는 사람의 자녀는 참으로 불행하다. 선입견이나 편견 혹은 철저하게 자기중심적인 생각을 지닌 사람이 단정적으로 말하고자 할 때는 그 누구도 속수무책으로 당할 수밖에 없다. 그야말로 조화로운 대화는 영영 이루어지기가 요원하다.

어른들이 청소년에게 철없는 애송이들이라며 무시하는 것도, 젊은이들이 매사에 꼰대 같다며 어른의 바른말이나 좋은 말조차 듣고 싶어 하지 않는 것도 모두 내 기준만 옳다는 전제로 판단하는 데서 생기는 오류다. 또한 상대방이 처한 상황이나 입장도 모르면서 다 알고 있다는 터무니없는 자신감에서 비롯된 결과다. 경찰서에서 잘못도 없이 억울하게 조사를 받게 된 고아 청소년에게 "너는 고아잖아. 그러니까 네가 무조건 잘못했네"라고 말하는 조사관의 근거 없는 편견과 판단은 비난받아 마땅하다. 또한 현명한 노인의 말에도 '꼰대질' 한다고 비하하며 귀를 닫는 일부 편협한 젊은이들에게도 어리석다고 말해주고 싶다. 나이 오십에 불과해도 서른 살 장년에게 꼰대 소리를 듣게 된다면 그 오십의 어른은 비애감이 들 것이다. 편협한 마음을 가진 서른 살 장년도 그렇게 따지면 십대 청소년에게는 역시 꼰대로 비칠 수 있음을 스스로 알기나 할까. 그런 마음으로 사람을 대한다면 결코 서로 조화를 이룰 말이 입에서 나가기 어렵다. 급기야 관계가 틀어지는 순간이 오고야 말 것이다.

🪁 모든 것이 못마땅한 '투덜이' 스머프

　　오래전 한국 TV에서도 방영된 〈개구쟁이 스머프〉라는 만화가 있었다. 요즘 젊은이들은 잘 모르겠지만, 등장하는 각 캐릭터의 특징이 또렷해서 한 때 꽤나 인기가 있었던 것으로 기억한다. 그중에서도 유독 기억에 남는 캐릭터를 꼽으라면 '투덜이' 스머프를 들 수 있다. 자신도, 타인도, 직면하는 상황도 모두 싫다며 끊임없이 투덜거린다. 투덜거리는 말을 가만히 듣고 있노라면, 싫은 이유도 놀라울 정도로 참으로 많았다. 처음엔 비호감 캐릭터라고 생각되기도 했지만, 계속 보고 있노라니 나름 매력이 느껴지기도 했다. 만화 그림의 화풍이 부드럽고 귀여운 스타일이라 그런지 투덜이 캐릭터지만 개성과 친근함이 잘 묘사된 것 같았다.

　　그러나 현실에서 그런 사람이 주변에 있다면 상당히 피곤하거나 거부감이 느껴질 것이다. 사실, 현실에서도 그렇게 늘 불평불만이 가득한 사람이 존재한다. 불평하는 이유를 크게 두 가지로 나눌 수 있을 것 같다. 하나는 자신만이 가장 옳다고 여기기에 타인이나 타인에 의해 돌아가는 그 상황이 모두 못마땅하기 때문이다. 자기가 하면 더 잘할 것 같다는 생각이 팽배하기에 그러하다. 그래서 허구한 날 스스로 투덜대는 것을 넘어서 타인을 면전에서 타박하기를 일삼는다. 심지어 정작 자신보고 그 일을 하라고 하면 비겁하게 숨으면서도 그렇게 하는 사람이 있다. 그것은 자존감이 지나치게 높아서일 수도 있지만, 어찌 보면 자존감을 넘어 오만함이 커서 그런 것일지도 모른다. 또 다른 하나는 그것과는 정반대로 지나치게 자존감이 떨어져서 그런 것일 수도 있다. 보통 다른 사람의 모든 것이 못마땅한 사람은 속으로는 자신을 비롯해 자신이 처한 상황 자체에 대해서도 못마땅한 경우가 많다. 다른 사람들의 어떤 특정한 모습과 행동을 보며 그들보다 열등한 모습으로 자신을 투영하기 때문이다. 그렇게 자존감이 낮다 보니 항상 자신만 부족하다고 느끼며 스스로에게 많이 화가 나 있다.

　유형을 더욱 잘게 나누면, 여러 가지 이유로 '투덜이 스머프'가 되기도 한다. 이를테면, 병적인 기질상의 원인, 성격장애, 치매, 특정 영양소 부족, 하고픈 말을 해야 속이 편함 등의 이유로 인해 노상 투덜대며 사는 사람이 된다. 어떤 이유에서든 그들의 입에서 나오는 말들은 온전하기가 어렵다. 이미 모든 게 좋게 보이지 않다 보니 어떻게든 꼬투리를 잡아가며 계속 투덜댄다. 그런 말에는 자신의 감정만 다치게 하는 게 아니라 듣는 사람의 감정을 불쾌하게 하는 대꼬챙이 같은 뉘앙스가 담겨 있게 마련이다. 따라서 이 또한 원활한 의사소통에 극심한 장애 요소가 될 수 있다. 이는 행복한 언어 사용을 하는 데 크게 방해가 된다.

　물론 어떤 사람이 실제로 미움 받을 행동을 하기 때문에 그의 모든 것이 못마땅한 경우도 있다. 또한 대부분 사람은 어떤 사람이 미우면 그의 모습과 행동 하나하나가 전부 미울 수도 있다. 오죽하면 옛말에 "며느리가 미우면 그녀의 발꿈치도 밉다"라는 말이 있을까. 그런데 그렇게 미운 사람이 하는 모든 게 인정하기도 싫고 수용하기도 싫다 보니, 때로는 반대를 위한 반대도 하게 된다는 게 문제다. 그것은 부정적 관점으로 인해 부정적 언어와 부정적 관계로 이어지는 악순환의 전형적 패턴을 만들 수 있다. 결국엔 스스로 자처해서 홀로 고립무원(孤立無援)으로 구덩이를 파고들어가는 꼴이 되고 만다.

🖋'너'의 능력을 인정하기가 정말 싫은 '나'

　　한때 동창 찾기가 유행한 적이 있었다. 그런데 30대 이상의 사람들이 갖는 초·중·고 동창 모임에서는 너무나 오랜만에 만나는 거라서 서로의 삶에서 공유되는 기억이 가물가물할 것이다. 또한 서로 친했던 친구가 오라는 법도 없다. 게다가 계속해서 만남을 지속해온 친구들이라면 군이 동창회를 통해 만날 필요도 없다. 그러다 보니 당연히 일회성 이벤트로 끝나버리고 마는 것 같다. 그나마 대학 시절(혹은 고교 시절) 알고 지내던 학교 친구나 동아리 친구들을 10년 혹은 20년 만에 만나게 되면, 애초에 서로에게 가지고 있던 기억이나 편견과는 상당히 다르게 변모한 것을 보며 서로 놀라곤 한다. 그래도 당시에 이렇게 저렇게 얽힌 친분이 나름 유지되었을 수도 있어서 처음에는 그들을 중심으로 화기애애한 분위기가 연출될 것이다.

　　이제부터 그러한 분위기가 어떻게 흘러가게 되는지 상상해보자. 오랜만에 만났음에도 과거의 시간을 공유했고 서로 나눌 공감 요소도 많기에 함께 만들었던 즐거운 추억을 이야기하며 웃음꽃을 피우기 시작한다. 그곳에 나온 것만으로도 동시대를 공유했던 친구들이 그리웠거나 젊었던 그 시절에 대한 향수가 있었음을 짐작할 수 있다. 그런데 조금씩 시간이 흐르고 각자 삶의 이야기가 무르익는 동안 점점 묘한 기류가 형성되기 시작한다. 마침내 대화의 중심이 자신들보다 성공한 친구에게 집중되는 순간이 올 때, 그것을 진심으로 기뻐해주는 대다수 친구들 사이에서 유독 뾰로통하게 앉아 있는 친구가 보인다. 그(혹은 그녀)는 모두가 호응해도 혼자 관심 없는 척하거나 비아냥거리며 태클을 걸기도 한다. 요즘 유행하는 말로 '갑분싸', 즉 갑자기 분위기를 싸하게 만드는 것이다. 예를 들면, 자신의 관심 분야가 아니어서 이해하지 못하는 것이면서도 잘나가는 것 같은 그 친구의 현재 업무와 업적을 깎아내리거나, 그 친구가 첨단 사업에 관해 다른 친구들의 질문에 답해주고 있는데, 옆에서 자신이 자부하는 것(예를 들어, 그 친구가 안 하고 있을 것 같은데 자신이 현재 몰두해 있는 골프나 해외여행 등의 이야기)을 오히려 대단한 것처럼 자랑한다. 그러고는 그 친구에게 이목이 집중될 때마다 여지없이 끼어들어 자꾸만 화제를 돌리고자 한다.

그런 사람의 감정을 잘 파악할 수 있는 사람은 그 친구가 자신의 말에 호응해주지 않더라도 크게 감정이 상하지 않을 것이다. 사실 조금만 센스가 있어도 그런 사람의 심리가 훤히 들여다보인다. 다만 심통 부리는 그 자신들만 모르고 있을 뿐이다. 그리고 목적을 위해 교언영색을 잘하거나 독하게 자신의 표정을 감출 줄 아는 사람이 아닌 이상 대부분 그런 심정이 되면 속내를 잘 감추지 못한다. 그래서 다소 유치해 보이는 줄도 모른 채 소위 잘나가는 것 같은 친구를 깎아내리는 말을 던지곤 한다. 그로 인해 자신이 한없이 깎아내려지고 있다는 사실 또한 알지 못하고서 말이다.

비아냥거리며 말하게 되는 그들의 심리를 보면, 역시나 시샘하는 마음이 작용하고 있는 경우가 많다. 예컨대, 오랜만에 만난 그 친구에게 예전부터 늘 자기도 모르게 경쟁심이 있었거나 자신보다 별로라고 여겼던 친구가 어쩐지 자기보다 나아 보이면 그 친구의 성공이나 능력을 절대 인정하고 싶지 않다. 그것을 인정하는 순간 그동안 자신이 살아온 삶이 상대적으로 부실해 보일까 봐 두려운 것일까. 어쩌면 자신이 주인공이 되고 싶었는데 자신의 경쟁 상대였던 친구에게 관심이 쏠려서 화가 난 것일 수도 있다.

그런데 그러한 모습은 감추어지지 않고 모두 티가 나게 되어 있다. 설령 콧방귀 뀌며 노골적으로 비아냥거리지 않더라도 예의상의 호응조차 하지 않거나 애써 무심한 척하고 무례하게 끼어들어 다른 말로 화제를 돌리는 모습만으로도 그 마음을 많은 사람에게 들키고 말 것이다. 뒤틀린 심사로 태클 걸고 있는 것이 말에서 은근히 다 드러나기 때문이다. 게다가 자신이 시기하고 있는 그 친구가 정작 알아채고 속으로 더욱 의기양양할 수도 있다. 그러면 그게 오히려 지는 것이 아닐까. 그것을 감지한 그 친구도 시기하는 동창의 마음 상태를 알기에 괜히 불편하게 그날 이후로까지 관계를 유지하고 싶지는 않을 것이다. '너를 절대로 인정하고 싶지 않아'라는 시샘의 심리는 아이들의 속내가 뻔히 보이듯 누구에게나 쉽게 읽히는 것이라서 그러한 심리를 가지고 대화하려 한다면 다른 친구들 모두에게도 역시 불편한 존재가 될 수 있다. 그런 동창은 오랜만에 만난 반가움과 별개로 두 번 다시 만나고 싶지 않은 친구가 될지도 모른다.

그러니 혹시 자신이 그런 마음을 갖게 되는 상황에 처하거든 잘나가게 된 것 같아 보이는 그 친구에게 기꺼이 칭찬하고 응원해보길 권한다. 쿨하게 인정해주고 함께 기뻐해준다고 해서 결코 자신이 작아지지 않는다. 시원하게 인정하고 박수 쳐주는 화법을 통해 스스로 더욱 위대해지는 기분을 만끽해보라. 마음이 큰 사람과 내적으로 성숙한 사람이기에 가능한 일을 자신이 하고 있다는 것에 흐뭇해하라. 그렇게 하면 자신의 성숙한 태도에 대해 스스로 더욱 뿌듯해질 것이며, 특히 옆에서 지켜보는 다른 친구들에게도 좋은 이미지로 남을 것이다.

내 친구가 잘되면 그런 친구 덕분에 자기도 덩달아 함께 커지는 것이다. 그런 것을 모르기에 시샘부터 하게 된다. 하지만 알면서도 일단은 배가 아파서 그렇게 되는 것을 막을 수 없을 때가 있을 것이다. 그렇다면 부득이 배가 아프게 느껴지더라도 노골적으로 싫은 티를 내지는 말자. 그게 오히려 궁해 보일 수 있다. 요즘 말로 없어 보인다. 차라리 "오, 대단한 걸" 하고 높여주며 존중해주는 말솜씨를 발휘해보라. 상대방도 깊이 감명할 것이며, 그렇게 여유로운 마음을 표출함으로써 그 모임에서 오히려 더 큰 사람이 되어 있는 자신을 발견할 수 있다. 베풀 때 충족감과 뿌듯함이 커지듯, 그렇게 하는 것이 더 행복해지는 비결이다. 그런 화법이 몸에 밴 사람들이 어디서나 더 인기가 있다는 것을 잊지 말자.

🖋뚱한 사람은 장사를 하지 말라

직업이 세분화 · 다양화되어가는 세상이다. 그에 따라 특정 기술을 지니고 있을수록 돈을 벌기도 더 수월해졌다. 그런데 장사를 직업으로 삼는 경우, 종류가 다양해 선택의 폭도 넓고 그만큼 진입장벽도 낮은 편이지만 해당 분야의 특정 기술만으로 모든 게 완비되는 것은 아니다. 내가 무언가 다른 중요한 것이 있다고 말하려는 것을 알아챘을 것이다. 맞다. 바로 장사 수완에 관해 말하고자 한다. 어떤 면에서 '장사 수완'이란 '손님의 마음을 얻는 싹싹하고 친절한 말솜씨'라고도 할 수 있다. 장사는 기본적으로 서비스업이기에 제공하는 기본 소스 자체가 훌륭하다면 1차적으로는 합격이다. 하지만 그것에 더해서 탁월한 장사꾼은 무엇보다 일단 말부터 상냥하다. 망하는 이유는 다양하겠지만, 주인이나 직원의 말투로 망하는 경우도 많다. 뚱한 얼굴로 손님을 맞이하고 퉁명스럽게 응대한다면 그 어떤 손님도 다시는 가고 싶지 않을 것이다.

사실, 장사를 하는 사람의 입장에서 나름 해명하고픈, 장사가 안 되는 저마다의 어려운 사정이 있다. 트렌드의 급변, 상권의 열악함, 예상치 못한 환경적 역습, 직원 급여 지급의 부담, 원재료 물가 폭등, 온라인 마케팅으로의 유통구조 이동 등이 모두 장사가 부진하게 되는 이유다. 많은 이유로 어려움을 겪는 모든 자영업자에게 진심으로 응원해 마지않는다. 그런데 이러한 어려움도 딱히 없고 자체 서비스나 상품의 부실함이 없음에도 장사가 안 되어 문을 닫는 점포를 볼 때마다 그 이유가 무엇일까 궁금하고 안타까웠다. 관심 있게 지켜본 결과 얻어진 결론은 이랬다. 즉, 어떤 종류의 영업점이라도 장사가 잘되는 가게는 손님을 항상 살갑게 맞이하는 특징이 있었다. 반대로 퉁명하게 말하는 경우엔 뭘 해도 종국에는 망하게 되는 것 같았다. 모두 그런 것은 아니지만, 손님에게 뚱하고 퉁명스러운 만큼 대부분은 서비스도 좋지 않은 경우가 많았다. 말과 행동은 마음을 전하는 것이기에 기꺼이 서비스하려는 마음이 없는데 말과 행동이 살갑게 표현될 리 만무했다. 장사가 잘되는 것이 목적이라면 속마음은 감추고 그야말로 립(lip) 서비스라도 좋아야 하지 않을까. 아닌 말로, 친절히 대해주지도 않는 가게에서 기껏 자신의 돈을 쓰며 마음 상함을 감내할 고객은 세상에 없을 것이다. 사람의 마음은 때론 참 간사하다. 예컨대, 옷가게에서 편하게 옷을 보고 싶은데 점원이 가까이 따라다니며 말을 붙이면 참 귀찮다. 하지만 지나치게 무심히 대하면 또 왠지 섭섭해진다. 결국 손님으로서 대접받지 못하고 무시당한 것 같은 마음에 아무것도 안 사고 그대로 나오게 된다. 심지어 구경조차 더 이상 하고 싶지 않다. 내 돈을 쓰는 곳에서는 적어도 자신만을 최고로 반겨주는 말로 대접을 받아야 충족되는 게 소비자의 심리라서 그런 걸까.

그런 고로, 장사 수완을 배우려면 무엇보다 손님 응대 화법부터 배우라고 하고 싶다. 대기업 산하의 꽤 규모가 있는 프랜차이즈 점포에서는 그래도 그러한 교육이 잘 이루어지고 있다. 그러나 정작 염려되는 영세 사업자 중에는 그러한 것이 준비되어 있지 않는 경우가 더 많다. 쇼호스트들의 수다스러울 정도의 친절한 설명과 독려가 결국 그날의 매출을 상승시킨다. 그들만큼 말을 많이 하자는 것은 아니지만 장사에서는 침묵이 금이 될 수만은 없다는 것이다. 극히 절제된 언어로 멋지게 제작된 TV 광고에서조차 최소한의 카피라이팅 문구가 있다. 절대 강자인 킬러(killer) 상품이나 서비스를 판매하는 것이 아닌 이상, 꿀 먹은 벙어리는 장사에 절대적으로 마이너스다. 희한하게도 상거래에서는 '이심전심'이 그다지 통하지 않는 것 같다. 그러니 '아무 말 안 해도 내 마음 알겠지?'라면서 '그럼 이만 계산하고 가셔~~!!' 하는 자세로 임할 수는 없다.

엄밀히 말해서 소비자 입장에서는 자신의 귀한 돈에 상응하는 상품(goods)과 서비스(services)를 받는 거래가 이루어져야만 진정으로 소통이 완성된다. 그런데 그것을 전달하는 중요한 매개체 중의 하나 역시 언어이기에 말로써 혹은 글로써 기대되는 소통의 욕구를 충족시켜주어야 한다. 또한 그것이 제2, 제3의 매출로도 연결될 수 있다. 그런데 그것을 잘하지 못해서 안타까움을 자아낸 경우를 예시하고자 한다. 내가 사는 아파트 상가에 세탁소가 하나 있었다. 갈 때마다 주인의 무뚝뚝함과 불친절함에 마음이 몹시 상했다. 손님을 반기지도 않았고 묻는 말에도 대답은커녕 멀뚱히 쳐다보며 무안하게 하곤 했다. 그나마 기껏 대답한다고 해도 퉁명스럽게 손님을 타박하는 어조로 말했다. 속으로 '이 사람 뭐지?' 하는 생각이 번번이 들었다. 부부가 똑같았다. 그래도 가게에 따라 나온 아이에게는 살갑게 하는 것을 보며 원래 나쁜 사람은 아니라고 믿고 싶었다. 바로 얼마 전까지 영업했던 전주인과는 완전히 달라서 그 뚱한 모습이 더욱 도드라져 보였다. 과거에는 과묵한 사람이 인기가 있었을지 몰라도 요즘엔 절도 있게, 그러나 유쾌하게 자신을 어필하고 분위기를 주도해주는 그야말로 말 잘하는 사람이 인기가 있다. 그런 세상에서 장사하는 것이기에 과묵하거나 심지어 골이 난 것처럼 뚱해 있다면 그 불친절한 느낌은 훨씬 크게 표시가 날 것이다. 저렇게 장사를 해서는 안 될 것 같다는 생각을 하고 있었는데, 얼마 지나지 않아서 세탁소는 결국 문을 닫았다. 세탁소 주인이 말주변도 없고 퉁명하며 불친절하다는 소문을 남긴 채.

06

씁쓸한 맛

더 큰 싸움을 만드는 언어의 오류 | 잘못된 언어 사용으로 망한 나라 | 약이 되는 말은 원래 그렇게 쓰기만 할까 | '텍스트(text)의 오류' | 이래도 응, 저래도 응 했더니 만만하게 본다 | 부부관계를 망치는 언어 사용 | 마음이 약할 때, 말의 임팩트가 더욱 크다 | 관계를 끝장내는 치명적인 말 | 비겁한 '순간 면피용' 언사의 후폭풍 | '막말(망언) 상용자'의 말로(末路)

☕ 더 큰 싸움을 만드는 언어의 오류

마음속에 있는 말을 모두 다 하는 것이 항상 좋은 것만은 아니다. 자기 마음이 편하자고 혹은 뒤끝이 없는 사람이라고 으스대며 상대방을 조금도 배려하지 않은 채 하고픈 말을 쏟아낸다면 그야말로 그는 소중한 관계의 중요성을 정말 모르는 사람이다. 또한 관계가 어떠한 이유로 깨지는지를 결코 모르는 사람이다. 물론 서로의 생각을 몰라서 문제가 커지는 것보다는 속마음을 표현하는 게 나을 때도 있다. 그러나 말의 뉘앙스, 선택하는 언어, 그리고 화법에 따라 또 다른 문제를 키우게 될 수도 있다는 것을 늘 염두에 두어야 한다.

가족의 갈등을 유쾌하게 풀어가는 드라마를 종종 보면서 항상 드는 생각이 있다. 그들이 갈등 관계를 풀어가는 모습을 보면 항상 원만하게 서로의 마음을 헤아려주는 절묘한 화술을 발휘한다는 것이다. 어쩌면 그렇게 모두 말을 유창하게 잘하는가 싶기도 하다. 그리고 실제 가정에서 일어나는 사건들이기에 그런 대화가 진행된다는 점이 마땅하고 흥미롭게 와 닿기는 한다. 그런데 한편으로는 드라마라서 작가의 의도대로 어느 정도 미화된 거라는 생각도 든다. 작가들은 어쩌면 그렇게 우리 인간의 삶을 제대로 파악하고 있는지, 그리고 사람의 심리와 사람이 나누는 언어에 대해 어쩌면 그렇게 잘 알고 있는지 실로 대단하게 느껴지곤 한다.

드라마에서는 당연히 갈등이 존재한다. 그래야 드라마이고, 그런 갈등을 풀어가는 과정에서의 애틋함과 절절함 때문에 드라마가 주목받는 것이니 말이다. 그러나 드라마에서는 모든 사건과 갈등을 해소하는 과정을 제한된 시간에 압축적으로 보여주면서 그야말로 화술의 능력자들이 되어 대화의 신공을 발휘한다. 세상의 모든 사람이 드라마에서처럼 그렇게 잘 말할 수 있다면 참 좋으련만. 드라마는 특히나 대화로 내용 전개가 이루어지는 것이라서 그런지 모두가 설득력 있게 말한다. 싸움조차 너무나 고상하게 한다. 어쩌나 그렇게 꼭 필요한 말만 찰지고 멋있게 하는지. 게다가 시청자로서 보기에 양측의 입장에 너무나도 공감이 가는 말만 골라서 한다.

그러나 실제 삶에서의 싸움과 갈등 상황에서는 어떨까. 아마도 크기의 차이는 있더라도 좀 더 적나라하게 서로를 공격하는 말을 하고 때로는 심한 욕설과 고성이 오갈 것이다. 드라마에서는 엄밀히 말하면 작가가 만든 상황에서 그럴듯하게 연기한 것일 뿐 리얼해 보이는 싸움이 있은 후 적대관계로 발전할 가능성은 거의 전무하다. 하지만 현실의 다툼에서는 드라마처럼 평화롭게 전개되기란 매우 어렵다. 흥분한 감정을 제어할 방법이 없어서 말꼬리에 꼬리를 물고 서로를 공격하다가 결국엔 애초의 분쟁 원인은 어디로 가버리고 비난에 비난을 더해간다. 어쩌다 다행스럽게 한쪽이라도 이성적 제어 능력이 강한 사람이면 그나마 더 큰 싸움으로 번지는 것을 막기도 하지만, 대부분 이미 엎질러진 물을 주워 담을 수 없어 극한의 상황으로 번지기 일쑤다. 친구 관계는 물론이고 부모-자식 혹은 부부 관계에 점점 커다란 금이 가면서 급기야는 아예 헤어지게 되거나 양쪽 모두 가슴에 상처나 후회를 품은 채 살아가곤 한다. 그것이 반복되고 각자가 어떤 방식으로라도 마음의 꼬인 매듭을 풀지 못하면 결국 가슴속에 한이 쌓인다. 그래서 거의 모든 사람이 완전한 행복을 느끼지 못한 채 살아가는 것인지도 모른다. 그래도 노력 여하에 따라 '극적인 화해'라는 장치를 쓸 수 있는 기회가 우리에게 마련되어 있으니 천만다행이다.

☕잘못된 언어 사용으로 망한 나라

수많은 언어 표현 중에 잘못된 선택과 사용으로 입신양명의 꿈이 좌절되기도 하고, 하루아침에 대중의 미움을 사기도 하며, 권세를 누리던 자리에서 물러나기도 한다. 그래서 말 때문에 망할 수 있으니 항상 입을 조심하라는 동서고금의 명언도 많다. 망조를 부르는 언어 사용의 원인은 바른말을 하지 않아서, 또한 바른말을 듣지 않아서, 막말을 해서, 잘못 전달되어서, 언어의 다의성에 따른 오해로, 애초의 오역(번역 오류) 등에 의해 생긴다. 그중에서도 특히 다중의 의미를 담고 있는 단어 하나를 잘못 선택했고, 잘못 전달했으며, 잘못 받아들인 이유로 크나큰 비극을 맞게 된 일본의 경우를 생각하지 않을 수 없다. 그 비극의 역사적 사건은 바로 제2차 세계대전 당시 일본의 핵폭탄 투하(1945)다. 공식적으로는 명백히 오역으로 그러한 결과를 초래했다고 결론이 났지만, 애초에 그 모호한 '모쿠사쓰(もくさつ)'*라는 말을 선택해서 사용한 사람(스즈키), 오역해서 보도한 매체(도메이 통신), 그리고 여러 의미 중에 하필이면 최악의 의미로 받아들인 연합국가(특히 미국)가 모두 서로 제대로 소통하지 못해서 생긴 일이라 할 수 있다.

'모쿠사쓰'라는 어휘는 서구의 언어로 정확하게 표현하기 어려웠으며, 일본에서도 여러 의미를 지니고 있어서 모호하게 사용되던 말로서, '무시(묵살)하다'라는 뜻 외에도 '(의견 표명을) 유보하다'라는 뜻이 담겨 있다. 그런데 포츠담 선언을 통해 무조건 항복하라는 연합국의 최후통첩에 대해 일본의 스즈키 간타로(鈴木貫太郎) 수상은 논평을 유보하기 위해 당시 그런 의미도 함유하고 있던 '모쿠사쓰'라는 표현을 쓴 것이다. 그런데 '도메이(同盟)' 통신이 '무시하다'라는 뜻으로 번역해서 보도함으로써 미국을 포함한 연합국을 격

---

* 〈퀸토 링고(Quinto Lingo)〉 1968년 1월호 'The World's Most Tragic Translation' 참조.

분하게 했다. 그것은 결국 히로시마와 나가사키에 원자폭탄 투하라는 결과를 초래했다.*

자국의 한 언어로만 소통하기에도 잠정적인 오해의 여지가 있기 마련인데, 하물며 일본어와 영어의 번역 오류 가능성은 더욱 클 수밖에 없었다. 모두 언어가 가진 속성을 잘 이해하고 있었더라면 중대한 사항에서의 언어 선택을 더욱 신중히 할 수 있었을 것이며, 제대로 사용하고 제대로 전할 수 있었을 것이다. 또한 그랬더라면 그렇게 비극적인 사건은 절대 일어나지 않았을 것이다.

☕ 약이 되는 말은 원래 그렇게 쓰기만 할까

몸에 좋은 약은 원래 쓴맛이 나기 마련이라는 말을 종종 듣는다. 그리고 사실 그 말이 어느 정도 맞기도 하다. 한약도 대부분 쓴맛이 나고 양약도

---

* "Clarity and context are important. In 1945, Winston Churchill, Harry Truman, and Joseph Stalin had emerged victorious in Europe as the leaders of the Allied Powers in World War II. Now they were going to meet in Potsdam, Germany to negotiate the terms for the end of that war. They hoped to avoid a land invasion of Japan since they knew the loss of life that was bound to follow. Initially, the Japanese government said nothing while they considered their options. But eventually, when reporters hounded Prime Minister Kantaro Suzuki for an answer, he uttered a single word, "mokusatsu." This choice of words is probably one of the most tragic decisions ever made – not because of the word, but because that single word can be interpreted in multiple ways. What the Prime Minister meant was "no comment." Unfortunately, the word was translated to the Allies as meaning "not worthy of comment; held in silent contempt." The Allies, and particularly the US, were sick and tired of Japan's "kamakazi" spirit. They took the word as an insult of the highest order and a rejection of their demands for peaceful surrender. Less than a month later, the atomic bomb was dropped on Hiroshima. Linguists have called the incident the world's most tragic translation." (참조 원문: http://michaelkelley.co/2017/01/the-most-tragic-translation-in-history/)

그냥 먹기에는 너무 써서 아예 정제나 캡슐 형태로 만들어져 있는 것을 보면 알 수 있다. 우리 몸의 건강관리와 치료를 위해 쓰이는 약이 쓰다는 것에서 착안해 소통의 관계에서도 그러한 표현이 생긴 것이다. 그러나 약처럼 독하게 말한다고 해서 과연 쓴 약의 효과처럼 듣는 이에게 좋게만 작용하는 것일까. 보통 상습적으로 남에게 막말하며 상처를 주는 사람들이 그런 표현을 주로 사용하는데, 그것은 어쩌면 자신의 욕구대로 쓴소리 한 것에 대해 비겁하게 합리화하는 것일 수 있다.

간혹 듣는 순간에는 쓰고 독했던 말로 인해 결과적으로는 더 좋은 결과를 맞게 되는 경우도 있기는 하다. 그러나 그렇게 훗날 약이 된 결과는 뼈아픈 상처를 받은 당사자가 오기로 이 악물고 더 노력했기에 가능한 것이다. 그렇기에 쓴소리를 한 사람에게 그 공로를 돌릴 수는 없다. 그리고 사실 대다수의 사람은 오기를 발동시키기보다는 상처의 늪에 빠져서 힘겨워할 가능성이 더 크다. 몸에 좋은 약이라는 광고에 부응해서 쓴 약을 복용했어도 부작용이 있는 것처럼 성공이나 성장에 좋다며 던진 쓰고 독한 말로 인해 힘겨워하는 사람이 더 많다. 음식으로 못 고치는 병은 약으로도 고칠 수 없다는 말이 있다. 그것을 바꾸어 말하자면 그만큼 맛난 음식이 쓴 약보다 나을 수 있다는 것이다. 음식이 쓰기만 하고 맛이 없다면 아무리 몸에 좋다고 해도 사람들이 즐겨 먹지 않을 것이다. 정작 우리 몸을 좋게 하는 것은 우리가 기분 좋게 먹을 수 있는 맛난 음식 혹은 식품이다. 또한 그렇듯 역으로 우리 인생에 좋은 결과를 주는 말이 맛나고 감미롭다고 해서 우리에게 해로운 것만도 결코 아니다. 다시 말해서 약이 되는 말도 얼마든지 쓰지 않고 맛날 수 있다는 것이다.

쓴 말에는 독이 들어 있기에 쓴맛이 나는 것이다. 사실 독은 맛이 있고 없고를 막론하고 먹어서는 안 되는 것이다. 결국 독설로 야단을 치고는 "원래 몸에 좋은 말은 쓴 법이야"라고 말하는 것은 궁색한 자기변명이며 자기

합리화일 뿐이다. 또한 진정한 화법을 모르는 무책임한 언어 파탄자 혹은 언어 무법자다. 듣는 사람이 불편해하면 그것을 인격 부족의 탓으로 몰아가며 자신의 언사를 정당화하는 것은 참으로 비겁한 발상이다. 몸에는 분명히 좋지만 쓴맛이 나는 미나리나 쑥갓도 양념을 보태어 조리하기에 맛있게 먹을 수 있는 게 아닐까. 그렇게 좀 더 맛있게 섭취하기 위해 온갖 요리법이 동원되듯, 쓴 말도 최대한 맛나게 조리해서 먹을 만한 음식처럼 만들어지게 해야 한다. 아끼는 누군가에게 어쩔 수 없이 쓴 말을 해야겠다 싶을 때 쓰디쓴 원재료만 먹으라며 날것으로 툭 던져주는 일은 결코 없어야 할 것이다.

요컨대, 쓴 말도 얼마든지 좋게 돌려서 말할 수 있다. 잘 알아듣게 말해주거나 스스로 잘못을 깨닫고 대오각성하게 말하는 것이 소통을 위해 더 좋은 화법이다. 자주 언급하지만 이솝우화에서처럼 따뜻한 햇볕이 나그네의 외투를 벗게 할 수 있지 않던가. 모질고 거센 바람은 오히려 나그네의 옷깃을 더욱 꽁꽁 여미게 할 뿐이다. 듣고자 하는 마음이 저절로 생기도록, 사랑과 온기를 담은 말로 훈계해도 얼마든지 계도할 수 있다. 폭력이 나쁘다는 것을 강조하기 위해 "꽃으로라도 때리지 말라"라는 말이 있다. 결코 말로도 때려서는 안 된다. 일례로, 청소년을 범죄의 길로 들어서게 만드는 것도 궁극적으로 살펴보면 어른들의 무책임한 독설에서 비롯될 때가 많다. "넌 호되게 야단맞아야 정신 차리지!"라며 독설을 퍼붓는 일은 이젠 더 이상 하지 말자.

☕ '텍스트(text)의 오류'

　　요즘처럼 온 세상이 바쁘게 돌아가는 상황에서 짧고 간단한 텍스트 문자는 서로의 의중을 묻고 약속을 정하며 심지어 급한 업무를 간편하게 해결할 수 있기에 더없이 좋은 커뮤니케이션 수단이 아닐 수 없다. 휴대폰이 생긴 이래로 폰 기능 자체의 발달과 '카카오톡'을 비롯한 여러 메신저의 발달로 문자를 보내기가 매우 손쉬워졌다. 장문의 긴 문자를 보내는 것도 거의 제약 없이 수월해졌으며, 무엇보다 짧게 여러 차례로 나누어 보내도 비용 부담 없이 무제한 사용이 가능하다. 그러다 보니, 사람들 간의 소통을 위한 텍스트 메시지도 빈도수가 높아진 만큼 상대적으로 내용도 더욱 간단해졌다. 게다가 요즘 사람들은 무척 바쁘게 돌아가는 일상 속에서 조금이라도 길고 장황하게 말하는 사람을 기다려주지 않는다. 그래서 꼭 필요한 정보나 광고가 아닌 이상 장황함보다는 간결한 메시지가 선호되는 게 사실이다. 그와 함께 사람들의 언어 사용법에서도 간결함과 단순함이 더 선호되는 것 같다.

　　한때 나의 언어 화법이 나도 모르게 장황해지곤 하던 시절이 있었다. 훗날 그러한 사실을 스스로 깨닫게 되었을 때, 왜 그랬을까 하고 그 이유를 곰곰이 되새겨본 적이 있었다. 내가 특별히 말하기를 좋아하지 않게 되었던 때였는데도 장황하게 설명하고자 하는 습관이 생겨버린 이유를 마침내 알게 되었다. 그것은 바로 일종의 트라우마에 의한 반대급부 행위였다. 즉, 너무 짧아진 의사소통 중에 상대방의 오해가 생겼고 그것을 해명할 겨를도 없이 오해한 사람의 악의적인 분탕질로 마녀사냥 당하듯 그 단체에서 나쁜 사람이 되어버린 경험 때문에 가능한 한 추호의 오해도 생기지 않기를 바라는 마음으로 구구절절 설명하고자 했다. 그것이 점점 습관이 되어버렸다.

　　그 사건이 있었을 당시에는 '카카오톡' 같은 메신저가 아직 생기지 않았다. 그냥 휴대폰의 문자 보내기 기능을 통해 소통하는 것이 전부였다. 그래서 특별히 MMS 문자를 쓰지 않는 한 대부분 짧은 문자로 나누어 보내곤 했다. 여러 가지 업무로 정신없이 바쁠 시기라서 나 역시 그것을 애용하곤 했다. 그러던 차에 그 사람은 내가 보낸 문자를 자신의 감정 선상에서 파악 하려 했고, 따라서 자신의 자격지심대로 마음껏 오해를 해버렸다. 내가 보낸 그 짧은 텍스트로 인한 상호 커뮤니케이션 오류였다. 그로 인해 그녀로부터 오래도록 괴롭힘을 당했다. 그래서 아직도 나의 텍스트 문자에는 웃고 있는 이모티콘 문자나 하트가 난무한다. 건조한 느낌의 문자로 생길 수 있는 오해가 없기를 간절히 바라는 심정이기에.

문자라는 것은 정말 묘했다. 짧고 간략하게 전달할 수 있다는 특유의 매력과는 별도로 항상 잠재적으로 오해를 부를 수 있다는 단점이 있었다. 대부분 사람들은 그것을 알아차리지 못하거나 간과하고 있었다. 짧은 메시지로 모든 것을 해결하려는 생각이 만연하면서 점점 그것의 문제점이 부각되기 시작했다. 서로 좋은 감정 상태로 지내던 사이에서의 짧은 메시지는 그나마 오해를 덜 불러일으킨다. 그러나 둘 중의 한 사람이라도 상대방에 대해 안 좋은 마음 상태일 때는 마음이 옹졸해져 있는 사람 쪽에서 특히 오해할 가능성이 크다. 간결하게 핵심 팩트만 정리해서 보내다 보니 전하는 사람의 감정 상태를 제대로 파악하기 어려울 수 있기 때문이다. 그래서 자신의 감정이 꼬여 있을수록 상대방의 문자를 자기 생각의 틀에서 왜곡하게 된다. 예컨대, 나는 부탁 어조로 분명히 말한 것 같은데 난데없이 상대방이 화를 내며 왜 명령하느냐고 하는 일이 생길 수 있다는 것이다.

평소의 성격이 그대로 반영되어 말이 짧게 끝나고 단답형으로 답하는 사람들의 문자는 역시 그 성향 그대로 메시지가 짧거나 단답형이다. 그렇기에 그런 성격과 성향을 서로 잘 이해하는 친한 관계에서는 그러한 방식의 텍스트가 그다지 문제가 되지 않는다. 그러나 예를 들어 늘 조심스레 상대의 감정을 전전긍긍 살피게 되는 '을'의 사랑을 하는 사람은 상대방의 간결하지만 무미건조한 텍스트에 수시로 절망하곤 한다.

　나에게 어떠한 이유로든 불만을 지니게 된 사람임을 미처 알아차리지 못한 채 어떤 부탁 문자를 보냈는데 의외의 반응을 보이던 그 사람과의 사건 이후로 나의 텍스트는 앞서 말했듯이 항상 웃는 얼굴 표시나 여운을 주는 부가적인 특수 문자를 덧붙이는 바람에 조금씩 더 길어지곤 했다. 간단한 문자로 메시지를 짧게 전달하는 가운데 생기는 오해 또는 그 오해가 염려되어 지나치게 만연체 화법이 되는 현상을 보며 나는 그러한 모든 것을 '텍스트의 오류'라고 부르기 시작했다.

　요즘엔 '카카오톡'이 사람들 간에 가장 흔하게 사용되는 SNS 중의 하나다. 초기의 휴대폰 문자 방식과 다르게 이제는 매우 긴 텍스트를 이러한 SNS를 통해 구사할 수 있고 감정을 전하기 좋도록 도와주는 이모티콘을 활용함으로써 서로 간의 오해 가능성도 줄일 수 있게 되었다. 일반 문자도 길게 사용할 수 있지만, 이러한 점이 '카카오톡'을 선호하는 사람들의 여러 이유 중 하나일 것이다. 그래서 '카카오톡'을 통한 SNS 문자에서는 그나마 소통의 오류가 덜 나게 된 것 같다.

　그런데 정작 '카카오톡' 프로필에 올려놓은 짧은 문구가 때로는 희한하게 작용하기도 한다. 예컨대, 카카오톡에 자신의 감정을 적어놓기 좋아하는 유형의 사람들이 있다. 그 사람들은 당시 자신의 감정이나 상황을 누군가가 알아주었으면 하는 바람으로 그렇게 하는 것일 수 있다. 혹은 프로필을 자주 들여다보며 자신을 응원하거나 질책함으로써 스스로 새로운 다짐을 하고자 그렇게 하기도 한다. 그런데 지인의 프로필 사진에 첨부한 텍스트를 보면서 민감하게 반응하는 사람들이 있다. 그 사람에게 유독 관심이 많은 사람은 그 문구를 보며 희한하게 감정이입을 하게 되는 것 같다. 도둑이 제 발 저리는 것처럼 마치 그 말이 자신에게 향한 말이라고 여기게 되는 묘한 심리가 작용하기 때문이다. 실제로는 카카오톡 프로필에 누군가를 겨냥한 것 같은 말을 올린 그 당사자가 자신에 대해 일말의 관심조차 없는데도 말이다. 그러고는 자기 혼자 그에 대한 미움의 골을 깊게 파기 시작한다. 또는 혼자서 원망의 탑을 높이 쌓는다. 이러한 현상 또한 또 다른 유형의 '텍스트의 오류'라고 말하고 싶다.

앞서 말한 오류는 짧은 텍스트 속에 내재된 '함축성'의 오류라 할 수 있다면, 두 번째 예시의 오류는 짧은 텍스트의 대상과 관련한 '타깃(target)'의 오류라고 할 수 있다. 이러한 오류를 무의식적으로라도 감지하는 사람이 많을 것이고, 그것을 잘 알고 역으로 이용하는 사람도 적지 않을 것이다. 예컨대 이런 사람들은 자신이 말하고 싶은 특정 상대방을 겨냥해서 함축적으로나마 마음을 담아낸다. 또는 언젠가는 자신의 프로필을 보게 될 특정인에게 던지고 싶은 말을 마치 자신 또는 모두에게 하는 것처럼 썼을 수도 있다. 일종의 의도적인 트릭을 사용하는 것이다. 그 이유는 훗날 책망이나 비난을 받지 않도록 혹은 자신의 마음을 들켜도 부끄럽지 않도록 에둘러 표현해놓고는 언제라도 뒤로 숨을 수 있다는 이점 때문일 것이다.

☕이래도 응, 저래도 응 했더니 만만하게 본다

"있을 때 잘하지 그래?", "오냐오냐하니까 하늘 높은 줄 모르는군", "이래도 응, 저래도 응 했더니 내가 만만하게 보이냐?", "너랑 수준 맞추어 놀아주니까 내가 바보로 보이냐?" 등의 말을 주위의 어디선가 들어본 적이 있을 것이다. 이는 보이는 게 전부가 아닌데 만만히 보다가 큰코다치는 상황에 맞닥뜨리지 않기 위해 평소에 체크해두어야 할 말들이다.

세상 사람들은 본성적으로 아이러니하게도 타인에 대해 이중적 잣대나 편견으로 오판하는 경향이 있다. 예컨대 유명한 사람이 겸허하고 진중한 언사를 보이면 그것을 높이 사며 존경하길 마다하지 않는다. 그런데 현실 속 주변에서 그러한 마음으로 자신을 낮추고 조용히 지내거나 큰 목소리를 내지 않으면 어느새 그 사람을 얕잡아보는 경향이 있다. 그나마 조용히 품격을 유지하며 자신을 낮추는 사람은 그래도 덜 무시당한다. 유쾌한 언어와 행동으로 모두를 즐겁게 만들고 분위기를 위해 기꺼이 자신이 망가지면서까지 스스로 낮추는 사람은 더욱 무시를 받곤 한다. 그의 깊은 속에 누구보다 큰 그릇의 면모, 더 뜨거운 열정, 더 엄청난 능력이 들어 있을지도 모르는데 말이다. 심지어 그들이 속하지 않은 곳에서는 이미 저명한 사람이지만 아직은 드러낼 수 없는 사정이 있어서 때를 기다리며 조용히 지내는 것일 수도 있다. 통찰력이 있는 사람을 제외한 대부분 사람들은 그저 겉으로 드러나는 모습으로 판단할 능력만 있을 뿐이니 그런 현상에 대해 어쩔 도리가 없다고 단정 지어야 할까.

오래전 TV에서 시청한 적 있었던 대하 사극 드라마 〈주몽〉이 떠오른다. 그곳에서는 주몽이 훗날 왕이 되기까지 자신의 신분을 감추며 스스로 최대한 낮추고 바짝 엎드려서 지내는 장면들이 나온다. 왕자의 신분이었지만 훗날 왕이 될 그의 훌륭한 면모까지 드러내고 지내다 보면, 그를 해하려는 자들에 의해 왕은 고사하고 채 왕이 되기도 전에 목숨조차 부지하기 어려웠기에 그렇게 어리숙하게 보이며 지낸 것이다. 우리 가운데의 누군가도 혹시 어디선가 주몽처럼 현재는 자신을 빛내지 못해 억울해도 그 마음을 감춘 채 그렇게 '절치부심(切齒腐心)' 혹은 '와신상담(臥薪嘗膽)'의 마음으로 때를 기다리며 내공(內功)을 쌓고 있을 거라 생각한다. 그런 생각을 하고부터는 예를 들어, 아파트에서 경비원 일을 하는 분들께도 더욱 고개를 숙이게 된다. 그분들이 어떤 훌륭한 과거를 살았고 현재도 어떤 훌륭한 이의 부모일지 알 수 없기에.

사실 요즘에는 많은 사람이 어떻게 하면 자신을 멋지게 알릴까 고민한다. 어찌 보면 스스로를 드러내지 못해 안달이 났다고 해도 과언이 아니다. 그러다 보니 역량이 부족한 사람임에도 지속적으로 매스컴에 등장하고 끊임없이 어필한다. 그런데 단지 매스컴을 탔다는 이유로 그를 무조건 높이 보려는 사람들이 있다. 자신의 눈앞에 그들보다 더 존경할 만한 진짜 훌륭한 사람이 있는데도 알아보지 못하고, 오히려 자신 앞에 존재하는 숨은 고수에게 TV에 나오는 누구누구를 본받으라고 종용하기도 한다. 사실 자신이 은연중에 무시하고 있는 눈앞의 그 사람이야말로 오히려 위대한 철학자이거나, 뛰어난 아이디어를 지닌 발명가이거나, 혹은 모두에게 이로운 학문을 펼치기 위해 주야로 연구하는 진정한 학자일지도 모른다. 그런데 우리는 그것을 미처 생각하지 못할 때가 있다. 내공을 품은 그 사람이 두 손을 뻗으면 닿을 만큼 너무도 가까이 존재하기 때문이다. 자존감이 낮을수록 자신과 같은 공간에 존재하는 사람을 자신과 똑같이 낮은 사람으로 판단하는 게 인간의 본성인 것 같다. 같은 맥락으로 자신이 닿을 수 없는 곳에 있는 사람을 선망하는 것 또한 인간의 속성인 것 같다.

많고 많은 사람 가운데 어찌 극소수의 매스컴, 즉 전파를 탄 사람만이 그 분야의 전문가일 수 있겠는가. 또 어찌 그들만이 대단한 사람이겠는가. 그것은 매스컴이라는 거대한 장벽에 가려서 왜곡이나 과장된 시각으로 그들을 바라보기 때문에 비롯된 결과다. 그래서 실제로는 그들이 형편없거나 덜 인격적일 수도 있다는 것을 간과하곤 한다. 사실 평범한 농부나 어부에게 누구보다 고결한 가치관이 있을 수 있다. 지하철에서 만나는 수많은 일반인이 각자 맡은 자리에서 별다른 티 안 내며 묵묵히 일하고 있다고 해서 그들이 무시될 대상은 결코 아니다. 또한 같은 TV에 등장할지라도 명품 드라마의 잘생긴 주연 배우만이 위대한 것은 아니다. 희극배우나 개그맨이 오히려 더 깊은 철학과 삶에 대한 통찰을 지니고 있을 수도 있다. 그렇기에 주위에 가까이 존재하는 평범하고 우스워 보이는 사람들에게 결코 말을 함부로 하지 말아야 한다.

그럼에도 모두 그렇지는 않지만, 힘 있고 유명한 사람을 우러르며 그의 앞에 비굴한 사람이 상당히 많다. 또한 그와는 반대로 정작 평범해 보이는 사람을 자신보다 별 볼일 없다고 여기며 그 앞에서 위세를 떨치려 드는 사람도 매우 많다. 그러나 세상은 넓고 똑똑한 사람이 너무도 많다. 또한 모든 사람이 자기 나름의 훌륭한 면을 가지고 있어서 나만 독불장군처럼 잘났다고 착각하고 살 수도 없다. 자신감이 넘쳐나서, 혹은 지나친 열등감을 감추기 위해 오히려 역으로 제 잘난 멋에 빠져 사는 건 자기 마음이지만, 그러한 감정으로 사람을 만만히 여기는 말투의 화법은 제발 버리자. 그런 사람들은 자신이 아프고 힘들다며 아무에게나 '묻지 마' 폭력을 휘두르는 사람과 전혀 다를 바 없다.

몇 번 만나지는 않았지만 모임에서 볼 때마다 그 사람이 늘 까칠하게 말해도 모임의 평탄한 분위기를 위해 그의 태도마저 존중하고자 신경 썼던 한 사람이 있었다. 원만한 분위기를 위해 좋은 게 좋은 거지 싶어서 나는 어리숙하게 보이는 것을 마다 않고 아재개그 같은 농담이나 하며 맞춰주곤 했다. 그렇게 소통해주어서인지 그는 나에 대해 정확히 아는 것이 거의 없었음에도 나를 제멋대로 판단했고 그래서 너무 편하게 여기는 것 같았다. 그런데 그것이 때로는 관계에서 문제 될 때가 있다. 그는 편하게 해주는 존재라고 해서 쉽게 대해도 된다고 착각한 것이다. 아니 좀 더 엄밀히 말하면 같잖게 여기고 있었던 게 분명했다. 그는 자신이 예상치 못한 자리에서 내가 주도적인 어떤 일을 하게 되었을 때, 흔히 말하는 이른바 '단지(딴지) 걸기'를 대놓고 행함으로써 여러 사람 앞에서 나를 능멸했다. 선전포고도 없었으며 방패도 없는데 화살을 쏘아댔다. 그 순간에는 당황스러워도 좋게 넘길 수밖에 없었다. 그곳에 처음 참석한 사람들에게 나의 이미지를 나쁘게 갖도록 하고 싶지 않아서였다. 그간 농담이라도 주고받으며 안면을 트고 지냈던 그에게 나 역시 몹시 화가 나고 서운한 마음이 들었다. 그때 나는 저 사람이 저토록 무례한 행동을 하게 만든 원인이 바로 나에게 있었다는 것을 깨달았다. 결국 나를 만만하게 보도록 한 나 자신을 원망했다.

앞에서도 언급했지만, 인간이 지닌 희한한 면모 중의 하나로, 무지개가 잡힐 수 없는 먼 곳에 있기에 아름답다고 여기며 선망하지만, 가까이에서 쉽게 얻는 물이나 흙은 오히려 무시하는 경향이 있다. 멀리 있는 별이 반짝반짝 빛나도 막상 그곳에 우뚝 발을 딛고 서서 보면 그렇게 빛나는 게 아니라는 것을 생각하지 않는다. 그런 연유로 매스컴과 대중에 의해 만들어진 우상 같은 연예인이나 유명인은 무조건 우러러보려고 한다. 똑같은 말도 우리가 말하면 그저 그런 평범한 말이 되고, 자기가 추종하는 유명인이 말하면 대단한 명언이라고 여긴다. 그러다 보니, 유명인이라는 가면에 속아서 추종하다가 마침내 드러난 그의 나쁜 소행에 개탄할 일도 종종 생긴다. 그런 사람이 무작정 좋아 보이는 것은 일종의 착시현상이므로 조심해야 한다.

이를테면, 보이는 게 전부가 아님을 잊지 말아야 한다. 누구를 좋아하고 믿고 숭앙하는 것은 개개인의 취향이며 그 누구도 말릴 수 없다는 것을 십분 인정한다. 그러나 그러한 마인드로 인해, 예를 들어 유명 강의를 하는 그들만이 무조건 옳다며 눈앞에 서 있는 잠재적 명강사를 우습게 여기지 말자. 또한 간발의 차이로 국가대표가 된 사람들만 주목하느라 그에 못지않은 실력을 연마하느라 피눈물 흘린 많은 마이너 선수들을 잊지 말자. 사실 SKY 대학을 졸업한 학생들과 나머지 대학을 졸업한 학생들의 행복이 긴 인생을 살고 보면 '도긴개긴'이다. 거듭 말하지만, 언제나 눈에 보이는 게 전부가 아니다. 또한 자기보다 못난 사람은 이 세상에 단 한 사람도 없다는 것을 잊지 말자. 결론적으로 강조하건대, 기본적으로 현재 내 앞에 서 있는 평범한 존재에게 더욱 존중하는 화법으로 임해야 함을 절대 잊지 말자.

☕️ 부부관계를 망치는 언어 사용

애정 깊은 연인들이 항상 그러하듯, 새내기 부부 또한 서로 사랑이 가득한 눈빛으로 바라보며 단 한마디도 놓치지 않으려고 서로의 말에 귀를 기울인다. 대부분 거의 모든 부부가 처음 결혼 생활을 시작할 때 그렇게 아름답게 서로를 바라보았을 것이다. 그런데 함께 오래 살다 보니 어쩔 수 없는 걸까. 어느 순간부터 점점 그런 마음은 어디론가 사라지고 무시와 무례함이 뚝뚝 묻어나는 언어 사용 단계에 접어들게 된다. 마음이 먼저 더 이상 살가운 관계를 유지할 수 없어서 서로 막말하게 되었을까. 아니면 막말과 싸움의 기억이 쌓여 관계가 서서히 깨지게 된 것일까. 이것은 닭이 먼저인가, 달걀이 먼저인가를 논할 때와 같다고 할 수 있다. 물론 기본적인 성격 차이가 어느 정도 작용하기는 한다. 싸우기 싫어하고 온화한 말투로 원만하게 풀기를 좋아하는 사람은 아무래도 거칠게 말하는 것을 피하는 경향이 있는 것도 맞다. 그러나 그것도 어디까지나 쌍방이 같은 성향이어야 가능하다.

개개의 성격과 가치관이 모두 다르다 보니 각각의 부부가 그려가는 삶도 다르고, 따라서 서로의 대화법도 차이가 있다. 그러나 아무리 성격 차이가 존재한다고 해도 서로를 배려하고 존중하며 집밖에서 만나는 남들에게 대할 때처럼 조심하는 마음을 지닌다면 말로써 험악하게 대하게 되는 일은 막을 수 있을 것이다. 그렇다고 본다면, 문제는 너무 친하고 편해져서 아무렇게나 막 대해도 된다고 여기는 데 있다. 존중하는 마음이 사라져서 상대방의 말이 이제는 귀하게 들리지 않는 것이다. 세심한 관심의 말이 잔소리로 들리기 시작하기도 한다. 늘 반복되는 일상의 삶을 함께 살다 보니 서로에게 하는 말도 반복적일 수밖에 없다. 그래서 귀를 기울여 들을 필요조차 느끼지 않게 된다. 또한 일일이 말대꾸하는 것도 귀찮기만 하다. 그래서 듣고도 아무 반응을 보이지 않는다. 그럴수록 잘 안 들어주는 것처럼 여겨지니 더더욱 반복적으로 말하며 확인하려 든다. 그러면 상대방도 갑자기 짜증을 내거나 퉁명스럽게 대답한다. 그래놓고 정작 자기 말을 안 듣거나 못 들으면 무시하는 거냐며 발끈 화내기도 한다. 많은 드라마에서 자주 보았던 모습을 연상하며 그려본 상황이긴 한데, 아마도 많은 부부의 모습이 이러할 거라고 생각한다. 그러한 모습이 정말로 맞는 거라면, 그 모든 것은 너무도 편해진 사이이기에 가능하다. '아무렇게나 편하게 막 대해도 설마 죽이기야 하겠는가'라는 생각이 무의식에 자리하고 있기 때문이다.

군이 말하지 않아도 서로의 마음을 잘 알기에 그런 거라면 더할 나위 없이 좋겠지만, 깨달음을 얻은 고승도 아닌 평범한 우리는 항상 그렇게 서로를 이해한다는 것이 결코 쉽지만은 않다. 설령 서로의 마음을 안다고 해도 한없이 귀찮아져서 대충 말하고 싶어지는 심리, 그리고 그래도 된다고 여겨지는 심리, 아이러니하게도 바로 그러한 것이 친한 관계일수록 더 빈번히 생기는 의외의 소통 불능의 원인이다.

부부가 서로의 의견을 나누며 더 나은 삶을 만들어가기 위해서는 싸움이 불가피하다고들 한다. 맞다. 싸움의 기술은 부부관계에서도 예외 없이 중요하다. '그래, 말 나온 김에 다 해보자'라는 생각에 그동안 마음에 담아두었던 말이 모두 나오게 될 때가 있을 것이다. 그런데 그때가 사실은 가장 위험하다고 할 수 있다. 원래의 의도와는 상관없는 말이 먼저 툭 하고 나갈 때도 있고, 상대방도 말의 어감이나 말꼬리에만 예민하게 반응하며 곡해하기도 한다. 게다가 성격이 급한 사람은 끝까지 듣지도 않고 대화 도중에 들은 특정 단어에 꽂혀서 발끈 화를 내기도 한다. 자초지종부터 차근차근 설명하는 것을 좋아하는 배우자도 있지만, 간단명료하게 말하길 좋아하는 배우자도 있다. 그러다 보니, 길게 설명하는 쪽은 항상 불리하다. 상대방에 의해 중간에 말이 씹히거나 잘리기 때문이다. 그럴 때 어떤 사람이 최후의 승자가 될까. 물론 부부싸움에서 승패를 가른다는 것 자체가 문제이긴 하지만. 무조건 목소리가 큰 쪽이 이기는 것일까. 아니면, 상대방이 실신 지경에 이르도록 가슴을 후벼 파는 독설을 뱉어낸 쪽이 이기는 것일까. 그것도 아니면, 그저 싸움이 커지는 것이 싫거나 상대방의 말이 어이없기에 아예 입을 다물어 버리고는 '그래, 너 잘났다'라며 그 순간을 회피하는 사람이 이기는 것일까.

　논쟁 중에 완벽하게 이성적이거나 냉철하기란 어려운 일이다. 그렇기에 때로는 하고 싶지 않았던 말이 얼결에 나가게 되면, 본의 아니게 잘못한 쪽이 되어버릴 수 있다. 승패를 떠나 왠지 문제의 원인이 자신에게 있는 것만 같아서 갑자기 싸움의 기세를 잃어버리게 되기도 한다. 애초에 원인이 되었던 사실은 더 이상 싸움의 논제가 되지 않고, 오히려 그 순간에 헛말을 한 그 사람이 싸움의 원흉이 되어버리기 일쑤다. 이러한 상황이 되면 그때야말로 고도의 지혜로운 기술이 필요하다. 그중의 하나는 바로 '원점 사실로의 회귀'라는 언어 사용법이다. 양쪽 모두 그럴 수 있다면 더욱 좋겠지만, 적어도 둘 중 한 사람이라도 끊임없이 과격해져가는 분위기를 환기시키며 싸움의 시초가 된 원점의 사실을 다시 상기시켜주어야 한다. 조금이라도 이성적으로 차분하게 감정 컨트롤을 할 수 있는 사람이 주로 그 역할을 담당하게 될 것이다.

　종로에서 뺨 맞고 한강에서 화풀이하는 사람이 우리 주변에 많이 있다. 부부 사이에도 예외는 아니다. 비유적으로 '종로'는 주로 사회에서 만나 예의와 선을 지켜야 하는 관계일 가능성이 크다. 상대적으로 '한강'은 주로 만만한 관계, 이를테면 배우자, 부모, 자녀, 형제 등의 가족관계이거나 흔히 말하는 '을'이라고 여기는 존재를 의미할 것이다. 가만히 앉아 있다가 당하는 사람은 '아닌 밤중에 홍두깨'라고 그야말로 어이없고 황당하기 이를 데 없다. 지금은 부부의 권위가 대등해져서 서로가 제일 소중해도 또 그만큼 서로가 제일 만만하다. 그런데 예전에 주로 남편이 말로써 홍두깨를 더 자주 휘두르던 시절엔 아내들은 속수무책으로 남편의 온갖 욕설과 인격모독의 언사를 듣고도 그저 감당해야만 했다. 물론 일부 경우이며 정도의 차이는 있었다. 그러나 평생 그러한 관계로 인고의 삶을 견디다 보면 마음에 울화가 가득 쌓이고 마침내 병으로 이어지기도 했다.

아무리 사랑하던 사이라고 해도 욕이나 무시하는 말이 반복된다면 서로에게 혐오만 남을 뿐이다. 끝내 서로 간의 언어 사용법을 교정하지 않은 채 미움과 원망을 품고 마지못해 살아가는 부부가 된다면 참으로 서글픈 인생이다. 요즘엔 서로가 참지 않는다. 그것을 참고 살기엔 무지갯빛 남은 인생이 더욱 찬란하게 여겨지기 때문이다. 그러한 판단 속에서 급기야 이별이라는 것이 자연스러운 다음 수순이 되고 만다.

설령 감정이 격해져서 홧김에 서로 심한 말을 했더라도 진정으로 사과하고 다시는 반복하지 않는다면 마음에 깊이 각인되는 것을 막을 수 있다. 그러나 그 알량한 자존심이 뭐라고 먼저 사과하기 힘들어하는 사람이 의외로 많다. 또한 상대의 말이 너무도 가슴에 진하게 새겨져 있거나 상대가 조금의 용서도 허락하지 않는 성향의 소유자라면 화해하기 어렵다. 결국 그 골이 더욱 깊어지게 되고 점점 더 풀기가 어려워질 수 있다.

부부의 언사가 부드럽고 온화하게 서로 존중하며 말하는 가정에서는 부부 당사자뿐 아니라 아이들도 안정적으로 지낼 가능성이 매우 크다. 자신의 배우자를 귀하게 여기는 말로 서로를 아껴주면 좋은 관계를 유지하기가 당연히 훨씬 수월하다. 다음 날 아침 남편을 위한 반찬이 달라지거나 아내가 타는 자동차가 말끔히 세차 되어 있는 것을 경험하게 될 수도 있다. 예전에 알던 지인 중에 서로 존댓말을 하자고 약속한 젊은 신혼부부가 있었다. 서로 같은 나이임에도 존댓말로 전화 대화를 나누는 것을 보며 참으로 지혜롭다고 생각했다. 그들은 중매로 결혼한 것이 아닌데도 결혼 전부터 그렇게 약속하고는 지속적으로 서로가 서로에게 존댓말을 하며 잘 지내고 있다고 했다. 처음엔 조금 어색하기도 했지만, 곧 습관이 되니 편해졌다고도 했다. 의견충돌이 생겨도 이성을 잃지 않아서 큰 싸움으로 번지는 것을 막을 수 있다며 자랑하던 그 어린 부부. 오래 살며 수많은 고통의 다툼 끝에 지혜를 얻어낸 우리네 어른들보다 현명한 것 같았다. 부디 그 마음 그대로 지금도 잘 지내고 있기를 바란다.

거듭 말하지만, 말의 힘은 강력하다. 그리고 말대로 품격이 생겨난다. 배우자를 왕이나 왕비처럼 대하면 그들이 마치 그런 사람처럼 행동하기 시작하며, 상대방에게도 왕과 왕비로서 대접하게 된다. 사람은 자신이 호칭 되는 대로 행동하고자 하는 심리가 있기 때문이다. 또한 왕이나 왕비라고 생각할 수도 있을 만큼 속으로나마 스스로 귀하게 여기는 사람은 자신이 무시를 당하거나 심하게 학대를 받게 되면 그 억울함과 서러움이 더욱 증폭된다. 그렇게 되면 상대방도 똑같이 무시해주고 싶어지는 게 사람의 마음이다. 이러할진대, 상대 배우자를 '원수, 멍청이, 미친×' 등의 호칭으로 아무렇지 않게 습관처럼 멸시하며 말하는 사람은 그것이 결국 자신의 얼굴에 침을 뱉는 일이란 걸 모른다. 진정으로 어리석은 사람이라고 할 수 있다.

또 다른 어떤 부부의 이야기다. 아내가 돈을 못 버는 남편이 원망스러워서 늘 이렇게 말했다. "바람을 피워도 좋으니 제발 돈이나 많이 벌어오란 말이야!" 세월이 흘러 딸아이가 중학생이 되었을 무렵에 남편은 정말로 바람이 났다. 물론 어차피 바람을 피울 사람이었다고 말할 수도 있다. 그리고 남편이 그 말과는 상관없이 운명적으로 새로운 사랑을 만난 거라고 어찌어찌 합리화할 수도 있다. 그러나 적어도 아내 입장에서는 무어라 항변할 수조차 없는 빌미를 마련해주고 만 셈이다. 아니나 다를까, 그 남편은 당신이 말한 대로 했을 뿐이라며 당당한 입장을 고수했다. "말이 씨가 된다"라는 옛 말은 이 부부에게도 그대로 적용되었다. 또한 그 아내가 잘못 뱉은 말은 이미 엎질러진 물이어서 다시 온전히 주워 담기가 어려웠다. 결국 그 부부는 이혼하게 되었고, 무엇보다 결코 이혼을 진심으로 원하지 않았던 그 아내는 자신의 입을 원망하며 그 후로도 오래도록 후회하는 삶을 살아야 했다.

☕마음이 약할 때, 말의 임팩트가 더욱 크다

호랑이한테 잡혀가도 정신을 바짝 차리면 산다고 했다. 또한 세상에서 가장 강한 신(神)은 바로 인간의 정신(精神)이라고도 한다. 그래서 정신, 즉 멘탈이 강한 사람이라면 그 어떤 말에도 흔들림이 없다. 그것은 역으로 말하면, 멘탈이 약할 때는 별것 아닌 말도 가슴에 아로새겨지고 피멍이 들 만큼 임팩트가 크다는 것이다. 어린 시절, 노여움이 남달리 컸던 나는 누군가의 목소리가 조금만 커져도 야단치는 소리로 알고 눈물을 뚝뚝 떨어뜨렸다. 아마도 심약했던 그 시절에는 마음도 유난히 새가슴이었고 간이 콩알만큼 작았나 보다. 세월이 흐르며 점점 강인해지다 보니(어쩌면 예민함이 없어지고 점점 무뎌진 건지도 모른다) 웬만한 말에는 끄떡도 안 하게 된 것 같다. 그러나 그런 와중에도 믿었던 사람들에게 크게 배신당하고 나서 한동안 유리 멘탈로 지낸 적이 있었다. 그때는 그야말로 누군가 다가와 나의 감정선(線)을 톡 하고 건드리기만 해도 곧바로 울음이 터져 나올 것 같았다. 억울함이 사무쳐 마음의 병이 되었기 때문이다. 그런 만큼 거꾸로 작은 위로의 말도 매우 크게 위안이 되었다.

어떠한 이유로든 마음이 한없이 약해져 있는 사람에게 약이 되게 하려는 거라면서 매몰차게 쏘아붙이거나 조언을 한답시고 험한 말로 몰아간다면, 그것은 그에게 당장 죽으라며 사약을 내어주는 것과 마찬가지다. 마음의 병이 있는 사람에게 하필이면 또 매우 약한 부분을 건드리는 말을 함으로써 그의 삶 전체를 무너뜨릴 수도 있다는 것이다. 그렇게 해서 우리도 모르는 사이에 누군가를 죽게 할 수도 있겠구나 싶으니 간담이 서늘해지기까지 한다.

　대학 시절, 한없이 선해 보이던 동기 남학생을 놀리며 모두 재미있어하곤 했다. 그래도 그 착한 친구는 함께 웃어주며 즐거워했다. 그랬던 그가 갑자기 스스로 세상을 등졌다는 비보를 듣고 너무나 놀랐다. 항상 잘 웃고 있었기에 그가 얼마나 힘들었을지 생각하지 못했다. 겉으로는 웃고 있었지만 어쩌면 그 친구의 마음은 항상 울고 있었을지도 모른다. 지금 와서 생각해보니, 그는 자신의 왜소한 외모에 스스로 콤플렉스가 있었을 것도 같다. 마음을 터놓을 진짜 친구도 하나 없이 비웃음을 받으며 그렇게 약한 마음이 되어가던 중 혼자서 좋아했던 여학생으로부터 매몰차게 거절까지 당한 그는 그렇게 홀연히 꽃다운 나이에 세상을 떠나고 말았다. 개인적으로 각별한 친구는 아니어서 사실 그의 속마음과 일상을 자세히 알지는 못했다. 그렇기에 어떤 결정적인 또 다른 이유가 있었을는지도 모른다. 그러나 혹시라도 '친구들이 무심히 던진 말로 인해 점점 자존감이 낮아진 게 원인은 아니었을까, 그래서 마음을 견고하게 지탱할 수 없었기에 그러한 선택을 한 것은 아니었을까'라고 생각하면 지금도 마음이 저릿하다.

　이제 조금 다른 이야기를 해볼까 한다. 한때 점(占)을 보러 다니는 사람의 심리가 궁금했던 적이 있다. 지금 그것을 미신이라고 치부하고 싶지는 않다. 그리고 역학을 제대로 공부한 사람을 무시하고자 하는 것도 결코 아니다. 다만, 점을 보며 불안한 마음을 달래고 점사들의 말에 의존도가 점점 커져가는 사람들을 보면, 주로 정신 혹은 마음의 힘이 약한 사람들이라는 사실을 말하고 싶은 것이다. 심약해진 사람이 점집에 드나들다 보면 점점 더 미혹되기 쉬워진다. 그도 그럴 것이 점사들 특유의 화법에 제압될 가능성이 크기 때문이다. 반말은 기본이고 매서운 눈빛으로 제압하니 저절로 압도당하고 만다. 대부분 점사들은 결코 친절하거나 상냥하게 말하지 않는다.

목소리와 톤부터 매우 권위적이고 묘하게 심중을 파고들며 압박하듯 말한다. 가뜩이나 마음이 허한 상태이고 보니 점사들이 자신의 모든 것을 꿰뚫어보고 있다고 여기기 십상이다. 그러면서 어느 순간 그들이 모든 해결책을 정말로 다 알고 있다고 믿게 된다. 그래서 결국에는 그들의 말에 완전히 미혹되고 만다.

충격파가 큰 화법으로 무섭게 직언을 날리는 점사들이 말을 함부로 해도 용인하게 되는 이유가 무엇이겠는가. 그만큼 마음이 약해져 있기 때문이 아닐까. 누구의 말에 자신의 운명을 내놓지 않는 자존감 높은 사람이었다면, 그들의 그러한 태도에 불쾌해지고 화가 나는 게 정상이 아닐까. 자존감과 심지가 굳센 사람은 애초에 그런 곳을 찾아가지도 않겠지만, 어쩌다 친구를 따라가게 되더라도 "언제 봤다고 반말이십니까!"라고 단박에 따져 물을 것이다. 샤머니즘이 역사 속에서 나름의 가치를 지녔던 점을 충분히 인정한다. 그래서 본래 무속인의 역할이 사람의 한을 풀어주거나, 해소할 수 없는 마음의 짐을 풀어주는 데 어느 정도 기여했을 것 같기도 하다. 그러나 무속인 혹은 점사의 그러한 화법에 압도당해서 운명을 모두 내놓고 그들의 말에 지배당해서는 절대 안 될 것이다.

점을 예로 들었지만, 사실은 우리 삶의 곳곳에 어떠한 종류로든 마음이 약할수록 현혹되게 하는 것들이 도사리고 있다. 그것에 극단적으로 의존하고 맹신하게 된다면 옳지 않은 것도 믿게 되는 심리가 되어 마음이 더욱 힘들어질 수 있다. 하루아침에 태산을 옮길 수 있다고 해도 무작정 믿어버리게 할 만큼 사람을 뒤흔드는 말에 지배되지 않도록 마음을 단단히 해두어야겠다. 누가 뭐라고 해도 흔들리지 않을 강한 마음과 정신만이 세상의 모든 아픈 말들로부터 자신을 온전히 지켜낼 수 있다.

☕관계를 끝장내는 치명적인 말

제아무리 서로 존중하며 소중히 여겼던 관계라도 치명적인 말 한마디로 완전히 무너지는 경우가 있다. 사실 서로에 대한 정이 돈독하고 신뢰의 탑이 견고하다면 그 어떤 말로도 전혀 흔들림이 없어야 한다고 믿으며 살아왔다. 그리고 실제로 그런 경우가 대부분이다. 그런데 간혹 누군가에게는 그저 사소해 보이는 대수롭지 않은 말로 관계가 소원해져 힘들어하는 사람들을 보며, 어째서 무심히 뱉은 말 한마디로 관계가 그토록 틀어지는 것일까 궁금해졌다.

"같은 말이라도 '아' 다르고 '어' 다르다"라는 말이 있다. 이것은 그 말에 담긴 뉘앙스에 따라 받아들이는 사람의 마음에 다른 '자극치'가 전해진다는 것일 게다. '아'라고 말했더라면 좋은 관계를 망치지 않을 수 있으련만, 아차 하는 순간에 '어'라고 말해서 상대방으로부터 원망을 얻고야 만다. 그 '어'라는 말이 하필이면 상대방에게 너무도 큰 타격을 가하게 될 때가 있기 때문이다. 그 말에 질려 좋은 만남을 지속하던 사람들이 떠나고 나서야 뒤늦게 후회도 해본다. 그러나 그래봐야 아무 소용이 없음을 깨달을 뿐이다.

어떤 말이 누군가에게 '치명타'로 작용하는 데는 여러 가지 요인이 있다. 그 첫 번째 예로, 똑같은 말이라도 어떤 사람이 하느냐에 따라 다르다는 것이다. 평소에 격의 없이 친하게 지내며 무엇이든 서로 이해하며 지내는 사람이거나, 반대로 별 관심도 없고 중요하게 여기지 않던 사람이 하는 말이면 그다지 개의치 않기 마련이다. 하지만 각별히 여기며 호감을 지닌 사람, 그래서 좋은 모습만 봐주길 기대하는 사람이 하는 말은 그 영향력이 배가 된다. 예를 들어 짝사랑하는 사람이 하는 말에 하루는 웃고 하루는 우는 일이 생기는 것도 그 때문이다. 자신이 소중히 여기는 사람의 말은 한마디 한마디가 모두 예리하게 가슴을 파고든다. 또한 좋은 말이건 아픈 말이건 몇 배로 크게 다가온다. 그래서 가볍게 건넨 칭찬을 사랑이라고 착각하기도 하고, 무심코 던진 차가운 말에 절망하기도 한다.

또 하나의 요인을 살펴보면, 같은 말이라도 어떤 상황에서 말하는가에 따라서도 다르게 작용한다. 예를 들어 누군가와 경쟁 상태에 있어서 민감한 상황인데 그것을 모르고 약점을 지닌 쪽의 사람에게 무안을 주거나, 혹은 강자를 추켜세움으로써 약자의 자존심을 상하게 하는 상황에서는 마음이 다친 사람 쪽에서 그 말을 뱉은 사람에게 먼저 선을 긋고 마음의 거리를 두게 된다. 때로는 아예 문을 닫아버리기도 한다. 누구나 자신을 인정해주는 사람과 관계가 지속되길 바라기 때문이다. 일례로, 한 교회의 목사가 반주자들 여럿에게 맛난 음식을 사주며 노고를 격려하고자 했다. 그런데 모두 모인 자리에서 평소의 생각이 무의식적으로 튀어나왔다. 목사는 A라는 반주자에게 "역시 전공자라 반주를 잘하더군. 제일 많이 애써주어 고마워" 하고 말했다. 그런데 바로 옆에 있던 B라는 반주자는 비전공자였다. 그래서 상대적 열등감을 늘 가지고 있었다. 그러다 보니 노골적으로 비교되는 그러한 상황이 있을 때마다 좌절했다. 그날도 직접적으로 자신을 비하한 것도 아니건만, B는 목사의 차별 대우가 무척 서운했다. 결국 B 반주자의 마음에서 그 목사를 향한 존경심이 사라져버렸다. 마음이 크게 상한 B는 다시는 그 교회에 발도 디디지 않게 되었다. 물론 역시 비전공자인 다른 반주자들도 목사에 의해 잦은 비교와 평가절하되는 상황이 내심 못마땅했다. 그 화살이 A 반주자에게 돌아갔고 결국 A 반주자와 나머지 반주자들과의 관계 역시 틀어지고 말았다. A는 겸손함 여부와 관계없이 미움과 원망의 대상이 되었다. 사실 우리 사회에서는 그러한 일이 흔하게 일어나고 있다. 그렇지만 특히 그 반주자들이 아직 인격이나 자존감이 완성된 어른이 아니었기에 더더욱 쉽게 상처를 받게 된 것이다. 그 목사가 조금만 주의를 기울여 모두의 노고를 골고루 칭찬해주었더라면 나름 노력하던 반주자들에게 그토록 패배감을 주지 않을 수 있었을 것이다. 어쩌면 목사는 그저 평범하게 말한 것일지도 모르지만, 자격지심을 지닌 그들이었기에 같은 말이라도 더 아프게 들리는 상황이 되었다.

그리고 또 다른 요인의 예를 들면, 같은 말이라도 그 말을 듣는 사람의 마음 상태에 따라 결과는 천지 차이가 되어버린다는 것이다. 나름대로 열심히 살아왔지만 인생을 아직 원하는 궤도에 올려놓지 못해서 늘 조급한 마음이 되곤 했던 사람이 있었다. 자신의 그런 마음을 곧잘 헤아려주던 한 청년의 친절한 마음이 그녀는 고맙기 그지없었다. 그래서 그를 아끼게 되었고 조금이라도 더 챙겨주며 고마움을 전하곤 했다. 그런데 그녀의 어떤 행동이 그의 마음에 다소 실망을 주었거나, 아니면 친근한 마음에 그저 농담처럼 말한 것이었는지는 몰라도, 그녀가 평소에 결코 듣고 싶지 않아하던 말을 그가 하고야 말았다. 그 말은 다름 아닌, "나잇값 좀 하시길…"이었다. 그녀가 하필 '나이'라는 것에 민감해 있지 않았더라면 절대 문제 될 것도 없을 일이었다. 하지만 나이를 먹는 것에 유난히 스트레스를 받고 있었던 그녀에게 그 말은 상당히 치명적이었다. 그것도 좋은 모습을 보이고 싶고 기특하게 여기며 소중히 아끼던 사람에게서 듣고픈 말은 더더욱 아니었다. 마침내 두 사람 사이에는 차가운 벽이 가로막히게 되었다. 급격히 서로의 관계가 멀어지는 것도 당연했다. 결국에는 그동안 나누던 우정도, 의리도, 믿음도, 존경도 서로에게 더 이상 존재하지 않게 되었다. 물론 그녀의 마음이 먼저 닫혀서 생긴 멀어짐이어서 아쉬운 생각이 들어도 그는 아무런 손을 쓰지 못했다. 그래서 그 서먹함과 어색함을 그저 받아들일 수밖에 없었다. 속이 좁은 어른의 삐침 정도로만 여길 뿐 결코 그녀의 깊은 속마음까지 헤아릴 수는 없었다. 젊음이 영원할 것만 같다고 여기는 시기의 사람들은 나이가 들어가며 조금씩 무기력해지는 어른들의 삶에 대한 애잔함을 모르기에.

이와 같은 여러 사례를 보면서 결국 좋은 관계를 유지하기 위해서는 모든 상황을 치밀하게 살피고 말을 더욱 가려서 해야겠다는 결론을 내리게 된다. 누구에게든 말의 자유가 허락되었다지만, 잘못하면 그 말이 자신의 혀를 옭아매고 잘 쌓아가던 관계에 독이 될 수도 있다. 그 어떤 틀에도 갇히지 않은 채 아무렇게나 편하게 말하고 싶을 때가 많겠지만, 행복을 나누는 관계를 원한다면 그러한 언어 사용을 그저 방치할 수만은 없다. 즉, 어떤 것을 말하기 전뿐만 아니라 말한 후에도 자신의 언어에 관해 항상 모니터링하는 것을 도외시하지 말아야 한다.

☕비겁한 '순간 면피용' 언사의 후폭풍

삶의 원리에 대한 경험이 적은 사람들은 그 순간만을 생각하고 말하는 경향이 있다. 하지만 세상의 이치를 아는 사람들은 훗날의 역풍이나 후폭풍을 예감하며 말한다. 그래서 어려움을 피해갈 줄 안다. 그것이 '말의 지혜'다. 사람은 누구나, 스치듯 만났던 짧은 인연조차 그 인연으로 인해 언젠가는 다시 만나게 될 수 있다. 그런데 그것을 모르는 사람들이 의외로 많다. 심지어 그렇게 먼 훗날이 아니라 이른 시일 내에 다시 만나게 되기도 한다는 것을. 또한 자신과 인연이 있었던 사람과, 자신이 얼결에라도 해코지를 한 사람이 서로 인연이 깊을 수 있다는 사실도 흔하게 간과한다. 그들이 뜻이 맞아 함께 뭉쳐서 훗날 어떤 섬뜩한 뜻을 도모하게 될지 예측도 못하기에 그것에 대해 조금도 경계할 줄 모른다.

어느 작은 기업체에 다니던 A에게 중간 관리자였던 B는 항상 고마운 존재였다. 대표자의 인사권을 위임받아 자신을 뽑아준 사람이었기 때문이다. 그래서 1년 동안 서로 잘 도와가며 일도 열심히 했다. 그랬기에 당연히 그다음 해에도 계약이 연장될 거라 생각했다. 그런데 B가 대표와의 미팅 후 회사 사정이 어렵다며 A에게 계약 만료를 알려왔다. 그러면서 대표의 뜻이 그러하다고 전했다. A는 회사 사정이 그러니 어쩔 수 없다고 여기며, 아쉽지만 잘 지내던 동료들과도 좋은 마음으로 정리하고자 했다. 형편 때문이라고 하니 한편 이해도 되었다. 그러면서도 여러 명 중에 하필 자신만 재계약이 되지 않아 기분이 묘하게 안 좋았고, 대표에게도 서운한 마음이 들었다. 사실 대표도 자신을 많이 신뢰해주고 있다고 여겼기에 더욱 그런 생각이 들었다. 마지막 근무일에 대표로부터 갑자기 헤어지게 되어 진심으로 서운하다는 말을 듣고 A의 섭섭했던 마음도 누그러졌다. 그런데 이야기를 나누던 중 계약종료와 관련해서 뭔가 왜곡되어있음을 서로 감지했다. 즉, 대표는 B가 재계약을 하지 말아 달라고 간곡히 부탁했다고 내막을 설명했다. 그래놓고는 정작 대표의 뜻이었다고 말했다는 사실을 A로부터 전해들은 대표는 B를 괘씸히 여기게 되었다. 결국 B는 한 달 후, 자신의 계약 연장에 실패하고 말았다. 오히려 A는 그 후로 다른 일을 하면서도 대표와는 여전히 만나 식사도 함께하곤 한다. 고용인과 피고용인의 관계를 넘어서 더욱 친밀한 관계가 된 것이다. 결과적으로 B는 A를 견제하기 위해 미리 쳐내려다 자신이 도리어 설 자리를 잃게 되고 말았다.

사실 그러한 일이 크고 작은 모든 직장에서 흔하게 일어나는 일이기는 하겠지만, 가족처럼 신뢰하며 지내던 그곳에서 B의 행동은 일종의 이간질인 셈이었다. B는 대표와 A가 그렇게 서로 만나서 이야기를 나누게 될 수 있다는 것을 꿈에도 몰랐다. 그리고 세상에 비밀은 없다는 것도 미처 생각하지 못했다. 게다가 언젠가는 그렇게 모두 알게 된다는 삶의 이치를 아직 깨닫지 못한 것 같다. B의 입장에서 A가 마음에 안 드는 점이 있었을 수도 있다. 또는 다른 직원들이 자기보다 A와 더 잘 지내는 것이 싫었을 수도 있다. 그러나 계약종료를 획책한 것이 가책이 되어서이건 계약종료를 알려야 하는 것이 부담되고 미안스러워서이건 간에, 자신의 잇속을 챙기려고 타인을 모함하여 어려움에 빠뜨려도 안 되는 것이며, 게다가 다른 사람의 말인 것처럼 거짓을 전해서는 더더욱 안 되는 것이다. 자신의 행복만을 추구하고자, 그리고 그 순간의 불편을 모면하자고 한 것이 그녀에게는 커다란 후폭풍이 되어 돌아왔다. 영원히 몰랐다면 모를까, 후에 다른 직원들도 모두 그것을 알게 되었기에 B는 그들에게도 나쁜 사람이 될 수밖에 없었다. 사람은 희한하게도 당시에 직접 경험하게 될 때보다 나중에 다른 사람과의 이야기 속에서 진실을 알게 되었을 때 그 사람의 만행에 더욱 분개하기에 그렇다.

　위의 예시에서처럼 부모에게 안 혼나고 싶거나 대신 혼나게 하려고 다른 형제를 일러바치는 어린아이 같은 마음이 크면서 사라지지 않고 그대로 남아 있는 어른이 있다. 차라리 정정당당하게 경쟁하고 필요하다면 당사자 간에 정면으로 승부하는 자세를 배우지 못한 것이다. 그래서 결국 머지않아 역풍을 맞게 된다. 그렇게 비겁하게 술수를 쓰려다 보면 자신의 속내가 만천하에 드러나고, 오히려 얻고자 한 것을 잃게 된다. 또한 그런 마인드로 하는 말들은 당연히 스스로를 떳떳하지 못하게 만든다. 그래서 아직 밝혀지지 않는다고 해도 양심적으로는 내내 편치 않을 것이다. 그러니 순간만 생각하기보다는 좀 더 멀리 생각하며 진실을 말하고 비겁하지 않게 말하도록 주의해야겠다. "낮말은 새가 듣고 밤말은 쥐가 듣는다"라는 오래된 속담처럼 세상에 영원한 비밀은 없다. 또 오늘 내가 한 말이 돌고 돌아 언젠가는 바람처럼 내게 다시 돌아온다. 이것을 염두에 두고 현재 하는 말과 처신 모두에서 늘 후폭풍을 조심하자.

　"진실한 언어는 단순하다."

- 유리피데스

☕ '막말(망언) 상용자'의 말로(未路)

지난 총선은 매우 높은 투표율을 보인 선거였다. 집권 여당이 압도적인 승리를 이룬 데 반해 야당은 스스로 기대에 못 미치는 결과를 맞이했다. 그러한 결과로 이끈 이유는 다양하다. 각 정당은 그들만의 콘크리트 지지자를 보유했는데, 지지자들은 모두 나름의 소신이 있었다. 어느 쪽을 지지하건 그것은 민주주의 국가에서 존중되어야 하며, 어느 시대에서든 똑같이 나타나는 현상이다. 그러므로 여기에서는 개인의 편향적 시각을 가지고 선거 결과를 논하고 싶지는 않다. 다만 '한쪽 정당이 과반의 압도적 의석을 마련하도록 표를 행사한 대다수 국민의 마음은 무엇이었을까? 혹은 반대쪽 당에 표를 주지 않은 사람의 마음에는 어떤 의미가 담겨 있었을까?' 하는 점이 궁금하다.

물론 경제 상황, 세계정세, 정부의 정치력, 그리고 심지어 재해나 전염병 같은 위기 상황 등의 요소가 어우러져 선거에 영향을 미치지만 어찌 되었든 선거 결과는 민심, 즉 국민의 마음을 반영하고 있는 것임에 틀림없다. 이기는 선거를 한 정당에서는 상대적으로 많은 후보가 국민의 신뢰를 얻은 것이고, 참패를 한 정당에서는 그만큼 믿음을 덜 받은 것임을 부인할 수 없다. 그런데 단지 믿음을 덜 받아서뿐만 아니라 비호감도가 매우 큰 것이 참패 요인 중의 하나였다는 점에 주목하게 된다.

선거에 패한 측은 왜 그렇게까지 다수의 국민에게 미움을 받게 된 것일까. 그것은 아마도 십중팔구 유익한 정책을 발의하지는 않고, 날이면 날마다 반대를 위한 반대를 하며, 국회에 참여하기보다는 장외에서 투쟁하는 방식의 정쟁을 일삼았기 때문일 것이다. 국민의 심판을 제대로 받은 것이다. 그러나 내가 보는 견지에서는 그 무엇보다 그들의 언어 습관에 문제가 있었다고 본다. 특히 상대를 비판함으로써 여론을 자신에게 유리하게 이끌 수 있다고 생각하며 무수히 쏟아낸 막말 혹은 망언 때문에 비호감도가 높아진 거라는 일각의 관점에 전적으로 동감한다. 그리고 이는 명백히 당의 차원을 넘어 모든 후보자에게 해당하는 사항이다.

사실 어느 정도의 말이 막말에 해당하는지는 주관적 판단에 근거할 수 있기에 정확히 규정하기는 어렵다. 그러나 해당 내용의 사안과 듣는 대상을 고려해서, 해야 할 말이 있고 해서는 안 될 말이 있다. 그런데 그들은 자유국가에서의 자유로운 발언이라는 명목으로 가리지 않고 입에서 나오는 대로 마구 쏟아냈다. 하지만 그들이 몰랐던 사실이 있다. 바로, 사람들의 보편적 정서라는 부분이다. 대부분의 사람이 느끼는 정서에서 크게 벗어나거나 비상식적인 발언들이 허용 범위를 넘게 되면, 사람들은 '그렇게 심한 말을 하다니'라며 오히려 막말 도발자들에 대한 비호감도를 키우게 되어 있다. 그런데 그러한 사실을 인지하지 못한 채 과거의 방식 그대로 도를 넘는 발언을 남발한 것이다. 자신이 인기를 얻을 거라 여기며 저격수 역할을 자처해 막말 총격을 마구 난사한 후보자들은 대부분 낙마했다.

보편적이고 합리적인 사고를 가진 보통의 사람들은 터무니없이 누군가를 맹비난하는 사람에게 호감을 느끼지 못한다. 처음에는 호기심으로 바라보며 조금이라도 강하게 주장하는 사람의 말에 휩쓸리기도 한다. 그러나 저마다의 방식으로 사실 확인에 들어가서 진실을 알게 되면 근거 없는 주장을 한 사람을 심판하고 싶어 한다. 게다가 언론 플레이를 위해 거짓 프레임을 씌우는 과정에서 모욕적인 막말을 하며 목청을 높이는 사람에게 보편적 정서를 지닌 사람들은 서서히 혐오의 마음을 싹틔우게 된다. 그것은 단지 자신의 편이 아니어서 그런 마음을 갖게 되는 것이 아니다. 자신의 편이 반대편에 대해 무엇을 어떻게 말하든 맹목적으로 지지하는 사람들을 제외한 대다수 사람은 결국 막말하는 사람에게서 마음을 돌리게 된다. 그것은 바로 '사필귀정'과 '인지상정'의 결과다.

막말로 미움이나 원성을 산 사람들을 가만히 보면, 막말의 내용뿐 아니라 말을 던지는 태도에 따라 밉상 이미지를 갖게 된다는 것을 알 수 있다. 보통 막말을 하거나, 터무니없이 비난하거나, 비하하거나, 없는 말을 지어내거나, 상대방의 혼을 빼는 말을 할 때는 대부분 진정성 없게 '아님 말고' 식으로 막 던지는 경향이 있다. 또한 얄밉게 비아냥거리거나 격앙된 목소리로 시끄럽게 따져댄다. 그러한 모습을 보면 막말 내용 자체에 못지않게 심기가 불편해진다. 그런 것에 반복적으로 노출되면 보는 이의 피로감이 점점 더 쌓여간다.

주로 막말을 일삼는 자들의 심리는 무엇일까. 그들은 존재감을 과시하며 자신의 입지를 다질 수 있을 거라고 믿기에 그렇게 하는 것 같다. 그것이 얼마나 유치한 발상인지도 모른 채 말이다. 어린 시절 또래에게 우월함을 과시하려고 과장된 목소리와 몸짓으로 좀 더 약하게 보이는 존재에게 과격한 말을 쏟아내는 심리와 별다를 게 없다. 자아가 똑같이 부족한 일부 또래만이 동조하게 될 뿐인데도 자신이 영향력 있거나 우월하다고 믿는 유아적 발상과 어리석음의 소치다. 또는 막말에 동조하는 자기 주변의 지지자들에 힘입어 세상의 모든 사람이 자신의 행위에 호응할 거라고 착각하는 것이다. 일순간에 관심을 받게 되고 일시적 호응을 받을지는 몰라도 궁극에는 자신의 감춰진 이면의 추악함도 동시에 주목받게 될 수 있다. 그러다 보면, '막말이 용인될 만큼의 대단한 존재도 아니면서 그저 영웅 심리로 떠들어대는구나'라고 인식되어 오히려 더 큰 욕을 먹는 경우도 있다. 아무런 목소리를 내지 않고 가만히 있던 사람이 결과적으로는 더 낫게 보일 정도다. 해당 정치인이 막말을 좋아하는 본인의 지지층을 더욱 강하게 결집하기 위해 의도적으로 그랬거나, 막말하면 미움을 사게 될 거라는 자명한 결과를 몰라서 그랬거나, 어쨌든 도를 넘는 막말은 결국 '자멸'로 귀결된다. 정치인을 예로 들었지만, 사실 우리 주위에도 막말을 일삼는 사람이 있다. 안 보면 그만일 사

람이라 하더라도 행복한 언어 사용을 추구한다면 그들의 말로가 어떤지를
보며 막말에 대한 교훈을 얻었으면 좋겠다.

07 웃은 맛

언어 무법자들이 판치는 세상 | 험담을 즐기는 사람의 심리 | 진정한 친구라고 하면서… | 감언
이설 | 직장 리더의 '갑질' | "난 네가 10년 전에 한 일을 알고 있다!" | 보이는 게 전부는 아니거
늘 | '내로남불' 뻔뻔함의 극치 | 안하무인 | 약자에게 강하고 강자에게 비굴한 언어 모드

🍾 언어 무법자들이 판치는 세상

의사 표현에도 서로 간에 지켜야 할 암묵적인 예의와 질서가 있다. 내 입에서 나가는 말이니 내 마음대로 해도 된다는 생각은 참으로 오만하고 무례한 발상이다. 인간관계에서 빚어지는 수많은 갈등 상황을 보면, 실제로 말의 내용뿐만 아니라 무례하고 불쾌한 어투 자체 때문만으로도 사태가 더 커지곤 한다.

일례로, 그러한 일이 가장 버젓이 일어나는 곳 중의 하나가 바로 정치 세계, 즉 정치판이다. 상대 진영 인사를 원색적으로 비난하는 일부 정치인의 망언을 다룬 뉴스 기사를 들을 때면, 상대의 인격을 모독하는 것의 도가 지나쳐서 가만히 듣고 있기조차 민망하다. 망언의 사전적 의미는 "이치에 맞지 않는 망령된 말: 망담(妄談), 망발(妄發), 망설(妄說)"이다. 이치라는 것에 대한 가치 평가가 사람마다 다를 수도 있다. 따라서 백 번 양보해서 내용상 이치에 맞는 상황이라고 쳐주더라도 인격을 지나치게 모독하고 훼손하는 언사는 대중에게 강한 거부감을 불러일으킬 소지가 있다. 또한 아무리 난상토론의 장이 펼쳐진 상황이라 해도 상대방의 면전에서 기본적인 예의를 지키지 않고 감정적으로 막말을 퍼붓는 정치인을 보면 참으로 몰상식해 보이기까지 한다. 그렇게 하면 꽤나 소신 있어 보이고 은근히 멋지게 비추어질 거라 착각하고 있는 것은 아닌지 묻고 싶다. 요즘엔 유치원생 아이들도 깍듯이 인사를 잘도 하던데, 그들은 세월을 너무 오래 살다 보니 일찍부터 배운 기본예절을 모두 다 잊은 것 같다. 마치 '그런 건 개나 줘버려'라며 당당하게 예절을 무시해버리는 것처럼 보여서 한숨이 절로 나기도 한다.

허구한 날 정쟁을 일삼으며 최소한의 기본 예의도 지키지 않은 채 결국 선을 넘어 해서는 안 될 말을 서슴지 않는 일부 정치인들에게는 인간 존중의 마음이 도무지 없어 보인다. 하물며 국민의 마음인들 진정 헤아릴 수

나 있을까. 정치는 결국 말로 하는 것이다. 또한 정치판은 가장 현란하게 언어 사용이 이루어지는 곳이라 할 수 있다. 그런데 사실은 언어의 난장판이 되는 날이 허다하다. 비평보다는 비난이, 논의보다는 논쟁이 넘쳐나는 곳이 바로 그곳이다. 가장 말싸움이 잦은 그곳에는 온갖 언어 사용의 안 좋은 예시가 종합 세트처럼 집합해 있다. 분란의 씨앗이 되는 언어가 만연하는 그곳에서는 말꼬리 잡기, 본질 흐리기, 자기 말만 하고 귀 닫기, 더 큰 목소리로 내리누르기, 근거 없는 모함, 아니면 말고 식의 의혹 던지기, 뻔한 거짓말 당당히 말하기, 빈정거리기, 불리하면 모르쇠 하기, 책임 회피하기, 약점 후벼파기, 자기합리화, 인격 모독하기, 싸잡아 말하기 등의 언어 사용이 다분히 일어나고 있다. 상대방이 예의상 점잖게 나가면 더욱 만만히 보고 자신의 몰상식함을 드러내는 일에 핏대를 올리곤 한다. 정작 그런 모습에 대중이 거부감을 가지게 된다는 것을 진정으로 그들은 모르고 있는 것 같다. 시대가 변해서 이제 그런 사람은 더 이상 호응을 얻지 못한다는 것을 미처 알아채지 못한 것인가. 그렇게 막말을 일삼던 사람들이 대중의 미움을 받으며 머물던 자리에서 밀려나거나 몰락하게 된 사례가 요즘 꽤 많이 보이던데, 그들만 그것을 모른다.

사람의 마음에는 공통으로 느끼는 감정이 있다. 무례한 사람에 대해 느끼는 반감이 그것이다. 보통의 상식적인 눈과 귀를 가진 사람이라면 비상식의 도를 넘는 행위에 대해 느끼는 바가 대동소이하다. 무턱대고 비난하고 맹목적으로 반대하며 극악무도한 막말을 하는 사람치고 올바른 가치관을 지닌 국민의 지지를 받기는 매우 어렵다. 민주주의 사회의 구성원으로서 의식이 깨어나게 된 대중에게는 더 이상 무례하게 말하는 사람에게 내어줄 마음은 조금도 없을 것이기 때문이다.

황야의 총잡이도 서로 최소한의 룰을 지킨다. 좋은 말이나 나쁜 말이나 말에도 '나비효과'라는 것이 있다. 그것이 일으키는 파장은 상당히 클 수 있다. 작은 불씨 같던 그 말들로 인해 후회막급한 결과가 빚어지기도 한다. 그런데 그저 그 순간의 말싸움에서 이기고 싶은 마음에 생각 없이 말하는 정치인은 점차 신뢰를 잃어갈 수밖에 없다. 자신이 던진 말의 기운 그대로 그 흥망의 결과가 스스로에게 되돌아가게 되어 있다. 선한 기운의 말은 선하게 돌아갈 것이고, 나쁜 기운의 말은 나쁘게 돌아갈 것이다. 그러므로 자신의 악의적인 말이 되돌아가 자신의 목을 치게 되는 일을 경계해야 할 것이다.

분쟁의 핵심 요소도 언어이지만, 화합의 필수 요소도 언어다. 기왕이면 언어가 잘 사용되어 서로 화합을 이끌어낼 수 있어야 할 것이다. 그래야 진정으로 성숙한 민주주의 사회의 올바른 정당정치를 이룰 수 있다. 제대로 된 가치판단에 의해 시시비비를 가리며 옳지 않은 것을 비평해야 하는 게 정치라지만, 그렇다고 해서 정치판에서 험한 말이 항상 오가야 하는 것은 아니라는 것을 부디 정치인들은 알기 바란다. 아울러 우리 모두 그들의 모습을 타산지석으로 삼아 자신도 모르게 모방하는 것을 경계하고 조심하면 적어도 그들과 같은 말로(末路)는 면할 수 있을 것이다.

🍷🔪 험담을 즐기는 사람의 심리

지인 중에 앞에서는 내 의견에 동조하는 것처럼 말해놓고 뒤에서 나를 비난하고 다니는 사람이 있었다. 후에 제3자를 통해 듣게 되면 더욱 황당하고 어처구니없게 생각된다. 나의 말이나 행동이 그 사람의 마음에는 들지 않았지만 예의상 나에게 동조한 것이었다고 치자. 그렇더라도 험담하여 제3자가 나를 오해할 정도로 부풀려져 있다 싶을 땐 참으로 난감하다. 관계를 훼손하려는 의도가 확인되었을 때는 나 역시 저절로 그 사람에게 마음의 빗장을 걸게 된다. 너그러운 마음을 갖지 못해서가 아니라 요주의 인물처럼 경계하고 싶어지기 때문이다. 그 사람은 사실 내 앞에서 또 다른 제3자를 틈만 나면 심하게 흉을 보았던 사람이다. 습관처럼 껌을 질겅질겅 씹듯이 험담 자체를 즐기는 것 같기도 했다. 그때 알았어야 했다. 내 앞에서 내게 강하게 동조한다고 해도, 나 또한 그 사람에게 흉잡혀 다른 이들의 입방아에 오르내릴 수 있다는 것을.

그렇다면 그렇게 흉보며 험담하는 그 사람은 정작 완벽한 사람이었을까. 당연히 그렇지 않다. 행동이나 사고방식의 결함도 많고, 오히려 어떤 이유로든 다른 사람과 수시로 갈등을 빚는 사람에 속했다. 그 사람을 보며 확실하게 알게 된 것이 있었다. 그 사람은 다른 사람을 낮출 대로 낮추고 깎아내려야 자신이 올라간다고 여기고 있다는 사실이다. 그 말은 다시 말하면 그만큼 자신은 저절로 돋보이는 것이 없음을 반증한다. 그래서 자존감도 낮고 열등감도 컸던 모양이다. 드라마나 영화에서도 우리는 이러한 인물 캐릭터를 종종 접한다. 작가가 세상과 사람의 심리를 꿰뚫고 있는 것 같아서 대단하게 여겨진다. 가만히 생각해보라. 모든 간교한 뒤틀림의 끝에는 반드시 이렇게 자기 의견을 보태서 흉보며 험담하고 이간질하는 존재가 숨어 있다는 것을. 그리고 그러한 존재가 있어야만 드라마가 살아서 움직이듯이 그런 현상은 인간사의 모든 곳에 필요악처럼 만연해 있다. 문제는 그들의 간교한 험담에 휘말려서 함께 동조하게 될 수 있다는 것이다. 그러고는 본의 아니게 마녀사냥에 동참하기도 한다. 그것은 결국 작은 발단의 싸움도 더욱 크게 만든다. 어떤 이는 어딜 가나 피스메이커이지만, 또 어떤 이는 어딜 가나 트러블메이커다. 둘 중 어느 쪽이든 각자의 몫이다.

소위 '왕따'라는 따돌림 행위를 일삼는 사람에게 악의적인 험담과 흉보기는 매우 효과적이고 유용한 방법이다. 그래서 고의로 사용하는 경우도 있지만, 일반적으로 또래 그룹에서는 그것의 폐해가 얼마나 커질지 모르고 행하는 경우도 많다. 흉을 보고 험담해서 또래의 위신을 격하시킴으로써 자신의 우월감을 확대하고 싶은 욕구가 그렇게 만든다. 혹은 자신보다 우월하게 여기는 존재에게 잘 보이고 싶어서 남을 깎아내리는 것일 수도 있다. 그런데 이러한 경향이 비단 일진이나 비행 청소년 사이에서만 일어나는 일이 아니다. 다 큰 어른에게서도 이러한 유치한 발상이 발견될 때가 많다. 그럴 수밖에 없는 그들에게 연민이 느껴지기까지 한다. 사람의 마음이 때로는 어찌 이토록 나약하고 빈약하단 말인가.

사실 나를 돌아보아도 그런 것 같다. 자존감이 가장 약해져 있었을 때일수록 나도 모르게 마음이 비비 꼬여 있었던 것 같다. 누군가 잘나가는 사람을 매스컴에서 보거나 내 주변의 누군가가 나보다 칭송을 듣는가 싶으면 내심 불편한 마음이 들기도 했다. 그것을 깨닫고는 곧바로 부끄러운 나의 민낯과 마주하는 비참함을 느끼곤 했다. 가뜩이나 자존감이 약해져 있는데, 거기에 치졸해 보이는 자신과 마주하게 될 때의 처참함이란 겪어본 사람만 알 것이다. 그토록 너그러운 마음을 스스로 치하하며 좋은 사람이 되고자 시시때때로 노력했던 나의 본심 안에도 그러한 감정이 존재한다는 것은 정말 서글픈 일이었다.

나중에 그 원인을 생각해보니 바로 시기와 질투가 문제였음을 알았다. 나 역시 바로 그러한 시기와 질투로 인해 한때 마녀사냥까지 당해본 사람이면서 이제는 어느덧 나 자신도 그런 마음을 가지고 있다는 것을 깨달았을 때, 정말이지 완성된 사람이 되려면 아직도 멀었구나, 하고 크나큰 좌절을 느꼈다. 역으로, 그때 없는 말을 만들고 자신의 불만을 첨가해서 나를 거의 죽을 지경에 이르도록 파괴했던 몇몇 사람이 이제는 한없이 이해되려고 할 정도였다. 그들도 나약한 인간이기에 그럴 수 있었겠구나 싶었고, 내가 좀 더 거리를 두거나 겸손하게 행동했더라면 그렇게까지 되지는 않았을 것 같기도 했다. 어떻게든 그들의 시기심이나 질투라는 본능을 자극하지 말걸 그랬지 싶다. 물론 미워하는 타인을 평가하는 잣대가 시기하는 사람 스스로의 지극히 주관적인 척도에 영향을 받는 것이기에 당시 나는 여전히 불완전한 나 자신에게 늘 부족감을 느끼고 있었음에도 그들에게는 나라는 존재 자체마저 그저 무작정 미웠나 보다.

사실 시기와 질투는 열등감의 발로다. 조금만 자긍심이 커도 자랑하거나 교만하기 쉽고, 조금만 위축되고 열등감이 느껴져도 자존감이 낮아져서 타인을 시기하고 질투하게 되는 게 우리 인간의 숨겨진 본성이다. 그게 사람의 본성 때문이라고 여기고 나서부터 예전과 달리 이제는 오히려 자꾸만 이해가 되려고 한다. 진즉에 알았더라면 그들로 인해 그토록 오랫동안 힘들어하지 않아도 되었을 텐데. 그저 측은하게 여기며 그들을 이해하기엔 그당시 나의 멘탈은 참으로 빈약했다. 미움이나 욕을 먹는 것에 대한 맷집도 허약하기 짝이 없었다. 그야말로 나쁜 말과 모함, 비난과 배신에 대해 아무런 준비가 되어 있지 않았다. 그리고 그들의 불만이 커지기 전에 미리 마음을 어루만져주지 못한 것이 이제는 반성이 되기도 한다. 과거엔 그들이 한없이 원망스럽기만 했는데 말이다. 세월의 강물을 건너는 동안 나도 조금은 성숙해진 것일까.

어쨌든 남을 깎아내리거나 흉을 보며 자신의 존재감을 높이고자 하는 것은 무척이나 어리석은 일이다. 심하게 말하면 교활하고 치사한 '자기 존재 확인법'이다. 없던 일도 만들며 이런저런 말을 보태서 가공하는 그들은 가히 스토리텔러를 능가하는 능력자다. 좀 더 노골적으로 말하면 그들은 거짓말쟁이들이다. 혹여 있는 그대로의 사실을 말한다고 할지라도 상대의 부족한 모습이나 성격적 결함을 홍보하는 것이니 참으로 비겁하다는 생각이 든다. 심지어 외모를 비하하는 것은 더욱 졸렬하다. 그렇다고 그렇게 비하하고 있는 사람이 더 잘나지도 않았다.

원래 가진 게 많은 사람은 너그러운 법이다. 그럼에도 남 보기에 수수하고 그만하면 보편적으로 보기에 괜찮은데도 본인이 아니라고 생각하면 아닌가 보다. 그래서인지 자신이 부족하게 여겨질수록 자신보다 아주 조금이라도 별로라고 생각되는 사람을 기어이 깎아내리고야 만다. 그래야 자신의 존재가 빛날 거라 착각한다.

재미있게 생긴 코미디언이나 개그맨을 보고 그 모습이 재미있다고 웃곤 했던 나는 과연 괜찮다고 말할 수 있을까. 물론 그들은 외모를 내세워 더욱 우스운 모습으로 퍼포먼스를 하는 것이며, 의도적으로 웃음을 유발한다. 오히려 그것을 목표로 하고 노력하는 것이니 웃어주는 게 맞는지도 모르겠다. 하지만 가끔은 마음이 짠하고 미안스럽다. 그래서 개인적으로 외모를 우스꽝스럽게 만들어서 웃음을 주려는 코미디는 그다지 좋아하지 않게 된 것같다. 나도 모르게 그들을 비웃는 것이 될까 봐서. 그리고 언어 유희적 개그나 기발한 아이디어로 웃음을 주는 코미디를 더 좋아하는 것도 그러한 이유가 한몫 차지한다.

그런데 이렇게 타인의 약점을 잡고 없는 일을 만들어 험담하는 사람의 말에 때때로 귀를 기울이게 되는 심리는 무엇일까. 그들의 말이 현란하고 기술적이라서 그런 걸까. 물론 타인을 험담하는 것을 본능적으로 싫어하는 사람도 분명히 많을 것이다. 그러나 동조하게 되는 사람 중 대부분은 무의식적으로 그러한 분위기를 공유하게 되는 것 같다. 그러고는 흔히 '맞장구'라는 것을 통해 험담과 모함에 가담하기도 한다. 어떤 이는 자신의 주관없이 그저 휩쓸리고는 함께 키득거리며 좋아라고 장단을 맞추는 사람도 있다. 그럴싸하게 합리화하지만 내심으로는 흉보기가 꽤 재미있다는 눈치다. 그런 사람은 직접적인 말로 언어적 표현을 하지 않았다고 해도 이미 흉보기 언어 사용에 동참하는 셈이다. 겉으로는 아닌 척하면서 남이 먼저 험담한 잔칫상에 숟가락 얹는 격이라서 어찌 보면 더욱 비겁한 행위다.

오래전 어떤 단체에서 활동할 때, 자기가 의견을 고안하거나 구상해서 말하지 않고는 상대방이 말하는 것에 묻어서 가거나 덧칠하듯 말하면서 마치 자신이 생각해낸 말인 것처럼 대화하는 사람이 있었다. 그녀는 늘 '내 말이~~'라는 표현을 자주 쓰곤 했다. 게다가 자신에게 그러한 습관이 있다는 것조차 알지 못했다. 특히 다른 사람을 흉보는 상황에서는 특히 더 그랬다. 그러다 보니 그녀와 대화하려는 사람이 점점 사라지게 되었다. 그녀가 어째서 그런 언어 사용 습관을 갖게 되었는지 생각해보게 되었다. 아마도 그녀는 소심한 성격이라서 먼저 의견을 표출하지 못하다가 다른 사람의 견해에 묻어가려 했던 것인지도 모른다. 아니면 그와는 정반대로, 성격이 매우 활달해서 자신을 어떻게든 부각시키고 싶은데 그에 반해 정작 자신의 의견 정리를 하지 못하거나 논리적으로 말하는 방법을 잘 몰라서 그런 것일 수도 있다. 다른 사람을 흉보는 일에 가담할 때는 흥분감이 커져서 논리성보다는 감정적인 표현을 앞세우는 것을 보면 말이다.

어떠한 형태로든, 그리고 적극적으로 나서서 하든 아니면 비겁하게 다른 사람의 말에 부화뇌동하듯이 덩달아 행하든, 험담은 지나친 우월감이나 혹은 남 앞에 당당하지 못한 사람이 하는 것이며, 그렇기에 험담하는 사람은 신뢰와 인정을 얻지 못한다. 험담하는 사람은 주로 '너한테만 말하는데', '우리끼리 얘기지만'이라고 말하며 험담에 동참하게 한다. 마치 함정을 파듯 공범을 유도한다. 그러니 루머를 만들어 퍼뜨리는 데 맛 들인 사람들이 쳐 놓은 '루머의 덫'에 걸려들지 말아야겠다. 필자도 간혹 얼결에 누군가를 흉보는 일에 동조해서 조금이라도 부정적 견해를 공유하고 나면 어김없이 마음이 공허해지고는 했다. 분명히 타인의 흉을 본 것인데 어째서 내 흉을 스스로 들춰낸 것처럼 부끄러워지고 후회가 되었던 것일까.

크고 작은 어떤 모임에도 험담을 좋아하는 사람이 있기 마련이다. 그런데 험담하거나 모함하기 좋아하는 사람들은 일시적으로 얻어지는 우월감을 만끽하지만, 언젠가는 그것이 부메랑처럼 자신에게 되돌아온다는 것을 알지 못한다. 그 당시엔 사람들의 동조를 이끌어낸 것 같아서 뿌듯하게 여겨지고 처신을 잘한 듯 느껴질 것이다. 그래서 기고만장해지지만 모든 일은 사필귀정이며 권선징악으로 끝나게 되어 있다. 따라서 그러한 방식은 자기 관리를 하고자 하는 사람에게는 가장 하수의 처신 방법이다. 정말 아이러니하게도 한참 후에 보면, 당시 모함의 주축이 되었던 그 사람이 오히려 애초의 동조자들로부터 배척받고 있음을 알 수 있었다. 그래서 어느 순간부터 모함을 일삼던 그 사람이 보이지 않게 되었다. 아마도 더 이상 그런 방식의 자기 존재 확인이 그들 사이에서 통하지 않는다는 것을 알고 스스로 떠난 것일 수도 있다.

평소에 가벼운 사람과 진중한 사람 중에 어느 쪽이 더 험담을 즐길까. 험담하는 심리는 아무래도 진지하게 접근하기가 어렵다. 그래서 당연히 가벼운 사람이 그렇게 할 가능성이 크다고 보이기는 한다. 물론 가벼운 성격이라고 해서 험담을 즐긴다고 할 수만은 없다. 성격이 지나치게 밝다 보면 감정 컨트롤이나 입단속이 되지 않아 무심히 헛말을 던지게 되기는 해도 애초부터 험담을 즐기려던 것은 아닐 것이다. 그 정도는 험담하는 자신도 감으로 알고 있는 것 같다. 그래서 그저 별 생각 없이 가볍게 던지듯 흥을 보곤 한다. 그러나 그것을 모르고 하니까 종종 문제가 발생한다. 별 생각 없이 했다고 합리화한들 분란의 원흉이 된 그에게 면죄부를 줄 수는 없다. 반면에 진중한 사람은 보통 말을 아끼는 경향이 있다. 후에 일어날 수 있는 불상사를 예측하고 늘 언행을 조심하기 때문이다. 이것은 더 좋은 언어 사용을 위해 매우 중요한 덕목일 수 있다. 진중한 사람은 훗날의 결과까지 예측하며 타인을 비방하는 일 자체를 삼갈 가능성이 크다. 합당한 비판조차 자칫 잘못하면 비방이나 모함하는 것으로 오해를 받게 되고, 그로 인해 훗날 역풍을 맞게 될 수 있음을 알기 때문이다.

시간이 흐르면 사람들은 깨닫는다. 그래서 잠시 그 사람의 말에 홀려

오인 혹은 오해를 하기는 했어도 진정으로 옳고 그름의 판단을 하게 된다. 험담하고 모함하는 사람의 말에 일시적으로 휩쓸렸다가도 보편적 판단에 따라 그것이 잘못되었음을 인식한다. 중상모략에 의해 한 개인이 그 단체로부터 미움을 사게 되었다는 것도 시간이 흐르면 드러나게 되고, 나중에 그 결과를 놓고 보더라도 함께 모의했던 어떤 일에서 자신들이 원하던 바를 그다지 크게 얻지도 못했다는 것을 알게 되기 때문이다.

🍷 진정한 친구라고 하면서…

세상의 둘도 없는 친구처럼 지냈다고 해도 어느 날 그 친구에게서 우정에 와장창 금이 갈 것 같은 말을 들은 적은 없는가. 가까운 관계일수록 함부로 대하게 되는 경향이 있어서 입에서 나오는 대로 아무런 여과 없이 하고픈 말을 다 하다 보면 아무리 친한 사이라 해도 거리감과 균열이 생긴다. 오랜 시간 함께한 친구 혹은 스스로 친구임을 자처하는 사람과의 관계에서도 그 알량한 말 한마디가 관계를 깨는 원인이 될 때가 많다.

서로가 허용되는 범위는 모두 천차만별이라서 설령 다소 거친 욕설이 말 속에 추임새처럼 들어 있더라도 듣는 이의 마음에 앙금이 생기지만 않는다면 그다지 문제 될 게 없다. 일종의 언어의 용인성이 작용하기 때문이다. 하지만 누구나 자신만의 아킬레스건이 있기 마련이다. 그래서 그 부분을 여러 차례 반복적으로 그리고 지속적으로 찔리게 되면 방어본능이 커질 수밖에 없다. 친하다는 이유로 무심하게 혹은 고의로 자존심에 스크래치를 그어대는 사람이라면 이미 먼저 우정을 저버린 것이다. 그런 관계에는 더 이상 연연하지 말고 의도적으로 거리를 두라고 말하고 싶다. 그러지 말라고 단호하게 말해줄 자신이 없다면 말이다. 우정을 가볍게 여기라는 것은 결코 아니다. 그러나 그렇게 마음의 골이 깊어진 관계는 더 이상 좋은 관계가 아니며, 서로가 불행해질 뿐이다. 애초에 서로 간에 좋은 관계를 위해 노력하는 사람이라면 완벽하지는 않더라도 상대방을 배려하며 말하고자 항상 애쓸 것이다.

사촌이 땅을 사면 배가 아프다고 하는데, 사촌보다 자주 만나는 친구가 땅을 사면 어떤 마음일까. 사촌이 잘되면 내 식구가 잘되는 것인데도 배가 아픈 거라면, 서로 비슷한 처지라고 여겨서 친구로 지내는 것이다 보니 친구가 나보다 승승장구한다면 부러움보다는 시기심이 더 커지는 것도 이해될 만한 일이다. 그런데 그런 마음이 자꾸만 커지다 보면 상대적으로 점점 작아지는 것 같아서 억하심정이 생기는 것일까. 전에는 늘 응원해주던 친구라 믿었는데, 어느 날부터 자꾸만 태클을 거는 친구의 모습이 발견된다면 어쩌면 그런 이유 때문은 아닌지 세심히 살필 필요가 있다. 진정한 친구임을 자처하거나, 직장과 사회단체에서 아군인 척해도 한순간에 배신하고 적이 되는 세상에서 살고 있기에 조금만 집중해서 보면 평소에 그들의 말에서도 알아챌 수 있다. 그 사람이 아군인지 적군인지.

아군인 척 위장한 적군, 즉 진정한 친구라고 입버릇처럼 말하지만 자기 뜻대로 할 것을 강요하거나, 사사건건 반대부터 하고, 걱정해주는 척하면서 용기나 의지를 꺾어버리는 가짜 친구를 조심하자. 그들이 바로 내일의 적이 될 수 있다. 진정한 친구라고 생각한다면 그 사람의 말을 믿어주고 인정해주고 응원하고 존중하는 것이 먼저여야 하지 않을까.

물론 우정과 신의를 저버리지 않는 친구들은 계속해서 응원을 보내주고자 노력한다. 그러나 간혹 분명히 진심이긴 한 것 같은데 묘하게 불쾌해지게 말하는 친구들이 종종 있다. "응, 뭐 잘했네. 나보다 시간이 많이 남아도니까 아무래도 그런 일을 하는 게 수월하긴 했겠네", "유명 브랜드 옷이라 그런지 멋져 보이긴 하네. 근데 요즘 진짜 같은 짝퉁도 많다던데…", "자격증 취득 축하해. 근데 요즘은 자격증이 10개라도 먹고살기 힘들다던데. 뭐, 그래도 아무튼 이왕 딴 거니까 열심히 해봐" 등의 표현을 한다.

도대체 왜 우리는 친구가 바라던 일을 각고의 노력 끝에 이루어냈는데 온전히 기뻐해주지 못하는 것일까. 예컨대 김연아 선수의 아름다운 피겨 퍼포먼스만 볼 게 아니라 그렇게 되기까지 남모르게 피나는 노력을 했음을 인정해주어야 하듯, 가까이에 있는 친구도 바로 그녀처럼 어느 부분에서는 자신보다 각고의 노력을 더 기울였음을 인정해주면 안 되는 것일까. 자신의 파이(pie)가 줄어드는 것도 아닐 텐데 심통을 부리는 사람을 보면 오히려 측은해진다.

부러우면 지는 거라고 하던데, 이렇게 말하는 친구가 주위에 있다면 그들은 부러운 마음을 스스로 너무 드러내고 만 셈이다. 사실 그러한 심정도 이해하지 못할 일이 아니다. 내 경험을 돌아보자면 그 이유는 친구가 잘되는 게 싫어서라기보다 친구의 성취를 통해 투사된 자신의 모습이 보이기 때문인 것 같다. 상대적으로 '나는 뭐하고 있는 거지…'라는 생각이 머릿속에서 스멀스멀 피어나기 때문이다. 나 또한 부러워하는 마음을 감추려고 침묵으로 일관했던 적이 있었다. 후에 그것을 되돌아보니 그런 침묵조차 참으로 없어 보이고 못난 태도였구나 싶어서 사뭇 부끄러워졌다. 그래서 이후로는 친구의 성취와 발전을 온전히 기뻐해주고자 노력했다. 차라리 부러운 마음을 마음껏 드러냈다. 부러움 자체도 친구가 칭찬으로 느낄 만큼 충분히 표현해주기로 한 것이다. 그러면서 아주 선한 마음으로 '그래 나도 얼른 더 분발하자!'라고 다짐하곤 했다. 그러고 났더니 희한하게도 친구보다 내 마음이 더 흐뭇해지는 것을 느낄 수 있었다.

그런데 정작 나에게 시샘하며 노골적으로 싫은 티를 내는 친구에게는 뾰족한 대처 방법을 찾지 못했다. 그래서 자존감이 떨어진 친구를 위한다는 명목으로 친구에게 나의 모습을 다 보여주는 것을 자제하기 시작했다. 근황을 알리거나 순수하게 홍보가 필요할 때조차 자랑처럼 되지 않으려고 더욱 조심했다. 하지만 조금씩 보이지 않는 벽이 생기는 것 같아 불편했다. 결국 그 친구와는 서먹서먹한 관계가 되고 말았다. 일찌감치 그렇게 하지 말아 달라고 직접 말할까 싶기도 했지만, 그러다가 친구에게 행여 마음 상하게 하는 말을 하게 될까 봐 차마 그러지 못했다.

또 다른 사례로, 여러 해 전에 친구와 나누었던 전화 통화가 마음에 걸린 적이 있었다. 그 친구를 진심으로 아끼는 마음은 사실이지만, 누가 봐도 옳지 않다고 할 일에 사로잡혀 너무 많은 세월을 고민하고 있기에 그 생각에서 벗어나는 데 도움이 되라고 다소 강경한 어투로 말했다. 그녀의 마음에 어쨌든 스크래치를 준 것 같아 몹시 후회스러웠다. 스스로 깨닫기를 바라며 여러 번 돌려서 말해주었는데도 못 헤어나고 있기에 나름 신중한 결단을 내린 바라며 그렇게 하고 만 것이다. 곧바로 다시 전화해 사과하며 마음을 다독여주었고 당사자도 크게 마음 상해하지는 않았다. 어쩌면 속으로는 상했을지도 모른다. 가장 가까운 사람이 말의 횡포와 언어폭력을 휘두른 것 같아서 마음이 무거웠다. 물론 최대한 예의 바르게 조심조심 말했다. 그럼에도 당시의 그녀에게는 사실을 똑바로 직시하라는 것조차 쓰디쓴 말일 수 있었기에 마음이 무거웠다. 그때, 그저 아무 말 없이 지켜봐주며 응원해줄걸 그랬다는 생각이 이제야 든다.

한편, 조언해준다며 항상 반대하는 친구에 대해 조금 더 살펴보자. 그들의 심리에는 여러 가지 원인이 작용하겠지만, 앞서 말한 것처럼 무조건 시기와 질투 때문은 아닐 수도 있다. 어쩌면 그렇게 말해주는 게 정말 위하는 것이라고 스스로 속고 있는 것일 수도 있다. 가족과 친구는 정말로 진심으로 아끼기에 어떤 일에 제지도 하고 반대도 한다. 그러나 그러한 조언은 단지 자기 삶의 경험에 근거한 판단일 뿐이다. 그렇기에 정말로 그 조언이 옳은지는 당사자가 직접 해보지 않고서는 알 수 없다. 어떤 일이든 보편적인 흐름과 경향이라는 것이 있기에 어느 정도는 맞을 수도 있다. 하지만 외부적 임팩트가 같더라도 수용자의 근성과 환경에 따라 완전히 다른 결과를 만들 수 있다. 그러므로 어떤 새로운 일에 도전하기로 마음먹었지만 두려움에 그 일을 착수할지 말지 고민하는 친구에게 자신의 조언이 반드시 옳다는 믿음을 갖는 것은 위험한 일이다.

그렇기에 조언을 구하는 입장에서도 친구의 조언을 맹신하거나 지나치게 의존하는 습관을 버려야 할 것이다. 차라리 자기 자신에게 자주 묻는 것이 좋다. 덮어놓고 반대하는 사람은 크게 두 가지 이유가 있다. 하나는 친구가 잘되는 게 싫어서, 또 하나는 자신도 가보지 않아 잘 몰라서다. 일을 착수하는 데는 양쪽의 반대 이유가 모두 해로운 조언으로 작용할 수 있다. 따라서 무척 염려해주는 척할지라도 무조건 반대의 말을, 그것도 능력을 깎아내리면서 말하는 친구는 계획을 이루어낼 때까지 한동안 멀리하는 게 더 나을 수 있다. 의지가 꺾여서 시작조차 하지 못하는 대부분의 사람은 확신을 얻고자 상의했던 대상의 반대의견에 영향을 받은 사람들이다. 응원을 받고 싶다면 응원을 해줄 거라고 믿어지는 사람한테 상의하고 물어보면 된다. 잘못되기를 바라며 조언하는 친구보다는 차라리 보편적 관점을 가진 완전히 모르는 사람에게 조언을 구하는 것이 더 낫다.

또한 역으로, 어떤 친구가 무엇을 상의하러 오거든 일단은 무조건 응원해주자. 응원만 해주어도 그 친구는 힘과 용기를 얻을 것이다. 그리고 사실 응원보다 더 좋은 조언은 없다. 어차피 그 친구는 스스로 해보다가 안 되면 그만두게 되어 있고, 시행착오 속에서 깨달음도 얻게 될 것이기에. 그렇다고 오지랖 넓게 "감 놔라, 대추 놔라" 하며 지나치게 관여하거나 부추겨서도 안 될 것이다. 다만, 널 위해 하는 말이니 제발 새겨서 들으라고 강요하는 친구가 되기보다는 친구의 자존감을 높여줄 말을 해주고자 노력하는 친구가 좋은 친구다. 조심하자. 언제나 가장 가까운 사람의 말이 가장 마음을 상하게 한다는 것을. 이해될 만한 이유를 제시하며 조심스럽게 말해줄 필요가 있더라도 일단은 먼저 열렬히 응원부터 해주고 보자. 그런 다음, 불가피하게 말해주어야 하더라도 전달 화법에 더욱 세심히 신경 써서 해주어야겠다. 결국 앞의 말들을 요약하자면, 기필코 기를 꺾어놓고 말겠다는 발상을 지닌 친구를 멀리하되, 또한 자신도 그런 친구가 되지 않으려고 애쓸 필요가 있다.

🍷 감언이설

감언이설(甘言利說)의 사전적 의미를 보니, "달콤한 말로 교묘하게 다른 사람을 속여서 자신에게 이익이 되게 하는 부정적인 행위를 일컫는 것"(구글)이라고 설명되어 있다. 감언이설은 상대방이 듣기 좋은 말을 골라서 달달하게 말하는 것이니 사실은 좋은 언어 사용의 범주에 넣어도 맞는 것 같다. 그런데 감언이설의 목적이 맑고 순수하지 않기에 문제가 된다. 좋게 말하는 것이 분명히 좋은 언어 사용이라고 강조해왔던 만큼 듣기에 좋은 말임에도 어찌하여 안 좋은 이미지를 갖게 되었는지 의아한 생각이 들 것이다. 그것은 바로 그 말을 들은 타인의 고통과 상관없이 오로지 자신의 이익을 추구하기 위해서만 사용하기 때문에 그렇다. 그래서 거짓 사랑꾼이 감언이설에 능하다. 나쁜 일을 하자고 꾀는 사람들 또한 감언이설을 잘한다. 그리고 희대의 사기꾼일수록 감언이설의 대가이며 달변가다.

감언이설은 개개인의 인생을 망치는 것만이 아니다. 즉, 감언이설로 이간질하고 협잡하며 나라를 망치기도 한다. 동서고금을 막론하고, 역사적으로 언제나 간신 때문에 나라가 기울어진 일이 허다하다. 간신은 말 그대로 간교한 신하다. 간교하게 혀를 놀리는 신하들이 어전 혹은 상전에 감언이설을 고하여 판단을 흐리게 한 것이다. 앞에서는 경계를 풀게 하고 뒤로는 기밀을 건네어 나라를 팔아먹은 간신배들이 가장 많이 사용한 것이 감언이설이다. 오늘날에도 기존 언론은 물론이고 유튜브나 SNS에서 거짓된 정보로 미혹되게 하는 이들이 많다. 나에게 듣기 좋은 정보나 내가 듣고 싶은 말을 해주는 그들이 반드시 옳지만은 않다는 것을 알고 삶의 행로에서 안전할 수 있도록 언제나 방어운전을 하듯 조심해야 한다.

그렇다면 감언이설에 귀가 녹고, 꼬임에 빠지게 되는 심리는 무엇일까. 감언이설에는 일단 듣기에 좋은 말과 마음이 혹하는 내용이 담겨 있고, 고도로 사람의 심리를 파고드는 성향이 있어 자기도 모르게 빠져들게 되는 것 같다. 게다가 감언이설로 설파할 때의 어조나 어감이 좋은 소리의 파장을 지니고 있다 보니 그 소리에 기분이 좋아져서 속게 된다. 그 속삭임이 꿀처럼 달고 음악처럼 감미롭다는 사람도 있을 정도다. 그러므로 타인에게 말할 때는 좋은 파장의 소리로 말하려고 노력해야겠지만, 반대로 타인의 말을 들을 때는 누군가 좋은 파장의 소리로 속삭이며 다가올지라도 그 모든 말에 동조하지 않을 판단력이 필요하다. 달달한 기분에 취해 속아 넘어가기 쉽기 때문이다. 심리를 교묘히 파고들며 좋은 소리의 파장으로 어떤 말들이 들려오면 뇌에서는 이상하게도 그 말을 맞는 것처럼 받아들인다. 평소에 절대로 보이스 피싱에 당하지 않을 거라고 호언장담하던 사람임에도 좋은 것을 주겠다는 말에 어이없이 당할 때가 있다. 순간의 판단력이 흐려질 만큼 좋은 말에 동조하도록 뇌의 오작동이 일어나기 때문이다.

그처럼 속이는 것에 능한 자가 달콤하게 발설하는 언어에 보기 좋게 당하고야 마는 것은 일순간 좋아 보이는 단맛의 쾌감이 우리의 뇌를 허술하게 무방비 상태로 만들기 때문이다. 그래서 반대로 무엇을 말해도 꽉 막혀서 아무 반응조차 하지 않는 벽창호는 오히려 그런 사기 화술에 잘 안 넘어간다. 정작 여리고 야들야들한 마음결을 가진 사람일수록 사기를 잘 당해서 더욱 안타깝다. 귀가 얇다고 무조건 그 사람들을 책망할 일만은 아니다. 감언이설로 사기 치려 들면 이러한 사람들은 속수무책으로 당하게 되어 있다. 그것을 교묘히 이용하는 사람들이 나쁘다.

앞에서도 언급했던 모든 종류의 사기꾼들, 예컨대 그토록 해맑고 순수한 노인들의 마음을 온갖 감언이설로 현혹해 실상 필요하지도 않은 허접한 상품을 듬뿍 떠안기는 사기꾼, 성실하게 모은 온 재산을 털어 투자하게 하는 부동산 사기꾼, 사이비 종교에 빠지게 해서 현실의 삶의 가치를 앗아가는 종교 사기꾼, 혼인을 빙자하여 남의 인생을 도탄에 빠뜨리는 연애 사기꾼 등 이 모든 사람이 감언이설에 특화된 말재간으로 농간하기에 문제다. 필자의 눈에는 이들이 바로 최악의 언어 사용자다. 그러니 종국에는 선량한 사람의 마음을 어지럽히고 도탄에 빠지게 하는 이 해로운 언어 사용자들로부터 스스로 지켜내도록 모두 항상 경계심을 가져야겠다.

🍷 직장 리더의 '갑질'

생계를 위해 어쩔 수 없이 다양한 삶의 현장에서 고군분투하며 살아가는 우리는 업무 자체에서 오는 어려움 외에도 직장 내에 또 다른 사람 때문에, 특히 그 사람의 말 때문에 하루에도 몇 번씩 울화가 치밀곤 한다. 목구멍이 포도청이라서, 혹은 참는 게 미덕이라며 묵묵히 참으려 하지만 견디다 못해 마음의 병이 생길 지경이다. 예를 들면, 직장에서의 스트레스는 과중한 업무 못지않게 바로 인간관계에서 비롯될 때가 많다. 직장은 모든 사람이 완벽하게 성장한 인격체들로 채워져 있는 곳이 아닌지라 사람의 마음을 이런저런 이유로 힘들게 하는 경우가 발생한다. 일이 고된 것은 견딜 수 있지만, 마음을 힘들게 하는 사람은 견디기 어렵다. 그러니 사람과의 관계에서 생기는 어려움 때문에 직장을 그만두는 이들이 많다.

그중의 한 예로, 상관의 잘못된 언사로 인해 아랫사람이 난관에 부딪힐 때가 허다하다. 물론 우리 사회의 크고 작은 구성체의 리더가 항상 완벽할 수만은 없다. 악의적이지 않고 인간적으로는 다소 이해되는 상황일지라도 리더가 독단적으로 잘못된 방향으로 지시하게 될 경우 그 말을 듣고 따랐던 사람들이 고스란히 데미지를 얻게 되기에 문제다.

한때 유행했던, 웃자고 만들어진 이야기가 하나 떠오른다. 나폴레옹이 부하들을 데리고 호기롭게 적진을 향하던 중이었다. "자, 모두 저 산 정상으로 돌진하라!"라고 외치며 부하들과 함께 가까스로 정상에 도달했다. 그런데 나폴레옹이 둘러보니 그곳은 자신들이 점령해야 할 적진이 아니었다. 그래서 그는 다시 큰 소리로 "이 산은 우리가 찾던 적진이 아닌 것 같다. 이번엔 저쪽 산으로 돌진!" 하고 외쳤다. 두 번째 산에 다다르고 보니 먼저 갔던 산이 맞는 것 같다고 여겨진 나폴레옹이 머쓱해하며 "아까 그 산이 맞는 것 같기도 하군! 모두 고 백(go back)!" 하고 외쳤다. 그러나 계속해서 산을 오르내린 부하들은 이미 지칠 대로 지쳐 있었다. 자신은 간단히 말만 바꾸어 편하게 명령만 내리면 되었지만, 그 지시대로 움직여야 하는 사람들은 첫 발걸음부터 다시 내디뎌야 했기에 여간 힘든 게 아니었다. 나폴레옹은 자신의 잘못된 판단과 독단적인 지시로 인해 부하들을 난감하고 힘들게 만든 것이다. 물론 이 이야기가 실제로 있었던 일은 아닐 것이다. 하지만 그 이야기가 코믹 버전으로 만들어져 재미있게 회자된 것은 바로 잘못된 길로 이끄는 리더를 꼬집고 풍자하기 위해서였을 것이다. 나폴레옹에게는 미안한 일이지만 말이다.

그런데 더 나아가 그렇게 잘못 이끄는 리더보다 잘못 알려주고는 오히려 부하를 책망하는 리더나 상사가 더욱더 나쁘다. 그들의 책망하는 말투나 억양에서 풍기는 뉘앙스가 사람의 감정을 몹시 상하게 만들기 때문이다. 누구에게라도 그렇게 말하면 증오심이 불러일으켜질 것 같은 어조로 "왜 그렇게 안 하는 건데?"라고 책망하면 부하 직원은 수치감과 자괴감이 들 수밖에 없다. 그래서 잘 몰라서 그랬다며 알려달라고 하면 "그것도 모르냐?"며 또다시 꾸지람한다. 그러나 여전히 잘 해결되지 않고 어딘가 잘못된 것 같아서 "혹시 A가 아니라 B가 맞지 않느냐?"라고 물으면, "그냥 대충 알아듣지 왜 따지냐?"라며 발끈한다. 결국에는 그가 잘못 알려주었던 것임을 서로 알게 되지만, "왜 그거 하나도 스스로 알아서 하지 못하고 일일이 가르쳐주어야 하느냐?"라며 끝까지 역정을 낸다. 그 어떤 직장에서든 그렇게 함부로 대하거나 막말하는 상사와 함께 지내야 한다면, 그 직원은 하루에도 몇 번씩 마음속으로 사표를 던지고 싶을 것이다.

요즘엔 많은 직장인이 자신의 실수를 인정할 줄 모르고 오히려 부하 직원에게 생트집 잡거나 윽박지르는 상사를 최악의 상사로 꼽을 것 같다. 그런 상사들은 예전의 군대에서나 있었을법한 상명하복의 전형적 모형을 구현하는 것 같아 씁쓸함을 자아낸다. 어쩌다 보니 자기 밑에서 일하게 되었지만, 다른 면에서는 자신보다 더 월등할 수 있다는 것을 그러한 상사들은 자주 간과한다. 어쩌면 알면서 일부러 그러는지도 모른다. 엄밀히 말해, 해당 직장 내에서만 상사일 뿐, 길에서 서로 모르는 사람으로 만난다면 순식간에 우열이 뒤바뀌는 관계일 수도 있을 텐데 말이다.

심지어 고객의 입장을 이해하며 좋은 화법으로 적절히 응대할 줄 아는 업종에 있음에도 자신의 부하 직원에게는 아무렇게나 대하는 상사도 있다. 상담하는 일이 직업인 사람들의 예를 들어보자. 그들이 고객에게 자신의 감정을 드러내지 않고 최대한 상냥하고 친절한 어투로 말하려 애쓰는 모습을 보면 평소에 진심으로 존경스런 마음이 들곤 한다. 그러나 그중 일부는 자신이 팀장이라는 이유로 팀원의 감정을 조금도 고려하지 않고 호되게 말하기도 한다. 자신의 스트레스를 팀원에게 푸는 것일까. 아니면 그나마도 지위라 여기며 그 알량한 갑질을 하고자 하는 것일까. 진땀 빼게 하는 고객 때문에 힘들 때가 있을 것이고, 그들 또한 사람이기에 항상 누구에게나 좋게 대하기가 어렵다는 것도 안다. 그러나 고객에게 하는 자세와 부하 직원에게 하는 자세 간의 차이가 너무 큰 것이 문제다. 그들이 고객에게 하는 절반만큼만 친절하게 해도 서로 화기애애한 분위기가 될 수 있지 않을까.

또 어떤 상사는 "다른 사람은 다 아는 건데 왜 너만 모르냐?"라는 식의 말투를 습관처럼 입에 달고 산다. 그 말을 다시 하면, '그러니 너만 바보 맞잖아!'라는 뜻이 된다. 그래서 듣는 사람에게는 그 말들이 항상 뼛속 깊이 상처로 새겨진다. 그렇게 말하는 상사들을 보면 그저 드라마를 통해 보는 것일 때조차 심기가 불편해진다. 사회 밖으로 나가서 만난다면 결코 함부로 대할 수 없는 전적으로 타인의 관계인데, 도대체 무엇을 믿고 그러는 걸까.

어느 조직에나 존재하는 비인격적인 일부 사람에 의해 자행되는 횡포지만, 그런 사람과 함께 일해야 하는 사람은 언제나 고달프기 마련이다. 조직이라는 울타리 안에서는 무소불위의 갑질을 행할 수 있겠지만, 언제라도 그러한 특정 관계를 벗어나면 완전한 타인이 된다. 즉, "누구시죠?"라며 외면해도 절대 아무렇지도 않은 관계가 되는 것이다. 자신이 하대하거나 막대하던 사람이 어떤 인생의 서글픈 역경으로 인해 일시적으로 그곳에 있게된 것일 수 있음을 간과하지 말자. 마음이 짠해 그들에게 감정이입까지 하라는 것은 아니지만, 적어도 그들이 마음에 어떤 한을 품게 될지 알 수 없다는 점을 고려해서라도 말을 늘 조심히 할 필요가 있다.

거듭 말하건대, 우리 주변에서 아주 가깝게 만날 수 있어서 그리 대단해 보이지 않을지 모르는 사람조차 실제로는 과거에 상당한 경력을 지녔으며 보란 듯이 어깨에 힘깨나 주고 다닌 사람도 많다. 이러저러한 사정으로 모든 것을 내려놓고 겸허히 현재의 삶을 꾸려나가고자 애쓰는 그들에게 자신의 그리 대단치도 않은 지위로 갑질 언사를 펼치는 사람은 그 심보 그대로 어딜 가나 모두를 어렵고 난감하게 하는 부류다. 요즘 사회에서 그야말로 '비호감' 1순위로 꼽히고도 남을 인간 군상이다. 더욱이, 어쩌면 그런 사람일수록 사회적 잣대에 의한 위치가 자신보다 조금이라도 높게 여겨지는 사람에게는 정작 비굴 모드로 급변할지도 모르겠다.

🍾🍷 "난 네가 10년 전에 한 일을 알고 있다!"

근 10년 만에 우연히 만난 선배와 이야기를 나눈 일이 있었다. 오랜만에 만났는데도 새롭게 누군가를 만날 때와 같은 낯섦은 확실히 적었다. 다른 세상을 살다가 만났기에 그 시간의 장벽을 허물고자 유쾌하게 이야기를 시작했다. 사실 그동안 어찌 지냈느냐며 근황 토크를 하고도 싶었다. 그간 많은 시간이 흘렀으니 내가 그런 만큼 선배도 여러 면에서 달라져 있을 거라며 변화되었을 그의 모습에 열린 마음도 가지고 있었다. 그러나 선배는 10년 전 내 삶의 모습을 그대로 기억 속에 담아두고 조금도 앞으로 나아가지 못하고 있었다. 그러면서 계속 남발하는 말이 있었으니, 그것은 바로 "그래, 넌 원래 그런 사람이니까. … 그 성격 어디 가겠어? … 내가 널 몰라?" 등의 말이었다. 그는 나 자신도 기억하지 못하는 10년 전의 나에 대한 편견을 가지고 오늘의 나를 판단하고자 했다.

그러고 보니 20년 전쯤에도 그 선배를 그렇게 10년 만에 우연히 만난 적이 있었다. 그때도 그 선배는 그렇게 말했다. 이전과는 상당히 다른 마인드로 다른 생각을 하며 다른 삶을 추구하고 있던 나는 더 이상 그 선배와는 우연히라도 만나지 말아야겠다고 생각했다. 그랬던 마음을 까맣게 잊고 있었는데, 그로부터 다시 10년 후에 만난 그 선배를 보며 나는 또다시 똑같은 생각을 했다. 이 선배와는 결코 만남이 지속될 수 없겠구나, 하고. 그 선배는 과거의 내 모습을 기억해주는 것을 하나의 친밀함의 표시라고 여겼는지도 모르겠다. 혹은 빈말을 하느니 과거의 편린을 말해서라도 진실한 기억을 간직하고 있음을 인정받고 싶었는지도 모른다. 그러나 달라진 현재의 내가 내심 버리고 싶었던 기억을 굳이 다시 꺼내며 그런 것까지 기억하고 있으니 고맙지 않느냐는 듯 당당하게 말하는 선배와의 조우가 무척 당황스러웠다.

20년 전에 그랬던 것과 똑같이 그는 특유의 언어적 횡포를 이번에도 내게 저지른 것이다. 나의 자존심에 스크래치를 내며 마음을 상하게 했으니 분명히 친밀함을 가장한 횡포라고 여겨졌다. 이미 선입견을 지닌 선배에게 짧은 그 한 번의 만남을 통해 달라진 마음과 변화된 삶에 대해 모두 해명할 수도 없었고, 굳이 억울함을 호소하며 제대로 나를 알아달라고 말하는 것도 부질없게 느껴졌다. 넌 원래 그렇지, 하며 미리 단정 지어 말하는 것만큼 폭력적인 언어가 또 있을까, 싶었기에. 선배 또한 악의적인 마음으로 그런 것은 결코 아닐 테지만, 결과적으로 관계의 다리(bridge)를 튼튼하게 완성하기도 전에 여지없이 무너뜨린 것만은 분명했다.

살면서 한 번쯤 넘겨짚어 말하는 사람을 만나보았을 것이다. 혹은 자신이 직접 누군가에게 '너의 모든 것을 알고 있다'라는 듯이 말한 적이 있을 수도 있다. 그런데 그 말이 맞고 안 맞고를 떠나서 듣는 사람은 상당히 불쾌할 수 있다. 아마도 그 이유는 무언가 추궁당하는 느낌이 들고 마치 형사의 취조를 받는 것 같은 기분이 들기 때문일 것이다. 어찌 되었든 결국, 취조를 당한 사람의 입장에서 상대방이 넘겨짚은 말이 맞을 때엔 감추고 싶은 비밀을 들킨 것 같아 당황스러울 것이고, 맞지 않을 때엔 왠지 억울한 마음이 되어 해명하고 싶어질 것이다.

"넌 내가 잘 알지", "넌 원래 그런 사람이잖아", "네가 그럼 그렇지", "네 주제에 그 일을 잘할 수 있겠어?", "너 요즘 뭔 일 있지?", "에이~ 사실은 그렇지 않은 것 같은데~", "보아하니 ~인 것 같던데" 등의 표현으로 상대방의 심리를 교란하는 희한한 화법을 지닌 사람들은 보통 호기심이 가득하고 궁금한 것이 너무 많아서 상대방이 스스로 말해주길 기다릴 줄 모른다. 게다가 상대방이 말하고 싶지 않은 게 무엇인지도 포착하지 못할뿐더러 아예 묻지 않았으면 좋겠다고 생각하는 그런 마음조차 배려할 줄 모른다. 심지어 어떤 이는 알면서 일부러 그러기도 한다. 고약한 심보로 상대방을 곤경에 빠뜨린다. 그러고는 난처해하는 모습을 보며 마치 자신이 사건을 파헤치는 탐정이라도 된 양 그것을 즐긴다.

넘겨짚기 언어 방식의 예로는 과거에 알았던 선입견으로 단정 지어 말하기, 단편적 사실을 확대해서 말하기, 심리학적 지식을 들이대며 말하기, 신기(神氣)를 자랑하는 무속인 화법으로 호통 치며 말하기, 세세한 사례에 대해 일반화해서 말하기 등이 있다. 방식이 어떠하든, 넘겨짚거나 단정적으로 말하기를 좋아하는 사람들은 대부분 자기의 생각만 말하느라 바쁘다. 상대방의 말을 들으려 하지도 않고 그들에게 추호의 해명할 시간조차 주려고 하지 않는다.

넘겨짚기에 당하지 않으려면 애초에 좋은 인상을 주도록 하는 것이 물론 중요하다. 그렇지만 누군가를 만나던 시점의 자신의 처지가 항상 좋을 수만은 없다. 그렇기에 좋은 모습만 보여주기도 어렵다. 그렇다면 함부로 넘겨짚어 말하지 못하도록 단호하게 선을 그을 필요가 있다. 그리고 가능하면 자신의 다양한 모습과 달라진 모습을 강하게 어필해주어야 한다. 그렇게 해주어도 고정관념처럼 굳어진 그 사람의 판단 방식이 달라지지 않는 경우는 그와의 만남 자체를 지속할 이유가 없다. 그런 사람들과는 만남이 지속될수록 에너지가 소진될 뿐이다. 그 사람은 정녕 모르고 있는 게 있다. 상대방을 넘겨짚고 판단할 때 상대방도 그를 속으로 판단하고 있다는 것을. 언젠가 그것을 깨닫고 나서야 넘겨짚기로 혹은 함부로 단정 짓기로 사람을 불편하게 하는 버릇을 고칠 수 있지 않을까 싶다.

🍶 보이는 게 전부는 아니거늘

간혹 그저 보이는 대로 상대방을 파악하게 될 때가 있다. 마주한 그 시점에서 드러나는 모습이 전부가 아님에도 자신의 판단과 추측이 포함된 평가를 임의로 해버린다. 그도 그럴 것이 당사자가 속속들이 보여주고 알려주지 않으면 본심이 무엇인지 또는 어떤 상황에 처해 있는지 등에 관해 도무지 알 수 없기 때문이다. 타인에게 좋게 비치고 싶은 마음에 실제의 자신보다 과대 포장된 모습을 어필하거나, 그와는 반대로 자신의 진짜 모습을 감추기 위해 다른 여러 가지 부가적 장치를 동원하는 사람도 있기에 결코 보이는 것만으로 상대를 다 안다고 말하기는 어렵다. 게다가 보는 사람의 시각조차 불완전할 때가 많기에 더욱 그러하다.

진술함보다 겉꾸밈에 치중하는 사람일수록 아무래도 옷차림이나 이미지 관리에 더욱 신경을 많이 쓰는 경향이 있다. 그러한 것들이 현재의 자신에 대한 평가에 지대한 영향을 미치는 것이 사실이기 때문이다. 더 나아가 어떤 이는 자신의 업적 쌓기와 인지도 높이기에 열을 올리기도 한다. 그들은 어떻게 자신을 광고하고 홍보해야 잘 어필할 수 있을지를 항상 생각하며 또한 잘 알고 있다. 그래서 때로는 거짓 꾸밈조차 서슴지 않을 때도 있다. 그럴 만큼 타인의 평가를 지나치게 의식하고 있다는 것이다.

그런데 그런 사람일수록 아이러니하게도 타인의 평가에서 같은 방식의 잣대를 적용할 가능성이 크다. 즉 사실 스스로도 자신을 온전히 보여주고 있지 않으면서, 상대방을 외관상 보이는 대로만 보려 한다는 것이다. 보기보다 더 좋고 훌륭할 수도 있다는 것을 간과한다. 그래서 결국 사람을 속단하고 함부로 대하는 실수를 범하기도 한다. 예컨대 겉모습이 남루하다고 해서 그 사람의 인격이나 지식 또는 능력이 부족할 것이라고 단정해버린다. 자신이 감추고 싶을 만큼 별로라고 여기던 것을 외견상 상대방이 보여주고 있기에 그런 걸까. 그 사람은 정작 자신과 달리 내면이 오히려 풍요로운 사람일 수도 있는데 말이다. 그런 마음을 품고 있다 보면 입 밖으로 나오는 말에서도 사람을 경시하는 의중을 담게 될 수 있다.

또는 어떤 사람이 현재는 아무것도 이룬 게 없는 것 같아 보여도 남모르게 명검을 만들고 있는지도 모르는데, 현재까지의 진행 모습이나 결과만 보고 보석일지도 모를 그를 단숨에 무시해버릴 수 있다. 그래서 자주 만날 사이가 아니라면 마지막 만남에서는 굳이 안 좋은 모습을 보이지 않는 게 좋을 정도다. 마지막으로 본 모습을 간직하고는 항상 그 이미지를 떠올리게 되기 때문이다.

종종 늦은 밤 아파트 주변을 돌며 운동할 때면 혼자서 묵묵히 분리수거를 하는 경비원에게 연민과 존경이 동시에 느껴지곤 했다. 그 밤에 힘겨운 일을 쓸쓸히 하는 모습이 안쓰럽기도 하지만, 적지 않은 나이에 가장으로서 책임을 다하는 모습에 존경심이 우러났다. 그런데 그분들은 사실 이전 직장에서 정년퇴직하고 쉬어도 되는 여건임에도 숭고한 노동의 가치를 알기에 그 일을 하는 경우가 많았다. 더욱이 어떤 분은 꽤 높은 전직의 이력을 지녔다. 그런 경비원에게 어느 날 딸처럼 어린 아파트의 한 여자 주민이 몰상식하게 따져대는 것을 보았다. 너무도 무례하게 불평하는 것을 눈앞에서 목격했을 때 나도 모르게 저절로 민망하고 송구한 마음이 들었다. 설령 전직이 화려하지 않고 평범했다고 해도 누군가의 존경받는 아버지인 그 성실한 경비원에게 그 누구도 함부로 말해서는 안 되는 것이었다. 아마도 그 여자는 세상 사람을 보이는 그대로 평가하는 성향이 컸던 게 분명했다. 어쩌면 딱 자기 인격의 그릇만큼만 타인을 바라보며 자신의 처지와 형편, 혹은 수준대로 사람을 평가하는 버릇이 있었는지도 모른다. 자기의 주변 가까이에 존재하는 사람이기에 자신처럼 별 볼일 없는 사람이라고 생각했던 건 아닐까. 그러니 당연히 그녀의 입에서 나오는 말도 좋았을 리 없다. 그런데 희한하게도 지켜보는 입장에서는 그녀 자신이 오히려 한없이 격이 떨어져 보였다. 어리석게도 정작 그녀 자신은 그것을 알지 못했다.

　　실제로 자존감이 높고 자부심이 있는 사람일수록 다른 사람들에게 예의를 지켜 말을 건넬 줄 아는 것 같다. 무림의 고수처럼 내공이 있는 자만이 진정한 고수를 알아보는 법이다. 한 사람의 과거 경력과 인품을 간파하고 존중하는 마음을 지녀야 실언하지 않고 품격 있는 언어로 다가갈 수 있다. 사물과 사실을 있는 그대로 보는 것도 물론 중요하다. 그러나 사람과의 관계에서는 보이는 대로 보고 행동했다가는 오히려 낭패를 볼 수 있다. 그렇기에 다른 사람을 자신의 수준 그대로 똑같을 거라고 생각해서 업신여기는 일이 없도록 항상 주의해야 한다.

🍷🥢 '내로남불' 뻔뻔함의 극치

　　최근 몇 년 전부터 회자되는 신조어 중의 하나가 '내로남불(내가 하면 로맨스, 남이 하면 불륜)'이라는 단어다. 불륜 드라마가 유행하던 시절에 생긴 단어인지, 아니면 누군가가 인터넷상에서 시작한 말이 자연발생적으로 유행한 말인지는 모르지만, "똥 묻은 개가 겨 묻은 개보고 뭐라고 한다"라는 속담의 의미를 좀 더 압축적이고 센스 있게 잘 표현한 말이다. 게다가 요즘의 세태에 맞는 풍자적인 언어다. 그래서인지 이 말은 실제의 로맨스 관련 이슈에서보다 정치판에서 더 많이 사용되는 것 같다.

사실 나는 허언증보다 내로남불 증상이 더 큰 병이라고 보고 있다. 허언증도 거짓에 기반을 둔 것이지만, 의도적으로 자신의 잘못을 외면하거나, 감추거나, 심지어 아니라고 우기는 거짓된 마음을 지니고 뻔뻔스럽게 타인의 잘못을 비난하는 것이 '내로남불'이기 때문이다.

'내로남불' 마인드로 증거가 '빼박'인 자신의 더 큰 잘못을 천연덕스럽게 슬쩍 묻어두고는 확실하게 입증되지도 않은 상대의 의혹을 원색적으로 비난하는 것을 볼 때마다 도대체 인간이 어느 만큼까지 뻔뻔스러울 수 있는지 참으로 놀라울 따름이다. 아무리 정치적 이권이 탐난다고 해도, 그리고 아무리 자신의 죄를 덮기 위해 상대를 더 세게 압박하려는 속셈이 있다고 해도 아무렇지 않은 표정으로 그렇게 주장하기란 어지간히 뻔뻔해서는 정말 어려운 일이다.

물론 살다 보면 때로는 당당해야 할 필요가 있는 것은 맞다. 그러나 '당당함'이란 잘못이 없는 사람에게 합당한 말이다. 잘못한 사람에게는 당당함보다는 '뻔뻔함'이라고 하는 게 맞다. 패권을 장악하려고 유독 목소리를 높이며 후안무치(厚顔無恥)의 비방을 일삼던 몇몇 국회의원에게 가히 '뻔뻔함의 달인들'이라는 호칭을 붙여주고 싶다.

허언증과 마찬가지로 뻔뻔함도 점점 더 커지는 속성이 있는 것 같다. 아마도 슈퍼박테리아처럼 스스로 내성이 커지는 것 같다. 게다가 뻔뻔하게 내로남불 화법을 일삼는 자들은 보통 자신의 행위가 절대 들키지 않을 거라고 착각한다. 그러다가 들통이 날 것 같다 싶으면, 마치 닭이 꽁지를 뒤로하고 머리만 감추는 식으로, 혹은 《춘향전》의 탐관오리들이 암행어사 출두에 머리만 감추듯이 기묘한 태도로 안면몰수를 한다.

참으로 아이러니하게도 자신들의 자녀에게 문제가 발생한 국회의원들이 오히려 떠들썩하게 다른 사람의 자녀 문제를 사실과 다르게 거론하는 모습을 보며, 진영논리를 떠나 그냥 부끄러움도 수치스러움도 없는 그들의 용맹무쌍한 뻔뻔함에 혀를 내두르지 않을 수 없다. 남의 자식 눈물 나게 하면 자기 자식에게 피눈물 난다는 말을 생각하며 늘 조심해야 하는, 적어도 같은 부모로서 최소한의 온정도 품지 못하는 사람들에게는 언제나 내로남불 화법으로 일관한다는 것이 그다지 어려운 일도 아닐 것 같다.

자신의 잘못은 불가피했던 합당한 로맨스이고, 다른 사람의 사안에서는 그저 의혹일 뿐임에도 결코 인정할 수 없는 불륜이라며 '내로남불'식 화법을 구사하는 그들에게 이렇게 말해주고 싶다. "손바닥으로 하늘을 가리려 하는가. 세상 사람들에게는 보편적 평가의 시각과 판단 능력이 있고, 보편적으로 흐르는 정서가 있다. 그렇기에 시간이 지나면 반드시 상응하는 대가를 치르게 될 것이다!!"라고.

🍷 안하무인

사전적 정의로 '안하무인(眼下無人)'은 "눈 아래에 사람이 없다는 뜻으로, 방자하고 교만하여 다른 사람을 업신여김을 이르는 말"(네이버 지식백과)이다. 여러 가지 행동을 통해 안하무인의 모습을 보이는 경우도 있지만, 안하무인 성향은 그 사람의 말을 통해 가장 많이 드러난다.

옆에서 보기에도 민망할 만큼 무례한 언사를 허구한 날 밥 먹듯이 자행하는 사람들이 우리 주변에 많이 있다. 그래도 교육과 사회성 함양을 통해 노골적으로 그렇게 하는 사람은 극히 줄어들긴 한 것 같다. 유치원 이상의 교육이라도 받은 사람이라면 그렇게 사람을 자신의 눈 아래에 두고 함부로 대하는 것이 얼마나 안 좋은 것인지 무의식적으로라도 알고 있다. 그러므로 심성 자체가 곱지 않아서 남모르게 자행하기는 할지언정 모두가 알 만큼 노골적으로 행하지는 않는다. 적어도 타인의 시선을 의식하며 눈치를 보기라도 한다는 것이다. 그런데 정말 몰상식한 사람이나 할 것 같은 안하무인의 행태가 배울 만큼 배웠다는 사람들의 집단에서 버젓이 자행되는 것을 볼 때면 마음이 씁쓸해진다. 저마다 자신의 능력을 과시하고 최고의 자부심을 스스로 내세우면서도 안하무인의 태도로 무례하게 상대방을 윽박지르는 것을 보면 그 사람의 인격 수준이 한없이 낮은 것 같아서 개탄스럽기도 하다.

그런 이들과 함께하는 회의장 모습을 떠올려보자. 어찌하여 그들은 그토록 고래고래 소리를 지르며 말하는가. 그렇게 하면 멋지게 보일 거라고 생각하는가. 때로는 마치 자신들이 무슨 저격수라도 된 양 비장하기까지 하다. 격앙된 어조와 큰 목소리로 일단 세게 누르고 봐야 기선이 제압된다고 여기는 것일까. 어떻든 간에 한참 어린 동생 야단치듯이(나이 어린 동생에게도 그렇게 하면 좋지 않을 것 같다) 상대방에게 호통 치며 우쭐대는 모습을 보면 그야말로 가관이다. 급기야 제 성질 못 이기고 회의장을 요란하게 박차고 나가는 모습까지 보이는 사람은 한심스럽기 그지없다. 그것을 지켜보는 다른 모든 사람을 추호도 의식하지 않는 것 같은 그러한 행태에 모두가 덩달아 심하게 무시당하고 있다는 모멸감마저 든다.

완전한 인간은 없으며, 나 역시 흠이 있는 사람이기에 그들을 오로지 비난하고자 이렇게 언급하려는 것은 아니다. 그들의 모습을 타산지석으로 삼아서 안하무인 화법이 얼마나 보기 흉하며 그 누구에도 좋을 게 없다는 것을 생각해보자는 의도에서 거론하는 것이다. 사실 안하무인은 오만불손에서 나오는 것이 맞다. 타인을 자신의 눈 아래에 둔다는 것은 그만큼 세상에 자신만 홀로 존재한다고 여기는 유아독존의 마인드에서 비롯된다. 자신만이 최고로 잘났다는 생각에 도무지 겸손할 줄 모르는 심리가 고스란히 드러나는 행위다.

주위를 둘러보니 생각보다 안하무인의 행태를 보이는 이들이 많다. 가까운 지인 중에서뿐만 아니라 우리에게 악영향을 주고 있는 일부 공인이나 공직자들에게서도 그러한 모습을 발견할 수 있다. 다소 완고한 마음이 되어 다음의 몇 가지 예를 들어본다. 무소불위의 권력을 휘두르는 검찰의 일부 검사들은 그야말로 안하무인의 '끝판왕'이다. 그들은 자신들의 권력을 유지하기 위해, 혹은 탐욕을 채우기 위해 자행한 자신들의 검은 죄를 덮으려고 정치에 가담하며 필요한 입맛대로 기소를 남발한다. 그들만의 언어를 사용한 '기소'라는 장치를 이용해 무고한 사람에게도 터무니없는 혐의 씌우기에 혈안이었다. 그것이 가능하도록 손발이 되어준 '타락 언론'의 행태 또한 똑같이 안하무인의 소치다. 도대체 사람 귀한 줄 모르는 그들은 언어를 가장 최악으로 사용하며 언어도단(言語道斷)의 행태를 자행해왔다. 또한 잘못된 기사를 써서 혹세무민하는 데 앞장선 일부 기자들도 언어(말과 글로써)의 칼을 마구 휘두른 망나니들이다. 이제는 그들의 만행이 만천하에 드러나기 시작했지만, 앞으로 무법천지를 만들던 그 일당이 개혁을 통해 완전하게 소탕될 수 있으려면 시간이 더 소요될 것이다. 그러나 그간 억울하게 당한 사람들은 어디에서 어떻게 보상을 받을 수 있단 말인가.

교양(敎養)의 의미가 인격, 학문 등의 수양이라는 측면에서 볼 때, 제대로 교양을 갖춘 사람이라면 적어도 그토록 안하무인일 수 없다. 그들은 지식만을 토대로 관직이나 직함을 얻은 후 인간이기를 저버렸다. 그러고는 엉덩이에 뿔이 난 채 끼리끼리 뭉쳐서 못된 심보를 십분 발휘한 것이다. 그러므로 비인격적인 그들을 결코 교양 있는 사람이라 말하기 어렵다. 상상해보건대, 그들은 모여서 작당할 때마다 가장 악의적 언어들로 중상모략을 획책했을 것이다. 비록 상상이지만 그 모습이 눈에 선하게 그려진다.

지식 이야기가 나왔으니 말인데, 학벌 프라이드(pride)가 지나치게 큰 사람의 흔한 착각에 관해서도 이야기해보자. 젊을 때는 나 역시 그것에 집착한 적이 있었다. 더 높아 보이는 학벌을 가진 사람 앞에서 주눅이 들기도 했다. 그래서 더 높이 오르고만 싶었던 적도 있었다. 그런데 세상을 더 많이 살고 보니 그런 모든 것이 부질없다는 생각이 들었다. 게다가 일부 최고 지식인이라고 자부하는 자들의 오만불손함과 안하무인 행태를 보며 더 이상 그들에 대한 선망이 사라진 지 오래다. 아니, 좀 더 정확히 말하자면 지식인에 대해서가 아니라 단지 학벌만 좋은 자들에 대한 환멸이 크다고 할 수 있다. 오만불손도 보고 배우는 걸까. 아니면 그 안에 있으면 저절로 그렇게 안하무인이 되는 것일까. 그런 사람이 많은 집단에서는 모두가 물들기라도 하듯이 조금만 시간이 지나도 같은 양상을 보이는 경향이 있다. "먼저 사람이 되라"라는 옛말이 하나도 틀리지 않다. 학벌만 있고 인성이 그른 사람의 입에서 나오는 말은 그렇지 않은 사람의 말보다 더 살벌한 무기가 된다. 학벌만 내세우는 사람치고 인성 좋은 사람이 드문 것 같다. 젊어서 학벌로 어깨에 힘 좀 들어갔던 사람도 철이 들면 삶에서 그게 전부가 아니라는 것을 깨닫기도 한다. 그런 사람은 더 이상 유치하게 학벌로 사람들을 자신의 눈 아래 두며 말하지 않게 될 것이다.

한편, 나이가 벼슬인 사람이 있다. 물론 요즘은 많이 사라졌지만, 한때는 만나면 무조건 주민증부터 확인하려는 사람이 많았다. 서열을 먼저 파악하고자 하는 심리는 도대체 어디서 비롯된 것이었을까. 혹시라도 어른을 못 알아보고 무례하게 행동할 걸 걱정해서일까. 그런 거라면 참으로 다행이다. 하지만 생각건대, 아마도 자신이 더 윗사람임을 과시하고 싶어서 그런 게 아닐까 싶다. 다른 어떤 것에서도 대단히 내세울 게 없는 사람일수록 유독 나이에 집착하며 나이로 군림하려고 하는 경향이 있다. 그렇게 생각하고 보니, 그런 사람이 상대적으로 안하무인일 가능성도 더 클 것 같다.

어른이 어른다워야 하듯이, 노인으로서 대접받으려면 그만한 위엄과 모범적인 행실이 선행되어야 한다. 요즘의 합리적인 마인드를 가진 젊은 층은 존경심에 의해 저절로 대접할 마음이 생겨야 진심으로 어른으로 대접하고자 한다. 과거의 유교주의 사회에서처럼 무조건 어른을 공경해야 한다는 생각과는 다소 차이가 있다. 실제로 어떤 노인이 한 생을 어찌 살았는지는 평소 알고 지낸 지인이 아닌 이상 일일이 확인하기 어렵다. 또한 과거에 어떻게 살았건 간에 현재의 모습이 존경받을 만한 어른도 많다. 그러나 종종 과거의 무례한 삶의 습관이 남아서 그 마음 그대로 사람들을 대하는 사람이 있어서 문제다.

자고로 동방예의지국임을 자랑스럽게 여기는 우리에게 시대가 아무리 달라졌다고 해도 '예의'가 여전히 중요한 덕목임에는 틀림없다. 그러나 그렇다고 자발적이지 않은 예의를 타인으로부터 강요하거나 나이만으로 제압 또는 억압할 수는 없다. 그 역시 또 하나의 무례한 행동이기 때문이다. 재기발랄한 젊은 사람들의 마인드도 마땅히 존중받아야 하며, 때로는 그들에게서조차 어른들이 배울 점이 많다. 향수에 젖어 요즘 유행어 중의 하나인 "라떼(나 때)는 말이야~"라는 말을 수시로 남발하다가는 현실에서는 여지없이 '꼰대'가 되고야 말 것이다.

한편, '돈'만 있고 인격이나 양심이 없는 사람이 안하무인인 경우가 많다. 자신의 인생에서 오로지 '돈'만이 중요한 가치였기에 자기보다 조금이라도 돈이 없어 보이면 멸시와 조롱이 섞인 말로 사람을 무시한다. 정작 자신이 '수전노'로서 경멸의 대상이 되었다는 것도 모른 채. 그런 사람은 의도적으로 나쁘게 말하려고 하지 않을 때조차 이미 속물근성에서 비롯된 말이 몸에 배어 있다. 그래서 언제라도 무시하는 말이 저절로 흘러나온다. '돈'이란 삶에서 매우 중요한 수단이며 유익한 도구임에 틀림없지만, 돈의 노예가 된 사람에게는 그것이 오히려 자신의 값진 삶을 옭아매는 사슬이다. 또한 더 이상 값진 보물이 아니라 언제고 썩어서 없어질 수도 있는 현물에 불과하다. 그래서 썩는 것을 품고 있는 사람에게서는 악취가 날 수밖에 없다. 당연히 그런 사람에게서 나오는 말에서도 악취가 진동한다.

간혹 자기애가 지나치게 강한 사람도 세상의 모든 사람을 눈 아래에 두는 경향이 있다. 물론 자신을 사랑하지 말라는 것이 아니다. 자신을 아낄 줄 알아야 다른 사람도 아낄 줄 아니 말이다. 그러나 자기애가 지나칠 때 그 사람이 사용하는 언어 또한 문제가 된다. "네까짓 게 뭔데 그래!", "그래서 어쩌라고~", "나보다 잘난 사람 있으면 나와 보라고 그래~!" 등의 말을 하며 '천상천하 유아독존'이 되기가 쉽기 때문이다. 그런 사람에게는 세상 사람들이 귀하게 보일 리 만무하며 제대로조차 보이지 않을 것이다. 결국엔 사람들과 조화롭게 융화하지 못하니 말 그대로 세상에서 독존(홀로 존재)하는 고독한 삶이 그의 앞에 펼쳐질 것이다.

🍷 약자에게 강하고 강자에게 비굴한 언어 모드

말은 그 사람의 생각, 성격, 인성, 환경을 모두 드러내주는 장치다. 그래서 때로는 아무리 속내를 감추려고 해도 스르르 풀어진 보따리에서 물건이 삐져나오듯, 혹은 새는 바가지에서 물이 쫄쫄 새어나오듯 슬그머니, 그러면서도 적나라하게 드러나 버리곤 한다. 그러한 맥락에서 보니, 비겁한 사람은 언어에서도 항상 표가 나는 것 같다. 아닌 게 아니라 본인만 모르거나 알면서도 눈 가리고 '아웅' 하듯 은근슬쩍 넘기는 것일 뿐 실제로는 그러한 모습이 타인의 눈에 더 잘 보일 수 있다.

세상에서 가장 비겁한 자를 고르라고 하면, 자신보다 약한 사람에게는 조금의 아량도 베풀지 못하거나 무참하게 짓밟으면서도 힘, 권력, 재력, 학력 등 어떤 면에서든 자신보다 강해 보이는 사람에게는 무작정 아첨하며 한없이 비굴해지는 사람을 가장 먼저 떠올리게 된다. 그런 사람은 태도를 180도 바꾸는 데 전혀 어려움을 느끼지 않는다. 야비하고 살벌하게 굴다가도 필요에 따라 교언영색 모드로 빠른 태세 전환을 한다. 그러한 성향이 표정이나 모습에서도 잘 드러나지만, 그들의 언어 사용 모드에서도 당연히 나타난다. 그들의 언어는 시시각각 달라지며 앞뒤가 다를 때가 많다. 또한 그들의 언어는 약자가 보기에 허세가 가득하지만 실상은 속 빈 강정일 때가 많다. 알맹이를 말하다 보면 강자에게는 비굴 모드로 빠르게 전환하기가 어렵기 때문에 늘 그렇게 두루뭉술하게 말한다. 또한 그들은 소리만 요란하게 떠들고 다닐 뿐 정작 중요한 순간에 자신의 잇속에 따라 강자 앞에서 꼬리를 내리는 화법을 구사한다.

비록 현실 세계가 '약육강식'의 판으로 돌아가고는 있지만, 그럼에도 선량하고 성실한 약자에게 자비로운 말을 해줄 수 있어야 하며, 반대로 존경할 수 없는 허울만 있는 강자에게는 할 말을 제대로 할 수 있어야 한다. 말이라는 게 하고 나면 그대로 세상에 남아 있다가 어느 날 자신의 목을 치는 칼이 되기도 하지만, 의외로 나쁜 강자에게 맞서서 올바른 말을 한 것으로 인해 훗날 어려운 처지에서 전화위복이 되기도 한다. 영화를 통해 알게 된 것이기는 하지만, 흔히 강자에게 비굴하고 약자에게 군림하려 드는 모습은 조직폭력 세계에서 전형적으로 보이는 양상이라고 할 수 있다.

일제강점기에 식민지로서 일본으로부터 수탈당하고, 해방 이후에도 일본에 의해 정치적 또는 경제적 불리함을 겪어오면서 한국인은 대부분 잠재적으로 일본에 대해 마음의 울분을 지니고 있다. 그럼에도 한편에서는 일본을 여전히 우위적 강자로 여기는 사람이 있다. 그들은 아직도 일본의 눈치를 보며 일본의 부당한 행위를 무작정 두둔하고자 한다. 과거에 친일 세력으로서 일본에 충성하며 일본의 앞잡이가 되어 힘이 없던 자국민에게 패악을 저지른 사람들이 바로 그런 비겁한 자들이다. 그런데 그러한 사고방식의 잔재가 여전히 일부 사람에게서 발견된다. 그들은 아직도 일본을 변호하는 데 열을 올린다. 그와 더불어 그들이 사용하는 언어의 세계관에도 친일의 세계관이 잔존한다. 자신의 기득권을 지키려는 의도에서인지는 모르지만, 일본에는 우호적 발언으로 아첨하면서도 정작 순하게 대응하는 자국(한국)의 개개 사람을 얕잡아보며 비난을 일삼는 사람들은 진정 이 시대의 비굴 모드 언어 사용의 대표자들이다.

역사적으로 여러 차례 중국의 영향력에 놓이면서 생겨난 악습을 들자면 바로 사대주의 사상이다. 한국의 위상이 높아지고 국민으로서의 자긍심이 커지면서 점차 사라졌지만, 한편에서는 이러한 생각의 대상이 달라졌을 뿐 여전히 존재한다. 그래서 어떤 이는 미국이라는 나라에, 또 어떤 이는 무너져가는 모습이 보이는 일본이라는 나라에 주체성도 없이 심리적 의존을 하며 그들을 옹호하려고 한다. 게다가 작게는 주변의 힘이 있어 보이는 사람에게 기대어 자신의 존립을 유지하고자 하는 경우도 비일비재하다. 그런데 참 희한하게도 그런 성향을 지닌 사람일수록 자신보다 약한 사람에게 군림하며 으스대려는 경향을 보일 때가 많다. 일종의 보상심리 때문인 걸까. 어떤 이유 때문이든, 그러한 사대주의 사상의 잔재를 지니고 있다면 평생 비굴한 언어를 쓰며 살아갈 수밖에 없다.

최근 가장 비굴 모드를 보이는 부류 중 하나가 일부 언론사다. 자신들의 입장에서 강자인 광고주, 물주, 이익에 부합하는 사람들의 죄는 어떻게든 감추어 무마하려고 한다. 그러나 언론 생태계의 약자로서 큰 목소리를 내기 어려운 대부분의 선량한 시민과 힘없는 저소득층의 개개인, 그리고 온화한 성품으로 인해 강경하게 맞서지 않는 사회적 인사들에게는 죄가 없을 때조차 온갖 프레임으로 덫을 놓는 이른바 '어용언론'의 위세가 가관이다. 그들은 오랜 세월 지나오면서 '어용언론'의 사전적 정의 그대로 자신의 이익을 좇아 권력에 영합하는 사이비 언론이 되어 있었다. 그러나 다행히도 의식 있는 국민이 그들의 술책에 더 이상 당하고 있지만은 않기 시작했다. 불을 보듯 뻔한 수법이 되어버린 그들의 이른바 '음해 전술'이 팩트(fact) 체크를 할 수 있게 된 대중의 집단 지성을 이제는 뛰어넘을 수 없게 된 것이다.

여기에서 갑작스럽게 언론 비판을 하며 정치적 측면의 이야기를 다루는 것은 지양하고자 한다. 다만 사실을 왜곡하고 대중을 호도하는 언론의 역기능 혹은 오작용에 관해 언급하고자 하는 것이다. 그러한 언론에 오랜 세월 영향을 받다 보면, 자신들만의 오도된 가치관이 정립되기 쉽다. 그렇게 되면 진실을 말하는 사람들과의 소통이 더욱 어려울 수밖에 없게 된다. 본인들 스스로 사실이 아닌 것조차 진실이라고 강력하게 믿고 있기에 순한 마음을 지녔음에도 상대와 어쩔 수 없이 반목하게 된다는 것이 문제다. 이 역시 자업자득이다. 언어 사용 관점에서 볼 때 그러한 언론은 심각하게 오류를 범하고 있으며, 본래 언론으로서의 순기능적 역할을 제대로 수행하지 못하고 있다. 진실 보도에 대한 가치는 그 어떤 상황에서도 우선되어야 한다. 현실을 올바르게 볼 수 있도록 주도적 역할을 해야 그 언론을 지침 삼아 올바른 시각과 올바른 언어 사용 양상이 조성된다. 일부 비양심적 언론에게 대중의 언어 사용 풍토를 진정성 있게, 그리고 품격 있게 형성하는 일에 막중한 책임감을 가지고 더 이상 횡포를 일삼는 사기 언론의 주역이 되지 않기를 기대해본다.

> "말은 사람의 생각을 감추거나 드러낸다."

- 라틴 격언

사투리 억양 때문에 생기는 오해 | 딱 자기 그릇만큼의 언어를 쓴다 | '언어의 달변가' vs. '언어의 달인' | 지피지기 백전불태(知彼知己 百戰不殆) | 초보운전 스티커에서 묻어나는 언어의 품격 | 유튜브 언어 트렌드 | 펭수의 행복 바이러스 화법을 "칭찬해!" | 멋진 말, 쿨한 화법 | 콘텐츠가 많으면 언어가 풍성해진다 | 힘 있는 언어술사가 되려면

🥣 사투리 억양 때문에 생기는 오해

평소에 잘 알고 지내던 부부가 있었다. 내게는 은인과도 같은 분들이며, 사람들로부터의 신망 또한 두터웠다. 그런데 어느 날 또 다른 지인 C가 그 부부에게 몹시 화가 나서 그들을 원망하는 어조로 내게 하소연했다. 내막을 듣고 보니 별일도 아니지 싶었다. C가 그들에게 무언가를 다급하게 질문했는데, 그 부부가 그 자리에서 단박에 면박 주듯 말하는 것에 마음이 상했다는 것이다. 사실 그 일은 그 단체가 진행하는 행사 당일이라서 서로 바쁘게 움직이는 상황 속에서 벌어졌다. C가 왜 그렇게 오해하고 있는지 충분히 짐작이 갔다. 그 불화의 주범이 바로 '사투리'라는 것을 알고 있었기 때문이다. 그 부부는 경상도에서 나고 자랐기에 그들의 평소 어투에 그 지역 사투리 억양이 그대로 남아 있었다. 그러다 보니 그 억양에 익숙지 않은 사람은 자신에게 화를 내거나 야단을 쳤다고 생각하여 서운하게 여기는 일이 종종 발생했다. 특히 다급하게 말하거나 조금만 강조해서 목소리를 높이면 한층 더 거세게 들려서 듣는 이가 무안함을 느끼게 될 때가 많았다.

경상도 사투리는 내게는 오히려 신뢰감이 느껴지는 언어 중 하나다. 그 억양을 이해하고 나면, 다소 거칠게 들리긴 해도 말 속에 담겨 있는 진솔함이 더욱 부각되는 것 같아서다. 언니가 대학 시절 자취하던 집에 유난히도 경상도 억양이 센 가족이 함께 세 들어 살고 있었다. 독특한 억양으로 말하는 그 가족의 바쁜 아침 광경을 보며, 처음엔 그들이 서로 다투는 거라 여겼다. 귀를 쫑긋한 채 심란한 마음으로 그들의 이야기를 들었던 기억이 난다. 그런데 자세히 들어보니 그들은 세상에서 둘도 없이 화목한 가족이었다. 출근과 등교 준비로 분주한 아침, 그들은 서로 하나라도 더 챙겨주기 위해 많은 말을 나눈 것뿐이다. 다만 그것이 특히나 경상도 억양으로 이루어진 대화들이다 보니 마치 크게 싸우는 것처럼 들렸다. 그 언어 특유의 억양을 몰랐던 내가 크게 오해한 것이다.

한때 전라도가 고향인 김대중 대통령 정부 출범 이래로 TV를 비롯한 많은 매체에 전라도 사투리가 주로 사용되는 드라마와 영화가 유행처럼 대거 등장했다. 전라도 버전의 코미디도 많아졌는데, 안 그래도 즐겨 보던 장르가 개그 스타일의 코미디 프로그램이었기에 더욱 재미있게 시청하곤 했다. 그 프로그램을 보며 특유의 전라도 언어의 억양이 독특하고 감칠맛 나는 웃음을 자아낸다고 생각했다. 전라도 방언에는 타 지역 언어보다 더 많은 선율적 파동이 들어 있고 묘한 말꼬리 여운이 있어서 찰지고 맛깔스럽게 들리기도 하지만, 경우에 따라서는 비꼬거나 시비를 거는 것처럼 들릴 수도 있다는 게 개인적인 생각이다.

충청도 사투리는 유순하고 여유 있어 보이는 특유의 억양이 편안함을 주기도 하지만, 듣기에 따라서는 무언가 억울함을 호소하는 것처럼 들리기도 한다. 학창 시절 장기자랑에서 촌극을 준비할 때마다 나도 모르게 충청도 언어를 구사하며 웃음을 유발하곤 했다. 아마도 외가의 영향을 받아서인 것 같다. 생각해보니 내게는 충청도 말 흉내 내기가 타 지역 언어보다 훨씬 쉬웠는데, 경상도와 전라도 혹은 강원도와 제주도 등의 방언에서 발견되는 생소한 어휘들이 상대적으로 적다고 여겨졌기 때문이다. 그때 생각하기엔 그저 말 끝부분에 "~했어유"라는 말만 붙이면 되는 것 같았다.

이처럼 각양각색의 모습을 지닌 경상도, 전라도, 충청도 그리고 그 밖의 모든 사투리 언어가 내게는 모두 독특하고 매력적으로 다가온다. 그런데 그 각각의 매력 있는 사투리 억양과 표현의 뉘앙스 때문에 같은 민족인데도 갈등이 생기기도 한다는 것이 아이러니다. 언어의 비중 있는 속성 중 하나가 바로 '소통'이기에 그것은 마치 외국인과의 언어소통에서 어려움이 생기는 현상과 같다. 사실 그것은 조금이라도 상이한 언어를 접할 때는 어김없이 일어날 수밖에 없으며, 서로 다른 언어에 대한 이해의 부족에서 오는 불가피한 현상이다.

　상당히 오래전에 상영된 영화 〈황산벌〉에서는 삼국 시대 당시에 실제로 각각의 서로 다른 언어로 교류와 전쟁을 했을 것이라는 설정하에 각 나라의 말의 차이에서 생기는 해프닝을 묘사했다. 모든 진지한 상황에서 나누는 대화조차 너무 가벼워지는 단점이 있기는 했지만, 언어에 대한 새로운 발상과 접근 방식이 영화에서 색다른 재미를 유발했다. 역사적으로 삼국이 지리상 인접했다고는 해도 사실상 서로 다른 국가였다. 따라서 언어가 비슷하면서도 조금씩 달랐던 것이 당시에는 당연하게 받아들여졌다. 그러한 언어의 차이로 서로 간의 의사소통이 수월하지 않았을 것이고 그로 인해 불가피한 분쟁도 발생했을 것이다. 그런데 그러한 언어상의 차이가 현재까지도 거의 그대로 남아 있다. 삼국(혹은 그 이상)의 언어 특성이 해당 지역에 그대로 남아 있고, 그와 함께 크고 작은 갈등도 여전히 존재한다. 모든 것이 언어적 관점으로만 해석되는 것은 아니지만, 그러한 언어 차이에서 비롯된 숙명과도 같은 갈등 요소가 지금은 통합된 하나의 국가임에도 국가 구성원의 삶과 근성에 깊숙이 내재되었음을 부인할 수 없다.

　바로 위에서 언급한 바 있듯이, 서로 언어가 다르거나 다른 방식으로 표현될 때 온전한 소통에 어려움이 발생한다. 예컨대, 경상도 사람과 함경도 사람이 길을 가다가 처음으로 만났을 때 다음과 같은 우스운 대화가 끊임없이 이어졌을 것이다.

　　A: "그게 뭐꼬?"

　　B: "뭐꼬가 무시기요?"

　　A: "무시기가 뭐꼬?"

　　B: "뭐꼬가 무시기요?"

　　…(무한 반복)

위의 예시처럼 사실은 같은 말이며 같은 생각에 대해 말하고 있음에도 언어의 차이 때문에 서로의 의중을 파악하지 못한 채 자신의 주장만 무한 반복되는 현상이 삶에서 빈번하게 일어난다. 또한 받아들이는 환경에 따라 하나의 단어가 각각 다르게 해석되는 해프닝도 자주 발생한다. 일례로, 전라도 사람 사이에서는 '거시기'라는 단어가 일종의 지시어(그것) 혹은 감탄사의 의미로서 거의 모든 상황에서 쓰이는 일상적 언어다. 그래서 그것의 뉘앙스를 잘 이해하고 있는 관계에서는 대화에서 수많은 '거시기'가 나와도 상황적 맥락에 의해 상대방의 의중이 잘 헤아려진다. "거시기, 나가 거시기해서 거시기에 갈 팅께 후딱 거시기 해부러라잉~" 이렇게 말해도 신기하게도 찰떡같이 알아듣고 "알겠어라!"라고 대답하는 것을 본 적이 있다. 그러나 그 말의 쓰임을 잘 모르는, 특히 이제 막 세상의 언어에 대해 배워가는 예컨대 청소년에게 '거시기'는 대놓기 말하기 곤란한 남부끄러운 어떤 것에 대한 표현으로 받아들여지곤 한다. 그래서인지 수업 중에 그 단어를 말하면 특히 민감한 사춘기 학생은 과도하게 반응하며 서로 키득거리는 모습을 본 적도 있다. 이처럼 서로 통용되는 공통분모와 상호 이해 요소가 없다면 오해의 소지가 있다. 이러한 현상 또한 언어가 가진 특성이다.

예전에 유럽의 어느 국경지대를 지나가던 기차 안에서 프랑스인, 오스트리아인, 이탈리아인이 시끌벅적 떠드는 소리를 들은 적이 있다. 각각의 독특한 억양의 말이 묘하게 뒤섞여 마치 불협화음의 삼중창을 듣는 것 같았다. 저마다 자신들의 이야기 소리가 들리게 하려고 점점 더 소리가 커져서 매우 시끄러웠지만, 그러한 풍경이 흥미롭게 여겨지기도 했다. 그 모습을 보며 생각했다. 만약 서울로 향하는 기차 안에서 경상도, 전라도, 충청도 사람이 제각기 큰 소리로 이야기를 나눈다면 비슷한 풍경이 그려질 거라고. 같은 한국어임에도 한곳에 모여 저마다 큰 소리로 외쳐댄다면, 상상만으로도 무척 어수선할 것만 같다.

오늘날엔 매체를 통해 각 지역의 언어에 빈번하게 노출되다 보니 각각의 언어 차이에 낯설어하지 않게 되었지만, 상황이나 대상 혹은 미세한 뉘앙스와 의미 차이에 따라 아직도 오해와 서운함을 바탕으로 하는 분쟁이 발생하기도 한다. 그러므로 언어 때문에 생기는 어려움을 극복하기 위해서는 각각의 언어적 뉘앙스 차이를 이해하고 서로 경청해야 한다. 아울러 오해 없는 진솔한 대화가 이루어지도록 서로 배려하는 미덕이 필요하다.

> "만약 우리가 다른 언어를 말한다면, 우리는 다소 다른 세계를 인식하게 될 것이다."
>
> – 루트비히 비트겐슈타인

☞ 딱 자기 그릇만큼의 언어를 쓴다

거대하게 돌아가는 하나의 세상에서 살아가며 모두가 언어를 통해 많은 것을 공유한다. 그러나 각 사람이 사용하는 언어의 그릇은 제각기 다르다. 그리고 그 언어의 그릇은 저마다의 인격의 그릇과 비례한다. 언어는 그 사람의 사상과 가치관을 그대로 드러내주는 창구이기에 당연하다. 그래서 그 사람이 사용하는 언어는 딱 그의 인격과 일치한다고 할 수 있다.

그리고 특히 성격이야말로 언어의 그릇에 가장 큰 영향을 미친다. 예컨대 긍정적 vs. 부정적, 낙천적 vs. 염세적, 그리고 우유부단, 독선적, 다혈질, 포용력, 이타심 등의 여부에 따라 언어를 사용하는 스타일이 천차만별이다. 이것은 그 사람의 인성에 속하는 부분이며 서로가 대화를 나눌 때 좋게도 혹은 나쁘게도 영향을 미치게 된다.

어떤 사람의 언어에서 그 사람의 삶이 보일 때가 있다. 또한 그의 인생관을 읽을 수도 있다. 타고난 성품이 그의 언어를 고착하기도 하고, 특정 시기의 삶의 고단함이 그의 언어에서 고스란히 묻어나기도 한다. 포용력이 있고 겸손한 사람의 언어는 관대하고 따뜻하다. 우리는 그런 언어를 쓰는 사람을 보며 고매한 인격을 느끼곤 한다. 독서와 여행을 통해 견문을 넓힌 사람의 언어에서는 자신만의 지식에 기반을 둔 용어들이 자연스럽게 배어나온다. 그런 사람의 언어는 그를 더욱 멋진 모습으로 돋보이게 해준다. 그러나 인성이 제대로 갖추어지지 않은 사람의 지식은 그저 현학적 우쭐거림의 언어로 전락할 뿐이다. 따라서 제아무리 멋진 척 떠들어도 청자로부터 완전한 공감을 얻지 못한다.

부유한 사람과 빈천한 사람의 언어에도 분명히 차이가 있다. 부유한 사람의 언어가 반드시 훌륭하다고 할 수는 없다. 또한 가난 속에서도 인격적 성숙함을 얻어낸 사람이라면 그의 언어적 토양도 좋을 수 있다. 하지만 적어도 부유한 삶의 환경 속에서 사용되는 언어를 경험해보지 못한 입장에서 그들만이 사용하는 특정 언어를 알기는 어려울 것이다. 그와 반대로 가난한 삶의 어려움을 경험하지 않은 사람은 알 수 없는 가난한 사람들만의 언어가 있다. 좋은 그릇이냐 아니냐를 떠나서 분명히 그릇의 모양이 다를 수 있음을 말하려는 것이다. 그런 관점에서 나 역시 최상위 부자들만의 언어들에 대해 알지 못하는 게 사실이다. 그러하기에 세상의 대한 관조와 언어의 그릇도 내가 처한 현실 속에서 만들어졌고 그것에 따른 시각이나 안목이 제한적일 수 있음을 부인할 수 없다.

앞서도 말했지만, 가족의 성향과 억압의 정도에 따른 언어 환경도 언어의 그릇을 만드는 데 영향을 준다. 유치원부터 시작해서 대학 시절까지 겪게 되는 크고 작은 사회에서의 교육과 언어 훈련을 통해서도, 또는 직업의 종류나 사회적 지위에 따라서도 각자의 언어의 그릇이 달라진다. 그래서 예를 들어 군대에서의 생활이 언어의 그릇에 강하게 고착화된 사람의 언어는 특유의 군대 모습을 연상케 하는 말이 빈번히 튀어나올 수밖에 없다. 또는 종교에 귀의한 사람일수록 그의 언어는 현실과 멀거나 고차원적이거나 혹은 초월적일 가능성이 있고, 신앙의 대상이나 배경에 따라 다른 언어 환경이 만들어진다. 물론 정치적 이데올로기에 따라서도 사용하는 언어 범주가 달라진다. 심지어 자신의 취미생활이나 봉사하고 있는 일의 연장선상에서 삶의 언어가 조성될 가능성도 크다. 누구나 가장 많이 관심을 가진 영역에 해당하는 언어들로 그 언어 사용 시점의 삶을 채워가게 되어 있기 때문이다. 한편, 가장 최근의 시점에서 주로 사용하는 언어의 차이로 인해 '만남'의 구성원도 달라지는데, 각자의 삶의 가치관에 따라 이합집산하고 끼리끼리 모여 새로운 관계를 계속 만들어가므로 만남의 구성원에 따라서도 사용하는 언어가 달라질 수 있다.

위의 여러 원인에 의해 언어의 그릇이 다르게 형성된다. 그런데 아이러니하게도 상대방을 평가할 때도 딱 자기 그릇만큼의 시선에서 하게 된다. 그래서 자기보다 더 심오한 사람의 마음을 헤아리지도 못한 채 자신의 가치관이 세상 최고인 줄 알고 피력하기도 하고, 자신의 말만 옳다고 주장하기도 한다. 또는 '제 눈에 안경'이라고 자기가 경험한 세계에서 만들어진 편견으로 세상 사람과 현상을 바라보며 시비 걸기도 한다. 예컨대 자신이 요즈음 몇 권의 책을 읽으며 지낸다고 자기의 생각만 대단하다고 여긴다면 어떻게 될까. 아마도 정작 남모르게 공부하며 더 어려운 책을 밤낮없이 읽고 있는 사람에게 우쭐대거나 그를 경시하는 우(愚)를 범하게 될 것이다. 자신이 이제 겨우 글공부 좀 하니까 타인도 그 정도 수준일 거라고 단정 짓고서 말하는 것만큼 어리석은 게 또 있을까.

자기만 잘났다고 생각하는 사람은 그 작은 인격의 그릇 크기로 상대방을 바라보기에 실제로 상대방이 가진 능력이 얼마나 위대한지를 보지 못한다. 또한 그 마음이 얼마나 크고 깊은지 헤아리지도 못한다. 좀 더 시간이 흐른 뒤에 자신보다 훨씬 훌륭한 업적을 쌓아놓고 늠름하게 우뚝 서 있는 그를 보며 부끄러운 마음이 될 것임을 실로 모르는 것이다. 예를 들어, 세상을 구하고자 하는 큰마음을 가진 사람의 언어와 행동을 편협한 마인드로 자신의 삶만 중요하게 여기는 이기적인 사람이 어찌 알겠는가. 그래서 딱 자신의 작은 그릇의 시선으로 큰 그림 그리는 사람을 오히려 비방하는 모습을 보면 마음이 갑갑하다. 예를 들어 자신이 온갖 부정한 방법으로 이로움을 추구하다 보니 상대도 그런 줄 알고 원색적으로 비방하는 이가 있는데, 바로 그들이 그렇게 어이없는 탄식을 자아내는 대표적인 이들이다.

옹졸함과 열등감이 가득한 사람들 또한 그 그릇 그대로 언어를 사용하는데, 그 마음을 감추기 위해 오히려 만용을 부리듯 말하거나 종지처럼 작은 그릇의 언어로 대화를 답답하게 만들기도 한다. 그런데 그런 언어를 사용할 때 상대방도 그들의 열등감이나 패배감을 읽을 수 있다. 그러니 자신의 부족한 능력이나 어려운 처지 혹은 배배 꼬인 심사를 알게 하고 싶지 않다면 언어 사용에 각별히 주의해야 할 것이다. 적어도 그릇이 더 커질 때까지 침묵하는 것이 훨씬 낫다.

언어의 그릇에 대해 생각하고부터 무심하게 뱉은 나의 언어를 통해 나의 심정과 환경, 처지 등을 드러내게 될 때마다 흠칫 놀라곤 한다. 때로는 보잘것없는 나의 부족한 인성이 드러나지는 않을까 늘 조심스럽다. 세월을 꽤 살았다고 여기기에 그만큼 그릇이 커지고 단단해졌을 거라 믿고 싶지만, 그러한 바람과는 달리 아직도 미완의 인격임을 깨닫게 될 때가 더 많다. 내 그릇에 담긴 나의 언어가 고스란히 허술함을 드러낼 때마다 당혹스럽기까지 하다. 또한, 더욱 정련된 언어를 사용하려고 노력하다가도 종종 가볍고 진중하지 못한 성격 때문에 나의 언어 역시 그렇게 될 때가 많다. 그래서 늘 전전긍긍하게 된다.

☕ '언어의 달변가' vs. '언어의 달인'

　예나 지금이나 말을 잘하는 사람은 그렇지 못한 사람보다 삶에서 우위를 선점할 가능성이 크다. '봉이 김선달'처럼 대동강 물도 팔 수 있을 정도로 수완이 있다면 그 어떤 난세에서도 돈 벌기가 참 쉬울 것만 같다. 그런데 실상 그러기 위해서는 여러 가지가 필요하다. 즉, 어찌 보면 사기꾼 같아 보일 정도로 얼굴이 두꺼워야 하고 사람들이 무엇을 필요로 하는지 간파하는 능력도 필요하다. 그러나 무엇보다 중요한 것은 결국 신뢰와 호감을 주는 언변이다. 역사와 시대를 통틀어 상기해보면, 대중을 사로잡고 자신에게 동조하도록 만드는 데 성공한 사람들도 대부분 언어의 달인이었음을 알 수 있다.

　보통 언어의 달인이라고 평가할 때, 일단 말을 화려하게 혹은 맛깔스럽게 구사하는 사람을 예로 들곤 한다. 그렇지만 이렇게 언어 사용의 달변가만이 언어의 달인은 아니다. 조금은 덜 화려하고 투박한 듯해도 쉬운 언어로 호소력 있고 마음에 와 닿게 말하는 사람도 언어의 달인이라 할 수 있다. 할 말이 많다는 것은 그만큼 아는 것도 많은 것이긴 하다. 그래서 끊임없이 말을 쏟아낼 수 있는 능변가들이 일단 누군가를 설득하기에 유리하기는 할 것이다. 아마도 그런 이유 때문에 쇼호스트, 컨설턴트, 말로써 채널을 운영하는 유튜버, 강연가, 영업사원, 논객, 외판원 등의 직업을 가진 사람들이 달변가로 불릴 수 있을 것이다. 이들은 거의 모두 비교적 빠르게 많은 말을 잘하는 편이다. 그런데 이들은 어떤 이유로든 상대방의 말을 듣는 것보다는 자신의 목적을 담은 말을 들려주는 것을 우선 목표로 하고 있다는 공통점이 있다.

　종종 느릿느릿 꼭 필요한 몇 마디의 말로 영업이나 설득에 성공하는 사람도 있다. 또한 수다스럽게 말을 많이 하지 않는데도 그 사람의 말을 들으면 왠지 모를 편안함과 신뢰감이 생기는 것을 경험했을 것이다. 연예인이나 방송인 중에 대표적으로 유재석 MC와 이금희 아나운서를 예로 들고 싶다. 사실 이들은 매끄러운 진행을 위해 서포터 역할을 하는 것이 1차 목적이기는 하다. 그래서 그런지 그들은 그다지 많은 말을 하지 않는다. 오히려 경청하고, 경청을 통해 알게 된 내용에서 새롭게 포착된 질문으로 피드백하며 진행한다. 그래서 그들은 사실 말을 잘하기보다는 경청하는 능력이 더 뛰어난 것인지도 모른다. 그러므로 그들에게 '달변가'라고 하지는 않는다. 그들은 따뜻한 말투와 유쾌하고 센스 있는 진행 능력을 인정받아서 위에 열거한 여타의 달변가들만큼 돈을 잘 벌기도 하겠지만, 그럼에도 그들은 여전히 달변가라고 불리지 않는다. 그들은 자신을 드러내고자 하는 마음을 살짝 내려놓고 다른 이들이 말하는 사이사이에서 가장 핵심적인 내용을 뽑아낸다. 그러고는 꼭 필요한 말을 적재적소에 사용하며 상대방의 이야기를 이끌어 낼 줄 안다. 그런 점에서, 그들은 단순히 말만 잘하는 달변가라기보다 오히려 진정한 언어의 달인이라고 하는 게 맞다. 사실, 자신이 특별한 모습으로 돋보이기 위해 단지 저 혼자 목청 높여 외쳐대는 이야기꾼은 달인이 아니라 그저 말 많은 수다쟁이일 뿐이다.

얼핏 보면 달변가와 달인은 차이가 전혀 없어 보인다. 그러나 보통 달인이라고 하면 어떤 분야에서 대다수의 일반인이 쉽게 하지 못하는 경지에 오른 사람을 뜻하곤 한다. 그렇기 때문에 꽹과리처럼 요란하고 왁자지껄하게 떠들어대는 일부 정치인의 능변을 들으며 우리는 그들에게 언어의 달인이라는 호칭을 부여하지 않는다. 그저 시끄럽기만 할 뿐 정제되지 않은 말을 쏟아내는 사람은 달변가는 될 수 있겠지만 결코 달인이 될 수 없다. 또한 달인이라고 평가할 때 달인의 의미에는 돈으로 환산할 수 없는 어떤 특별한 가치 판단이 존재한다.

그렇다면 요즘 사회에서 달변가와 달인 가운데 어떤 쪽이 사람들에게 더 어필하게 될까. 모든 매체에서 말을 잘하는 사람이 그렇지 않은 사람보다 더 많이 주목받는 게 사실이다. 특히 요즘의 트렌드 매체인 유튜브 세상에서도 달변가가 넘쳐난다. 그렇게 달변가 천지인 세상이 되어버려 어눌하게 말하거나 어지간하게 말해서는 상대적으로 자신이 가진 능력과 좋은 마음보를 제대로 인정받지도 못한다. 그러나 그러한 가운데에서도 종국에는 단지 달변가인 사람보다 언어의 달인에게 사람들이 모여든다. 그를 존경하는 마음이 진심으로 우러나서 그를 따르고자 한다. 의사소통의 주요한 플랫폼이 다른 매체로 바뀌긴 했지만, 사람의 보편적인 공감 성향과 선호되는 소통의 질서는 여전히 그대로라는 것을 여실히 보여준다.

　나라의 중대한 사건에 대해 의견 충돌이 있을 때마다 빈번하게 나서서 이러쿵저러쿵 논평하는 사람이 많다. 그들이 정말 그럴싸하게 말을 잘하는 것은 맞다. 그래서 일단 세상 사람의 이목을 끌기는 한다. 그러나 그들은 결코 언어의 달인이 아니다. 많은 사람의 심금을 울리는 말을 할 줄 모르기 때문이다. 역시 사람의 마음에 흐르는 보편적 정서가 이런 부류의 사람의 말에는 쉽게 마음을 내어주지 못하게 한다. 일시적으로 좋게 보이는 달변가의 말에 현혹되었다고 해도 자신만의 아집과 편견에 사로잡히지 않았다면 마침내 진실에 기반을 둔 언어 달인의 말에 귀를 기울이게 될 것이다.

　언어의 달인에는 말뿐만 아니라 글로써 어필하는 사람도 포함된다. 따라서 이 시대에 올바른 시각을 정비하도록 도움을 주는 특정 매체의 스피커들뿐만 아니라 글로써 세상에 올바른 메시지를 전하는 사람도 언어의 달인이라고 할 수 있다. 저마다 다른 견해를 가질 것으로 여기지만, 나의 견해로는 달변가가 언어의 달인보다 비교적 돈을 더 잘 벌 수 있는 사회 구조에서 우리가 살고 있다고 본다. 그래서 조금은 서글프기도 하다. 이쯤에선 다시 한번 진지하게 생각해보게 된다. 참으로 오랜 세월 언어와 언어 사용에 대해 관심을 지녀온 나는 과연 '언어 달변가가 되고 싶은 걸까, 아니면 언어 달인이 되고 싶은 걸까' 하고.

🍜 지피지기 백전불태(知彼知己 百戰不殆)

　전쟁터에서 싸움의 기술을 적은《손자병법》이 우리의 전쟁과도 같은 삶 곳곳에서도 빈번히 회자되곤 한다. 또한 사람들은 그것을 자신에게도 적용하며 더욱 지혜로운 인간관계를 도모한다.《손자병법》중에서도 모공(謀攻) 편을 보면, "적을 알고 나를 알면 백 번 싸워도 위태롭지 않고, 싸울 것인가 말 것인가를 잘 헤아리고 있는 자가 승리한다. 백 번을 싸워 백 번 모두 이기는 것이 최상이 아니며, 싸우지 않고도 적을 굴복시켜야 그것이 최상이다"*라는 내용이 나온다. 이 글에서처럼 말로써 싸워야 할 수밖에 없다고 여겨지는 상황에 직면하게 되었더라도 '지피지기'면 '백전백태'라 했으니 이왕에 싸울 거라면 상대방의 부당함은 더욱 면밀히 살피고 자신의 의도는 더욱 명확하게 정리해두는 것이 좋다. 그야말로 맞장을 뜨려거든 상대방과 자신의 허점부터 파악하는 것이 좋을 것이다.

　그런데 영업상의 마케팅 전략에서도 이 원리가 효과적으로 사용되어 왔다. 회의나 미팅에 앞서서 상대방의 말의 습관과 패턴을 파악해둘 필요가 있다. 협상에서 밀리지 않고 이기려면 고도의 심리전이 있기 마련인데, 보통 협상이라는 게 대부분 말로써 이루어진다. 따라서 상대방의 의도나 계획을 간파하는 것 못지않게 말하는 패턴과 방식을 아는 것이 중요하다. '이에는 이'라고 상대의 패턴에 맞추어가며 분위기를 제압(압도)하는 화법을 생각해낼 수 있고, 그와 더불어 상대의 말에 휘둘리거나 휘말리지 않을 수 있기 때문이다. 그러므로 학문적 전공 서적을 통해서가 아니더라도 커뮤니케이션 심리에 관한 공부를 하는 것은 나를 알고 상대를 아는 것이기 때문에 대화의 기술과 전략을 세우는 데 도움이 될 것이다. 또는 우여곡절 삶의 이야

---

*　知彼知己 百戰不殆 / 知可以與戰 不可以與戰者勝 / 是故百戰百勝, 非善之善者也, 不戰而屈人之兵, 善之善者也.

기, 삶에서 이루어지는 의사소통, 그 안에 내재된 심리적 언어 기술 등을 다룬 마음 편하게 읽을 수 있는 서적도 충분히 언어 사용 능력과 스킬에 관한 습득을 가능케 해줄 것이다.

한편, 위의 두 가지 경우 모두 마주하게 된 그 현상을 바라봄에 있어 늘 유연한 사고가 필요하다. 유연한 사고는 사용할 언어 선택에서도 당연히 유연하게 해준다. 사람의 심리는 언제나 유동적이며 가변적이므로 상대방뿐 아니라 자신도 유동적일 수 있음을 염두에 두자. 비겁한 상황으로 태세 전환을 하는 것만 아니라면, 유연하게 태세를 전환할 줄도 알아야 한다. 그렇게 해서 싸움에서도 위태롭지 않을 수 있고, 굳이 싸우지 않고도 원하는 것을 얻을 수 있다. 기억하자. '지피지기 백전불태'의 지혜를 아는 사람에게는 싸움을 피하면서도 자신이 원하는 것을 얻을 가능성이 훨씬 크다는 것을.

☕ 초보운전 스티커에서 묻어나는 언어의 품격

운전할 때 유독 마음이 각박해지는 유형의 사람들이 있다. 그래서 극히 일부이긴 하겠지만, 위험천만한 고속도로에서조차 진로 방해를 하거나 급하게 끼어드는 운전자에게 그들은 과도하게 분노하곤 한다. 그러한 상황에서 살벌하게 응징하는 사례의 뉴스를 보게 된 후로 나 역시 차선을 바꿀 때마다 항상 비상 깜빡이로 양해를 구하는 습관이 생겼다. 사실, 달리는 무기와도 같은 자동차를 몰고 있는 것이기에 운전하지 않는 상황에서보다 서로서로 감정이 상하지 않도록 누구라도 더욱 조심해야 한다. 그런 맥락에서, 묘하게 예민해지기 쉬운 운전이라는 특수한 상황에서는 운전 자체로 인해서뿐만 아니라 그 사람의 의사표시라 할 수 있는 보디랭귀지나 차에 써 붙인 문구조차 빈축을 살 수 있다.

근래에, 좋게 말하면 개성이 강한 것이라 할 수도 있지만 단순한 개성을 넘어 다소 무례하게 느껴지는 차량 스티커 문구를 종종 보게 된다. 운전하는 모습만 봐도 그 사람의 성격이 헤아려지는 만큼 초보운전 스티커에서도 그 사람의 성격과 인성이 드러난다. 스티커 판매자가 먼저 만들어 운전자가 사용하게 된 것일 수도 있고, 아니면 그런 스티커를 원하는 사람이 있어서 스티커가 생겨난 것일 수도 있다. 어쨌든 그런 스티커가 판매되는 것 자체가 놀랍다. 물론 스스로 문구를 만들어 붙이기도 한다. 문구들을 보면, 부탁, 애교, 협박, 심지어 자격지심을 반영함으로써 운전자의 심성과 성향을 가지각색으로 표현한다. '극한초보', '왕초보', '어제 면허 땄어요~~', '면허를 따긴 땄는데… 떨려요', '직진 대잔치', '초보라서 미안해요', '초보를 배려해주어 감사합니다', '운전에 방해 드려 미안해요'처럼 양해를 구하는 마음이 비교적 애교스럽게 묘사된 스티커에서는 그래도 나의 초보 시절을 떠올리며 무한정 배려해주고 싶어지기도 한다. 스티커 문구일 뿐인데도 실제로 그렇게 양해를 구하는 것 같아서 오히려 기분 좋게 양보도 해주게 되고, 때로는 깜짝 놀라거나 미안해하지 않도록 살펴주게도 되는 것 같다. 거기에 대고 무작정 위협하는 인성 그른 몰상식한 사람 빼고는 대부분 뒤따르는 운전자 누구라도 초보운전자임을 겸손히 밝히고 양해를 구하는 그 모습에 나쁘다 할 사람은 없을 것이다.

그런데 '거, 빠짝 붙지 좀 마쇼!', '짐승이 타고 있다!', '빵빵거리면 브레이크 콱!', '개초보, 차주 성격 더러움!'이라며 엄포를 놓는 문구는 심기를 불편하게 만들곤 한다. 사람의 보편적인 생각은 같다. 그래서 좋게 행동하면 실수도 봐주고 싶어지지만, 거만하게 굴면 조금의 실수도 용납해주고 싶지 않아지는 게 인지상정이다. 그것을 모르기에 그런 스티커를 선택했을 거라고 믿고 싶다. 심지어 어떤 스티커에는 손가락질하는 그림이나 사나운 개의 그림과 함께 '내, 초보라 안 카나~~ 초보라고 시비 걸면, 확 물어뿐다~'라는 사투리 어감의 마치 협박이라도 하는 것 같은 문구도 있다. 심한 경우, '빵빵 대면 지구 끝까지 가서 갚아주마!'라고 위협하기도 하는데, 아무리 순한 마음으로 봐주려고 해도 묘하게 불쾌감이 느껴지는 것은 어쩔 수 없다. 그러면서도 한편으로 그 사람이 혹시라도 똑같이 시비 걸기 좋아하는 사람을 만나기라도 하면 대대적인 싸움이 벌어지거나 자신이 오히려 큰코다칠까 싶어 염려되기도 한다.

　　게다가 의도가 더욱 유치해서 가관인 문구도 있다. 화난 표정의 그림과 함께 '차 안에 소중한 내 새끼 있다! 조심하쇼!', '성깔 있는(혹은 까칠한) 아이가 타고 있어요!', '우리 아들 건들면 개 된다!'라며 자식을 판다. '아이가 타고 있어요'라는 정도의 말이었다면, 아이를 생각해서 빨리 달리기 어려우니 양해를 구한다는 마음이 엿보여서 초보운전자로서도 무난한 선택일 수 있다. 그러나 아이를 낳고 싶어도 못 낳는 사람들에게는 자식을 내세워 협박하는 것은 더욱 감정을 상하게 하는 일이 될 수도 있거늘, 그들은 정녕 그것을 모르는 것 같다. 심지어 '미래의 판검사가 타고 있어요!'라는 문구도 있는데, 도대체 뭘 어쩌라는 건지. 미래에 큰일 할 사람이니 잘 봐달라는 것인지, 아니면 미래의 판검사한테 혼나기 싫으면 알아서 기라는 것인지 발상 자체가 어이없다. 초보운전자라는 자격지심이 유치하게 엄포 놓기로 발현된 것이어서 애초의 양해를 구하기 위한 의사 전달 목적에 부합하지도 않는다. 언어 소통의 측면에서 볼 때 그러한 문구의 사용은 최악의 선택이 아닐 수 없다. 이것조차 편견일 수 있으나, 그런 스티커를 버젓이 써 붙인 자동차가 눈앞에 나타나면, 차주가 평소에도 행복한 소통 방법을 모른 채 살고 있을 것 같다는 생각에 한편으로 안쓰럽기까지 하다.

　　그들이 선택하는 초보 스티커에서 평소의 언어 인성과 품격이 읽힌다는 것을 안다면 그저 재미로 그런 거라며 대수롭지 않게 여기고 말 일만은 아니다. 품격이 있는 사람이었다면 애초에 그렇게 하지도 않을 것이다. 물론, 품격이나 타인의 평가에 무관심을 표방하며 자신이 하고픈 대로 하겠다는 사람에게는 말해봐야 소용도 없다. 그리고 어쩌면 자신을 보호하고자 하는 마음이 먼저 지나치게 앞서는 바람에 으름장을 놓으며 오버하는 것일 수 있다고 이해도 된다. 그러나 어떤 마음에서였건 험악한 말로 협박하거나 자기옹호를 하는 그런 스티커를 계속 사용한다면, 매사에 무작정 싸우려 드는 쌈닭의 이미지로 비칠 수 있다. 그리고 때에 따라서는 그 또한 먼저 도발하는 행위로 보일 수 있다. 그리하여 결국 그것이 오히려 더 큰 위험을 부를지도 모른다. 언어의 선택은 자유다. 그러므로 모든 것은 운전자 본인에게 달렸다.

🥄 유튜브 언어 트렌드

요즘은 유튜브 플랫폼에 저마다의 끼를 담고 개성을 뿜어내는 각양각색의 콘텐츠가 구미에 맞게 다양하게 펼쳐지며 많은 사람에게 주목받고 있다. 거대한 트렌드 속에서 유달리 상당한 구독자를 확보하며 빠르게 성장하는 채널을 보면, 콘텐츠 자체가 알차면서도 독특하거나 톡톡 튀는 아이디어가 돋보일 때가 많다. 그런데 그에 못지않게 채널 운영자의 개성과 매력이 담긴 화법도 성공의 주요한 이유 중의 하나로 작용하고 있음을 알 수 있다.

그런데 사람의 보는 눈은 똑같다. 즉, 사람의 마음에서는 다른 이들의 행동에 대한 생각이나 느낌에 보편적 관점이 적용되고 있다는 것이다. 따라서 개성을 지나치게 추구하다가 자칫 미움을 사면 많은 구독자를 한순간에 잃기도 한다. 특히 없는 사실을 꾸며 만들거나 거짓말로 운영한 채널임이 밝혀지고 나면 곧바로 구독자로부터 외면당하고 만다. 보편적 관점을 지닌 대부분 구독자는 선을 넘는 무례하고 품격 없는 말이나 거짓말에 대부분 거부감을 느끼게 되기 때문이다.

　어떤 채널에서는 다른 유튜버의 잘못된 행동이나 말을 주된 콘텐츠 소재로 다루기도 한다. 그러한 채널은 구독자의 궁금증을 해소해준다는 점에서 관심과 호응을 받기도 한다. 그들은 마치 어떤 채널이 논란의 중심에 서기를 기다렸다는 듯이 사람들의 '호기심 열차'에 재빠르게 편승한다. 몰랐던 사실을 일목요연하게 알게 해주고 색다른 시각으로 접근하기에 그러한 채널이 흥미를 자아내는 것도 사실이다. 하지만 단순히 팩트 체크를 해주는 정도가 아닌 채널도 많다. 즉, 자신의 감정을 담아 합당한 근거를 토대로 혹독한 비평을 하기도 한다. 혹은 도가 지나쳐서 맹목적인 비난이나 비방을 한다. 그러한 경우, 그것과 똑같은 마음이 되어 동조하거나 이해관계가 있어서 구독 버튼을 누르기도 하지만, 대부분은 그러한 채널에 불편함을 느낄 것이다. 결국 이렇게 보편적 허용 범위를 많이 벗어나게 되면 보편적 판단 기준을 가진 구독자로부터 외면을 받을 수밖에 없게 된다. 그러한 채널 운영 방식이 하나의 독특한 개성으로서 좋게 인정받으려면 그 밖의 어떤 다양한 변수가 함께 작용해야 하기 때문이다.

　'유튜브'라는 플랫폼이 개인과 대중 사이의 새롭고도 강력한 소통 창구가 되면서 거기에 사용되는 언어 또한 더욱 중요한 커뮤니케이션 전달 요소로 작용한다. 저마다의 끼를 발산하기 위한 방법으로 노래와 춤, 개그 등의 다양한 요소가 병존하지만 궁극적으로는 언어요소가 가장 막강하다. 또한 음악적·시각적 구성 요소도 결과적으로는 의사소통이라는 언어적 맥락의 다른 표현 방식이며 비언어적 언어라는 관점에서 더욱 그러하다. 어떻게든 구독자가 시청하도록 해야 하는 것이 유튜브 채널의 생존 방식이기에 유튜브 썸네일에 표현하는 언어가 얼마나 호소력을 지녔는지도 중요하게 인식

된다. 그로 인해 과도하게 현혹하는 이른바 '어그로'* 언어를 남발하고 시청자에게 배신감을 주는 경우도 많다. 간혹 의도적으로 그렇게 할 때도 있는 것으로 보인다. 그러나 관심을 끄는 만큼 그것의 역효과도 커서 반복적으로 이루어질 경우 종국에는 '구독 이탈'이나 '채널 폭망'을 부르기도 한다. 진정성 있는 언어가 오히려 대중에게 어필할 수 있다는 것을 채널 운영자가 미리 알았더라면 과연 그렇게 했을까.

유튜브 콘텐츠는 흥미를 자아낼 수 있고 유익함을 줄 수만 있다면 어떤 주제를 다루어도 상관없다. 또한 콘텐츠를 펼치는 방식에 있어서도 유쾌함, 감동, 그리고 재미를 주는 요소들이 포함되면 구독자 상승이 무난하게 이루어질 수 있다. 그러나 그것이 궁극적으로 완전한 성공을 거두게 될지 말지 여부는 역시 그 유튜버의 인성과 언어 사용 및 태도에 달려 있다고 해도 과언이 아니다.

말을 유창하게 잘하는 사람이 유튜브에서도 더 유리하기는 하다. 유튜버가 지향하는 콘텐츠를 자신감 넘치게 전달하면 아무래도 해당 정보에 대한 신뢰감이 커지기 때문이다. 그러나 유튜브 시청자가 지식이나 정보를 듣고 싶어 하지만은 않기 때문에 굳이 말을 많이 하지 않아도 가능하며 무음의 영상과 자막, 또는 음향이나 BGM을 사용해서 어필하는 것만으로도 꾸준히 구독자를 확보할 수 있다. 결국 유튜브 언어라는 것은 사람의 음성 언어만을 지칭하지 않는다고 할 수 있다. 유튜브 채널에 담긴 모든 요소가 어우러져 하나의 콘텐츠로서 사람들의 마음에 다가간다. 그것은 언어가 다가가는 방식과 유사하게 작용한다. 즉 쌍방 간에 소통하고자 하는 목적이 내재하며, 전달하고자 하는 메시지가 있다. 또한 상호 간에 상황 혹은 맥락에 대한 이해가 암묵적으로 요구된다. 따라서 어떤 지점에서 서로 간에 소통의

---

* 영단어 'aggressive(공격적인)'에서 유래한 말로, 인터넷이나 유튜브에서 관심이나 흥미 유발을 의도적으로 일으키는 행위를 표현하는 디지털세대의 용어다.

공감대가 형성되기만 한다면, 심지어 말이 좀 느리고 어눌한 듯 진행되는 콘텐츠조차 묘한 매력을 발산하며 사람들의 마음을 끌어당길 수 있다. 실제로 그러한 채널이 상당수 존재한다.

유튜브 크리에이터와 구독자 간에는 이러한 요소를 통해 유대감이 생겨나며, '유튜브'라는 플랫폼을 통해 기대 충족감이 커질 때 기꺼이 구독자가 되고자 하는 마음을 불러일으킨다. 전하고자 하는 메시지가 특정한 구성 방식을 통해 흡인력 있는 내용(콘텐츠)으로 만들어지고, 그것이 너무도 쉽고 간단하게 접근할 수 있는 플랫폼을 통해 전달되는 방식이 유튜브 매체의 특성이다. 그런데 그것은 사실 앞서 말한 대로 언어적 의사소통(커뮤니케이션)의 메커니즘과 크게 다르지 않다. 차이가 있다면, 과거의 활자 언어나 TV에 의한 일방향의 소통 방식보다 쌍방향 소통과 무한한 확장성이 내재되어 있다는 점이다. 그와 더불어, 스스로 그 채널을 선택한 구독자에게 바로 앞에서 일대일로 말해주는 것 같은 친밀성과 생동감이 더욱 크다는 점이다. 따라서 구독자는 더욱 집중해서 유튜브 영상을 시청할 수 있게 된다.

한 예로, 반려동물의 귀여운 모습과 재미있는 행동을 담아낸 영상 자체가 하나의 콘텐츠로서 어필하며 인기를 얻고 있는 유튜브가 많다. 거기에다 채널 주인의 입담이 가미되어 시청자를 더욱 매료시키기도 한다. 그러나 한편으로는 굳이 육성이 담기지 않아도 된다. 재치 있고 생동감 있는 효과음과 자막을 넣어줌으로써 시청자와의 소통을 더욱 효과적으로 도모할 수도 있기 때문이다. 시청자는 마치 자신이 직접 집사라도 된 것처럼 여기며 친근하게 느껴지는 그 유튜버의 이야기 흐름에 의식을 내맡긴다. 그러고는 공감의 뜻으로 '좋아요'를 눌러준다. 좋고 싫음을 곧바로 표현할 수 있다는 것도 유튜브만의 소통 방식이라 할 수 있다.

그렇게 크리에이터가 전하고자 하는 이야기에 몰입도가 커진 만큼 특정 유튜브 채널에 대한 개개인의 호불호가 성향에 따라 다른 양상을 보인다. 적극적으로 지지하기도 하지만 배타적인 경우도 생긴다. 더욱이 그 영향력 혹은 파급력이 꽤 큰 편이어서 시청자의 즉각적인 반응을 이끌어낸다. 그런 만큼 채널의 콘텐츠 못지않게 주류를 이루는 언어적 요소가 글자이건 육성의 말이건 간에 항상 조심할 필요가 있다. 어떤 형태로 만들어지든 그것이 전하고자 하는 메시지라는 것은 명백하게 언어적 맥락에서 이해되는 것이며, 결과적으로 유튜브 콘텐츠는 다분히 언어적일 수밖에 없다. 따라서 유튜브 콘텐츠에서 소통이라는 언어적 요소는 언제나 중요하게 다루어져야 할 것이다.

어떤 유튜브 채널이 망했을 때 거기에는 많은 복합적 이유가 있다. 그러나 분명한 것은 옳게 말을 잘하면 성공 가도를 기대할 수 있지만, 반대로 입(말) 관리를 잘못하면 한순간에 망할 수 있다는 점이다. 그러므로 너도나도 유튜브 크리에이터를 꿈꾸는 요즘, 지속적으로 구독자를 늘리며 시청자에게 어필하고 싶다면 그러한 점을 먼저 염두에 둘 필요가 있다. 다시 한번 강조하건대, 징징대는 말투, 성내는 어투, 시비조의 언변, 비방하는 언어 방식에 사람들은 불편한 마음을 갖는다. 미담을 나누고 덕담을 전하며, 솔직함과 당당함의 화법으로, 온화하고 겸손하게 말하는 어조는 다른 모든 곳에서와 마찬가지로 유튜브에서도 통한다는 것을 잊지 말자.

🍜 펭수의 행복 바이러스 화법을 "칭찬해!"

독특한 개성을 가진 사람이 뜨는 세상이다. 그런데 더 깊이 들여다보면, 결국 독특한 언어를 사용하는 캐릭터가 뜨는 세상이라고 할 수도 있을 것 같다. 물론 독특하고 매력 있는 행동이 돋보이기도 하지만, 행동도 크게 보면 비언어적 언어에 속하므로 자신을 표현하는 하나의 수단이며 소통 방식이어서 결과적으로는 독특한 언어 사용 능력자가 좋은 쪽으로든 나쁜 쪽으로든 주목받는 것이 분명한 사실이다.

요즘 개인적으로 매력을 느끼는 캐릭터 중에 '펭수'가 있다. 펭수를 주인공으로 하는 '자이언트 펭TV'의 유튜브 구독자 수가 빠르게 증가했고, 여전히 많은 사람의 사랑을 받고 있다. 펭수와 자이언트 펭TV가 인기 있는 이유로는 캐릭터의 개성 있는 외모, 제작진의 기획과 편집력, 탄탄한 스토리, 펭수의 재능(요들송, 댄스, 비트박스, 랩 등)을 들 수 있다. 그러나 진정한 펭수만의 매력은 그 특유의 화법에 있다고 본다. 거친 목소리와 말투를 지녔음에도 펭수의 사이다같이 시원한 말솜씨와 재치 있는 즉흥적 언변, 진정성 있는 솔직담백 화법, 그리고 겉으론 뚝배기같이 말하지만 따뜻한 마음이 전해지는 '츤데레' 화법 때문에 팬들이 그를 더욱 좋아하는 것 같다.

때로는 거침없이 말하는 그의 화법을 두고 '펭성(캐릭터가 펭귄이라서 인성 대신 펭성이라고 표현함)' 논란이 또 하나의 재미로 회자되기도 한다. 캐릭터의 특성을 살리기 위해 의도된 것이기에 그를 좋아하는 사람들은 그것마저 귀엽고 재미있다며 흐뭇하게 보아주고 있다. 일반적인 사람으로서 그렇게 행동한다면 단박에 미움을 사고도 남을 일이지만 펭귄 모습의 캐릭터가 그런 것이기에 용인되는 것 같다. 또한 어린 펭귄에게 어른의 완성된 인격을 기대할 수도 없기에 모든 걸 예쁘게 봐주게 되는 것일 수도 있다. 혹은 유쾌한 웃음과 감동을 유발하는 그의 언어적 센스가 그를 미워할 수 없게 하는 것인지도 모른다. 게다가 사람들은 자신들이 하지 못하는 말을 펭수가 호기롭고 당당하게 표현하는 것을 보며 후련함 혹은 대리만족감을 느끼기도 한다. 때로는 순발력 있는 위트와 유머로, 때로는 인간미 넘치는 따뜻한 말과 위로로 사람의 마음을 들었다 놨다 하는 펭수이기에 그의 매력에 빠지는 사람들이 더욱 늘고 있다. 펭수의 존재도 모르는 어른 세대와 '뽀로로와 친구들' 정도의 동심 캐릭터를 기대하는 어린 세대에게는 펭수의 화법 이면에 담긴 심오한 철학이 발견되기 어려울 수도 있다.

그러나 펭수의 캐릭터 속 실제 인물의 인생관이나 삶의 철학이 그가 불쑥불쑥 내뱉는 말에 담겨 있어서 그것을 공감하는 세대에게는 더욱 크게 어필되는 것 같다. 그래서 아이들이 좋아할 귀여운 펭귄 모습의 캐릭터임에도 청년, 중년, 장년층에게 두루 사랑을 받는다. 자이언트 펭TV 영상 콘텐츠나 초대되어 출연하는 방송에서는 큰 그림의 기획 의도에 따라 연출되는 것이겠지만, 각본 없는 즉흥적 상황에서는 펭수(엄밀하게 말하면 펭수 속의 본체)의 애드립이 빛을 발하곤 한다. 심지어 철없는 아이처럼 귀엽게 어리광을 부리다가도 팬들의 돌발 고민 상담에서는 세상 이치를 깨달은 이처럼 즉각적으로 현답을 주어 깜짝 놀라게 하기도 한다.

펭수를 볼 때마다 문득문득 펭수 캐릭터 속의 사람이 궁금해진다. 대다수 사람이 아마도 같은 생각을 지니고 있을 것이다. 그런데 희한하게도 펭수를 보이는 그대로의 펭귄으로 바라보고 싶은 마음이 더 커서인지 대중은 그를 굳이 파헤치려고 하지 않는다. 오히려 서로서로 "눈치 챙겨"라고 말하며 일명 '알면서 눈감아주기'의 마음을 공유하는 분위기가 크다. 펭수 캐릭터에 대한 동심을 간직하고 싶고 펭수라는 존재 자체를 지키기 위해서일 수도 있다. 그럼에도 나는 항상 펭수 언어와 펭수 화법을 구사하는 펭수 본체에도 매력을 느끼고 있다. 펭수가 좋으니 그 안의 본체에 대해서도 호감을 느낄 가능성이 큰 것은 맞지만, 뽀로로나 그 밖의 다른 모든 캐릭터에 대해서는 단 한 번도 본체를 궁금해하지 않았고 의식조차 하지 않았던 데 비하면 펭수 본체에 대한 나의 호기심은 특이한 현상이다. 유독 자아가 큰 펭수의 언행에 자신의 의지가 반영되고, 그와 더불어 각색되지 않은 자신만의 능력이 한껏 발휘되기 때문인 것 같다. 그래서 어쩌면 펭수 캐릭터 자체보다 펭수에게서 투영된 본체에 대한 매력에 이끌린 사람도 분명히 많을 것으로 여겨진다. 그것은 굳이 캐릭터와 본체라는 관점에서 보지 않더라도 좋은 언행을 하는 사람을 보게 되면 그 사람의 내면을 인식하고 무의식중에 그의 본질, 즉 내면의 모습도 좋게 기대하는 심리와 비슷하다. 사람의 좋은 말과 행동은 모두 그 사람 내면의 좋은 심연에서 나오는 것이기 때문이다. 특정 인물의 내면을 더 아끼고 지지했던 것이라면 그가 다른 캐릭터의 옷으로 바꾸어 입는다고 해도 그에게 느끼는 매력은 사라지지 않을 것이다. 그렇기에 만일 때가 되어 펭수의 본체가 오픈된다고 해도 펭수에게 향했던 마음 못지 않게 그를 또다시 지지할 수 있을 것 같다. 본질을 중요하게 생각하고 그 본질의 아름다움을 사랑할 줄 아는 사람이라면, 본체를 알게 된다고 해도 나처럼 변함없이 그를 좋아할 거라고 믿는다.

펭수가 사랑받는 이유는 이제 사람들 사이에서도 많이 알려져 있다. 예를 들면, "난 할 수 있어!" 하며 넘어져도 좌절하지 않고 벌떡 일어나 열심히 임하는 모습 자체만으로도 무기력해진 사람에게 용기가 될 수 있다. 또한 작은 날개와 좁은 보폭으로 분주히 움직이는 귀여운 펭귄의 모습과 다재다능한 잠재력, 세대를 넘나드는 공감 능력과 예능감, 사이다처럼 시원한 입담도 사랑받는 요소다. 그러나 많은 사람을 '펭수 바라기'로 만드는 이유는 그 무엇보다 펭수(혹은 펭수 본체)의 좋은 인성에서 우러나오는 '행복 바이러스 화법'에 있다. 그는 어린아이에게, 할머니들께, 힘없어 보이는 사람들에게 자신이 조금 망가지더라도 존중하며 세심하게 배려하고자 한다. 반면에, 오로지 펭수이기에 가능했을지는 모르지만, 사회적 인식상의 높은 위치에 있는 사람 앞이라고 해서 무조건 비굴해지지 않는다. 그러한 것은 단지 연출과 각본만으로는 나올 수 없는 언행이다. 그런 마음을 토대로 사람을 기쁘고 흐뭇하게 만드는 그의 행복 바이러스 언어 화법은 어린 펭수라고만 기대하고 보면 참으로 기특한 일이 아닐 수 없다.

누구든 펭수만큼의 재능과 사랑스러움이 없다고 해도 펭수처럼 배려

하는 화법을 쓰면, 사람들에게 위안을 주며 신뢰를 바탕으로 한 사랑을 얻을 수 있다. 어른들조차 펭수를 좋아하는 이유는 그의 귀엽고 천진난만한 행동이 동심을 자아내고 청량한 웃음을 유발해서이기도 하지만, 한편으로는 인간의 여린 마음을 파고들어 깊이 헤아릴 줄 아는 그의 철든 모습에 감화되기 때문이기도 하다. 겉으로는 "나 잘해요!!" 하고 자신감을 뿜어내며 다소 거만한 모습도 보이지만, 용인되는 범위에서 연출의 묘미를 살리기 위해 그런 것일 뿐 펭수는 결정적인 순간에는 참으로 겸손하다. 펭수는 다방면에 많은 재능을 가지고도 진짜로는 자만하지 않는다. 그래서 그 어떤 매체와 프로그램에서도 조화롭게 진행되도록 자신을 낮출 줄 안다. 어느 분야에서라도 겸손한 사람은 결코 미움을 받지 않는다. 펭수는 그것을 잘 알고 있는 것 같다. 그렇게 겸손하고 순수한 의도로 지혜롭게 묻고 답하는 센스는 펭수가 지닌 매우 큰 장점이다.

누구나 어린이의 마음을 마음속에 간직하고 있다. 다만 모른 척하거나 드러내고 싶지 않을 뿐이다. 그런데 펭수가 그 마음을 감추고 살아가던 사람들을 무장해제 시킨다. 펭수는 긍정적이고 낙천적이다. 슬프거나 힘들 땐 울기도 하고 삐지기도 하지만 극히 짧은 순간에 반전 용기를 낸다. 마음에 안 드는 상황이라도 곧바로 수용하며, 이왕 하는 거 적극적으로 하려는 자세로 태도를 전환한다. "아니야, 안 슬퍼!", "하나도 안 힘들어!" 하면서 지켜보는 사람들에게 긍정적 마인드를 갖게 하기도 한다. 또한 펭수는 종종 상대방의 말을 따라서 하며 경청해주는 때가 많은데, 펭수 스스로 그 원리를 알고 있건 아니건 바로 커뮤니케이션의 '백트래킹(backtracking)'* 기법을 자기도 모르게 잘 사용하고 있다. 상대방의 말을 잘 경청하고 "어머!"라고 말하며 즉각적으로 반응해주는 모습에 청량감 있는 웃음이 절로 터져 나온다.

---

*　　상대방의 말을 따라 하며 공감해주는 커뮤니케이션 기법 중의 하나.

어쩌면 그것이 대화 상대자나 그 모습을 바라보는 시청자에게 훈훈함을 느끼게 하는 것인지도 모른다. 또한 펭수는 특히 자기 자신을 사랑하고 스스로를 믿어주며 격려하는 모습을 많이 보여주는데, 그렇게 펭수는 자신을 사랑할 줄 알기에 다른 사람도 포용할 수 있는 것이다. 바로 그러한 마음이 사람들의 마음을 빼앗는 가장 큰 비결이 아닐까 한다.

🍲 멋진 말, 쿨한 화법

어쩌다 드라마를 보면, 정말이지 감탄스러울 때가 많다. 그 이유는 드라마에서 흐르는 대화의 현란함 때문이다. 드라마에서는 모든 등장인물이 어찌나 시기적절하고 멋스럽게 그리고 똑 부러지고 시원하게 말을 잘하는지 신통하기 그지없다. 물론 그들은 그저 작가가 적은 대본대로 실감 나게 연기할 뿐이라는 것을 잘 알고 있는데도 말이다. 사실 드라마에서 표현되는 모든 대사는 작가들이 많은 시간 고심해서 짧은 순간에 모든 것을 암시하도록 최상의 압축된 표현을 찾아낸 것이다. 극의 흐름을 대화로써 이끄는 게 거의 전부라고 할 수 있는 드라마의 특성상 대화에 사용되는 모든 말이 드라마에서 무척 중요한 도구가 되기 때문이다. 작가들은 언제나 그다음 극의 전개를 자신들이 주도하는 만큼 그 흐름을 이미 어느 정도 알고 있다. 따라서 현실 속의 시청자보다는 A라는 인물을 통해 이 대사를 하고 B라는 인물을 통해 저 대사를 하도록 하면서 드라마의 얼개를 구상하기가 훨씬 더 수월하다. 게다가 각 인물의 성격도 이미 알고 있기에 그 인물 특유의 예측 가능한 언어로 대사를 짜기가 비교적 용이하다.

그러나 현실의 삶에서는 사람의 성격을 제대로 알지도 못하고 마음 깊은 곳은 더더욱 알 수 없을 때가 많아서 미리 준비된 말로 그 모든 순간을 놓치지 않고 멋지게 말하기란 참으로 어려운 일이다. 제법 멋지게 말한 것 같아도 상대방도 그것을 멋지게 받아들였다고는 보장할 수 없다. 따라서 상대방을 멋지게 제압한다는 것 또한 쉽지 않다. 그것은 보통 화법 연구를 많이 했거나 수많은 경험이 축적된 사람이어야 그나마 어느 정도 노련하게 할 수 있는 능력이다. 당연히 대부분 사람들은 그렇게 말하는 것에 미숙하다. 그래서 드라마 속 배우들처럼 멋지게 말하고 싶지만, 막상 하려면 말이 꼬이거나 자신도 예측하지 못한 엉뚱한 말이 불쑥 튀어나오기도 한다. 게다가 기껏 멋지게 폼을 재며 뱉은 그 말이 상황이나 맥락에 전혀 맞지 않아서, 그야말로 멋져서 쿨한 게 아니라 썰렁해서 쿨하게 될 때도 많다.

멋지게 말한다는 의미에는 고상하고 품격 있는 어투로 말한다는 뜻도 있지만, 말의 내용이 마음에 와 닿고 후련하기도 하며 기억에 담아두고 싶은 어떤 여운이 남도록 말한다는 것을 의미하기도 한다. 그래서 그렇게 되려면 어느 정도의 언어적 내공이 필요한 게 사실이다. 하지만 다행히도 말하는 외형적 모습에서의 멋짐을 구현하기는 차라리 그렇게 어렵지 않다. 이를테면, 드라마 주인공의 멋진 스타일을 선정해서 그 사람의 말투를 연습하면 어느 정도는 만들어질 수 있다는 것이다. 물론, 배우들의 말투를 익힌다는 것도 몸에 배어 자연스럽게 나오도록 평소에 연습해두지 않으면 기껏 멋지게 말하려고 시도했지만 자신과 듣는 이를 참으로 어색하게 하고 닭살 돋게 할 수 있다. 따라서 어설픈 흉내 내기로 그칠 수 있고, 오히려 비웃음을 살 수도 있다. 게다가 자신의 눈에는 멋지게 보여서 선정했어도 그 캐릭터가 주변의 다른 사람들 모두에게도 멋지게 보이는 것은 아니다. 어쨌든 자신이 멋지게 여겨지는 캐릭터를 선택하는 것이 일단은 맞겠지만, 그래도 이왕이면 더 많은 사람이 좋아하는 캐릭터를 선정해서 연습하는 게 좋을 것 같기는 하다.

롤모델 선정 여부와 관계없이 지속적으로 관심이 있는 캐릭터에 의해 자신의 화법이 영향을 받는 것만은 분명하다. 예컨대, 어떤 강사의 강의를 오랫동안 따라다니며 자주 참석한 지인이 어느 날 보니 그 사람의 어투나 화법을 그대로 따라서 말하고 있었다. 또 어떤 배우의 매력에 푹 빠져서 그 배우가 나오는 드라마를 반복적으로 시청하던 지인도 그의 말투와 화법을 어느 순간 따라 하고 있었다. 애써서 따라 하려고 노력한 것은 아닐지라도 자신이 좋아서 선택한 캐릭터의 모습이 스스로에게 각인되어 자신이 멋지다고 느끼던 존재의 화법 그대로 따라 하게 된 것이다. 그래도 두 가지 경우 모두 많은 사람이 좋아하는 캐릭터를 따라서 말하게 된 것이므로 그로 인해 적어도 실제 삶에서 자신의 화법을 더 멋지게 구현할 수 있게 되었다면 평소에 그것을 일부러라도 지속적으로 연습해둘 만하다.

그렇다면, 진정으로 멋지게 말할 수 있으려면 어떻게 해야 할까. 이것을 살피려면 말하는 모습보다 더 중요할 수 있는 '알맹이'에 역시 초점을 맞출 필요가 있다. 이 또한 연습할 필요가 있다는 점에서는 같다. 그런데 내용(혹은 콘텐츠) 면에서 멋지게 말한다는 것은 어쩌면 언어술사가 되는 것을 뜻할 수 있다. 그렇게 되려면 내공을 쌓기 위해 우선되어야 할 게 있다. 즉, 나만의 '멋진 말 노트'를 마음에 만들어두어야 한다. 다시 말해 생각 속에 멋진 표현을 모으고 담아두어야 한다는 것이다. 그래야 필요할 때마다 꺼내 쓸 수 있고, 심지어 무의식적으로도 대응하여 말할 수 있게 된다. 알고 있는 멋진 말이 많을수록, 혹은 잘 기억할수록 말이 멋있게 펼쳐질 가능성이 더욱 크다. 그러므로 멋진 말을 무의식 속에 담아두고 종종 그것을 소환하는 연습도 해야 한다. 그 상황에 갑작스럽게 맞닥뜨려도 무의식중에 그 말이 튀어나오게 해야 하기 때문이다. 그것은 마치 도를 닦는 사람들이 내공을 쌓듯, 또한 수험생이 공부를 하듯 많은 시간을 할애해야 얻게 되는 피나는 노력의 산물이다.

🥢 콘텐츠가 많으면 언어가 풍성해진다

아는 만큼 세상의 이치가 잘 보이며, 아는 만큼 잘 들리고, 아는 만큼 할 말도 많아진다. 또한 누구나 저마다 크고 작은 이야기보따리를 지니고 있다. 그 이야기보따리에 담긴 콘텐츠, 즉 알맹이가 많고 풍성하면 당연히 사용하는 언어도 풍성해진다. 그런데 그 '콘텐츠'라는 것이 상당히 유동적이다. 따라서 계속 새롭게 순환(혹은 업그레이드)시켜야 한다. 다시 말해, 변해가는 트렌드에 순발력 있게 발맞추며 새로운 콘텐츠의 종류와 양상을 알아야 소통에 어려움이 없게 된다. 즉, 예전에 알던 지식에 갇혀 있으면 지식 콘텐츠가 아무리 많아도 현재의 대화에서는 쓸모가 없다는 것이다. 또한 한쪽의 원리에 치우치거나 편협한 시각에 의해 확보된 콘텐츠도 유용한 콘텐츠가 되기 어렵다. 그저 고물상처럼 잡동사니 콘텐츠를 보유하게 될 뿐이다. 그렇게 되면 정작 필요한 상황에서 쓸 말이 별로 없기에 굳이 어이없는 상황에 맞닥뜨린 게 아님에도 말문이 막히는 경험을 할 수 있다.

그렇다면, 콘텐츠를 많이 보유하는 방법으로는 어떤 것이 있을까. 다음의 예시들을 살펴보고 콘텐츠 확보를 위해 활용해보라. 그러면 자신의 이야기보따리가 훨씬 커짐을 느끼게 될 것이다. 그러한 훈련이 잘되어 있을수록 새로운 형태의 플랫폼(글, 유튜브 영상, 공연, 마케팅 등)에 담아낼 소통의 언어 콘텐츠를 다양하게 확보할 수 있게 된다.

—— 세대를 아우르며 공감대를 형성한다

나보다 어린 사람들이 공유하며 소통하는 패션, 라이프스타일, 재테크 방식, 여가 소비 방식, 선호하는 영화와 음악, 즐겨 먹는 음식, 덕후 연예인 등에 관심을 가져보길 권한다. 다른 세대의 호불호 대상에는 일절 관심이 없다고 강조하는 것이 결코 자랑이 될 수는 없다. 완고하고 편협하고 배타적인 마인드로는 결코 다양한 소통의 콘텐츠를 확보할 수 없기 때문이다. 사실, 젊은 사람들의 것인 줄로만 여겨지는 것들을 함께 소유하게 되면, 그것에서 얻게 되는 즐거움이 생각보다 크고 쏠쏠하다. 솔직히 나는 아직도 슈퍼주니어의 노래를 좋아하고 그들의 덕후가 되는 것을 기꺼이 자처한다. 아이돌 그룹 중에서는 꽤 고참이지만 내게는 한참 어린 그들의 활동이 늘 기대되고 그들을 바라보며 흐뭇한 마음을 갖게 되곤 한다. 그 덕분에 더 어린 사람들과 케이팝 뮤직(슈퍼주니어 음악뿐만 아니라 BTS 같은 다른 많은 아이돌 그룹에 이르기까지)에 관한 이야기를 나눌 때도 크게 어려움이 없는 것 같다.

한편, 반대로 연배가 더 높은 사람들의 이야기에 귀를 기울이면 얻을 것이 많다. 때로는 숫자로만 나이를 먹어 어른답지 못한 이들에게서조차 배울 것이 있다. 그들 세대가 젊은 시절 향유한 사고와 추억이 모두 세대 공감을 하게 해주는 하나의 역사이기 때문이다. 나이 들어 고지식하게 행동하면 꼰대라며 비하하는 요즘이지만, 유치한 어른은 말고 진정으로 어른다운 어른에게는 세상 그 어디에서도 얻을 수 없는 값진 지혜가 있다. 그것을 젊은 이들이 간과하지 말아야겠다. 언어의 지혜는 지혜로운 사람들의 언어를 통해 전수된다. 옛 성현들의 지혜를 배우던 시대는 이제 지나간 것일까. 그렇지 않을 것이다. 시대가 아무리 바뀔지라도 지혜를 배우는 것은 귀한 가치가 있다. 현명한 삶을 위해 지혜로운 언어를 말하고자 하는 사람이라면, 어른들과 세대 공감을 하며 그들의 지혜를 배우자.

── 남들은 보지 않는 '이면 바라보기'를 연습한다

한때 그런 생각을 했다. '작가란 남들이 보지 않는 이면을 볼 줄 아는 사람이다'라고. 글을 쓰는 작가나 사진작가, 그리고 화가나 음악가도 그런 능력을 지닌 사람들이라고 여겨졌다. 그들은 모두 뻔히 보이는 모습 외에도 숨겨진 이면을 잘도 포착했고, 많은 사람이 "아하!" 할 만한 이야깃거리를 글로, 사진과 영화로, 그리고 그림과 음악으로 능숙하게 표현하고 있기 때문이다. 그런데 최근에는 '소통을 잘하는 사람도 바로 그런 능력을 지닌 사람이 아닐까'라는 생각을 하게 되었다.

상대방의 내면까지 훤히 볼 줄 안다면 그야말로 소통의 대가가 되는 것도 어렵지 않을 것이다. 그러나 내면을 훤히 꿰뚫어본다는 것이 쉬운 일은 아니다. 어쩌면 눈에 보이는 현상 속에서 보이지 않는 이면(다른 면)을 살핀다는 것도 쉬운 일은 아닐 것이다. 하지만 연습해서 익숙해지기만 한다면, 이야깃거리는 몇 배로 많아질 수 있다. 예컨대, 남들이 미처 생각하지 못했던 것을 이야기해주면 "아! 맞네~"라며 호응을 얻을 수 있다. 단, 이야기 상대와 사건, 모든 상황의 이면을 발견하더라도 상대방에게도 유익하다고 판단될 경우에만 화제로 삼기를 권한다. 상대방이 영영 아무도 모르게 감추고 싶었을 이면, 혹은 자신조차 미처 깨닫지 못한 내면의 모습일 수도 있기 때문이다.

─ 언어에 옷을 입히면 더욱 멋스러워진다

같은 말도 참 예쁘게 말하는 사람이 있다. 전달하고자 하는 핵심 내용은 단순하고 간단하다. 그 자체가 알맹이라는 관점에서 하나의 콘텐츠인 것은 맞다. 그래도 기왕이면 멋지고 듣기 좋게 말하는 게 낫지 않을까. 언어의 진정성에 위배되지 않는 한 그 언어가 돋보이도록 좋은 옷, 멋진 옷, 예쁜 옷을 입혀보자. 그것은 언어의 표현법에 해당하는 부분일 것이다. 액면 그대로의 말보다 때로는 은유적으로 들을 때 잔잔한 파문이 일어난다. 직설 화법이 통할 때도 있지만, 때로는 선문답하듯, 때로는 함축적이고 비유적인 시처럼 말해도 메시지의 임팩트가 클 때가 있다. 또한 말에 수식어를 좀 보탠다고 해서 결코 거짓된 말이 되거나 가식의 말이 되지는 않는다. 본질은 역시 변하지 않은 채 그대로 내재되어 있기 때문이다. 그러므로 그다지 어렵지 않으면서도 더욱 멋스럽고 맛깔스러운 어휘들을 많이 알고 있을수록 언어에 감칠맛이 더해진다. 멋진 표현을 위한 언어 자료의 보고(寶庫)는 역시 책이다. 독서를 많이 할수록 표현이 풍성해지는 것은 분명한 사실이다. 굳이 외우면서 습득하려 들지 않더라도 많은 독서를 통해 매력적인 의사 표현 능력이 향상된다. 이것은 시대를 막론하고 불변의 진리다.

── 콘텐츠는 융합 마인드 속에서 더욱 융성해진다

크로스 음악이 각광을 받고 퓨전 푸드가 오히려 참신하게 여겨지는 세상이 되면서 콘텐츠의 의미에서도 융합적인 사고가 확장성의 근간을 이룬다. 하나의 아이디어를 바탕으로 해서 다양한 방식으로 응용한다는 '원소스 멀티유즈(One Source Multi Use)'가 자연스러운 요즘 시대에 자신에 관한 스토리텔링도 이제는 다른 장르의 표현 방식을 도입해서 전개할 수 있다. 그렇게 해서 만들어진 콘텐츠가 최근 유행하는 '유튜브'라는 플랫폼에서 가장 잘 구현되고 있다. 그러면서 개개인의 생각과 소신, 삶의 방식을 가장 잘 어필할 수 있게 되었다. 또한 한때 유행하던 '스토리텔러(storyteller)'의 자리를 이제는 '유튜브 크리에이터'가 대신하게 되었다. 그들은 모두 세상에 없던 것을 만드는 순수 창작자라기보다 세상에 있는 것들을 재조합해서 독특한 방식으로 자신의 스토리를 이야기하는 응용 창작자인 셈이다.

그러나 꼭 유튜브가 아니더라도 다양한 콘텐츠가 융합되면 신선한 이야기가 만들어질 수 있다. 실생활에서 유창하게 말하기를 원한다면 자신이 알고 있는 콘텐츠를 융합해보라. 할 이야기가 많아지고 흥미로워지며 풍성해진다. 또한 그러한 융합적인 마인드를 지니는 것만으로도 자신의 언어가 더욱 풍성해질 수 있다. 그러므로 성공의 한 요소를 갖추기 위해 매력 있는 이야기꾼이 되고자 한다면 콘텐츠 융합의 마인드가 반드시 요긴한 도구가 되어줄 것이다.

—— 넘치는 콘텐츠 아이디어를 정리하고 기획하고 가공한다

잡학다식의 콘텐츠가 가득 쌓여 주체할 수 없이 마구 흘러넘치는 것이 때로는 곤란한 결과를 만들기도 한다. 그러나 세상 이치에 대한 제반 지식이 빈약한 것보다는 아는 것이 많은 게 언어 콘텐츠 역량 측면에서는 더 낫다. 최대한 다양한 분야의 지식 콘텐츠가 확보될수록 번득이는 아이디어가 생겨나기 때문이다. 그것들을 자신만의 특화된 상품화를 위해 더 멋지게 기획하고 가공하라. 잘 정리되고 기획된 자신의 콘텐츠에 의거해 말로써, 글로써, 그리고 SNS나 유튜브 같은 플랫폼 노출을 통해 소통하고자 하라. 그것이 콘텐츠로 커뮤니케이션하는 방법이다. 아울러 보유할 만한 지식 콘텐츠를 간파하는 능력을 키운다면 더욱 좋을 것이다. 또한 간혹 잘못된 콘텐츠를 스스로 발견하면 즉각적으로 인정하고 정정하려는 마음을 지니는 것도 소통을 위해 더 나은 자세라 할 수 있다. 어떤 부분에 대해 잘 모르는 게 있을 때엔 더 많이 알고 있는 상대방, 대중, 지식인에게 질문하는 것도 소통을 원하는 자의 멋지고 용기 있는 덕목이 될 것이다.

—— 사자성어는 특별 메뉴의 양념어

진행자들 특유의 실감 나는 말투와 억양으로 재미있는 사연을 소개하는 라디오 프로가 있다. 그 방송에서 여러 해 전 다루어진 사연들이 최근 유튜브에서 더욱 재미있게 재현되었다. 그중에서도 나는 모든 대화를 사자(4자)성어로 엮어서 말하는 노인에 관한 사연에 포복절도했고, 종종 생각하면 웃음이 난다. 실제로 나이가 지긋한 어른들이 비교적 사자성어 사용을 빈번하게 하는 편이다. 하지만 젊은데도 그 노인처럼 사자성어를 꽤 많이 아는 사람을 보면 놀랍고도 우러러 보인다. 우리 일상 대화에서 사자성어를 적절히 사용하면 전하고자 하는 콘텐츠의 의미가 더욱 명확해지고 때로는 강한 임팩트 효과가 있다. 다만 매 순간 너무 남발하면 자칫 현학적 유식함을 뽐내는 것 같아 거부감이나 반감을 줄 수도 있다. 그러나 특별한 날 특별한 음식에 더해지는 특별 양념처럼 적당히 잘 사용해주면 더욱 맛깔스런 언어를 구사할 수 있다. 실제 대부분의 현실 대화에서 사자성어를 적재적소에 사용하면 메시지 전달의 효과가 배가되는 게 사실이다. 그 사자성어의 의미를 이해하지 못하는 사람에게는 일일이 뜻을 설명해야 하는 번거로움도 생기지만, 그래도 길고 장황한 말보다는 때로는 간단한 사자성어가 더욱 호소력이 있기도 하므로 하나의 언어 콘텐츠 자료로서 평소에 다량 보유해두는 것이 좋다.

"고결한 생각은 고상한 언어로 표현해야 한다."

– 아리스토파네스

🥣 힘 있는 언어술사가 되려면

나의 말이 힘 있는 언어가 되려면 어떻게 해야 할까. 어떻게 말하는 것이 힘 있는 언어가 되게 하는 것일까. 얼핏 생각하면, 마법사의 주문 같은 언어나 용사의 명검처럼 날카롭고 빛나는 말들이 강력한 힘을 발휘하는 언어일 것만 같다. 물론 언어는 때로는 관계를 호전시키는 마법사이기도 하고, 때로는 관계를 어둡게 하는 흑(黑)주술사이기도 하다. 언어 사용자가 누구냐에 따라 양날의 검이 될 수 있기 때문이다. 그렇다고 본다면, 좋든 나쁘든 영향력이 크게 작용하는 말이 결국 '힘 있는 언어'라고 할 수 있을 것이다. 그러나 무딘 칼과도 같이 정제되지 않은 말은 힘이 부여되면 될수록 더 크게 사람을 해칠 수 있다. 하지만 잘 정련하기만 한다면 얼마든지 명검 같은 말이 될 수도 있고, 사람에게 이로운 명품 언어가 될 수도 있다.

그렇다면, 걸핏하면 핏대를 세우며 우기기 좋아하는 사람들이 목청 높여 꽥꽥거린다면 그것이 힘 있는 말일까. 크고 작은 싸움에서 목소리 크면 이긴다는 희한한 신념을 가지고 상대를 오로지 데시벨 크기로 제압하려 할 때, 시끄럽기만 하지 마음에 어떤 감흥도 주지 못하기에 그 말을 결코 힘 있는 언어라 할 수 없다. 간혹 그렇게 말하는 것이 일시적으로 이기는 것처럼 보이기도 한다. 그러나 결국 나지막한 목소리로 시시비비를 가려내는 사람을 이길 수 없다. 올바른 기준과 원칙을 설명하며 차근차근 말하는 사람이 일단 흥분부터 하는 사람보다 논리적일 가능성이 크기 때문이다. 그러므로 논리적인 말이 요란하게 크기만 한 말보다는 분명히 더 힘 있는 말이 될 것이다. 아울러 논리적인 말의 내용이 듣는 사람의 마음에 잔잔한 파문을 일으키고 좋은 영향력을 발휘할 때 진정 힘 있는 말이라 할 수 있다.

더욱 힘 있게 말하기 위해 생각해두면 좋을 몇 가지가 있다. 우선은 전하고자 하는 내용에 대해 스스로 강하게 확신하는 것이 중요하다. 자기 자신도 확신하지 못하는 것을 말하는데 그 누가 '아, 그렇구나~'라며 동조하겠는가. 그다음엔 공감을 이끌어내야 힘 있는 언어가 될 수 있는데, 가르치려 들거나 '나 잘났다' 화법으로는 결코 공감을 불러일으키기 어렵다. 또한 배려의 화법으로 말할 때 말에 힘이 더욱 커질 수 있다. 누구나 입장을 배려해 따뜻하게 말해주는 사람에게 마음을 열기 때문이다. 그래서 상대방의 처지를 무시한 채 독선적으로 말하면 연극무대 위에서 혼자 중얼대며 외치는 독백처럼 공허하고 울림 없는 메아리가 되기 쉽다. 이처럼 상호작용이 일어나지 않는 언어는 제아무리 화려하고 강경한 어조로 말한다 해도 결코 힘 있는 언어가 될 수 없다. 요컨대 예시된 이 세 가지, 즉 확신과 공감, 그리고 배려라는 덕목은 힘 있는 언어가 되게 하는 데 가장 기본이 되어야 할 중요한 요소다.

그와 더불어, 상대방에게 힘 있는 언어로 다가가는 방법이 또 있는데, 그것은 바로 크게 호응해주거나 강한 동질감을 느끼게 하는 것이다. 같은 편이라고 느끼게 해줄 때 가장 크게 마음이 공명하기 때문이다. 그러므로 상대방의 관심사에 대해 많이 호응해주는 것이 상당히 좋다. 비록 자신의 관심사와 다를지라도 그것의 가치를 인정해주고 적어도 옳은 것에 대해 같은 가치관이나 유사한 관점을 지녔음을 알게 해주어 보라. 그렇게 같은 선상에서 무언가를 호소할 때 진정으로 '맞아' 혹은 'Yes'라는 말을 들을 수 있는 기반이 비로소 마련된다. 그렇게 대화의 기반을 다지는 데 시간을 더 쓰게 될지라도 그 기반 위에서 하는 말에 더욱더 강력한 힘이 생긴다. 그러므로 그것을 위해 '동질감'이라는 성(城)을 먼저 견고하게 쌓고자 노력하는 것은 결코 낭비가 아니다. 더 나아가 열렬히 응원까지 해주며 호응한다면 그 사람은 당신을 인생에서 최고의 사람으로 오랫동안 기억할 것이다. 자신의 반대자로 오해해 왠지 서먹하고 껄끄럽게 여기던 사람이 알고 보니 자신의 지지자였다고 생각해보라. 마음 깊은 곳으로부터 고마운 감정이 어찌 샘솟지 않으랴. 심지어 어쩌면 그 사람이 은인으로 여겨지기도 할 것이다. 누군가의 격려와 응원이 절실했던 상황에 직면한 사람이라면 말이다.

내게도 그런 일화가 있었다. 모처럼 이루어진 모임에서 그날도 서로의 안부를 주고받는 것을 시작으로 담소를 나누게 되었다. 늘 그러하듯 그간 어떻게 지냈는지, 하는 일은 잘되는지, 요즘엔 무슨 일을 하는지 등의 상투적 질문을 주고받는다. 나에게도 당연히 그러한 질문이 이어졌다. 당시 나는 스스로 미완의 상태로 여기며 좋은 결과를 위해 고전하던 상황이었다. 사실 빠른 성과를 이루지 못해 여유 없고 애타는 심정이었다. 그러나 굳이 그 마음 그대로를 적나라하게 보여주고 싶지는 않았기에 "오래전부터 커다란 배한 척을 만드는 중입니다!! 그런데 아직도 계속 만들고 있습니다~~"라고 우회적이기는 하지만 유쾌하게 말했다. 그때 한 회원이 크게 격려하는 어조로 "이제 곧 그 배가 바다에 뜰 것 같은데요~~ 응원합니다!!"라고 답했다. 평소 나를 덜 좋아하나 싶었던 사람의 말이었기에 뜻밖의 응원이 더욱 크게 와 닿았다. 당연히 가슴속 깊이 고마운 마음이 생겨났다. 그런데 희한하게도 그날 이후 그녀가 삶의 은인처럼 느껴지기 시작했다. 나아가고자 하는 길을 향해 무거운 발걸음을 나 홀로 뚜벅뚜벅 걷고 있을 때 가장 굵고 짧은 말로 힘을 보태주었기 때문이다. 그녀는 다소 지쳐가고 있던 그 당시의 나를 소생할 수 있도록 해주었다. 그래서 그녀의 짧지만 강력한 그 말이 내게는 지금까지도 세상에서 가장 힘 있는 말로 여겨진다.

그런데 앞에서 열거한 '확신, 공감, 배려, 호응, 동질감' 등을 말에 담는 것만으로는 완전하게 힘을 얻지 못할 때가 있다. 이 모든 것을 다 상쇄할 만큼 중요한 덕목인 바로 언어의 '진정성'이라는 것이 빠져 있을 때 그렇게 된다. '진정성'을 한마디로 정의하기는 어렵다. 그러나 적어도 대화에서는 진심과 진실이 담긴 메시지가 전해져야 한다는 것을 의미할 것이다. 때로는 진정성이 그 말의 의미에서뿐만 아니라 말할 때의 자세에서도 파악된다. 그래서 시선과 음성, 어투에서도 미세한 것조차 감지할 수 있다. 대부분 사람이 거짓된 말을 할 때는 상대방을 당당하게 바라보지 못한다. 시선을 어디에 둘지 몰라서 안구를 불필요하게 움직인다. 어떤 사람은 말하면서 마치 뭔가를 숨기려는 듯 몸을 분주히 움직여서 상대방마저 어수선하게 만든다. 물론 눈 하나 깜빡이지 않고 거짓을 일삼는 사기꾼은 예외겠지만. 그런데 한편으로, 거짓을 의도하지 않았고 그저 대답하고 싶지 않은 질문이기에 그냥 대강 얼버무리려 한 것인데도 왠지 그것만으로 진실성이 없어 보이는 것 같아 불편한 마음이 될 때가 있다. 유난히 결벽증이 있는 사람이라면 심장이 요동치거나 저절로 시선을 회피하고 싶기도 할 것이다. 그런 마음으로 말하게 되면 당연히 힘 있는 말이 되기 어려워진다. 그러다 보니, 예컨대 밝은 빛에 눈이 시려서 깜박임이 많아질 때, 그로 인해 진정성을 의심받고 싶지 않다면 상대방에게 미리 눈 깜빡임의 이유를 설명할 필요가 있을 정도다.

　사실, 진정성 있는 대화가 되려면, 무엇보다 말하고자 하는 것에 대해 자신이 얼마나 진지하게 생각하고 있는지, 또 그것을 스스로도 얼마나 잘 지키고 있는지가 전달되어야 한다. 그래야 그 말에서 힘이 전해진다. 예를 들어, 더 큰 비리를 가진 자들이 눈 가리고 아웅 하듯이 타인을 흠집 내려 들거나 자신도 못 지키고 있는 것을 뻔뻔하게 주장하면 사람들에게 오히려 빈축과 비난을 사게 된다. 그것은 진정성 없는 힘 빠진 언어를 구사하는 것이라서 마치 이치에 맞지 않아 터무니없는 말을 할 때처럼 씨알이 조금도 안 먹히기 때문이다.

09
진한 맛

언어의 저장소인 무의식 세계 | 나의 무의식 언어 관리하기 | 말에도 기운이 서려 있다 | 끌어당김의 언어 사용 | 행운을 부르는 말의 에너지 작용 | '마음의 심보'와 '언어의 심보' | 중얼거림(독백), 뜻밖의 치유력 | 말에 대한 끊임없는 성찰 | 마음을 움직이는 '배려 언어' | 맑은 영혼의 언어는 스스로 정화한다

🧳 언어의 저장소인 무의식 세계

언어가 말로 표현될 때, 그 말에는 바로 그 순간에 표현하고픈 생각과 마음이 주로 담겨 있다. 그러나 때로는 의식이 컨트롤할 수 없이 말이 나올 때가 있다. 평소의 생각과 마음, 언어 습관이 무의식에 담겨 있다가 저절로 밖으로 튀어나온다. 그래서 평소에 좋은 생각을 해야 하고 올바르게 생각하며 심보를 곱게 가져야 한다. 비뚤어진 생각을 하고 사는 사람은 언어의 저장소인 무의식 세계에 그런 말의 씨앗들을 담아두게 된다.

무의식의 언어를 관리해두지 않으면 예상치 못한 불행의 늪에 빠지게 될 수 있다. 예컨대, 기껏 공들여 이미지 관리를 잘하며 살다가도 무심결에 무의식에서 꺼낸 막말로 하루아침에 물의를 빚는 사람이 되기도 한다. 부부가 작은 사건 하나로 다투기 시작했다가도 흥분을 통제하지 못한 나머지 무의식에 담긴 비난을 상대에게 퍼붓게 되기도 한다. 뜻밖의 충격적인 속내를 알게 됨으로써 애초의 다툼 원인은 더 이상 중요치 않고 어처구니없게도 완전히 새로운 갈등 국면으로 전환되곤 한다. 부모가 자식에 대한 불만족을 마음에 담고 삭혀서 어느 순간 자신도 기억하지 못할 때에 이르렀건만, 아뿔싸 그 말들이 무의식에 담겨 있을 줄이야. 영원히 봉인했으면 좋았을 말이 튀어나와 자식에게 예상치 못한 충격파를 던져주기도 한다. 극단적으로 집을 나가 다시는 돌아오지 않게 만들 줄 그 부모가 상상이나 했을까.

종종 회자되는 말로, 흉보다가 닮는다는 말이 있다. 예를 들어, 누군가 욕하는 모습을 보게 되면, 처음엔 그 모습이 무척 싫었을 것이다. 그래서 그것을 마음에서 거부하며 욕하는 그 사람을 흉보던 때가 분명히 있었을 것이다. 그런데 어느 순간 갑자기 끼어드는 자동차 운전자에게 자신도 모르게 욕을 하는 경험을 해보았는가. 그런 경험이 있다면, 그것은 필시 자신이 흉보던 사람의 욕하는 모습과 그때 들었던 욕들이 부지불식간에 자신에게 전이되어 무의식 속에 단단히 자리 잡고 있었기 때문이다.

우리의 뇌는 들어보지 못했거나 생각해보지 못한 말은 절대로 구현해 내지 못한다. 애초에 각인조차 되어 있지 않아서 기억으로 소환할 수도 없다. 따라서 어떤 방식으로라도 뇌에서 인식 단계를 거치지 않은 말은 절대 발화되지 않는다. 그래서 예컨대 부모 혹은 배우자가 늘 욕을 하는 사람이면 그의 자녀 혹은 상대 배우자가 욕을 잘하게 될 가능성이 매우 크다. 아마도 욕을 들으며 살았던 당사자는 생각했을 것이다. 나는 저렇게 듣기 불편하고 안 좋은 욕을 절대로 하지 말아야겠다고. 그런데 삶이 좀 더 팍팍해지거나 짐스럽고 힘겨워지는 순간이 오면 그때 들었던 욕설들이 입술 근처까지 와서 머물러 있게 된다. 그러다가 도화선이 될 만한 사건이 일어나는 순간에 자신도 모르게 그만 확 뱉어버릴 수 있다.

무의식에 들어 있던 나쁜 말이나 욕을 얼결에 하고 나서 어쩌면 마음 한쪽으로는 시원한 기분이 들기도 할 것이다. 욕을 함으로써 쌓였던 불만이 해소되기 때문이다. 무의식이 원하던 것을 해결해준 셈이니 말이다. 하지만 그렇게 해서 자신은 해소될 수 있었는지 몰라도 또 다른 갈등의 늪이 기다리고 있다는 것을 알아야 할 것이다. "얼결에 튀어나왔어" 혹은 "나의 의도가 아니었어"라며 변명을 늘어놓는다고 해도 이미 엎질러진 물이다. 상대방은 이미 상처를 받았거나 때에 따라서는 매우 분노하게 되었을지도 모르니 말이다. 더구나 욕을 할 사람이 아닐 것으로 평가되었던 사람이 욕을 한 것이기에 스스로의 위신이 순식간에 땅바닥으로 곤두박질칠 수도 있다. 좋은 관계였더라도 "무의식중에 모르고 그랬어"라는 변명이 결코 면죄부가 되어주지는 않는다. 대놓고 해대는 욕설 못지않게 얼결에 한 말로도 상대방의 감정을 상하게 할 수 있기에 말로 인해 관계를 망치고 싶지 않다면 평소에 무의식의 언어를 잘 관리해야겠다.

🗃 나의 무의식 언어 관리하기

그렇다면 어떻게 무의식 언어를 관리할 수 있을까. 언어 사용법에 대해서는 아무리 '언어학자'라도 실생활에 딱 와 닿게 알려줄 거라고 백 퍼센트 기대하기는 어렵다. 게다가 언어학자라고 해서 과연 언어를 잘 사용할까. 그렇지 않다. 고상하고 현학적인 어휘를 선택하여 논리적으로 잘 말할 수는 있겠지만, 보이지 않는 곳에서의 삶을 모르기에 그의 내면 언어와 생활 언어까지 그러할 거라고 확신할 수는 없다. 또한 '언어교육자'라고 할지라도 특정 언어를 습득하는 방법에 대한 교육을 할 뿐 그 자신이 소통이나 관계를 위한 커뮤니케이션에 능통하라는 보장은 할 수 없다. 오히려 삶의 깊은 통찰과 경험을 통해 능숙하게 사용하는 방법을 터득한 보통 사람이 어쩌면 더 심오한 철학적 언어와 지혜로운 소통언어를 들려줄지도 모른다.

무의식을 관리하는 데는 사실 언어적 접근 이전에 선행되어야 할 것이 있다. 즉, 마음이나 생각을 잘 다스려서 내면의 상태를 맑게, 그리고 고요하게 만들어놓는 것이 우선되어야 한다. 마음을 다스리라니 갑자기 절이나 명상센터라도 가야 하는 걸까. 평소 의식의 범주에 있던 것들이 무의식으로 옮겨지는 것이므로 무의식을 관리한다는 것은 어쩌면 의식 세계를 먼저 가꾼다는 것과 다를 바 없을 것이다. 따라서 언어의 텃밭인 의식(혹은 마음이나 생각 모두 결국엔 같은 것일 수 있다) 단계에서부터 좋은 생각, 좋은 사람과의 만남, 좋은 일, 좋은 말 등으로 잘 채워주어야 무의식이 잘 관리될 것이다. 더불어 무의식의 언어 또한 맑게 상비될 수 있게 된다. 한편 마음이 고요하면 어떠한 일에도 흔들리지 않을 수 있다. 고요함 혹은 평정심을 위해서는 세상사와 타인에 대해 너그러울 수 있어야 한다. 그러려면 옹졸하거나 뒤틀린 시각을 지니지 않도록 해야 한다. 결국엔 평소의 마음 수양이 중요하다는 것일 텐데, 필자에게도 이것은 언제나 무거운 삶의 과제다.

그런데 어떨 때 우리의 마음이 뒤틀려 있게 되는 것일까. 나의 경우, 누군가를 미워할 때, 내가 원하는 것이 빨리 이루어지지 않아서 조급할 때, 설상가상 내가 미워하는 사람이 나보다 잘되고 있을 때, 나 자신이 한없이 작고 왜소하게 느껴질 때마다 어김없이 마음이 옹졸해져 있거나 뒤틀려 있는 자신을 발견하곤 한다. 그런데 그럴 때 혹은 그보다 훨씬 이전에 내가 들었던 나쁜 말이나 욕이 내 안에 스며들어와 있었는지 갑자기 길을 걷다가 중심을 잃고 넘어지려던 순간에 그 욕이 튀어나오고 말았다. 비록 가벼운 정도의 욕이었지만 실로 당혹스러웠다. 주위에 아무도 없었던 것이 다행스럽게 여겨졌다. 있었다면 아마도 넘어지려다가 뒤뚱거리며 간신히 중심을 잡던 우스꽝스런 내 모습보다 욕을 한 것이 더욱 창피했을 것만 같다. 그때 만약 내 자존감이 뒤틀려 있지 않았거나, 혹은 흔하게 들을법한 그 욕을 한 번도 들어본 적이 없었더라면 그 순간에 그렇게 무방비 상태로 튀어나오지는 않았을 것 같다. 욕이라는 것도 사람마다 느끼는 강도의 차이가 있어서 누구에게는 가벼운 추임새 정도로 늘 사용하는 말일지라도 성직자나 공적인 일을 수행하는 사람의 입에서 사용된다면 상당한 충격파가 될 것이다. 비록 성직자는 아니었지만 내게도 욕은 늘 생소하게 다가왔던 터라 그때 상황이 한없이 어이없게 느껴졌다.

어찌 됐든 간에 모든 사람이 좋게 말하기 위해 늘 촉각을 곤두세우고 살아야 한다면 사실 얼마나 스트레스를 받는 일일까. 강조하건대, 이 책은 좋은 관계를 원하는 사람들과 그렇게 되기 위해 여러 가지 방법을 찾고자 하는 사람들을 위한 하나의 방법론일 뿐이다. 선택은 오로지 자신에게 달려 있다. 언어는 소통을 위한 것이며 자신이 행복해지기 위한 도구라는 근원적인 목적이 있다. 따라서 크건 작건 욕이나 그와 유사한 뉘앙스의 말을 해야 속이 후련하다는 사람을 말릴 수는 없는 노릇이다. 그로 인해 관계가 어찌 되든 말든 그것은 오로지 자신의 선택일 뿐이니 말이다.

사실은 나조차 그런 사람 중의 하나임을 부인하지 못하겠다. 속으로나마 직접적인 욕은 아니더라도 뒤틀린 마음에서나 할법한 말을 중얼거리듯 하게 될 때가 있기 때문이다. 그렇게 된 것에 대해 각박한 현실을 살아내느라 그랬다며 합리화한 적도 있는 것 같다. 다만 솔직한 나의 심정에서는 그로 인해 후련했다는 기억보다는 도대체 내가 왜 이렇게 되었을까 하는 생각이 더 컸다. 오히려 뭔가 내 마음의 텃밭에 근본적인 문제가 생긴 게 분명하다 싶어 그런 마음이 될 때마다 흠칫흠칫 놀라곤 했다.

사실 사용하는 언어 자체보다는 그 말에 담긴 뉘앙스와 의도에 문제가 있는 것일 수 있다. 그래서 욕쟁이 할머니가 찰진 욕을 해도 구수하게 들릴 수 있지만, 보통의 평범한 단어들로 표현된 말임에도 상황 혹은 사람에 따라 그리고 톤과 억양에 따라서도 불쾌할 수 있다. 그러므로 내가 줄곧 말하고자 하는 '나쁜 언어'란 바로 뉘앙스가 나쁜 언어를 뜻한다. 다시 말하자면, 듣는 사람을 배려하지 않고 쓰레기를 버리듯 뱉어내서 듣는 이의 마음을 상하게 하는 말들이 나쁜 언어다.

진정으로 무의식의 언어를 관리하고 싶은 이들에게는, 뻔한 것 같지만 실로 유용한 방법이 있어 소개하고 싶다. 저마다 찾아낸 자신의 방법들과 상응하는 것일 수도 있다. 그리고 그것을 이미 실행하고 있을지도 모른다. 그중 몇 가지 예를 들면 다음과 같은 것이 있다. (1) 일단 나쁘게 말하는 사람과 가까이하지 않는다. (2) 어쩔 수 없이 만날 수밖에 없다면 그들의 나쁜 말이나 말투를 무시한다. (3) 동기부여의 자원이 되도록 역으로 이용한다. (4) 나쁜 말을 들어도 승화작용을 거쳐 내면에 각인시킨다. (5) 평소에 같은 말이라도 좋게 말하려고 노력한다. (6) 마음의 평정심을 주는 명상, 음악, 책, 영화, 드라마를 즐긴다. (7) 좋은 말을 하는 사람을 언어의 롤모델로 삼는다.

정리해보자면, 무의식의 언어를 관리함으로써 좋은 언어의 토양을 마런하고자 하는 것이 결국엔 마음 수양 방법과도 일맥상통한다고 할 수 있다. 따라서 수양을 통해 인격이 잘 갖춰지면 말도 인격적으로 하게 될 것이다. 언어 사용과 인격은 상호 피드백 관계이기 때문이다. 그러나 수양과 더불어 의식적으로라도 자신의 좋은 언어가 무의식에 쌓이도록 평소의 언어 사용 습관을 잘 관리하고 훈련하는 것도 잊어서는 안 되겠다.

말에도 기운이 서려 있다

앞에서도 언급했듯이, 말에는 온도와 색, 질감이 있으며 뉘앙스가 다양해서 그야말로 말이란 모든 상황을 풍성하게 묘사해주는 매력적인 인생 아이템이다. 그와 더불어 언어에는 독특한 기운이 서려 있다. 기운이란 다른 말로 '에너지'라는 뜻이다. 에너지는 과학을 토대로 표현할 때 쓰는 말이다. 사실 언어를 과학적으로 접근해도 흥미로운 요소가 많다. 말은 의미를 담고 있다는 관점에서 주로 언어적 개념으로 인식되지만, '소리(sound)'를 담고 있다는 관점에서 보면 과학적 개념으로도 인식할 수 있다. 소리는 주파수(frequency)를 지니고 있다. 언어는 일정한 소리의 파장에 따라 움직이고 이동함으로써 서로에게 전달되는 과정을 거친다.

언어는 근본적으로 소리이며, 소리는 파장(즉, 주파수)을 지닌다. 각각 소리의 주파수가 다르고 다양해서 우리의 귀에는 모든 언어가 제각기 다르게 들린다. 이를테면, 여자와 남자의 목소리 주파수가 다르고, 어른과 아이의 목소리 주파수 또한 다르다. 게다가 표현하고자 하는 뉘앙스에 따라서도 파장이 다를 수 있다. 그래서 예를 들면 앙칼지게 신경질을 부리며 말하는 파장과 분위기를 잡으며 낮게 깔아서 말하는 소리의 파장이 다르다.

소리의 크기나 높낮이에 따라 주파수 차이도 있지만, 특히 소리에 일정하게 흐르는 에너지도 달라진다. 그리고 그 에너지가 언어를 통해 전해지므로 언어에서도 어떤 기운을 느끼게 된다. 그러한 맥락에서 말하자면, 기분 좋은 말이란 언어에 좋은 기운이 들어 있음을 뜻한다. 따라서 누군가에게 전하는 기분 좋은 말에는 좋은 에너지가 담겨 있다고 할 수 있다. 그러다 보니 좋은 말의 기운으로 말하는 본인이 우선 기분이 좋고, 기분 좋은 말을 듣고 좋아하게 된 상대방에 의해 다시 피드백됨으로써 서로가 계속해서 기분이 좋아지는 언어 기운의 선순환이 끊임없이 일어난다.

음악에 관해 잠시 이야기해보자. 음악도 말처럼 소리의 파장을 지닌다. 음악에 존재하는 '소리' 자체의 파장에 의해 듣는 이의 뇌파가 진동한다. 음악의 주파수는 사람의 기분에 영향을 미친다. 그것이 바로 음악이 주는 효과이기도 하다. 그래서 좋은 음악, 즉 조화로운 소리의 파장을 지닌 음악은 힐링 효과가 있다. 화초에 좋은 음악을 들려주면 더 잘 자란다는 사실은 이제 많은 사람이 알고 있다. 반려동물에게 안정감을 주는 음악 유튜브 영상도 많이 있다. 친하게 지내는 지인이 키우는 고양이가 아주 어렸을 때, 찡찡대며 울다가도 '고양이가 좋아하는 음원'을 유튜브에서 찾아 들려주면 순식간에 편안하게 잠드는 것을 보곤 했다. 고양이는 우리가 인식하는 방식으로 그 음악을 받아들인 게 아닐 것이다. 그저 조화로운 소리의 기운과 에너지가 좋게 전달되어 기분이 좋아진 것이다. 마찬가지로 좋은 말, 다시 말해 조화로운 주파수의 말도 좋은 음악처럼 타인을 힐링할 수 있다. 그리고 나아가 행복하게 해줄 수도 있다.

그러한 관점에서 보면, 언어를 잘 사용하면 좋은 에너지를 만들 수 있고 그것이 사회의 다양한 관계에서 큰 에너지로 작용할 수 있다. 그런 만큼 반대로 잘못 사용하면 말 속에 있는 나쁜 에너지가 상대방을 다치게 할 수도 있으며, 사회적으로 큰 파장을 일으킬 수도 있다. 말에도 기운이 있기 때문이다. 따라서 잘못된 말은 잘못된 소리의 파장을 일으키고 그것이 뇌파에 좋지 않게 공명하면 기분이 상하게 되고 에너지의 흐름도 나빠진다. '기가 막힌다'라는 말도 그와 관련이 없지 않다. 그래서 황당하고 어이없는 말을 들으면 기가 막힌다고 하는 것이다.

🍲 끌어당김의 언어 사용

최근 뇌 과학이 날로 발전하고 있는 가운데 우리가 가진 뇌의 능력이 상상을 초월하는 범위에 이른다는 보고가 상당하다. 그중에서도 텔레파시나 염력처럼 상대방의 마음이나 심지어 주위 사물과 환경까지 변화시킬 수 있다는 뇌의 놀라운 능력이 심심치 않게 회자되고 있다. 과학이 발달하지 않았을 때는 오히려 미신이라고 치부되던 영역이지만, 최근에는 과학적 데이터와 실험으로 입증하려는 시도가 많이 이루어지고 있다. 첨단과학의 시대이기에 '생각'만으로도 세상을 변화시키는 게 어쩌면 더욱 가능할 것이라 여겨지기도 한다. 식스센스(육감)가 더욱 탁월한 사람들이 훈련을 통해 이러한 능력을 개발하고 발전시킨다면, 영화에서처럼 말 한마디 하지 않고도 정확한 정보 전달을 하는 소통이 정말로 가능할지도 모른다. 단지 '텔레파시가 통한다', '이심전심이다'라는 정도 이상을 뛰어넘는, 그야말로 과학 데이터 분석을 통한 AI(인공지능) 소통 말이다.

그럼에도 뇌에서 생각한 강렬한 힘이 막강할 수도 있다는 것에 대해 아직 모든 사람이 믿는 상황은 아니다. 하지만 뇌 속에 잠재된 생각이 입에서 발화되는 순간 그 말이 상대방을 변화시키고, 세상을 바꾸고, 나아가 자신의 인생조차 바꿀 수 있다는 것을 이제는 많은 사람이 알고 있다. 마음속, 엄밀히 말하자면 머릿속에 품고 있던 생각이 추상적 이미지로 구체화되고 그 이미지가 의지를 가진 화자의 입을 통해 구현되는 것이 바로 언어이기에 가능하다고 본다.

물론 언어로 발화되어 표현된다고 해도 그때까지 그 의미는 그저 말이라는 틀 속에서 상징적으로 존재하는 것이기에 여전히 추상적이긴 하다. 그러나 실체도 없어 보이는 생각 이미지가 언어로 표현되는 순간부터 그 언어의 의미와 이미지에 해당하는 피사체들이 서로 움직이기 시작한다. 그 언어를 사용한 사람들 사이에서 언어들이 상호작용하며 구체적이고도 실제적인 창조가 일어나기 시작한다. 언어가 말로써 혹은 글로써 끊임없이 이합집산하면서 언어를 사용할 줄 아는 인간 관계 속에서 막강한 힘을 지니기도 한다. 그렇게 서로의 뜻에 부합하는 언어(혹은 언어 사용자)들이 모여 조화를 이루면 하나의 사회나 국가가 건설되기도 하고 또는 큰 생각의 덩어리라 할 수 있는 '이념'이 만들어지기도 한다. 그러다 보면 언어 사용자 간의 부조화 속에서 때로는 갈등과 파괴가 일어나기도 한다. 대단히 거시적인 안목으로 바라보는 것일 수도 있지만, 실제로 역사의 흥망성쇠 속에서 언어는 필연적이고 인과(因果)적인 요소가 되어왔다.

같은 부류의 언어는 서로 끌어당기는 힘이 있고 자석처럼 달라붙게 되어 있다. 좋은 말, 긍정적인 말, 건설적인 말은 유사한 주파수를 지녔기에 서로 만나고 어우러지며 머물고자 한다. 사실 언어 자체의 의미 속성뿐만 아니라 언어 사용자의 행동 속성이 서로 부합되므로 서로에게 이끌리는 것일 수도 있다. 이를테면, 말하는 패턴과 어조(tone)에 따라 서로 뭉치거나 흩어진다. 그래서 진실한 언어를 사용하기 좋아하면 진실한 사람들과 만나게 되고, 부자들의 화법을 따라 하면 부자들과 만나게 될 가능성이 크다. 또한 성공 언어를 말하는 사람은 그 말이 만드는 성공의 이미지대로 성공에 필요한 사람과 환경을 만나게 된다. 삶의 지향 속에 담긴 언어에 따라 같은 삶을 지향하는 언어의 사용자와 만나게 될 가능성이 커지기 때문이다. 마음속의 갈망이 글과 말로 표현되어 언어적 활성화가 시작된다. 결국 입으로 발화된 언어의 힘은 생각 속의 언어보다 힘이 세며, 그 강력한 힘은 의미와 어조에서 비슷한 속성을 지닌 언어나 언어 사용자를 끌어당긴다.

어떤 일을 이루고자 계획하고 있는 사람은 두 가지 형태로 나뉜다. 즉, 자신의 계획을 마음속으로만 생각하며 이루는 사람과 입 밖으로 표출하며 성취해가는 사람이 있다. 각각의 장단점이 있기는 하다. 말만 앞세우는 사람이 될 것을 염려하거나, 주변 사람들의 말 때문에 미리 기가 꺾이고 싶지 않은 사람은 주로 속으로만 뜻을 품고 있다. 물론 마음의 간절함에 절대적인 노력이 더해지면 성공할 가능성도 있긴 하다. 그러나 말로써 표출하지 않으면 그것이 이루어지도록 도울 수 있는 조력자를 만나기가 어려워진다. 또한 속으로 혼자서만 계획했던 것이기에 그것에 대한 열정이 식거나 마음이 느슨해질 수도 있다.

예를 들어, 작가라면 글로써, 학자라면 연구 성과로, 예술인이라면 작품으로, 정치인이라면 연설로써 자신이 추구하는 바를 표현해주어야 비로소 본래의 계획과 뜻이 완성될 수 있다. 다시 말해서 자신만의 언어 방식으로 그것에 호응해줄 대상에게 어필해야 한다는 것이다. 그렇게 하고 나면 세상에 던져진 그 언어와 부합하는 뜻을 지닌 사람들이 자석처럼 모여들게 된다. 그것이 바로 '공감'이라고 할 수 있으며, 같은 주파수에서 서로 공명하는 원리가 작용하는 것이라 할 수 있다. 예컨대 작가는 공감 언어를 통해 독자를 끌어당기며, 가수는 음악적 프레임(선율, 리듬 등)에 담긴 노랫말로 팬을 끌어모은다. 물론 다른 요소들이 함께 작용하기도 한다. 가사가 없는 음악은 가수가 필요 없고 연주자만 필요할 뿐이다. 그러나 노랫말이 없는 음악조차 작곡가가 전하고자 하는 비언어적 언어 표출이라고 볼 수 있다. 음악 속에는 언어적 속성 중의 하나인 커뮤니케이션의 목적성이 내재하기 때문이다. 그러한 맥락에서 보면 그림도 마찬가지다. 자신의 작품을 통해 공감해줄 독자나 시청자가 없다면 존재 자체가 무의미하다. 호응해줄 존재가 없는 계획은 '성공'이라는 표현 자체도 합당하지 않기 때문이다. 결국, 공감을 얻기 위해서는 자신만의 끌어당김 언어를 어떻게든 잘 활용해야겠다.

사람은 보통 어떤 사람이 표현하는 언어들을 보고 그가 자신과 같은 부류인지 파악하며, 그의 생각과 의견에 합류 또는 동참 여부를 결정한다. 그런 다음 같은 언어 사용자가 모여 크고 작은 사회를 만든다. 그렇게 함으로써 더 큰 공동의 뜻도 펼칠 수 있게 된다. '유유상종'이라는 말이 있듯이 끼리끼리 모이게 되어 있기 때문이다. 그러므로 성공을 원한다면 성공 언어를 말하는 사람들과 함께하라. 또한 내가 성공하고 싶다면 성공을 이루어줄 사람들에게 어필하는 언어를 사용하라. 노력의 정도와 공을 들이는 시간 총량에 따라 성공과 완성의 시기에 차이는 있지만, 결국에는 반드시 자신이 원하던 바를 이루고 성공의 자리에 가 있게 될 것이다.

🎒 행운을 부르는 말의 에너지 작용

거듭 말하지만, 세상의 모든 것에는 파장이 존재한다. 모든 물체는 입자로 구성되어 있고, 저마다 고유의 진동 혹은 주파수를 지니고 있다. 심지어 움직이지 않는 것처럼 보이는 고체조차 일정한 파동을 지닌다. 빛과 소리도 입자로 구성되어 있으며 에너지를 전달한다. 에너지가 전달되는 것을 '파동'이라고 한다. 파동의 성질에는 파장, 진동, 진폭 등이 있다. 진동은 다른 말로 '주파수'라고 한다. 물리학 이론을 이야기하고자 하는 것은 아니다. 언어는 뇌에서 생성된 '생각' 에너지가 '소리' 에너지로 발현되는 과정을 거치는 것이기에 언어도 분명히 파동, 파장, 진동, 주파수 등의 용어로 설명할 수 있다는 점을 말하고자 언급한 것이다. 또한 같은 진동, 즉 같은 소리의 주파수를 가진 것이 공명하며 함께 진동한다는 점을 말하고자 한다.

물론 언어에 담긴 의미 자체가 진동을 일으키는 것이라 단언할 수는 없다. 언어의 톤(tone), 피치(높낮이), 크기, 억양, 속도, 화자의 언어 사용 패턴 등의 요소가 변수로 작용하기에 언어를 그저 소리 에너지 자체에 의한 진동이라고 봐야 할지도 모른다. 그런데 그렇게 단지 소리에 불과한 것 같은 언어가 어떤 의미를 담고 있는지에 따라 주변의 에너지가 달라진다는 점에 주목해보자. 행운을 부르는 말을 하는 사람과 불운을 부르는 사람의 말에 어떤 에너지 작용이 있지는 않을까. 부자와 가난한 사람은 사용하는 언어가 다르다고 한다. 《머니스크립트》*라는 책에서 말하듯 부자와 가난한 사람이 뇌에서 비롯되는 돈에 관한 사고방식 자체에 의해 결정지어질 수도 있겠지만, 뇌에서 반영하는 생각을 늘 말로써 사용하는 것에 의해 그 결과의 차이가 더욱 확연해질 수 있다고 본다. 그러한 견해는 말로써 어떤 것을 내뱉으면 그 말에 담긴 의미에 따라 주위의 모든 에너지 파장이 달라지며 일종의 에너지 작용이 일어난다는 관점에 따른 것이다.

우선 그 말의 에너지가 자기 생각에 다시 피드백 영향을 미치며 확고한 신념을 지니게 해줄 뿐만 아니라 주변의 사람과 환경을 바꾸기도 한다. 초월적인 이야기를 하려는 것이 아니다. 복권 당첨 같은 한순간의 대박 행운만이 행운은 아니다. 상대적으로 다소 긴 시간이 소요되더라도 결국 행운이라 할 만큼의 결과를 이루는 것이 진정한 행운이라고 할 수 있다. 그러한 관점을 가지고 주위 사람들을 돌아보면 알 수 있다. 행운을 얻고 성공한 것으로 보이는 많은 사람이 어떤 언어를 사용하고 있는지 말이다. 그 사람이 만

---

*   Brad Klontz, Ted Klontz, Rick Kahler, 양세정 · 주인숙 · 이은화 옮김, 시그마프레스, 2016.

족하는 삶을 살고 있다면 다른 사람이 보기에 평범해 보일지라도 그에게는 행운이 도래한 것일 수 있다. 바라는 대로 소기의 목적을 달성해가며 한 걸음씩 나아가는 사람도 행운을 불러들이며 노력한 결과다.

누군가 딱히 특별한 도움을 주는 조력자를 만나게 된 것이 아닌데도 소신껏 행복한 삶을 잘 만들어가는 것을 보며 그가 사용한 언어가 우주와 어떤 에너지 작용을 일으킨 것이 아닐까 여기기도 했다. 흔히 기도를 마음으로 하는 것이라 여기지만, 사실상 그 마음이라는 것도 결국엔 뇌에서 관장하는 것이라 볼 수 있다. 다시 말해 기도란 신념의 에너지 파장이 우주의 에너지와 작용하는 것일 수 있다. 그와 마찬가지로 뇌의 파장 못지않게 입 밖으로 발현된 언어가 지니는 소리의 파장 또한 행운을 부르는 에너지 작용을 할 수 있다는 것이다.

주파수가 같으면 공명하는 원리에 따라 아무리 먼 곳에서라도 행운을 부르는 언어의 파장과 같은 파장의 운명이 공명하며 움직이게 된다. 그와 더불어, 신념이 깃든 언어는 실현 암시의 에너지를 지니게 된다. 신념 자체의 긍정적 정신작용과 함께 운을 좋게 만드는 언어의 실현 암시적 효과도 커지게 되기 때문이다. 따라서 언어가 담고 있는 의미에 소리라는 파동으로 확신에 찬 주문을 건다면 그것을 실현시키게 될 가능성도 훨씬 커진다.

🍲 '마음의 심보'와 '언어의 심보'

"이 세상에서 복 받으며 잘 살아가려면 심보(마음보)를 곱게 써라"라는 말을 우리는 참으로 많이 들어왔다. 세월의 인고를 거치며 지혜를 깨친 어른들은 누구나 할 것 없이 자손들에게 이 말을 전하고자 한다. 혹여나 자손들이 말을 못나게 해서 타인으로부터 미움을 사지 않기를 바라기 때문일 것이다. 또한 그 말의 업보로 마음이 오히려 힘들어지거나 말의 업을 되돌려 받게 되지 않기를 바라기 때문일 것이다. 그래야 인생을 그나마 무탈하게 살아낼 수 있다는 것을 그들은 깊이 깨달았기 때문일 것이다. 그러니 생활이 나를 힘들게 할지라도 마음이 그 환경에 침몰하게 하지는 말자. 또한 우리의 입을 악취가 나는 쓰레기장에 던져버리지도 말자. 어쩌면 더 찬란하고 아름답게 만들 수도 있는 자신의 인생을 적어도 말로써 더러운 흙탕물 구덩이 속에 처박지는 말아야 하지 않겠는가.

그러므로 좋게 말하기 연습에 앞서 먼저 우리의 마음 그릇을 잘 빚어 두는 것이 중요할 것 같다. 죽을 만큼 어려운 환경에서도 고운 마음을 잃지 않으려 애쓰는 사람들이 있다. 반대로 조금만 어려운 상황이 닥쳐도 자신을 돌아보기보다는 남을 탓하고 세상을 원망하며 스스로 마음을 어지럽히는 사람이 있다. 그런 것을 보면 환경이 어렵다고 언제나 마음도 뻐딱한 것은 아니며, 꽤 괜찮은 환경에 놓여 있다고 해서 모두 너그러운 것도 아닌 것 같다. 그건 아마도 개개인마다 그 사람의 마음 그릇이 어떤지에 따라 전혀 다른 마음보를 제각기 지니기 때문일 것이다.

인간의 본성은 대부분 대동소이하다. 화나는 일이 있으면 화를 내게 되어 있고, 서럽고 억울하면 울고 싶고, 억울한 일을 당하면 항변하고 싶다. 나보다 잘나가는 사람에게 질투가 생기고, 괴롭히는 사람들에게는 대놓고 큰소리로 욕을 해주고 싶기도 하다. 심지어 앞뒤 안 가리고 마음 내키는 대로 맘껏 분노를 표출하고 싶다. 이 모든 것이 다 인간이기에 느끼는 감정이다. 그래서 천사 같은 무결점의 성인(聖人)으로 태어나지 않은 우리는 늘 마음 돌보기에 고군분투해야 하고, 때로는 선한 의지를 펼치고자 자신의 본성과 싸우느라 지치기도 한다. 그럼에도 어떤 이는 종교의 가르침을 따르며 마음밭을 가꾸고, 어떤 이는 명상을 하며, 또 어떤 이는 희생과 봉사 정신을 더욱 키우기도 한다. 그렇게 많은 사람이 대부분 '좋은 게 좋은 거지' 하며 초월적 긍정의 자세로 마음 그릇을 넓히고자 저마다 애쓰며 살아간다.

　마음보가 나쁜 사람은 주로 어떻게 언어를 사용하는 사람일까. 여러 가지 예시가 있겠지만, 그중 하나로 아마도 빈정대는 말투를 사용하는 사람들을 떠올려볼 수 있을 것이다. 이들은 항상 시비와 싸움이 생길 위험을 소지하고 있다. 영화에서 종종 보게 되는 장면인데, 보통 깐죽대거나 빈정거리다가 매를 버는 상황을 떠올려보면 알 수 있다. 열등감이나 미움으로 앙심을 품었을 것이고, 그런 마음 상태로 지내고 있다가 무의식중에라도 빈정거리게 된다. 그것이 습관이 된 사람은 아무 때나 수시로 그렇게 말하기도 한다. 빈정거리는 사람, 또한 그러한 말투로 시비를 거는 사람은 그것으로 인해 자신이 미움과 배척을 받게 될 거라는 것을 미처 생각하지 못할 때가 많다.

　한편, 상대방이 억울하거나 화가 날 수밖에 없도록 말하는, 이른바 염장을 지르는 화법을 가진 사람들이 있다. 이러한 사람들은 마음에 시샘이 가득해서 남이 잘되는 꼴을 보지 못하는 심보를 지닌 경우가 많다. 그래서 남이 편하게 지내는 것을 조금도 용납하지 못하겠다는 듯 자꾸만 마음을 휘저어놓는다. 그들은 빈번하게 타인이 애써 만든 마음속 잔잔한 물결에 파문이 일게 한다. 어깃장 놓으며 말도 안 되는 시비를 거는 일도 다반사다. 그러다 보니, "나 원 참, 말이 말같지 않아서 못 들어주겠네" 하며 혀를 차게 만들곤 한다. 또한 그들은 부글부글 속이 끓는 상대방을 보면서 묘한 쾌감을 느끼기라도 하는 것 같다. 그들에게는 타인의 불행이 곧 나의 행복이라 여기며 어떻게든 상대방을 불행한 감정에 휩싸이게 하고 싶은 심리가 있다. 자기도 모르게 그런 행위를 반복하는 것이라면 그 사람의 인생이 불쌍한 것이고, 일부러 그러는 것이라면 그 벌이 자신에게 피드백되지는 않을까 염려스럽다. 그러니 주위에 그런 사람들이 있다면 그 사람을 위해서라도 알려줄 필요가 있다.

또 다른 유형으로서, 무슨 일인가를 행하고 나면 꼭 생색내는 말을 하는 사람이 있다. 애써서 일한 것을 남이 몰라주면 서운하기도 하고, 그래서 좀 알아달라고 말하고 싶은 것도 인간의 속성이다. 그 자체가 나쁘다고는 볼 수 없다. 오히려 나중에라도 억울하지 않도록 명명백백 업무보고를 해야 하는 경우도 있으니 자신이 행한 것을 드러내 말한다고 해서 그것이 잘못된 것은 아니다. 그러나 생색을 내더라도 기왕이면 얼마든지 유쾌하고 즐겁게 자신의 과업을 표현할 수 있고, 심지어 기분 좋게 상대방의 진심 어린 감사를 이끌어낼 수도 있다. 그런데 안타까운 예로, 생색을 내려는 의도가 아니었다고 해도 자신이 일한 것을 강조하기 위해 하필이면 상대방이 덜 했던 것을 지적하거나 책망하는 심보를 가진 사람의 경우를 들 수 있다. "그나마 내가 했으니 망정이지 네가 했으면 어림 반 푼어치도 없다!", "내가 거의 다 할 동안 넌 한 게 뭐가 있냐!", "나는 이렇게 잘하는데, 넌 도대체 왜 그 모양이냐!"라는 방식으로 말하는 것을 자주 볼 수 있다. 그것은 단언컨대 '말로 복을 날리는 사람'의 언어 사용 습관이다. 그들은 상대방을 위해 애써 일해 놓고도 원성을 산다. 고마운 마음이 들다가도 그 마음이 싹 사라지게 하기 때문이다. 다른 것에서는 크게 자신을 드러내지 못하고 있다가 이때다 싶어 과도하게 생색을 내려다보니 일종의 부작용이 생겼다고나 할까.

또 다른 마음보의 예로서, 어떤 사람은 상대방의 부족함이나 실수에 대해 관대한 마음이 조금도 없다. 정작 자신도 완벽하지 않아서 그 밖의 다른 것들에서는 미흡함을 수시로 드러내면서도 말이다. 어쩌면 의외로 그들 또한 마음속 깊이 열등감을 감추고 있었는지도 모른다. 그래서 그 열등감이 오히려 독설로 발현될 가능성이 있을 수는 있다. 어떻든 간에 이들은 보통 대놓고 하지는 못해도 들으라는 듯 투덜대며 구시렁대거나 아니면 반대로 윽박지르며 타박하는 방식으로 감정 표출을 하는데, 주변 사람들이 마치 죄인이라도 된 것처럼 몸 둘 바를 모르게 만든다는 점에서 심보가 곱지 않은

건 분명하다. 그리고 마음보가 곱지 않으니 자연스레 언어의 심보, 즉 '말보'
또한 곱지 않다.

그러나 뭐니 뭐니 해도 없는 말을 만들어 퍼뜨리는 자들이 최악의 심보
를 지닌 사람으로 여겨진다. 이들은 칼만 안 들었지 말로써 무고한 사람을
죽이는 강도나 마찬가지다. 실제로 어떤 사람은 그러한 일로 죽음과도 같
은 고통을 겪기도 하고, 끝내 소중한 목숨을 저버리게 되기도 한다. 그래서
나는 한때 언어(말이나 글 모두 포함)로 타인을 죽게 하는 사람에게 그것과 똑같
이 무거운 형벌이 내려지기를 바란 적도 있었다. 없는 말을 퍼뜨려서 무고
한 사람을 마녀사냥하고 매장하려 음모를 꾀하는 사람들은 그들의 말로(末
路) 또한 밝지 않을 것이라 확신한다. 그러한 나쁜 습관이 어디에서나 똑같
이 드러날 것이고, 그러다 보면 사람의 생각은 보편적이므로 자연도태되듯
사람들로부터 배척당할 것이기 때문이다. 게다가 사필귀정이므로 모든 일
이 바르게 해결되고 나면 그의 잘못이 오히려 만천하에 밝혀지기 때문이다.

그에 못지않게 나쁜 마음보가 있다면, 바로 이간질하는 심보다. 싸움을
붙이며 분란을 일으키는 사람들이 바로 그런 마음을 가진 사람들이다. 그
들의 언어 사용법은 얼핏 보면 피스메이커나 중재자의 모습을 보이기도 한
다. 그러나 명백히 다른 점이 있다. 중간에서 말을 전하며 오가는 가운데 당
사자들의 기분을 상하게 하거나 화나게 한다면 그들은 가짜 피스메이커이
니 잘 구분하자. 평화를 위해 양쪽의 말을 잘 들어주고 그들의 말 중에서도
서로에게 기쁨이 될 말들만 전달해야 진짜 피스메이커다. 그들은 기어이 분
란이나 분쟁을 화해의 모드로 바꾸는 화법을 펼치는 좋은 마법사다. 그런데
이간질하는 사람들은 항상 당사자들이 한 말 중에서도 하필이면 서로를 깎
아내리며 홧김에 한 말들을 골라서 전한다. 화해를 시킨다는 허울 좋은 명
목으로 말이다. 이들이 자주 쓰는 말은 "너를 위해 말해주는 건데 말이야"
다. 속으로는 싸움을 확대시키고 싶은 본심을 감춘 채 피스메이커로 위장한

다. 나를 위해 말하는 거라 하지만 나에 대해 안 좋게 평가한 말을 전한다면 들으면서 기분이 나빠지게 되어 있다. 그러니 그렇게 말을 전하는 사람은 늘 경계해야 한다.

끝으로, 자기가 하지도 않고서 마치 자기가 다 한 것처럼 말하는 심보도 있다. 모두가 이미 다 알고 있는데도 다른 사람의 일을 자신의 공로로 가로채기 위해 그럴싸한 말로 과장되게 말한다. 그런 사람의 마음에는 허영과 욕심, 독선과 아집이 있을 가능성이 크다. 그리고 심하게 말하면 도둑놈 심보를 지닌 것이다. 설령 자신이 참여했더라도 공로를 조금도 나누어주기 싫어서 강경한 어조로 자신의 공을 피력한다. 주로 높은 지위일 때 더욱 그런 경향이 있다. 그러다 보니 열심히 하고도 공로를 빼앗긴 사람들은 억울함을 어디에도 하소연하지 못한 채 끙끙 앓기 일쑤다. 남의 공로를 빼앗는 심보에서 나오는 말들은 모두 위압적이거나 권위적인 언어들이다. 이미 가진 게 많으면서도 위력을 가해 더 많은 것을 갈취하려 들기 때문이다. 상대적으로 더 많이 누리고 있음에도 한없이 커지기만 하는 그들의 욕심스러운 심보에 눈살이 찌푸려진다. 그들은 타인의 행복을 빼앗는 매우 나쁜 심보를 지닌 사람들이다. 그런 심보에서는 당연히 좋은 언어 사용이 이루어질 수 없다. 좋은 언어의 심보는 좋은 마음의 심보에서 나오는 것이기 때문이다.

"말이 입힌 상처는 칼이 입힌 상처보다 깊다."

– 모로코 속담

🍲 중얼거림(독백), 뜻밖의 치유력

언제부터인가 수시로 중얼거리는 내 모습을 감지할 때마다 화들짝 놀라곤 한다. 밭에서 방금 딴 호박을 잃어버렸다고 구시렁거리는 아낙네처럼 혼자서 중얼거리는 일이 잦아졌다. 도대체 어째서 이런 버릇이 생겨났을까 의아하기도 했다. 비 오는 날 우산을 들고 가며 손목이 아프다고 중얼중얼, 아파트 주위를 운동 삼아 걷다가도 숨이 차다고 중얼중얼, 방금 떠난 기차가 야속하다고 중얼중얼, 앞서가고 있는 자동차 운전자가 못마땅하다고 중얼거린다. 주위의 시선에 아랑곳하지 않는 나이가 되어서일까. 비록 작은 소리이기는 하지만 비교적 자주 구시렁거리는 나의 모습을 보며 그러는 이유와 심리적 배경이 궁금했다.

생각해보니, 여러 가지 이유로 그렇게 되는 것 같다. 아마도 중얼거리는 다른 사람들도 대부분 비슷한 이유들을 지니고 있을 것이다. 그 예를 몇 가지 살펴보자면 다음과 같다.

── 차단당할까 두려워서

어떠한 의견을 펼치고자 했지만 여러 가지 이유로 차단되거나 심지어 비난받은 경험을 하게 되면, 그 이후로는 의기소침해지고 점점 입을 다물게 된다. 하지만 그런다고 해도 말을 하고 싶었던 마음이 완전히 사라지는 것은 아니다. 그러다 보니, 혼자서 무의식적으로 욕구를 해소하고자 하게 된다. 나이가 많다는 것은 자신의 말이 차단당한 경험이 그만큼 많다는 것이기도 하다. 그래서 나이가 들수록 누구도 뭐라고 하지 않을 '혼잣말'을 마음 편히 하는 것이다.

── 당당하게 말할 용기가 없어서

차단당할 가능성이 없는 상황임에도 당당하게 말할 용기가 부족해서 입을 다무는 경우도 있다. 그 이유는 의견을 피력할 때 타인의 시선 집중에 유난히 부담을 느끼기 때문이다. 타고나기를 소심하게 태어나서 그럴 수도 있지만, 적절한 훈련과정을 거치지 못해서일 수도 있다. 나서기 싫어하고 언제나 제3자 모드로 조용히 관망하는 사람들이 그러한 부류에 속한다. 그런데 그런 사람들이라고 해서 과연 집에 있는 동안에도 늘 조용히 지내는지는 의문이다. 즉, 상대적으로 편한 관계인 가족이나 반려동물과의 대화를 통해 해소하려고 할 가능성이 크다는 것이다. 사춘기 학생처럼 방문을 닫고 가족과의 대화조차 기피하는 경우가 아니라면 말이다. 그렇게 해서라도 대인관계 속에서 말하지 못했던 억압심리가 적절하게 해소되지 못한다면 훗날 오히려 늘 중얼거리게 되는 부작용이 생길 수 있다. 그러나 아이러니하게도 그 중얼거림이 오히려 약이 되기도 한다.

── 생각이 정리가 잘 안 되어서

이러한 경우는 어려서부터 지속적으로 종종 경험한 것이다. 혼자서 길을 걸으며 온갖 잡다한 상념에 젖어 있다 보면, 미처 정리되기도 전에 너무 빠른 속도로 수많은 생각이 펼쳐질 때가 있다. 좁은 수도관을 비집고 흘러나오는 물처럼 높은 수압의 생각이 걷잡을 수 없이 넘쳐흐른다. 그럴 땐 마치 혼잡한 교차로에서 자동차들이 마구 뒤엉켜버린 것처럼 답답해진다. 그래서 저절로 중얼거리게 되곤 한다. '이건 이렇고 그건 그렇고 하니까 그럼 여차저차 해야겠군' 하는 식으로 허공에 대고 중얼거리면 생각이 좀 더 선명하게 잘 정리된다. 그때마다 뭔가를 정리하는 데는 역시 말로 하는 게 최고라는 생각도 든다. 그러나 그 순간 누군가 그 모습을 보게 된다면, 마음 혹은 정신의 병을 가진 환자로 의심받게 될 수도 있겠구나 싶다. 그래서 그런 생각에 화들짝 놀라 주위를 얼른 둘러보기도 한다.

── 자존감이 낮아서

자존감이 낮은 사람은 말하는 모습에서도 표시가 난다. 사람이 자존감이 매우 낮아지게 되면 자신의 말조차 스스로 매우 하찮게 여겨버리게 되는 것 같다. 그래서 자존감이 특히 낮은 사람은 타인과 이야기할 때 그저 상대방의 말이 모두 맞다고 맞장구치기 일쑤다. 그러나 홀로 남겨지고 나면 그때 말해주지 못한 것들을 다시 반추하며 혼자서 중얼거린다. 마치 모노드라마 연극에서 독백을 하는 것처럼 말이다. 그러면서 왠지 후련해지는 느낌을 만끽하기도 한다. 물론 모두 그렇게 하는 것은 아니다. 그러나 그렇게라도 해서 떨어진 자존감을 조금이라도 높일 수 있다면 그럴 때의 중얼거림은 정신 건강을 위해서라도 좋은 방법이 될 수 있다.

── 자신의 견해에 확신이 적어서

혹은 말주변이 없어서 선명하게 의견 표현을 하지 못할 때 생기는 중얼거림이 있다. 이것은 사실 혼자 있을 때의 중얼거림은 아니다. 분명히 타인과 대화하는 중이긴 한데, 말이 선명하게 표현되지 않고 단지 입 근처에서 웅얼웅얼하게 되는 현상으로 나타날 때가 많다. 이러한 웅얼거림이 때로는 의중을 정확히 파악할 수 없다는 점 때문에 상대방을 궁금하게 하거나 일시적으로 집중하게 할 수는 있다. 하지만 너무 빈번하거나 전혀 상관없는 리액션의 중얼거림이 될 경우, 자신에 대한 반감을 그런 식으로 표현하는 것으로 비쳐서 상대방에게 불쾌감을 줄 수 있다. 심할 경우 온전한 정신의 소유자가 아닌 것으로 보일 수도 있으니 조심할 필요가 있다.

── 자신의 삶이 억울해서

삶이 항상 억울한 사람이 있다. 세상의 모든 사람이 자신을 불행하게 만들었다고 원망하거나 피해의식에 사로잡혀서 남 탓하기를 밥 먹듯이 하는 사람일수록 습관적으로 중얼거린다. 언젠가 지하철에서 한 할머니가 가만히 옆에 앉아 있던 아주머니에게 괜스레 시비를 거는 장면을 본 적이 있었다. 딱히 화를 낼 이유도 없어 보였다. 하나 있다면 그 아주머니가 왜 하필 자신의 옆자리에 앉아 있느냐 하는 것이었다. 아주머니는 난데없이 화를 내는 할머니를 그저 어리둥절하게 바라볼 뿐이었다. 할머니는 반응이 없는 아주머니에게 더 이상 화를 내지는 않았지만 계속해서 중얼거리기 시작했다. 편하게 가긴 다 틀렸다는 뉘앙스를 담고 있었지만, 도대체 정확히 뭘 말하려고 하는지도 모를 자신만의 말을 끊임없이 중얼거렸다. 저 할머니는 평생토록 얼마나 많은 화가 마음에 맺혔기에 저럴까 생각하며 힐끔 쳐다보았다. 하지만 시선이 마주친 순간 내게도 화살이 날아올까 싶어서 반사적으로 고개를 돌렸다. 한편으로 자신만 생각하는 이기심이 몸에 배어 그런 거라는 생각도 들었지만, 그 할머니에게는 닿기만 해도 반응하는 시한폭탄처럼 삶의 억울함이 쌓여 그것이 분노로 바뀐 것 같았다. 그래서 평생 자신을 화나게 한 누군가를 생각하며 그에게 못했던 말을 아무에게나 중얼거림으로써 삶의 억울함을 해소하는 것 같아 보였다.

── 담아두기엔 병이 날까 봐

모함을 당하거나 불의한 자들에 의해 악의적으로 마녀사냥을 당하게 되면 가슴에 한이 맺혀서 생병이 날 지경이 된다. 특히 그 순간에는 너무도 어이가 없어서 제대로 항변조차 하지 못할 가능성이 크다. 그런 비슷한 상황을 조금이라도 경험해보았다면 그것이 얼마나 마음을 좀먹게 하는지 알 것이다. 그래서 두고두고 마음 한구석에 상처를 묻어둔 채 악몽과도 같았던 순간의 기억을 계속 소환한다. 그러고는 부질없는 소모전을 마음에서 끝없이 반복한다. 완전히 망각하려면 상처의 크기에 비례해서 더 많은 시간이 필요하다. 그러한 마음 상태에 놓인 사람은 살아야겠다는 본능 때문인지 마침내 스스로 살 길을 찾는다. 그것이 바로 중얼거림이라는 특효약이다. 마치 그 자리에 가해한 사람들이 있기라도 한 것처럼 그들을 책망하고 비난한다. 어쩌면 보란 듯이 성공할 거라는 스스로의 의지를 그렇게 중얼거림이라는 도구에 담아내는 건지도 모른다. 남 보기엔 이상해도 자신의 정신 건강을 위해서는 꼭 필요한 방어기제일 수 있다. 누구라도 그런 상황을 겪고 있다면, 적어도 혼자 있는 동안에라도 말로써 한을 뱉어내기를 권장하고 싶다. 속으로만 삭이면 그 독소가 마음 안으로 자꾸 파고들어 결국 총 맞은 것처럼 상처가 더 커진다. 언제고 가해자들을 만나게 되면 조목조목 따져줄 수 있도록 생각을 정리해서 또렷하게 읊조려보는 것이다. 그러다 보면 어느 순간부터 마음이 조금씩 치유되는 것을 느낄 수 있다. 그렇게 하면 직접적으로 그들에게 말한 것이 아닌데도 어느 정도는 해소될 수 있다. 특히 혼자서 아픔을 정리하고자 할수록 어쩐지 자신이 힘이 없어 당한 것 같은 나약한 마음이 커져서 비애감으로부터 쉽게 벗어나기 어렵다. 그럴 때 선명하고 강한 어조로 말하기 시작하면 그때부터는 스스로 강자가 된 것 같고 자신의 생각이 합당하게 여겨져서 그들을 용서하기도 오히려 쉬워진다. 결국 그들을 면전에서 대놓고 야단쳐준 것 같은 효과로 뜻밖에 자신이 위로를 받게 된다. 바로 혼잣말의 위력이 제대로 작용한 경우라 할 수 있다.

── 혼자만의 사고에 갇혀서

평소에 주위 사람을 의식하지 않고 살아가는 사람들이 있다. 여러 가지 이유가 있겠지만, 특히 스스로에 대한 지나친 우월감 때문에 그렇게 된 사람도 많다. 또는 과거의 삶이 기억 속에 각인되어 현실에서 병적인 고착(치매, 착란 등)이 생겨나 그렇게 된 사람도 있다. 예전에 같은 아파트에 살던 한 노인이 떠오른다. 그 노인은 항상 방범 복장을 한 채 버스정류장에 하염없이 앉아 있곤 했는데, 오가는 사람에게 늘 혼자만의 독백을 했다. 호기심 가득한 마음으로 그 노인의 행동을 지켜보곤 했다. 할아버지의 삶이 몸에 기억되어 그런 행동으로 드러난 것일까, 아니면 오히려 이루지 못했던 꿈이 무의식에 남아 있다가 치매로 인해 그렇게 행동하게 된 것일까. 노인은 마치 경찰처럼 호루라기를 늘 불어댔고 방범 봉을 흔들며 횡단보도 옆에서 교통정리를 했다. 지극히 정상적으로 보이기도 하고 때로는 오히려 고맙기까지 한 행동을 했지만, 수시로 중얼거리는 말을 들어보면 노인은 자신만의 세계에 갇혀 살고 있는 것만 같았다. 그렇게 몇 달이 지나고 유난히 수척해진 모습을 끝으로 더 이상 노인은 보이지 않았다. 그 후로 노인의 안부가 궁금할 때마다 생각했다. 어떠한 사연으로 그런 모습이 각인되었고 마지막 삶의 순간에 표출되었는지는 모르지만, 적어도 노인은 자신만의 사고에 갇혀서라도 원하는 것을 하고자 했던 것이라 여겨졌다. 노인은 우리에게 무엇을 들려주고 싶었던 것일까. 노인이 퍼즐 조각처럼 던지는 말들을 얼기설기 모아보면 무언가 특별한 메시지가 있는 것 같기도 했다. 그것이 무엇인지 정확히는 모르지만, 적어도 노인은 그 중얼거림을 통해 세상과 소통하고자 했으며, 이 세상에서 억압되었던 마음을 치유하고자 했던 것 같다.

── 혼잣말 생활 습관

삶을 유쾌하게 해주는 혼잣말은 여러모로 긍정적 효과를 지닌 중얼거림이다. TV의 어떤 예능 프로그램을 보면, 자연스러운 행동으로 유쾌한 웃음을 주고자 애쓰는 출연진들이 요리나 청소 등을 하면서 혼잣말을 하는 때가 많다. 그것 또한 하나의 유머코드로 작용해서 웃음을 유발하기도 한다. 프로그램의 재미를 고조시키기 위해 일부러 각본대로 그렇게 한 것인지도 모르지만, 적어도 순간순간을 소중히 여기며 삶을 즐기는 사람들은 그렇게 모든 것을 묘사하고 표현하며 스스로 행복한 '중얼거리기' 놀이를 한다. 인생의 추임새가 곳곳에서 튀어나와 활력을 주기도 하고 누군가와 함께 있는 것 같아 외롭지 않게도 해준다. 때로는 자기 자신과의 대화를 통해 스스로에게 더 많은 관심을 기울일 수 있다. 심지어 고민하던 일의 해답을 찾을 수도 있다. 자신의 마음이, 혹은 내면의 자아가 그로 인해 평화로울 수 있다면, 그러한 중얼거림은 얼마든지 사용하라고 권하고 싶다.

지금까지 열거한 중얼거림에 대한 여러 경우의 예시를 읽으며 눈치챘을 것이다. 비록 완전하지 않고 선명하지도 않은 말이기는 하지만, '중얼거림'이라는 언어 방식이 주로 어려운 처지를 겪은 사람이나 약자에게서 투영되었다는 것을. 혹시 위의 경우 중 어떤 점에서 공감이 된다면, 행복한 마음으로 스스로를 치유하기 위해 남몰래 중얼거려보길 권한다. 그것이 어느 정도 치유의 도구가 되어줄 것이다. 또한 주위의 누군가가 중얼거리고 있다면 그것을 통해 그가 진정 소통하고 싶어 한다는 것을 알아채고 그 마음을 헤아려주기 바란다.

🗨️ 말에 대한 끊임없는 성찰

자신이 뱉은 말을 늘 확인하며 산다는 건 상당히 피곤한 일이긴 하다. 그러나 자기반성 없는 사람의 말은 그 누구에게도 유익하지 않은 언어 공해가 될 뿐이다. 더 나아가 극단적으로는 세상을 어지럽히는 사회악의 씨앗이 될 수도 있다. 그러므로 상대방의 입장을 배려하는 측면에서뿐만 아니라 원만한 사회생활을 위해서라도 자신의 말을 늘 성찰해보는 습관을 지니는 게 좋다. 그것은 언어 스타일 향상에 좋은 피드백 효과를 준다. 자신의 언어 스타일을 돌아보기도 하고, 자신이 한 말이 누군가를 다치게 하지는 않았을까 살피고, 혹은 자신의 위상을 지나치게 깎아버린 것은 아닌지 검토하고, 또한 얼마나 생산적인 언어였는지를 파악해보는 것을 자주 할수록 언어는 숭고하고 고결해진다.

그렇다고 너무 살피느라 주눅이 들어서 말하기 전에 언제나 무작정 움츠러들라는 것이 아니다. 성찰을 통해 더 낫게 말하는 발전의 계기가 되게 하자는 것이다. 어차피 저마다 주어진 삶에서 경험한 대로 자신만의 일종의 처세술이 정립되었을 것이고, 그와 함께 말에 대한 처세 방법도 알게 되었을 것이다. 그래서 말을 조심하는 것이 이미 몸에 밴 사람도 있을 것이고, 또 어떤 이는 말과 관련된 트라우마로 인해 의기소침해 있기도 할 것이다. 그런 사람들은 크게 문제를 일으키며 살지도 않고, 따라서 곤란한 상황도 덜 만든다. 하지만 그러다 보면 말에 관해 더 이상 성찰하려는 의지도 없고 필요성도 느끼지 않게 될 수 있다. 사실, 뭐 그렇다고 해도 나쁠 건 없다. 다만, 성찰이 없다 보면, 더 나은 관계를 형성하고, 자신의 뜻을 관철시키며, 좋은 성과를 내는 삶으로 발전해가기가 어려울 수도 있다. 그렇기에 스스로 피드백하는 습관은 다른 누구보다 바로 자신을 위해 더 좋다.

묵언수행을 하거나 침묵 예찬론자가 아닌 이상, 그리고 아무도 만나지 않고 혼자서 사는 게 아니라면, 살면서 말을 전혀 안 하고 지낼 수는 없다. 그러다 보니 아무리 조심해야지 하다가도 잠시라도 방심하면 얼결에 후회스럽게 말이 나오게 되는 경험을 수없이 반복한다. 그렇지만 그것에 실망하기보다는 다음엔 더욱 조심하자는 다짐을 매일 새롭게 해야 한다. 평소에 누군가와의 대화에서 있었던 나의 말에 대해 피드백해놓지 않으면 무의식 중에 그 엉터리 말들을 또다시 하게 된다. 그것을 스스로 알아채기라도 하는 사람은 차츰차츰 고쳐질 희망이라도 있다. 그러나 전혀 인식하지 못하거나, 그런 것까지 신경 쓰며 살기 싫다며 등한시하는 사람은 또 다른 사람들과의 대화에서도 계속해서 잘못된 언어 사용을 하게 될 것이다. 그러다가 어느 순간 그런 모습이 도마에 올라 여러 사람의 입에 회자되기 시작하면, 그 말실수에 근거해서 '원래 그런 사람이지' 하며 낙인찍힐 수 있다. 그 사람의 말은 더 이상 신뢰할 만한 것이 되지 못하고 심지어 그가 하는 말은 모두 막말이나 헛말로 인식될 수도 있다. 사람들이 피하고 싶은 사람이 될지 말지의 선택은 오로지 본인에게 달려 있다.

'막말러(요즘 유행하는 표현으로, 막말을 일삼는 사람을 가리킴)'들은 주로 말에 대한 자기반성이 없기에 계속 막말을 한다. 어눌하게 말하는 것은 그나마 크게 원성을 사지 않는다. 모르고 실수로 잘못 말해도 어느 정도 이해해주려는 심리가 모두에게 있기 때문이다. 그러나 소위 '막말러'처럼 막말하는 버릇 자체를 못 고치면 결국에는 자신만 손해를 본다. 그런 사람들은 보통 호되게 당하고 나서야 자기의 잘못된 언어 습관을 깨닫지만, 모든 것을 잃고 나서 후회하며 통곡해봐야 아무 소용이 없다.

언어 성찰을 함에 있어 작은 말실수 경험조차 방치하지 말아야 한다. 그래야 더 큰 실수를 막을 수 있다. 다시 말해, 작은 말실수에서부터 자기반성과 개선의 노력을 하지 않으면 호미로 막을 일을 가래로도 못 막는 상황에 맞닥뜨리게 된다. 모든 사람이 크고 작은 사회 속에서 서로 어울리며 사회성을 길러나간다. 그런데 사회성을 배운다는 것은 결국 적절히 말을 잘 사용하는 법을 배우는 것과 일맥상통한다. 아이들은 말이나 행동을 통한 사회성 연습을 작은 사회에서부터 배운다. 가정이나 유치원에서, 부모 형제로부터, 그리고 유아들의 놀이를 통해 언어 사용 능력이 확장되며 올바른 방법을 습득하게 된다. 실수가 허용되는 시기이기에 말과 행동의 작은 실수를 통해 원만하게 의사소통하는 법을 배워간다. 결국 사회성을 기른다는 것은 언어 능력을 기른다는 것과 깊은 관계가 있다고 할 수 있다. 어린아이들도 사실은 거의 무의식적으로 자기반성을 한다. 이를테면 어떤 것에 대해 의사 표시를 했지만 좌절되는 경험을 통해 '그러지 말아야겠구나' 하고 인지한다. 이러한 단계를 충분히 거치면서 자란 사람일수록 더 큰 사회에서도 어떻게 말하면 좋을지를 감각적으로 알고 언어를 사용한다. 물론 어른이 되어서도 무의식적으로 언어 성찰하는 능력이 남아 있기는 하지만, 훨씬 복잡한 상황에서 더 많은 말을 하는 것이기에 무의식적 감각만으로는 완전하게 해결하기 어렵다.

정작 언어의 성찰이 필요한데도 고치려 하지 않는 사람 중에 언어적으로 몰상식의 경지에 다다른 사람들이 있다. '글쎄~', '배 째!'라는 식으로 자신의 말에 대한 추호의 반성도 없이 책임을 회피한다. 게다가 그런 적 없다며 발뺌하기까지 한다. 이런 식의 '모르쇠' 화법을 고수하는 사람들은 그야말로 이기적인 사람이다. 언어적 자아 성찰이 없는 사람은 제아무리 학벌이 높고 돈이 많을지라도 배움은 적지만 오히려 점잖은 언어 화법을 가진 촌부만도 못하다. 또한 나이만 많이 먹은 언어 무법자보다 나이가 어려도 언어 사용에 철이 든 젊은이가 훨씬 낫다. '아님 말고' 식의 심보로 막 던지고 보는 사람, 잘못된 언어로 많은 사람을 쓰러뜨리고도 나 몰라라 하는 사람, 자신의 말 때문에 어려워진 관계에서 추호의 반성도 없고 끝까지 언어적 화해를 이루지 못하는 사람, 그래서 그러한 모든 것을 계속해서 반복하는 사람은 결국엔 타인과의 삶에서 끝내 조화를 이루지 못한 채 살아갈 수밖에 없다. 심하면 사회적으로 고립되거나 아예 매장되어버릴 수도 있다.

🍱 마음을 움직이는 '배려 언어'

'듣기 좋은 말'이란 어떤 것일까. 달콤한 솜사탕이나 꿀처럼 달달한, 이른바 감언이설을 의미하는 것일까. 혹은 아첨이나 아부처럼 상대방이 무조건 듣기 좋아하는 말을 뜻하는 걸까. 그것도 아니면 음악처럼 아름다운 멜로디가 있거나 경쾌한 리듬감이 있는 말을 의미하는 걸까. 사실, 그 모든 게 다 맞는 것 같다. 그것들을 모두 담아서 이왕이면 같은 말이라도 좋은 뉘앙스로 말하는 것이 듣기 좋은 말이다. 그런데 '듣기 좋은 말'이라는 표현 자체에서 이미 알 수 있듯이, 듣기에 좋은 말이란 화자(話者) 중심이 아니라 청자(聽者) 중심의 말이어야 한다는 것이다. 다르게 표현하면, 듣는 이에게 초점이 맞춰져 있고 듣는 이를 배려한 말이 진정으로 '듣기에 좋은 말'이라는 것이다. 그래서 심지어 상대방의 잘못을 꾸짖을 때조차 청자의 입장을 배려하며 좋은 어조로 말하면 그의 기분을 상하지 않게 할 수 있다. 따라서 상대방이 자발적으로 잘못을 시정하고자 할 만큼 결과는 오히려 더욱 좋을 수 있다.

예컨대 대부분 부모가 자녀를 설득하기 어려운 이유는 그러한 것을 생각하지 못하는 데 있다. 미운 점만 부각해서 바라보며 부모 자신의 마음에 들지 않는다는 이유로 감정을 담아서 말하거나, 부모가 바라는 것을 자녀에게 투사해서 무리하게 요구하며 말하기 때문에 설득하기 어려운 것이다. 즉, 화자 중심의 화법으로 말하기 때문에 설득은커녕 반감만 사게 된다. 또 하나 예를 들어 보자. 나이가 차서 결혼 적령기를 맞았지만, 이런저런 이유로 결혼하지 않았거나 못하고 있는 사람들은 명절을 좋아하지 않는다. 아니, 좀 더 정확히 말하면 명절에 가족 모임 참석을 좋아하지 않는다. 제사에 참석하여 삼촌이나 사촌 등 친척들이 모인 가운데 그들은 해마다 똑같은 질문이나 말을 듣게 된다. 그것은 다름 아닌 "언제 결혼할 거야?", "결혼 안 하고 뭐해?", "돈 좀 버니까 이제 장가만 들면 되겠네~" 등이다. 분명히 진심으로 걱정하는 마음에 그렇게 말하는 것이겠지만, 듣는 사람 입장에서는 더 이상 듣고 싶지 않은 말일 수 있다. 본인의 특별한 소신 때문에 안 한 것일 수 있는데도 그런 질문 앞에서 그들은 왠지 주눅이 든다고 말한다. 또한 매번 변명하기도 지친다고 한다. 그들을 불편하게 한 이유는 바로 지극히 화자 중심의 언어를 구사한 친척들에게 있다. 상대방을 걱정해주는 마음으로 한 것이니 청자 중심 언어가 아니냐고 할 수도 있겠지만, 그 청자가 들어서 불편할 것 같은 말이라면 그것은 결단코 청자 중심의 배려 언어가 될 수 없다.

청자 중심의 언어, 즉 배려의 언어는 공부 못한 아이에게 스스로 미안함을 느끼며 자발적으로 달라지게 할 수 있고, 남편이 아내를 위해 더 열심히 일하고 싶게 한다. 또는 그저 얄팍한 상술이 아닌 '윈윈(win-win)' 마케팅이 되어, 이를테면 블라우스만 사러 온 고객에게 스커트 하나를 더 사게 만들기도 한다. 때로는 자신의 자녀를 홀대한 것 같아서 학원으로 따지러 온 학부모의 분노를 가라앉히는 언어가 바로 청자 중심의 배려 언어다. 부탁을 거절할 수 없게 하는 언어, 돈을 써도 아깝지 않다고 여기게 만드는 언어, 오늘 죽으려 했다가도 다시 살고 싶게 만드는 언어, 죽어도 공부하기 싫다던 아이를 움직이게 하는 언어, 휴대폰 배터리 수리하러 가서 배터리뿐 아니라 충전기까지 공짜로 얻게 하는 언어, 이런 모든 긍정적·생산적 결과를 만들어내는 언어가 바로 청자 중심의 배려 언어다. 더 나아가 그토록 어려워 보이던 협상도 타결되게 하고 완고한 사람의 마음을 녹이며 오히려 설득이 잘

되도록 해주는 언어 또한 배려 언어다. 배려 언어를 사용하는 화법은 상대방의 마음을 저절로 좋은 쪽으로 움직이게 해주는 가장 좋은 언어 화법 중의 하나다.

단언컨대, 자기중심적인 화자 중심의 화법만으로는 결코 상대방의 마음을 움직일 수 없고 뜻하는 바를 온전히 관철시킬 수 없다. 그러니 항상 말하기 전에 한 번 더 상대의 입장을 헤아려보는 습관을 지니도록 하자. '진심은 통한다'라는 마인드가 분명히 옳은 것이기는 하다. 그러나 화자가 아무리 진심이라고 해도, 그리고 선한 의도였다고 해도 청자 중심에서 청자의 입장을 배려하지 않고 말한다면 그 진심은 잘 가다가도 옆길로 새게 될지 모른다.

맑은 영혼의 언어는 스스로 정화한다

영혼이 맑은 사람일수록 말에서 청초한 향기가 난다. 우주 먼 곳으로부터 올 것만 같은 신성한 빛과 절절히 사무치게 반향을 일으켜주는 깊은 울림이 있다. 실제로 어떤 사람은 말에서 그윽함이 퍼져 나온다. 그래서 세상의 뭇 사람이 그의 말에 이끌리며 똑같이 맑게 정화되는 경험을 하고 싶어 한다. 맑은 영혼은 온화한 미소를 짓게 한다. 총기 있는 눈빛과 온화한 미소로 부드러운 카리스마를 발산하는 사람은 말에서도 정제되고 절제된 언어를 사용한다.

반대로, 영혼이 탁한 사람은 마치 입이 시궁창인 것처럼 오염되어 악취가 난다. 식사 후 양치를 하지 못해서 나는 화학적 악취를 말하고자 하는 게 아니다. 듣고 있는 사람의 영혼까지 오염시켜버려서 불쾌하고 불편하게 만드는 감정적 악취를 의미한다. 맑은 마음을 간직하길 원하는 사람은 그런 사람과 함께 머물기를 본능적으로 거부한다. 영혼 깊은 곳으로부터 불편함을 호소해오기 때문이다. 그래서 그런 사람이 있는 곳에서 저절로 떠나고 싶게 만들어버린다. 가장 큰 이유는 맑은 마음(혹은 영혼)과 탁한 마음(혹은 영혼)의 파장이 다르기에 그 다른 파장의 언어를 듣는 것이 불편하게 느껴지기 때문이다.

말이라는 게 사람의 입을 통해 나오게 마련이지만, 입은 다만 언어적 작용을 하는 조음 기관일 뿐이다. 다시 말해서 입은 소리를 만들어 발화하게 해주는 출구에 불과하다. 그러나 정작 말은 마음(혹은 정신)을 반영한다. 그래서 발화자의 영혼의 성향에 따라 다른 언어가 된다. 맑은 영혼의 소유자는 지식, 경제 등에서의 현실적 부유함과는 상관없이 귀하고 값진 말의 보고(寶庫)를 지니고 있다. 고로, 그의 언어는 절대 천박하지 않다. 그의 언어는 때로는 고결한 백합과도 같고, 때로는 숭고한 국화와도 같다. 맑고 투명한 유리창에 비치는 영롱한 이슬 같아서 상대를 순하게 만드는 언어도, 그리고 해맑고 청아하게 웃게 만드는 유머의 언어도 모두 맑은 영혼에서 비롯된다. 또한 상대방의 마음에 잔잔하게 파문을 일으키는 작은 사랑의 멜로디 같은 언어도 맑은 영혼의 언어다. 애써 세상을 향해서 요란한 징처럼 울려대지 않아도 맑은 바람결에 온 세상에 퍼지는 말과 글이 바로 맑은 영혼의 언어다. 파워풀한 정신 에너지가 맑은 마음에서 나오듯이 파워풀한 언어도 맑은 마음에서 나온다. 잔잔하게 퍼지는 것 같지만 은은하면서도 에너지 가득한 언어가 자신의 꿈을 이루게 하고 세상을 선한 기운으로 채운다. 그러한 언어는 스스로 정화하며 확장하는 힘을 지녔기 때문이다.

10

걸쭉한 맛

말의 진의를 간파하라 | 침묵 언어의 보배로움 | 자랑과 PR의 차이 | 언어의 롤모델이 중요한 이유 | 모든 것이 언어가 될 수 있다 | 논리적 거짓보다 진솔한 어눌함이 낫다 | 끼어들기/가로채기/묻어가기/잘라내기 | 언어의 공유성과 맥락의 이해 | 성공적인 비즈니스 언어 | 내가 선택한 언어가 내 삶을 바꾼다

말의 진의를 간파하라

　그 사람의 말을 통해 진짜로 원하는 바가 무엇인지 훤히 들여다볼 수 있다면 얼마나 좋을까. 그렇다면 어떻게 돌려 말해도 서로 오해할 일은 없지 않겠는가. 서로 솔직담백하게 말을 주고받으면 좋으련만, 우리는 모두 이런저런 이유로 본심과 다르게 말하게 될 때가 많다. 독심술 능력이라도 있어서 상대방의 진심을 꿰뚫어볼 수 있다면 소통에 어려움이 훨씬 줄어들 것이다. 소설이나 영화를 접할 때처럼 복선과 암시를 헤아리며 대화하려면 무척이나 피곤해진다. 속마음을 들키면 자존심이 상한다고, 고상해 보이고 싶다고, '츤데레' 유형이라서, 설명하기 귀찮아서, 심보가 원래 못돼서 등의 이유로 말을 짧게 끊거나, 압축하거나, 어렵게 말하거나, 빙빙 돌려서 말하는 게 습관인 사람들이 있다. 소설《다빈치 코드》에 나오는 암호를 풀듯 자신의 어려운 언어 암호를 청자가 알아서 해독하라는 식이다. 하지만 그래놓고 정작 자신의 의중을 몰라준다며 원망이나 책망을 한다는 게 문제다.

　그런데 어쩔 수 없이 속내를 드러내지 않아야 할 때도 있다. 또는 그럴 수밖에 없는 처지에 놓인 사람들이 때로는 무언으로 그리고 때로는 엉뚱한 말로 감추려 하는 것을 모른 척 눈감아주어야 할 때도 있다. 물론, 어차피 그런 모습은 감추려고 해도 쉽게 표가 난다. 그래서 들추어 까발리자고 들면 능히 그럴 수도 있다. 하지만 그럴지라도 먼저 속마음을 보이고자 할 때까지 보채지 말고 기다려주는 게 좋다. 특히 마음을 여는 대화를 원한다면 말이다. 사실 내가 말의 진의를 간파해야 한다고 말하고 싶은 이유도 바로 여기에 있다. 말하자면, 누군가가 겉으로 서운하게 말해도 그의 속마음과 진의를 알고 오해하거나 속상해하지 않기를 바라는 것 못지않게, 반대로 겉으로는 괜찮은 척 말해도 그가 감추고 싶은 슬픈 마음을 보호해주기를 또한 바란다는 것이다.

말의 뉘앙스를 꿰뚫어보게 되더라도 그가 자신이 노출되는 두려움이나 불편함을 느끼지 않도록 해주는 것이 대화에서의 중요한 미덕이다. 타인에게 해를 입히는 것이 아니라면 그가 속마음 그대로 말하지 않더라도 굳이 아는 체하지 말자. 웃으며 말할지라도 슬픔과 아픔을 감추고 있는 것일 수도 있다. 또한 그가 오히려 상대방이 불편해하거나 걱정하지 말도록 마음 쓴 것일 수도 있으니 일일이 시시콜콜 따지며 규명하려 들지 말자. 대화에서는 그 또한 사랑이며 배려다. 그 사람이 무안하고 수치스럽거나 비참하게 여기지 않도록 하자. 그러기 위해 항상 말의 진의를 헤아리는 연습을 하는 것이 좋겠다.

　　아무리 과대포장하거나 지나치게 스스로를 낮추어 말한다고 해도 그 사람 나름의 사정이 있을 때가 있다. 액면 그대로 받아들이지 않는 것이 좋은 것은 맞다. 그렇지만 이때도 '그럴만한 이유가 있겠지'라고 생각하며 넘어가주자. 그 사람은 그렇게라도 해야 자기가 살 것 같아서 그러는 것일 수 있기 때문이다. 상습적으로 거짓말하고 남을 속이기 위해 그렇게 하는 사람을 가려내는 것은 물론 중요한 일이다. 그러나 어쩌다가, 그리고 어쩔 수 없이 그러는 거라면 그를 안쓰러운 마음으로 이해해주도록 하자. 또한 굳이 거론하기보다는 조용히 묻어주고 덮어주자. 그것이야말로 바로 말로써 덕을 베푸는 멋진 행위다.

　　"언어는 생각을 표현해주는 옷과 같다."

- 새뮤얼 존슨

☕ 침묵 언어의 보배로움

　　동서고금을 막론하고 침묵에 관한 명언이나 속담이 꽤 많은 편이다. 그만큼 침묵의 언어가 중요하게 다루어지기 때문일 것이다. 사실, 사람의 마음을 어지럽히고 관계에 도움도 안 되는 말 때문에 크고 작은 사회에서 분란을 일으키게 되니 차라리 침묵하는 게 더 낫다. 아무 말도 안 하고 있으면 중간이라도 간다. 그런데 굳이 안 해도 될 말을 해서 상대방을 힘들게 하고 모두를 불편하게 하는 일이 왕왕 발생한다. 그래서 행복한 소통을 꿈꾸는 사람이라면, 표현하는 게 좋을지 아닐지 분간하지 못해 아무렇게나 말하게 되거나, 방심하여 아차! 싶은 말이 얼결에 튀어나올 때마다 재갈을 물려서라도 입을 다물고 싶을지도 모른다. 마치 묵언 수행하는 스님처럼 침묵하는 연습이 필요하다는 생각도 들 것이다. 얼결에 튀어나오는 말 때문에 서로를 해롭게 할 수도 있다면 조용히 있는 것이 오히려 마땅할 테니 말이다.

　　나는 한때 '악마는 혀끝에 매달려 산다'라고 생각했던 적이 있다. 그도 그럴 것이 세 치의 혀가 인생을 파멸시킬 수도 있음을 감지했기 때문이다. 사람이 다 사람이 아니듯, 말이면 다 말이 아니다. 그리고 할 말과 안 할 말이 있다. 세상의 거의 모든 싸움과 분쟁의 발원에는 반드시 잘못된 언어 사용이 존재한다. 말의 내용 때문에도 다툼이 생기며, 말은 또한 그 자체가 다툴 때 사용하는 도구이기도 하다. 많은 영화를 통해 생각하게 된 바로, 근본적으로 악마는 평화를 싫어한다. 평화는 선에서 비롯되는 것이기 때문이다. 그래서 언제나 호시탐탐 노리며 사람들 간에 분란을 야기한다. 마치 성서 속에서 이브를 유혹하고 마침내 아담과 이브를 에덴동산에서 쫓겨나게 만든 간사한 뱀처럼 교묘하게 사람의 마음을 움직이고 간교한 말에 미혹되게 한다. 그래서 한동안 말이란 절대선의 존재인 신(神)이 우리에게 준 선물인지, 아니면 분란을 일으키고 싸우게 만드는 악마로부터 비롯된 뜨거운 불씨

인지 참으로 궁금했다. 그러면서 생각했다. 나의 언어가 신으로부터 비롯된 선하고 아름답고 향기가 있는 언어가 되지 못하고, 오히려 평화를 깨는 악마의 언어가 되게 하느니 차라리 대대적인 침묵에 돌입하는 게 낫다고.

한동안 그러한 생각을 했음에도 사실 나는 결코 침묵의 대가(大家)가 될 수 없었다. 번번이 스스로 정한 일정 정도의 침묵의 규칙도 지키지 못하게 될 때가 많았다. 여러 가지 이유가 있지만, 특히 완숙되지 못한 성정 때문에 억울함을 참지 못하고 말로써 해명하고자 하는 의지가 침묵하며 해명될 기회를 기다리고자 하는 의지보다 더 컸다. 또한 대화 중 상호 간에 존재하는 극히 짧은 침묵의 순간조차 마치 승강기에 갇힌 '폐소공포증(閉所恐怖症)' 환자처럼 답답해하며 못 견뎠던 것 같다. 그래서 매번 먼저 그 침묵의 순간을 깨부수곤 했다. 게다가 천성적으로 미안하거나 고마운 마음을 감추지 못해서 그런지 친절한 사람이 되려고 마음먹을수록 말을 더 많이 하게 되기도 했다. 하지만 점점 여러 유형의 다양한 상황에 맞닥뜨리며 세월을 지내고 보니, 그럼에도 모든 상황에서 역시나 침묵이 가장 보배로운 언어 화법임을 더욱 확고히 인식했다. 그래서 이제는 완전 침묵까지는 아니더라도 말을 아끼는 미덕을 지켜보고자 조금이라도 더 애쓰곤 한다.

그런데 나와는 달리 크게 수양하지 않았음에도 저절로 침묵이 잘되는 사람들도 있다. 아는 것이 없거나 말하기를 싫어해서, 또는 말에 자신감이 없어서 침묵하게 되는 사람들이 바로 그들이다. 그래서 "그 사람 참 과묵해서 좋아"라는 뜻밖의 호평을 받기도 한다. 그런데 그런 이유로라도 침묵이 잘 실행된다면 차라리 그 사람은 어쩌면 천복을 받은 것일지도 모른다. 불가에서도 말하듯 '구업(口業: 입으로 짓는 업)'을 짓지 않아야, 즉 말이 적고 신중하게 말하는 사람이 되어야 말로써 생기는 화를 면할 수 있을 거라고 여겨지기 때문이다. 사람이 보편적으로 느끼는 관점이 있다. 그 보편성 기준에서 벗어나 못되게 말하거나 안하무인 화법을 쓰거나 한다면 침묵의 삶을 살아가는 사람보다 불행해지는 것은 어쩌면 당연지사다. 세상에 이름이 났던 사람들이 결국 파멸하는 이유 중 상당한 비율을 차지하는 것이 바로 '말' 때문이다. 자신의 이득을 위해 혹은 돋보이기 위해 타인에게 비난 일색으로 처신한 사람들이 결국 제 입으로 지은 '구업'으로 자멸하는 경우가 허다하다. 그 모든 것 또한 '자업자득'이다. 그들은 욕심이 앞을 가려 간헐적으로나마 침묵하는 것이 더 좋다는 것을 몰랐다.

그러나 아무리 침묵이 좋다고 해도 마치 화가 잔뜩 났거나 무언가 못마땅하다는 자세와 표정으로 침묵한다면, 그것은 좋은 의미와 가치를 지닌 형태의 침묵이 아니라 그저 마음이 성숙하지 못한 사람이 골내는 것 같은 유치한 시위에 불과하다. 그래서 '침묵시위'는 진정한 침묵이 아니다. 침묵은 모두의 평화를 위해, 타인에 대한 관용의 의미로, 그리고 과언이나 실언을 막기 위한, 그야말로 선한 의도에서 비롯되어야 한다. 그런 만큼 침묵의 자세와 방법이 중요하다. 표정이 침묵의 언어로 사용되려면 무표정보다는 선한 미소가 옅게나마 담겨 있어야 한다. 또한 행동에서 침묵의 언어 효과가 있으려면 무뚝뚝한 듯해도 '츤데레' 식 사랑의 마음이 전해질 수 있어야 한다. 소리 없는 언어도 언어다. 그래서 '너랑은 말하기도 싫다' 하는 마음으로 침묵하게 되면 얼굴과 행동에서 모두 드러난다. 그것은 오히려 더욱 나쁜 무기로 변한다. 침묵이 때로는 말보다 더욱 보배로운 말이 될 수도 있지만, 반대로 잘못된 방식으로 쓰게 되면 그냥 말로 마음을 전하는 것보다 오히려 더 큰 불쾌감을 줄 수 있기 때문이다.

"언어는 사람과 짐승을 가르는 루비콘강이다."

– 막스 뮐러

☕ 자랑과 PR의 차이

우리는 오늘날 각양각색의 홍보가 넘쳐나는 세상에서 살고 있다. 개개인의 홍보에 대한 관심도 커져서 수많은 사람이 다양한 방식과 플랫폼을 동원하여 자신을 홍보하고 있다. TV 매체와 출판, SNS와 블로그, 그리고 이제는 유튜브 채널에 이르기까지 자신을 어필할 수 있는 플랫폼이 무척이나 다양하다. 그래서 각각의 매체 특성과 콘텐츠 트렌드에 따라 다채로운 방식으로 자신을 마음껏 담아낸다. 저마다의 외모를 자랑하고 능력을 뽐내며 자신의 가치관을 펼치고자 온갖 노력을 기울인다. 심지어 자신의 부유함을 과시하기도 한다. 말과 글, 사진과 영상, 패션과 공연 등을 통해 자랑하는 사람을 두고 어떤 이는 '관종'이라며 무턱대고 깎아내리지만, 사실 우리 모두에게는 인정욕구라는 것이 있기에 그러한 모든 것이 자연스러운 일이다. 그래서 요즘엔 자랑이라고 치부되기보다는 성공을 위한 자기 PR로 평가되기도 한다.

성서에서조차 "자랑하지 말라"라고 기록하고 있지만, 현대를 살아가려면 어느 정도의 자기 PR이 당연하고 불가피한 것인지도 모른다. 자본주의사회에서 광고가 필수적인 것처럼 개개인이 하나의 브랜드로서 스스로를 홍보하는 이른바 '퍼스널브랜딩'은 점점 더 중요하게 여겨지고 있다. 그런데 어쩌다 홍보해야 할 상황이라 판단되어 지인에게 자신을 어필하고자 할 때, 그들이 썩 좋아하지 않는 것 같다고 여겨진 적이 많을 것이다. 특히, 비교적 가까운 관계에서는 단지 현재의 근황을 알리기 위해 이런저런 일들을 말했을 뿐인데도 자랑하는 것으로 여기는 것 같아 내심 움츠러들기도 했을 것이다.

우리는 다른 사람이 어떤 일을 자랑할 때, 진심으로 기뻐하고 응원하는 것에 참으로 인색하다. 그리고 표현하는 것에도 무척 서툴다. 그러나 시도 때도 없이 자랑하는 사람이 마냥 좋을 수만은 없기에 '비호감'의 대상으로 느끼는 것도 이해된다. 그래서 나 자신도 자랑과 자기 PR 사이에서 어쩔 줄 몰라 하며 마음속으로 조심스럽게 줄타기를 하곤 한다. 그러다 어느 날 자기 PR(홍보)과 자랑의 차이는 무엇일까, 그리고 어떻게 하면 자기 PR이 자랑으로 비치지 않을까를 생각해보았다. 두 가지 차이를 가만히 들여다보니, 자랑은 상대방이 전혀 듣고자 하지 않는데도 나의 이야기를 주저리주저리 말하는 것이고, 자기 PR은 상대방이 솔깃해서 듣고 싶도록 각색이나 스토리텔링을 함으로써 듣기 좋게 가공된 하나의 콘텐츠로서 다가가는 것이다.

자랑할 때는 말하기 전부터 이미 자랑하고 싶은 마음을 먼저 지니고 있었던 것이기에 자칫 뽐내듯 말하게 되기 쉽다. 그에 따라 상대방도 당연히 그것을 자랑이라고 여기게 된다. 인정을 받고자 하는 욕구가 과해서 '나 잘났다'로 표출되기 때문이다. 하지만 자기 PR은 인정을 받고자 하는 상황은 같지만 좀 더 겸손한 태도로 임하면서 완성을 향해 노력 중임을 알린다는 점이 포함된다. 또한 그것을 위해 언젠가 '너의 도움과 지지가 필요해'라는 의미도 담고 있다.

자랑과 자기 PR이 모두 말로써 표현한다는 점에서는 그 출발점이 같다. 그렇기에 결국은 말하는 방법에 따라 차이점이 생긴다. 달리 말하자면, 자랑도 지혜롭게 해야 호응을 받을 수 있다는 것이다. 부득이하게 자신을 알릴 필요가 있다면, 자랑하는 것으로 들리지 않도록, 그러면서도 자신의 소신이 더 잘 전해지도록 다음의 다섯 가지를 항상 마음에 담아두자.

1. 자신의 PR이 상대에게 가치 있다고 느껴지도록 신념과 소신을 담아 당당하게 피력한다.
2. 은근히 돌려서 말하기보다는 차라리 '자랑'이라고 밝힌다. 돌려서 말해도 상대방은 PR을 빙자한 자기 자랑이라는 것을 이미 알고 있을 때가 많다.
3. 상대방이 자신의 말을 기꺼이 들어줄 마음이 생기도록 적절한 타

이밍을 잡는다. 예컨대, 쌍방이 공유하는 영역에 먼저 관심을 보여주며, "너도 그래?", "나도 그런데", "너는 어때?" 등의 말로 시작한다. 그러면서 자신의 이야기를 하면 크게 반감을 사지 않는다.

4. 상대방의 자랑을 3개 이상 듣고 나서 나의 PR 1개를 말한다. 자기의 이야기를 열심히 들어주고 칭찬해주면 대부분 사람은 상대방의 PR에도 귀를 기울여주게 되어 있다.

5. 내가 더 잘났다는 마인드가 아니라 '넌 참 대단해', '네 생각에 동의해'라는 마인드로 PR한다. 우월감을 가지고 PR하면 상대방의 자존심을 건드리게 되거나 반대로 그에게 시기심과 미움을 살 수 있다.

☕ 언어의 롤모델이 중요한 이유

어린 시절 동네에서 함께 자라며 잠시 친하게 지낸 또래 친구가 있었다. 그녀의 집에 종종 놀러 갔을 때 느꼈던 일이다. 그녀는 나보다 어렸는데도 마치 어른들처럼 말끝마다 추임새처럼 욕을 섞어 언어를 구사했다. 그것이 하도 찰지고 자연스러워서 그다지 듣기 불편하게 여겨지지도 않을 정도였다. 어쩌면 그녀가 별다른 감정을 담지 않아서 그렇게 느껴졌을 수도 있다. 그런데 어느 날 그녀의 엄마가 퇴근할 때까지 놀게 되면서 욕을 추임새로 구사하는 그 언어의 출처를 알게 되었다. 그날따라 일찍 퇴근한 그녀의 엄마는 문 입구로 들어서면서부터 화를 내며 욕했다. "집구석이 이게 뭐야~!! 이 ××야~"라는 말로 시작해서 가히 융단폭격 수준의 욕설을 쏟아냈다. 어린 그녀에게, 그것도 그녀의 친구가 있는데도 전혀 아랑곳하지 않고 마치 속사포를 쏘듯 모든 말에 욕을 담아 뱉어냈다. 일터를 다녀온 그녀에게 이전부터 스트레스가 쌓였을 수도 있고, 일이 고되고 힘들었을 수도 있다. 하지만 어린 자녀에게 그것을 모두 풀고자 하는 것 같아 보여서 참으로 무섭고도 이상한 엄마구나 생각했다. 그 모습은 성난 사자 같기도 했고 무서운 괴물 같아 보이기도 했다. 그곳에 사는 친구가 어린 마음에도 몹시 불쌍하게 여겨졌다.

그녀가 어지간한 말에 끄떡도 안 할 만큼 당차고 활발한 성격이었으니 망정이지 만약 어린 시절의 나처럼 노여움 타고 상처받는 성격이었다면 벌써 어긋났을 것 같다. 어쩌면 하도 어려서부터 듣다 보니 욕조차 하나의 언어 표현이자 소통 방식이라 여겨졌을지 모르겠다. 자연스럽게 엄마가 언어의 롤모델이었기에 그녀는 엄마의 욕설 화법을 그대로 닮아버린 것이다. 언어 환경이 중요한 이유가 바로 거기에 있다.

이제 와서 생각해보니, 욕설이 말의 70%에 달하는 그녀의 엄마가 한 말에 딸을 무시하거나 비난하는 말은 상대적으로 적었던 것 같다. 이를테면 "네가 그럼 그렇지", "네가 잘하는 게 뭐가 있어", "너 때문에 되는 일이 하나도 없어", "너는 태어나지도 말았어야 했어!!" 등 부모로서 절대 하지 말아야 할 최악의 말을 한 것은 아니었다. 그나마 그 정도라서 다행이었다. 사랑을 가장한 독설도 문제인데다가 마음까지 온전히 진짜였다면 그 파괴력은 무한대로 커진다. 가장 큰 상처는 가장 가까운 사람에게 받기 때문이다. 가장 신뢰하고 응원해주길 바란 사람이 독설을 퍼부었으니 그것을 들은 자녀의 마음이 어떻겠는가. 언어는 심리상태의 발로(發露)임을 명심해서 자녀에게 일시적으로 갖게 된 미운 심정을 자신의 말에 조금이라도 담지 않도록 주의해야 한다. 그것은 자녀가 잘못되라고 주문을 걸고 고사를 지내는 격이다. 심지어 자식이 빗나가게 빌미를 주는 것이다. 또한 설령 비행 자녀가 되지 않는다 하더라도 적어도 흉보며 닮는다고 그 나쁜 화법을 빠르게 학습하게 만든다는 것도 문제다.

아이가 언어의 롤모델로서 의식적으로 부모를 선택한 것은 물론 아니다. 다만 부모와 함께 지내는 동안 언어의 속성 중 하나인 '언어 습득'의 원리대로 부지불식간에 익히는 것이다. 따라서 부모는 자식에게 먹을 것과 입힐 것을 해준 것만으로 역할을 다했다고 하면 안 될 것이다. 어쩌면 일생을 살아가며 가장 영향을 미칠 언어를 잘 사용하도록 좋은 본보기를 보여야 한다. 원했든 아니든 자녀에게는 부모가 바로 가장 처음 만나는 언어의 롤모델이기 때문이다.

모방에 의한 언어 습득의 또 다른 예로, 엄마의 말투 그대로 따라 하던 한 지인의 아들이 생각난다. 그 아이는 학습지 방문교사가 들고 온 가방을 보고는 "이거 짝퉁 맞죠!! 우리 엄마 거는 명품 가방인데~~"라며 약올리는 어조로 말했다. 아이가 보기에도 멋져 보이는 새 가방이 아마도 명품 가방일 거라고 얼핏 생각한 것 같다. 하지만 가만히 생각해보더니, 어린 마음에도 그 학습지 선생님이 고가의 명품 가방을 소유할 능력이 못 될 거라고 여겨졌던지, 자기가 어디선가 들어본 업신여기듯 말하는 화법을 구사했다. 그것을 지켜보며 두말할 것도 없이 단박에 연상되는 한 사람이 있었으니, 바로 아이의 엄마였다. 평소에 그 지인의 명품 지향적인 마인드와 다른 이를 업신여기며 말하는 패턴이 그대로 아이에게 전염되어 있었다. 어린 시절 가장 강력한 언어 모델이 엄마였기에 그대로 따라서 말한 것일 테니 그 아이에게 무슨 잘못이 있겠는가.

또 어떤 아이는 드라마에서 말하는 못된 시어머니 말투를 잘도 따라 했다. 그 아이에게 어떻게든 노출되었기에 따라 하는 것일진대, 그렇다면 그 드라마를 일단 엄마와 함께 시청했거나 아니면 엄마가 말한 것을 다시 따라 한 것일 수 있다. 어느 쪽이 되었건 간에 아이에게는 그 모든 것이 언어의 본보기가 된 것이다. 그렇게 아이들은 엄마라는 대상(혹은 매개체)을 통해 소위 '아줌마'의 특이하거나 수다스러운 말투조차 쉽게 습득한다. 그렇기에 언어의 모델인 엄마가 어떤 언어 습관을 지녔는지, 또 어떤 언어 환경을 만들어 주는지가 매우 중요해진다.

　예를 들어 아이의 엄마가 허구한 날 푸념을 하거나 신세 한탄을 한다면 아이의 어투도 그렇게 될 것이며, 말은 그 사람의 인생을 만드는 강력한 암시의 도구가 된다는 점에서 자연히 아이도 푸념하는 인생을 살게 될 가능성이 커진다. 부모가 욕하면 욕을 따라 말하고, 예의 있게 말하면 예의 있는 말투를 따라 하게 될 것이다. 그렇게 따라서 말하다가 습관이 같아지고 닮은 성격이 되어 그 인과관계에 따른 비슷한 인생을 살게 될지도 모른다. 부모는 자녀의 더 좋은 인생을 위해 아버지의 권위적이고 억압적인 말투와 어머니의 몰상식한 말투를 유산으로 물려주지 말도록 해야 할 것이다. 모두 그대로 배워서 답습하게 되는 것을 늘 염두에 둘 필요가 있다. 또한 부모 자신도 이미 다 자란 어른이라지만 굳어진 언어 습관에 고착되지 않도록 지속적으로 노력해야 할 것이다.

　사실, 요즘처럼 개성이 강조되는 시대에는 나만의 어투를 가공하는 것도 좋은 방법이다. 그래서 내가 보이고 싶은 기준에 맞추어 나의 캐릭터를 찾는다면 나만의 어투를 형성하는 것이 그렇게 어렵지는 않을 것이다. 세련되고 멋스러운 어투, 편안하고 진솔한 어투, 유쾌하고 활력 있는 어투, 신뢰와 호감을 주는 어투 등 여러 면모를 두루 갖춘다면 더할 나위 없이 좋겠지만, 그중의 한 가지 특색만 잘 지녀도 절대 나쁘지 않다. 그런데 그 모습을 갖추기 위해 구체적으로 어떻게 하면 좋을지 잘 모를 때는 닮고 싶은 화자(話者)를 찾아 롤모델로 삼는 것도 좋은 방법이다. 이 책의 다른 내용을 다루면서도 언급했듯이, 이왕이면 대다수 사람이 좋아하거나 신뢰와 존경을 받는 사람을 택하는 게 지혜롭다고 할 수 있다. 말 그대로 롤모델의 현재 모습은 그것을 따르는 사람의 미래 모습이 될 수 있기 때문이다.

　나아가 누구라도 말을 통해 자신의 인생을 성공, 힐링, 행복의 삶으로 업그레이드하고 싶다면, 롤모델을 잘 선정하고 그의 언어 사용 모드를 꾸준히 따라 해보자. 훌륭한 사람의 말을 계속 들으면 그 마인드를 닮게 되고, 말하는 방식도 은연중에 따라 하게 된다. 그러다 보면, 롤모델로 삼았던 그 사람이 많은 이에게 인정과 존경과 사랑을 받았던 것처럼 어느덧 자신도 그러한 중심에 서 있게 될 것이다.

☕ 모든 것이 언어가 될 수 있다

비언어적 언어도 언어라고 여러 차례 언급한 바 있다. 언어의 목적이 의사소통이라는 관점에서 보자면, 언어의 범주에는 더 많은 것이 포함될 수 있다. 예컨대, 글과 그림, 모든 장르의 음악, 예술작품, 광고, 텔레파시, 동물과의 교감, 디자인, 역사기록, 보디랭귀지, 수화, 눈빛 언어, 의복, 춤, 음식, 악기연주, 작곡가, 노래, 건축양식, 심지어 부동의 자세나 침묵도 언어가 될 수 있다. 직접적으로 말로 하는 것이 아니어서 언어가 아닌 것 같아 보여도 모두 의사소통을 위한 비언어적 언어 도구다. 모든 사람이 이런 다양한 언어 도구를 사용해 저마다의 방식으로 소통과 교류를 하고자 끊임없이 노력한다. 자신의 생각, 가치관, 삶에 대한 관조를 표현하고 공유하고자 하는 욕구가 인간 누구에게나 있기 때문이다.

모든 예술이 근본적으로는 메시지를 전하려는 의도를 지니고 있다. 다만 그 양식이 다를 뿐이며, 그것이 매개체가 되어 작자와 수용자 간의 소통을 도모하고자 한다는 점에서는 모두 일맥상통한다. 예를 들어 그림 하나만 놓고서도 그림이라는 피상 자체와 그것을 심미적으로 바라보는 자아와의 소통, 그림을 창작한 화가와 관람자로서의 소통, 그리고 그림에 대해 언어로 평론하거나 대화를 나누는 등의 모든 행위가 가능하다. 따라서 그림은 언어적 상징 자체이며 동시에 언어적 매개체도 될 수 있다.

마찬가지로 음악도 그림처럼 그 자체가 소통의 언어가 될 수 있다. 특히 음악은 소통의 강도를 높여주기 위해 사용되는 매개 콘텐츠가 되기도 한다. 그래서 메인(main)요리에 곁들여지는 전채요리, 반찬 그리고 후식처럼 음악은 전하고자 하는 핵심 메시지를 더욱 맛깔스럽게 만들어주는 역할을 하기도 한다. 또한 소통이 원활해지도록 전체적 분위기를 조성해주는 데도 한몫을 한다. 그래서 TV 다큐 프로그램이나 유튜브 영상 속에 배경 음악이 흐르게 하는 경우도 상당히 많다. 희한하게도 음악이 방해되기보다는 영상에 집중하도록 묘한 힘을 발휘하면서 전달이 더 잘되게 해준다. 그러한 관점에서 음악은 언어 소통의 매개체가 되기에 손색이 없다. 따라서 어떤 일이 성사되도록 하고 싶다면 미팅 중에 좋은 음악을 배경으로 하는 것도 하나의 방법이 될 수 있다. 거기에다 상대방에게 노래처럼 들리는 화법으로 잘 말한다면 금상첨화일 것이다.

"모든 것이 완벽하다면 언어는 쓸모가 없다."

– 장 보드리야르

☕ 논리적 거짓보다 진솔한 어눌함이 낫다

논리적으로 말한다는 것은 누구나 이해할 수 있도록 합당하게 말하는 것이다. 그렇기에 논리적인 화법에 능할수록 설득에서 유리하다. 그러나 논리적으로 말하기 좋아하는 사람이 간혹 범하기 쉬운 실수는 마치 혼자만 현명한 것처럼 말하게 될 수 있다는 것이다. 사실, 자기만 알고 있거나 자기가 옳다고 느끼는 것이 항상 객관성이 있다고 보장할 수도 없는데 말이다. 물론 개인의 주관적인 생각을 말하는 것이 결코 문제가 되지는 않는다. 다만 주장을 하고자 한다면 논리적으로 주장할 필요가 있다는 것이다. 특히, 논리적이지 못한 말이나 글은 누군가를 설득하기 어렵다. 우리는 그래서 논리적으로 말하기 위해 말하고자 하는 내용의 보편타당성을 고려해야 하고, 합리성과 명확성, 그리고 일관성까지 모두 꼼꼼히 검토하느라 늘 고심해야 한다.

그러나 일상에서 소통하는 모든 상황에서까지 반드시 논리성이 있어야 할까. 실제로는 논리성이 조금 떨어져도 마음에 와 닿는 말들로 오히려 더 훈훈할 때가 많다. 말이 두서가 없고 체계적이지 않은데도 사람들이 그의 말에 열광하기도 한다. 학자처럼 논리적 사고와 추론이 가능하고 논리적 판단에 근거해 논리적인 화법을 구사한다고 해도 그저 현학적 허세에 불과한 것이라면 사람들의 마음을 결코 움직이지 못한다. 그러니 말을 좀 못한다고 해도 자신 없어하거나 두려워하지 말도록 하자. 사실, 몸소 땀 흘리며 자연과 노동의 이치를 깨달은 농부의 진솔한 말과 달변가(정치인, 현학적 학자 등)의 공언이나 허황된 연설 중에서 누구의 말이 더 신뢰가 갈까. 말이 어눌해도 진솔할 수 있고, 달변가이지만 가식적일 수 있다.

모두가 다 아는 진실을 뻔뻔하게 왜곡시키며 억지 주장을 할 거라면 차라리 논리적이지 않은 게 더 낫다. 그리고 사실 뻔한 거짓말을 천연덕스럽게 말하는 사람들의 말은 결국엔 오히려 논리가 빈약해질 수밖에 없다. 거짓을 마치 소설 쓰듯 하다 보면 소설의 특성 자체가 허구에 토대를 둔 것이기에 상상적·비현실적 논리가 될 뿐이기 때문이다. 그러므로 팩트에 근거해서 말할 때 자신의 주장에 설득력과 힘이 실린다는 것을 믿고, 말의 기교나 논리적 화술이 부족하더라도 크게 염려하지 말자. 그저 진솔하게, 그러나 정성스럽게 소통하고자 하면 된다. 어차피 일반 사람 사이에서 대화와 소통을 할 때는 나라님조차 그들의 언어로 소통하고자 해야 한다. 일반인의 말을 쓰되, 좀 더 논리정연하다면 호감도가 약간은 상승할 수도 있겠지만, 가장 중요한 것은 백 번을 말해도 진정성이 느껴지는 말의 내용과 태도다.

"현자처럼 사고하되 대중의 언어로 소통하라."

– 윌리엄 버틀러 예이츠

☕ 끼어들기/가로채기/묻어가기/잘라내기

── 끼어들기

운전할 때와 마찬가지로 말할 때도 지켜야 할 규칙이 있다. 달려야 할 때가 있다면, 서행해야 할 때가 있다. 양보해야 할 때도 있고 양보해주는 운전자의 배려에 고마움을 표해야 할 때도 있다. 신호등이 없는 고속도로에서는 특히 서로 방어운전을 하며 거리와 시간을 충분히 확보해서 끼어들거나 차선을 바꾸어야 한다. 아무리 급하다고 해도 앞서서 달리고 있는 차의 노선을 방해할 수는 없다. 혼자서 시골길을 달릴 때조차 갑자기 어디선가 작은 짐승이 튀어나오지는 않을까 조심하는 마음이 늘 필요하다. 우리가 대화를 나누거나 말을 할 때도 바로 이렇게 운전할 때와 똑같다. 하지만 그러한 사실을 모른 채, 누군가가 먼저 이야기를 진행하고 있는데 '끼어들기'를 습관처럼 하는 사람이 있다. 말할 때와 운전할 때 끼어들게 되는 궁극적 이유는 각각 다르겠지만, 상대방을 당황스럽게 한다는 점에서는 크게 다르지 않을 것이다. 말을 나눌 때 끼어들게 되는 이유는 다양하다.

첫째로, 적절한 리액션과 더불어 자신의 의견을 피력할 타이밍을 찾지 못하기 때문이다. 이것은 평소 대화의 기선을 잡을 기회가 부족해서 제대로 훈련되지 못한 것이 원인일 때가 많다. 또는 애초에 눈치 없이 타고난 것일 수도 있다. 의도치 않게 밉상이 될 수는 있지만 악의적인 게 아니니 그다지 많은 원성을 사지는 않는다.

둘째로는 하려던 말을 순간적으로 잊어버리는 경우가 있는데, 적시에 말하지 못하게 될까 전전긍긍하며 결국 매우 짧은 순간의 틈이라도 생기면 그것을 놓칠세라 끼어들게 되는 경우다. 살면서 어떠한 이유로든 말에 어눌함을 갖게 되는 시기를 맞게 될 수 있다. 그래서 말에 두서가 없어지고 어구가 조금만 길어도 기억 속에 압축하여 정리하기가 어려워진다. 게다가 기억력이 저하되면 바로 전에 하려던 말도 깜빡깜빡 잊어버리곤 한다. 그러다 보니 상대방의 이야기에 적절히 호응해주기 위해 무언가를 언급하고자 한 것임에도 그 말을 까먹게 될까 봐 급하게 끼어들게 된다.

셋째로, 훈수 들기 중독증에 걸린 경우다. 훈수를 좋아하는 이들은 사람들의 대화를 조용히 경청하다가도 어느 순간이 되면 훈수를 두기 시작한다. 그들은 남의 일에 간섭하기 좋아하고, 자기가 말하는 대로 따르는 사람을 통해 뿌듯함을 느끼고자 한다. 간접적으로 우월함을 과시하려는 것이다. 훈수를 두고자 하는 마음이 강할수록 앞뒤 안 가리고 무작정 끼어들게 된다. 바둑에서처럼 훈수를 잘 두면 좋은 소리라도 듣지만, 대부분 사람은 대화에서 훈수 들기를 수시로 하는 사람을 좋아하지 않는다. 자신이 잘하고 있다고 믿으며 일을 진행해나가는, 이른바 자아가 강한 사람은 특히 훈수 들기를 거부한다. 삶에서 더 좋은 인간관계를 통해 행복함을 느끼고 싶다면 되도록 함부로 훈수를 두려 하지 않는 게 좋다.

넷째로는 내가 만든 표현을 쓰자면 '서두 기피 증후군' 혹은 '결론 책임회피 증후군'을 앓고 있는 사람이 주로 끼어들기를 하게 될 가능성이 있다. 이들은 먼저 말을 꺼내 대화를 시작하기엔 왠지 민망하다고 여긴다. 말의 흐름이 잘못 흘러가서 결론이 좋게 나지 않을 것을 미리 염려한다. 그래서 그 어떤 결과도 책임지고 싶어 하지 않는다. 그럼에도 정작 자신의 존재감은 과시하고 싶어 한다. 그러다 보니 자기의 견해와 조금이라도 비슷하게 말하는 사람의 말 끝자락에 서서 재빠르게 끼어들기를 한다. 상당히 비겁해 보일 수 있으니 조심해야 하는 경우다. 어떤 사건에 대한 논의에서 비겁한 방관자로 있다가 자기 어필을 하고자 하는 것도 여기에 속한다. 세상 사람 모두 표현하지 않을 뿐이지 속으로는 그런 꼼수를 다 알고 있다는 것을 항상 기억하자.

다섯째로는 자신이 싫어하던 사람의 말에 일체 동조하고 싶지 않아서 무조건 반대하는 경우다. 그저 반대를 위한 반대를 하려고 끼어드는 것이다. 말하던 사람이 끝을 맺기도 전에 끼어들어 그와는 반대 견해를 피력하거나, 완전히 다른 화제로 바꾸어 다른 이들의 시선이 자신에게 쏠리도록 하는 경우도 있다. 평소에 혹시 주변에서 당신이 말할 때마다 그렇게 하는 사람이 있다면 한 번쯤 돌아보자. 그에게 혹시 어떤 일로 서운하게 하지는 않았는지. 하지만 크게 잘못하지 않았더라도 당신에 대한 시기심 때문에 그럴 수도 있다. 본인이 그런 사람이 되어서도 안 되겠지만, 그런 사람과 대화하게 된다면 차라리 조용히 경청해주거나 대화를 피하는 게 더 낫다. 사사건건 부딪히며 스트레스 지수를 높일 이유가 없기 때문이다.

여섯째로는 말을 주도하는 사람에게 편승해서 자기 자랑 욕구를 채우는 경우다. 자랑 욕구를 가진 사람은 "나도 그거 잘하는데", "나도 그거 해봤는데", "그거 내가 먼저 생각했던 거야", "나도 거기 가봤는데" 등의 말을 하며 끼어들어서는 어느새 모든 대화의 마무리가 매번 자신의 자랑으로 끝나게 한다. 자신의 자잘한 자랑을 깨알처럼 늘어놓기 좋아하는 사람이라면 혹여 비호감 대상이 되지 않도록 특별히 조심해야 한다. 특히 요즘처럼 겸손함을 미덕으로 여기는 세태 속에서는 순식간에 '밉상'이 될 수 있기 때문이다. 진정으로 자랑해도 될 만한 사람임에도 정작 자랑을 일삼지 않으면 사람들은 그를 더욱 멋지다고 여긴다는 것을 잊지 말자.

마지막으로, 좋은 의도와 목적에 의한 끼어들기를 예로 들 수 있다. 굳이 TV 토론에서 필요한 진행자 혹은 사회자로서가 아니더라도 일상의 대화에 끼어들어 화제 전환을 해주는 역할을 해야 할 때가 있다. 그런 사람의 센스 있는 끼어들기 기술이 때로는 여러 사람 사이에서 생기는 과열 논쟁을 진화(鎭火)하고 모두 서로서로 조화로운 관계를 갖게 해주기 때문이다. 사실 이러한 끼어들기는 모두가 익혀두길 권장하고픈 진정한 대화의 기술이다.

── 가로채기

가로채기는 끼어들기보다 더 안 좋은 말하기 방식이다. 단순히 끼어들어 훼방을 놓는 것보다 타인의 것을 빼앗아 점유한다는 점 때문이다. 즉, 가로채기에는 '중간에 끼어들어 낚아채다'라는 의미가 포함되어 있다. 남의 공을 가로채거나 가지고 있는 물건을 빼앗아 달아나는 것만이 갈취가 아니다. 종종 잘난 척하고는 싶은데 혼자서는 주도하지 못하거나 나름 눈치가 보여 기회만 엿보다가 다른 사람이 멋지게 말하면 얼른 나서서 끝말을 에코(echo)하듯이 따라 하는 사람을 본 적이 있는가. 그러면서 마치 그 멋진 말을 자신이 한 것처럼 어깨를 으쓱거리는 사람이 주변에 있었는가. 아마도 그런 사람을 보면 얌체 같다고 여겨질 것이다. 물론 그는 상대방이 생각해낸 말에 동의한다는 표현을 하고 싶어서 그런 것일 수도 있다. 그리고 그마저도 아무 생각 없이 그저 습관처럼 한 것일 수도 있다. 그러나 일명 '숟가락 얹기' 식으로 말하는 습관을 지닌 사람으로 인해 자신이 잘 말해놓고도 무언가 놓치거나 빼앗긴 것 같은 경험을 한 사람은 자신도 모르게 그 사람과 점점 거리를 둘 것이다. 그러면서 생각했을 것이다. '나는 저렇게 얌체처럼 말하지 말자'라고. 한편, 누군가가 진지하게 의견을 말할 때 그 말에 호응하며 잘 경청해주기 위해 말을 따라서 다시 해주는 이른바 '백트래킹(backtracking)'은 가로채기와는 분명히 다른 것임을 알 필요가 있다. 소통의 기술에서 심리적 기법을 동원하고자 할 때 이와 같은 기법은 대화를 원활하게 해주고 말하는 사람에게 좋은 청자로서의 신뢰감을 얻을 수 있게 하므로 오히려 매우 좋은 방법이다.

── 묻어가기

의도적으로 가로채기를 하는 것과는 다르게 간혹 너무 우유부단한 성격 때문에 자신의 의지를 잘 피력하지 못하는 경우가 있다. 그럴 땐 그저 가만히 있는 게 더 나을 수 있다. 그래야 중간이라도 갈 수 있고 모두로부터 미움을 사게 되지는 않을 것이니 말이다. 어떤 무리에서든 각자의 역할을 하며 모두 애쓰고 있는데 혼자서만 아무것도 하지 않고 묻어가면 대개는 미움을 사게 되어 있다. 그래서 여러 명이 함께 대화를 나누는 상황에서도 묻어가기를 좋게 보지 않는 게 사실이다. 그러나 좋은 게 좋다고 묻어가기 대화가 더 나은 경우도 있다. 모두가 제각기 나팔을 불 듯 목소리를 내어 분란이 일거나 소란이 생길 가능성이 있을 때 그러하다. 그런 경우에는 조용히 묻어가는 것처럼 하면서 자신의 주장을 조금 양보하거나 보류하는 것이 원만한 소통의 한 방편이 될 수 있다. 게다가 어설프게 나서서 분위기를 싸늘하게 하고 싶지 않다면, 차라리 가만히 묻어가는 게 더 나을 때도 있다. 때로는 모두의 화합을 위해 자신의 목소리를 낮추고 전체 상황을 고려해 조용히 묻어가는 것이 좋다. 그러므로 눈치 백단의 면모를 발휘해서 지혜롭게 처신하면 좋겠다. 적어도 무난하고 조화로운 관계를 통해 행복한 삶을 만들고 싶다면 말이다. 그런데 하필 양쪽의 의견이 팽팽한 상황에서 이쪽저쪽 모두에게 묻어가려고 하다 보면 오히려 비호감이 될 수도 있으니 각별히 조심해야 한다.

── 잘라내기

'끼어들기', '가로채기', '묻어가기'보다 더 나쁜 것이 있다면 바로 타인의 말을 도중에 제멋대로 잘라버리는 것이다. 사실 너무 지겹고 장황하게 이야기하거나 상황을 파악하지 못하고서 눈치 없이 말을 이어간다면 누군가가 나서서 도중에 끊어줄 필요가 있다. 그래서 고양이 목에 먼저 방울을 달듯이 누군가 이야기를 끊어주면 고맙기까지 하다. 그러나 상대방에게 경청하는 마음의 자세가 없거나, 타인을 존중하지 않아서, 유아독존 자신만이 최고라서, 독불장군처럼 이야기의 주도권을 차지하고 싶거나, 독선적 또는 독단적 결정에 중독되어, 혹은 자신만의 아집에 사로잡혀서 상대방의 말을 자른다면, '잘라내기'는 그야말로 관계를 망쳐가며 모두를 불편하게 하는 매우 나쁜 언어 사용 습관이다. 이런 사람은 타인의 행복을 빼앗기도 하지만 자신의 삶에서도 불행한 관계를 초래할 수 있다. 막말하거나 못되게 구는 것만이 남의 행복을 깨는 것이 아니다. 그에 못지않게 남의 말을 무례하게 함부로 잘라대는 사람 또한 남의 행복을 깨는 것이다. 그런 사람을 누가 좋아하겠는가. 그러한 습관을 끝끝내 고수한다면 좋은 사람들이 자신의 곁에 머물지 못하게 되어 하나둘씩 떠나고 결국 홀로 고독한 말로(末路)를 살게 될지도 모른다. 스스로 불행의 말로를 자초하지 말자.

☕ 언어의 공유성과 맥락의 이해

크고 작은 모든 사회에는 그 구성원들이 공통으로 사용하는 언어 양식과 소통 방식이 있다. 그것은 시간의 흐름 속에서 항상 유동적으로 변화해 왔다. 특히 그 시대를 대표하는 세대와 그들이 공유하는 문화에 따라 공유되는 언어의 양상이 다양하다. 따라서 문화가 언어 사용자의 언어와 행동 양식을 만들기도 하지만, 반대로 그 사회의 구성원이 다양한 언어 사용자 간에 서로 공유되는 문화를 양산하기도 한다. 그런 다음 계속해서 다시 그 언어와 문화를 공유한다.

요즘에는 문화를 주도하는 방향이 일방적이거나 선형(線形)의 구조가 아니다. 다시 말하면, 문화 생산자와 수용자가 특정되어 있지 않다는 것이다. 그래서 누구나 문화를 발생시키고 주도할 수 있으며, 수용자가 어떤 문화도 선택적으로 사용할 수 있게 되어 있다. 또한 서로 피드백할 수 있을 뿐만 아니라 각자가 문화 생산자인 동시에 문화 수용자이기도 하다. 그런 가운데 같은 공감을 가진 사람들이 특정 문화, 특정 캐릭터, 특정 언어를 공유하게 된다.

문화를 기반으로 하는 이러한 언어의 공유성이 폭넓은 연령과 세대와 계층을 아우를 때는 그 사회를 주도할 더 큰 문화로 자리 잡기도 하지만, 언어의 공유성의 폭이 좁은 범위로 이루어질 때는 각 부류의 폐쇄성으로 인해 소통의 어려움이 생기기도 한다. 그래서 제3의 관여 방식이 동원되어야 구성원의 행동 및 사고를 서로 예측하고 간파함으로써 적절히 반응하고 조화를 이룰 수 있게 된다. 예컨대 청소년의 언어를 어른들이 이해하지 못할 때가 많다는 것은 그들 사이에 언어의 공유성이 떨어지기 때문이다. 그것은 여지없이 세대 간 소통의 어려움을 야기한다.

한편, 언어는 서로 용인되는 맥락 속에서 서로 간에 허용되는 경우가 있고 그렇지 못한 경우가 있다. 그래서 심지어 똑같은 말이어도 사람에 따라, 타이밍에 따라, 상황에 따라 용인되는 정도가 달라진다. 그러한 모든 것을 감지하지 못할수록 결과적으로는 말실수를 하는 것처럼 되어버리는 경우가 많다. 예를 들어, 허용되는 곳에서의 유머러스한 말도 허용되지 않는 곳에서는 불쾌감을 주는 말이 될 수 있다. 또는 다소 거칠고 센 어조로 말해도 그것이 그의 본심이 아님을 알고 있는 상황에서는 전혀 문제가 되지 않는다. 그러므로 결국 언어의 다양한 재료로 맛을 잘 살려가며 언어를 구사하려면, 글에서 행간의 맥락을 이해하며 읽어야 제맛이듯 말에서도 상호 텍스트의 맥락을 잘 이해하려고 애쓰며 서로 간에 허용되는 범위를 살피는 지혜가 필요하다.

☕ 성공적인 비즈니스 언어

눈치가 있는 사람은 절에 가서도 새우젓국을 얻어먹는다는 말이 있다. 그 말은 다르게 말하면 센스 있는 사람이 협상도 잘한다고 할 수 있다. 그것이 특히 언어적 센스가 될 때, 그는 상대가 원하는 것에 맞는 말을 취사선택하는 능력이 뛰어나다고 할 수 있다. 그렇다면 비즈니스에서의 언어적 센스가 있다는 것은 어떤 것일까. 비즈니스 세계에서는 사실 유식한 말이나 유창한 화법을 사용하는 것이 최우선시되지는 않는다. 이른바 결정적으로 상대방이 원하는 말, 즉 듣고 싶은 말을 하는 것이 비즈니스에서 성공할 가능성이 가장 크다. 하지만 그러면서도 자신의 의사를 관철하기도 해야 한다. 말하자면 궁극적으로는 양쪽 모두에게 유리하도록 하는 '윈윈(win-win)' 화법이 역시 가장 좋다.

상대방이 원하는 말을 간파하고 입장을 배려하면서도 자신이 원하는 것을 충족한다는 것은 결코 쉬운 일이 아니다. 물론 비즈니스만 아니라면, 사실 물리적인 것들에서 손해를 좀 본다고 해도 관계를 더 소중히 여김으로써 상대방을 우선 배려하는 것도 미덕이 될 수 있다. 그러나 비즈니스에서는 자신의 이익도 추구하지 않을 수 없기에 고도의 전술이 필요하다. 그것을 잘하는 사람이 결국 유능한 협상가다. 노련한 협상가는 심중을 파고드는 고감도 센서를 지녔고 상대의 의중을 꿰뚫는 능력도 있지만, 어떤 언어를 선택해서 어떤 방식으로 접근할지를 순간적으로 파악하는 순발력도 지녔다. 언어에 대한 민감함과 센스는 타고날 수 있지만 노련하게 되려면 연습과 훈련이 필수다.

비즈니스에서도 경청은 최고의 전술이 될 수 있다. 또한 자신의 적은 양의 말로 상대방이 특정 사실(또는 목적)을 스스로 말하고 싶도록 하는 것도 특별한 기술이다. 세일즈를 잘하는 사람은 몇 걸음 더 앞서서 생각하고 대화를 진행하면서도 상대방의 자발적 결정을 유도한다. 그러한 경청 화법과 언어 센스에 능통할수록 훌륭한 사업가로서의 기질을 인정받을 수 있다.

아울러 사업가로서 성공하려면 특히나 말을 아껴야 한다. 먼저 속내를 드러내면 불리해질 수 있기 때문이다. 말을 많이 하다 보면 상대방의 말에 휘말릴 수 있고, 그러다 보면 얼결에 내뱉은 말로 손해를 감수해야 할 경우도 생긴다. 그렇게 되지 않으려면, 잇속을 챙기려는 모습이 말을 통해 적나라하게 드러나지 않도록 하는 것이 좋다. 하지만 그렇다고 해서 그 마음을 지나치게 교묘히 감추려 하지도 말자. 그래봤자 면밀히 살펴보고자 하는 사람에게는 말을 통해 그것이 어떻게든 낱낱이 보이게 되어 있다. 그러므로 때로는 차라리 솔직담백하고 단도직입적인 정공법이 최상의 협상이 될 수도 있다. 장황하고 긴 말보다는 압축적이고 단호한 말로 선명하게 협상하도록 하자. 그와 더불어 커뮤니케이션 원리와 소통의 심리적 기술도 효과적으로 적용해보도록 하자.

주도면밀하게 분석하고 신중하고 빠르게 판단하는 것 또한 중요하다. 그러나 반드시 명심할 것은 비즈니스에서는 제대로 파악된 정확한 언어 사용이 특히 중요하다는 점이다. 그러니 항상 조심하자. 명확하지 않은 말 한마디에 5조, 5억이 한순간 날아갈 수도 있고 아이디어를 도용당할 수도 있다는 것을.

☕ 내가 선택한 언어가 내 삶을 바꾼다

── 운명과 언어

우리는 보통 운명을 타고나는 거라고 여긴다. 태어난 환경과 성품이 운명적인 거라면, 바로 그 운명이 우리가 사용하는 언어의 범주를 결정지어주는 것이라고도 볼 수 있다. 그래서 자신이 태어난 언어 환경도 운명을 가를 만큼 중요하다는 것이다. 원하는 것을 쉽게 얻을 수 있는 좋은 환경에서 살아간다면 당연히 여유로운 언어가 더 많이 표출될 것이다. 물론 좋은 환경이란 물질적, 정신적 양쪽 모두의 측면에서 충족되는 환경을 말한다. 자신의 욕구에 따라 기준은 다르겠지만, 어떻든 스스로 결핍이 느껴지지 않는 환경이어야 한다.

그런데 때때로 그 기본적인 환경이 어떻든 간에 우리가 선택하고 사용하는 언어가 삶의 태도와 습관을 만들고 꿈을 이루게 해주며 성공과 실패 모두에 관여될 수 있다는 것을 모를 때가 있다. 자신의 인생에서 사용된 언어가 강하게 힘을 발휘하게 되는 단계가 있고 그것이 피드백으로 돌아오기까지는 역시 그만큼의 시간이 필요하다. 운명의 변화가 일어나고 있다고 해도 그것이 곧바로 가시적으로 드러나지 않아서 그 영향력을 눈치 채지 못하기도 한다. 그래서 운명의 원인과 결과를 좋든 나쁘든 언어 외적인 다른 곳에서 찾으려 한다.

자신을 깊이 들여다보며 개선 방법과 해답을 구하려 하는 사람은 그래도 스스로의 운명을 더욱 좋게 만들 여지가 있다. 그러나 모든 것을 타인 혹은 세상 탓으로 여기며 원망한다면 해결의 실마리를 찾기가 더욱 어렵다. 그런 사람들은 항상 부정적인 언어로 자신의 환경을 불평하고 주변 사람을 원망한다. 그리고 불행한 삶으로 접어들 수밖에 없는 언어로 자신의 인생을 이끈다. 물론, 인생이 꼬이고 성공하지 못하는 데는 여러 가지 변수가 함께 작용하는 것이긴 하다. 따라서 비단 언어 사용이 잘못되어서만은 아닐 것이다.

그렇지만 말은 마음을 구체화하고 소원을 빌도록 해주며 그 소원이 이루어지게 해주는 강력한 힘이 있다. 그러므로 마음의 원의(原意)를 말로써 잘 표현할수록 그것이 이루어질 가능성이 훨씬 크다. 자신의 마음을 움직이게 하는 강력한 장치가 바로 자신이 언급한 언어이기 때문이다. 그뿐만 아니라 자신이 선택해서 표현한 그 말이 타인들의 마음에도 파장을 일으킨다. 만약 어떤 일에 대한 강한 의지를 표현하는 언어를 선택하여 지속적으로 말하게 되면 자신이 들은 바대로 무의식적으로 상대방의 소원성취 가능성을 믿게 된다. 그러면서 함께 소원을 빌어주는 일종의 텔레파시 염원의 효과가 나타나는 것이다.

몇 년 전에 본 드라마의 대사가 생각난다. 남자 주인공이 "자신의 인생에 물음표를 말하지 마. 언제나 느낌표를 말해"라고 말한다. 나는 그 말을 들으며 크게 공감했다. 그가 그렇게 말한 의도가 평소의 내 생각과 일치했기 때문이다. 그의 말은 "내가 할 수 있을까?"라고 말하지 말고, "나는 할 수 있다!"라고 말하라는 것이었다. 꿈을 이루고 성공한 사람들은 언제나 그렇게 느낌표로 말하는 습관이 있다. 기억해보라. 스스로에 대한 확신이 서지 않을지라도 "할 수 있다!"라고 스스로 확신하여 말할 때 더욱 용기가 생기며 할 수 있도록 몸과 마음이 움직인 경험을 말이다.

── 성격과 언어

성격도 말과 깊은 관련이 있다. 늘 사용하는 언어가 성격을 형성해주기도 하지만, 반대로 그 사람의 성격이 반영된 자신만의 언어가 사용되는 것이기도 하다. 많은 사람이 이러한 사실을 인지하지 못한 채 살아간다. 설령 안다고 해도 "난 원래 성격이 그래"라며 나쁜 말투를 고쳐보려고 하지도 않는다. 하지만 언어와 성격이 분명히 상호작용한다는 것을 안다면, 자신이 사용하는 언어가 자신의 성격에 어떤 영향을 주고 있는지 가끔씩 확인해볼 필요가 있다.

사람의 성격이 제각각이듯 그 사람이 쓰는 언어의 모습도 제각각이다. 똑같은 음절과 어절 그리고 똑같은 어휘와 문장을 재료로 사용해도 저마다 다른 레시피로, 다른 양념을 가미해 다른 그릇에 담아내며 각기 다른 맛의 언어를 만들어낸다. 그럴 때 그 언어의 맛에 가장 큰 영향을 미치는 것은 바로 그 사람의 성격이다. 혈액형의 특성으로 구분 짓건 혹은 사상체질의 특성으로 구분 짓건 간에 결론적으로는 여러 유형의 성격이 그 사람의 언어에 각기 다르게 반영된다. 그래서 언어를 좋게 사용하는 사람이 좋은 성격 나아가 좋은 인격을 만들고, 역으로, 좋은 성격이 좋은 언어 사용으로 다시 이어진다. 상호 피드백 관계라고 할 수 있다. 그래서 좋은 말과 좋은 성격은 서로 불가분의 관계다.

간혹 원만하고 좋은 성격을 가지고 있다고 스스로 말하면서도 말과 행동은 모나고 독하게 표현하는 사람이 있다. 그런 경우, 자아도취에 빠져 있는 그에게 그 누구도 좋은 성격을 지녔다고 말해주지 않을 것이다. 좋은 말이 쌓여 좋은 성격을 만들고 그것이 삶 곳곳에서 자연스럽게 표출될 때 사람들은 그의 인격이 훌륭하다고 말할 것이다. 물론 말과 행동이 함께 어우러질 때에 한해서 그러하다. 그런 사람에게는 좋은 사람이 모여들게 되어 있고 그러다 보면 좋은 운과 행운이 따른다. 그래서 종국에는 자신의 성격이 반영된 언어가 그의 운명도 바꾸어주고 원하는 바에 더욱 가까워지게 해줄 것이다.

── 말의 습관

언어 사용에도 저마다의 습관이 있다. 언어 습관은 본인이 의도하여 만들어진 것이라기보다는 어느 날 어느 순간 자기도 모르게 생긴 경우가 더 많다. 살고 있는 지역의 토속적 어투가 뿌리 깊은 언어 습관으로 굳어지는 것처럼 말이다. 또는 함께 사는 사람이나 자주 만나는 사람들의 언어 습관이 영향을 주기도 한다. 언어에는 모방성이 있어서 상대방이 말하는 언어의 패턴이나 방식에 동화되는 경향이 크다. 게다가 상대방을 존경하거나 흠모할 경우 무의식중에 더욱 빠르게 받아들이고는 그 사람이 말하는 습관을 따라 하게 된다.

그런데 아이러니하게도 미워하거나 원망스러운 사람의 행동도 부지불식간에 따라 하게 되기도 한다. '흉보며 닮아간다'라고 앞서 말한 바 있는데, 미워하는 마음이 클수록 그 사람을 기억에 오래 담아두다 보니 그(그녀)의 말투가 그대로 전이되어 스스로에게 각인된다.

어떤 사람은 마음 한구석에 자리하고 있는 부정적 심리가 반영되어 늘 신세 한탄을 한다. 그것이 습관이 되어 수시로 무심히 내뱉기도 한다. 크게 의미를 두었다기보다는 그렇게 해서라도 현실의 고단함을 말로써 풀고자 하는 것이다. 그런데 그런 부정적인 뉘앙스를 암시하는 언어 습관이 정말로 자신의 운명을 나쁘게 바꾼다면 어떨까. 또한 습관적으로 뱉은 말이 씨앗이 되어 인생이 그 말대로 이루어진다면 어떨까. '말대로 된다', '말이 씨가 된다'라는 옛말이 괜히 생긴 게 아니다. 마음으로 부정적 이미지를 그려도 인생이 영향 받을 수 있지만, 말은 마음의 표출이기에 그 말도 인생을 바꾸는 요인이 될 수 있다. 따라서 그저 상투적으로 쓰는 말조차 부정적 암시를 담은 말을 하기보다는 긍정 상황을 만들어내는 언어 습관을 일상적 삶에 박제하면 좋을 것 같다. 오래전에 보았던 애니메이션 영화 〈라이온 킹〉에서 나온 '하쿠나마타타!!'라는 말이 떠오른다. 스와힐리어로 '모든 게 말한 대로 다 잘될 거야'라는 의미를 담고 있다. 오늘부터라도 이 말을 나의 긍정적 암시어로서 다시 사용해야겠다는 생각을 해본다.

── 소망의 언어는 공공연하게

앞서 말한 대로 부정의 말이 운명을 부정적으로 바꿀 수 있듯이, 긍정적 마인드로 자신의 소망을 스스로에게 항상 말한다면 그렇게 꿈꾸는 대로 좋은 운명을 만들어갈 수 있다. 남이 모르게 스스로 의지를 다지듯 말하는 방법도 있지만, 타인에게 자신의 소망을 말하는 방법도 있다. 항상 자신의 꿈을 주변 친구들에게 말하는 것은 장단점이 있다. 장점은 일정 정도라도 호기롭게 향후 자신이 펼칠 계획을 말하면 그것을 실현하게 될 가능성이 커진다는 점이다. 그것을 하나의 약속과 다짐이라고 여기며 더욱 노력하게 되기 때문이다. 이 방법을 사용한 사람들은 성공의 열매를 공공연하게 숙성시키고 있었다고 할 수 있다. 그래서 노력과 실행의 시간이 지나 소망한 바가 이루어지면 성공의 기쁨을 스스로 음미하거나 타인과 공유한다. 그러한 원리를 자기 자신에게 효과적으로 적용하고 능숙하게 활용한다면 자신의 성공을 입증하는 데 분명히 좋은 방법일 것이다.

　그러나 때로는 조심해야 하는 단점도 있다. 즉, 소망이나 뜻을 자주 말했지만 아직 결과가 확연히 보이지 않는 시기를 오래 지내다 보면 친구들로부터 자칫 말만 앞세우는 사람으로 보일 수 있다는 것이다. 분명히 남모르게 노력하고 있지만 완성 시간이 지연될 때가 있기에 그렇다. 그래서 지하수가 흐르듯 조용히 진행되고 있음에도 가시적인 성과물이 확연하지 않은 시기에는 그저 허무맹랑한 말을 떠벌이는 사람으로 보여서 비웃음을 사기도 한다. 심지어 "뭘 그런 걸 다 하려고 그래?"라는 말을 듣기도 할 것이다. 그래서 내심 억울함도 커질 수 있다.

　그러나 그런 반응을 두려워하거나 주변 사람들의 말에 상심할 필요는 없다. 그럴수록 더욱 비장하게 실행할 힘을 얻을 수 있으니 말이다. '두고 봐, 반드시 놀라운 결과를 만들어내고야 말 거야'라고 생각하면 그것이 더욱더 강력한 동기부여가 되어주기 때문이다. 어차피 애초에 그런 친구들은 정작 노력한 시간이 결실을 보게 되어 좋은 결과가 나오면, 속으로 배 아파하며 시샘할 사람이었기 때문이다. 자신보다 점점 나아져가는 것 같은 친구의 모습에 상대적 열패감을 느끼게 되는 것 또한 인간 본연의 모습 중 하나라는 것을 안다면 그다지 마음 쓸 일도 아니다. 평소에 진심으로 응원하는 친구였다면, 소망을 말할 때도 항상 응원할 것이며 또한 좋은 결과를 만들어냈을 때 역시 진심으로 응원을 보낼 것이기 때문이다. 그리고 그때야말로 진짜 나의 사람, 내가 평생 감사하며 살아가야 할 사람이 걸러지게 될 절호의 기회이기도 하다. 따라서 결과적으로 미래의 꿈과 소망을 말로 발현하는 것은 더 나은 운명을 만드는 데 좋은 시너지를 일으키는 게 분명하다.

　자신이 선포하는 소망의 언어는 하나의 큰 신념이 되는 것이기에 더욱 강력하게 언어의 마법이 일어날 수 있다. 누구든지 평소에 '한다, 한다' 하면 실천할 가능성이 더욱 커진다. 그래서 마침내 처음에는 비웃던 사람들 사이에 우뚝 서 있는 자신과 마주하게 될 것이다. 또한 '된다, 된다' 하면 안 될 것 같은 일도 이루어질 가능성이 더 크다. '된다'는 신념은 긍정적 에너지와 동화되고, 따라서 주변의 긍정적 에너지와 만날 가능성이 더욱 커지기 때문이다. 성공한 사람들은 한결같이 이렇게 늘 '한다, 한다'라는 말과 '된다, 된다'라는 말을 알게 모르게 사용해왔을 것이다. 세상의 모든 소원은 이렇게 자신이 세상에 확연하게 선포한 언어의 토대에서 이루어진다고 해도 과언이 아니다. 그것은 바로 긍정적 자기암시의 효과이며, 단지 생각으로만 지닐 때보다 더욱 강력해지는 암시언어 사용의 특별한 비법이다.

부록

*부록에서 제시된 내용은 다음에 펴낼 책의 콘텐츠 또는 유튜브 콘텐츠에서 다루어질 예정입니다.

⑪ 사람의 마음을 움직이는 커뮤니케이션 스킬

커뮤니케이션은 한마디로 말해 '소통'이다. 소통을 위한 방법의 가장 대표적인 도구는 말로써 나누는 대화다. 그러나 대화가 반드시 언어로만 이루어지는 것은 아니다. 예컨대, 눈빛과 표정, 몸짓과 옷차림 등의 비언어적 소구도 커뮤니케이션 도구가 될 수 있다. 심지어 소통을 위해 사용하는 음악과 그림, 서적 등의 작품들을 비롯하여 함께 공유하고 있는 시공(時空)조차 커뮤니케이션을 효과적으로 만들어주는 도구가 될 수 있다. 이러한 언어적·비언어적 소통 도구를 사용하는 것은 물론, 인간의 감정과 행동 양상을 간파하고 숨겨진 커뮤니케이션 스킬도 모두 동원함으로써 최상의 커뮤니케이션 효과를 거둘 수 있다. 따라서 그 구체적인 방법들을 열거해보았다. 그 구체적인 예시와 내용은 다음에 출간할 책에서 다루게 되더라도 우선 참고해보길 바라는 마음으로 〈부록〉에 담아본다. 일부 사항은 이 책에서도 다루고 있다.

⑪ 커뮤니케이션 방법론

— 1

- 매혹적 언어, 유창한 언어, 신뢰의 언어, 유쾌한 언어 등을 다양하게 탐색하라.
- 유창한 언어를 위해 반드시 세련된 단어를 사용할 필요는 없다.
- 진정성, 간절함, 예의를 중요하게 여겨라.
- 평소에 매혹적인 컨설턴트가 되고자 하라.
- 스티브 잡스, 마틴 루터 킹, 링컨의 호소력 탐구
- 자신의 언어 표현 스타일을 연구하라.
- 상대방이 이해할 수 있는 같은 눈높이의 언어 사용
- 효과적인 대화의 전략 설계
- 대화에서 언제나 지속적으로 체크해야 할 세 가지(진정성, 신뢰감, 상호 행복감)
- 진실을 바탕으로 한 스토리텔링 기법

— 2

- 마음의 빗장부터 열어라.
- 흰 눈을 녹일 만한 따스함으로 다가가라.
- 카리스마는 매력적일 수 있지만 매혹적일 수는 없다.
- 인정해주고 이해하고 존중하라.
- 각자의 상황과 선호하는 문화에 대해 이해하는 마음을 표현하라.
- 비언어적 언어로 상대방을 무장해제!!

- 반가운 표정, 온화한 미소, 다소곳한 몸짓, 호기심과 관심의 눈빛
- 일정한 심적 · 사회적 거리 유지
- 시선을 놓치지 말라. 눈은 힘이 막강하다.
- 숨겨진 진심을 읽어라.
- 동질감을 느낄 수 있도록 하라.
- 같은 그룹에 속해 있음을 알게 하라.
- 카테고리는 정하기 나름이다.
- 신뢰감을 쌓도록 하라.
- 탄탄한 기반 위에 핵심 내용을 다루도록 하라.
- 상대의 언어 스타일을 인정하고 감정 소모를 피하라.
- 의사소통(communication)이 원활해지는 '예쁘게 말하기'

___ 3

- 경청하고 반응하고 격려하라.
- 7 : 2 : 1 대화의 규칙
- 상대방에게 호의적 관심을 지녔음을 느끼게 하라.
- 상대방이 먼저 물어보게 만들어라.
- 서로에게 유익할 수 있음을 알려주라.
- 상대방의 강렬한 열망을 간파하라.
- 즉각적인 감정적 반응을 살펴라.
- 순발력 있게 대화의 흐름을 바꿔라.
- 마음의 문을 열지 않는다고 채근하지 말라.
- 기다려주고 있을 거라는 암시를 주어라.
- 말하기 전에 이야기에 관한 힌트를 주어라.

- 상대방에게 편안함을 주어 스스로 말하게 하라.
- 긍정적 언어로 대화의 서곡을 연주하라.
- 상대방의 상태를 이해해주는 말로 시작하라.

— 4

- 매혹적인 대화로 먼저 분위기를 주도하라.
- 외적인 매력보다는 매혹적인 목소리로 주의를 끌어라.
- 표정과 몸짓으로 말하라.
- 항상 의연한 자신감을 보여라.
- 의외성에서 수용 가능한 해답을 찾아라.
- 공감으로 바람직한 관계를 형성하라.
- 대화 자체를 주도하려 하지 않도록 주의하라.
- 촌철살인 vs. 우회적 권유 적절히 활용
- 화법의 스타일보다 우선하는 것은 진정성과 신뢰감이다.
- 장황해지지 않도록 주의하라.
- 광고 카피를 벤치마킹하라.

— 5

- 좀 더 입체적으로 말하라.
- 팩트(fact) + 스토리텔링(storytelling)의 전략적 화법
- 다양한 콘텐츠를 제시하여 관심을 유발하라.
- 좋은 사례와 비전을 제시하라(win-win 전략).
- 수식어구를 남발하지 말라.

- 신중하게 용어를 선택하고 입장 전달을 명확히 하라.
- '히든(hidden) 커뮤니케이션 기술'을 사용하라.
- 자신감은 잘난 척과 다르다.
- 감성에 호소하라.
- '미러(mirror) 효과'를 이용하라.
- 진부한 이야기는 지루하다.
- 파격적 유쾌함으로 호응을 끌어내라.

── 6

- 지속적인 관계 유지를 염두에 두어라.
- 상하 위계적 권위를 내세우는 대화를 지양하라.
- 가급적이면 유도심문을 피하도록 하라.
- 늘 겸손하게 상대의 입장을 존중하라.
- 장점은 진심을 담아 당당히 칭찬하라.
- 터무니없는 요구를 해도 이성을 잃지 말라.
- 위축되지 말고 예의 바르게 신념을 피력하라.
- 너무 쉽게 "Yes"라고 말하지 말라.
- 나의 이야기를 해줌으로써 공감대를 마련하라.
- 신념을 가지고 대화해야 마음을 움직일 수 있다.
- 진심 어린 '감사하다'와 '죄송하다'라는 말을 통해 신뢰감 극대화
- 질문을 통해 상대로부터 함께하고자 하는 의지를 이끌어내라.
- 준비된 상투적 질문보다는 경청을 통해 시의적절한 질문을 하는 것이 좋다.

⑩ 상호관계를 위협하는 부정적인 의사소통

(negative communication)

- 같은 말을 해도 불쾌한 어조로 말한다.
- 항상 상대방을 비난하듯 말한다.
- 자신의 신념을 단정적으로 주장한다.
- 자화자찬을 줄기차게 한다.
- 잘못된 결과에 대해 상대의 탓으로 돌린다.
- 듣기 불편한 원색적 표현을 한다.
- 제3자의 흠을 말함으로써 자신을 정당화하려 한다.
- 독선적 태도로 자신의 의견만을 고집한다.
- 피해의식에 사로잡힌 듯 말한다.
- 토론을 논쟁으로, 논의를 싸움으로 만든다.
- 대화에 집중하지 않다가 엉뚱한 말을 한다.

⑩ <커뮤니케이션 심리 이론> 소개

- 캘리브레이션 효과(Calibration Effect): 상대가 표현하지 않은 기분도 여러 가지 신호(sign)를 통해 깊이 이해하고 있음을 전하는 심층적 공감
- 이중 구속(Double Bind) 질문법: 두 가지 대답을 제시함으로써 상대방이 거절할 수 없도록 하는 심리적 테크닉
- 반감가설(Repulsion hypotheses): 자신과 공통점이 없는 사람에게 반감을 느끼는 심리 가설

- 운하화(Canalization): 대화의 첫 도입을 잘 시작함으로써 대화의 진행을 좋게 만드는 기술
- 예크스(Yerkes)와 대드슨(Dadson)의 법칙: 새로운 환경에 노출되면 산만해져 핵심 정보에 집중하지 못하는 현상
- 감정 전염(Emotional Contagion): 사람의 감정이 전염병처럼 옮겨진다는 '정서적 전염'의 심리
- 불일치 효과(Discrepancy Effect): 서로의 입장 차이가 오히려 소통을 촉진한다는 '격차 효과'
- 백트래킹(back tracking): 상대가 한 말을 따라함으로써 대화를 매끄럽게 해주는 테크닉
- 선(先)반론, 후(後)동의 기법: 일단 먼저 반론을 제기한 후에 동의함으로써 공감 효과를 높이는 기법
- 바넘 효과: 사람의 보편적 성격이나 심리 특징을 자신만의 특성이라고 여김
- 제3자 효과(Winsor effect): 제3자를 통해 자신을 PR함으로써 얻어지는 효과
- 자이가르닉 효과(Zeigarnik effect): 중도에 멈춘 일에 대한 미련 때문에 뇌리에 각인되는 심리 현상